剩　女

剩 女

张 西著

Leftover women

枫 香 书 局
Maple Media Company

内容简介

　　三位生活在美国波士顿的中国女性,她们在中国改革开放后的移民潮中登陆美国,在异国他乡追寻着自己的梦想。作品真实描写了留美大龄女性的生存现状,体现了她们的婚恋观、生活态度,还有她们的欲望与冒险。

　　作者对人性、生存的思考,对"剩女"、网恋、绿卡、移民、养老和中国女性如何在美国立足创业等问题的探讨,都融入到引人入胜的情节和对人物的刻画之中,使人通过阅读,对"剩女"这个群体以及对美国社会有更为深入的认识和了解。

出版策划:裴闻博

　　　　　刘　泽

文字统筹:庞　洋

封面设计:蔡立国

目 录

冬：如若离去 后会无期

春：虽生存艰难 却灵魂体面

尾声：人到中年 落手是秋

自序：她们想要讨一份更好的生活

几年前，我飞抵美国东海岸的海滨城市波士顿。那是美国历史和文化的发源地，我同时闻到了政治、商业和书卷气息，当然也闻到了惊艳的枫香味道。那时我与哈佛的几位中国女博士共居一个公寓。她们走马灯似的来了又去了，只给我留下一些轮廓。那时我本没有写长篇的准备，却为了留住那些背影仓促地开始了写作。等《剩女》封笔时，始觉这种仓促的冲击，迫使我的激情和好奇心一直处于活跃状态，这是一个小小的意外收获。

以这些女性的学识和能力，在中国讨份好生活是容易的。但她们跑到美国来，显然不满足只讨一份好生活，她们想要更好的生活。她们认为自己有那份实力。对于女性而言，这是一次冒险的经历，但她们选择了坚持，她们想出种种办法，做出种种聪明或愚蠢的举动，冲破困境。写作过程中，我一直希望小说中的三位女性，最终能闯过难关，获得她们想要的那份更好的生活。这个要求并不高，但她们却为此殚尽心力。因此，读者读到的，也注定是一个笑中带泪的故事。

这是我第一次沉下心来写女性的欲望与冒险。我虚构的三位女性，茹欣媛、栗秋和菁喆，她们分别是50后、70后和80后，在中国改革开放后的移民潮中登陆美国。她们都有各自的精神或心理创伤。也许，她们的美国经历让读者有不舒服的感觉。但又有哪个闯荡美国的华人一帆风顺地走到今天呢？你不知道，是因为他们没告诉你，也不想说出来罢了。中国素有报喜不报忧的传统，你可以理解这是人类的善良同时也可以理解它是一种虚伪。

茹欣媛最终靠着一次次不知通往何处的赛跑，双脚踩到美国这片土地上，却遭遇了三次被男人赶出家门的窘境，她不得不越挫越勇；栗秋从骨子里看透了这个世界的虚无，所以她用现时的感官快乐和享受来消解缔结的郁滞，由此得以解救，最终凡事就事论事地面对现实，小心地避开利剑，不让自己受伤；菁喆是小说的轴心人物，她没有拿到母亲想要的博士学位，也没找到爱情和工作，她的生活充满挫败，她一度陷入盲目，无知，摸索着前进的状态，甚至每走一步，都可能犯下新错误，都要付出沉重代价。但是，她的天性里，潜藏着单纯地争取自由的渴望，所以，这颗灵魂是垮不掉的。

因为有三位女性的"扎根经历"，让我有机会刻画了一群活生生的丑陋的美国男人。美国的先民曾经创造了一个荣耀全世界的国度，但现实中，荒诞景象充斥美国社会的各个角落。在这些丑陋的美国男人身上呈现的问题，在世界各地，在历史上各个时期都普遍存在。人类社会普遍存在的荒诞性愈演愈烈。

《剩女》还呈现了中国女性在移植以及嫁接异国他乡的文化时遭遇的种种难言的艰涩，她们忍受痛苦和超越痛苦的能力，某种程度上，已达到一种极限。在她们身上发生的故事，同样具有普遍性，她们的问题和现象，也在世界各地，在历史上的各个时期普遍存在。谁又能说，她们不是人类移民发展史上的一个缩影？

人类有自由迁徙的权利。

因此人类永远有机会向往和实践冒险而不知回头。也因此容易成为迷途羔羊。奔波中，人类会犯下很多愚蠢的错误，也制造美妙无比的牧歌。

当我听到旷世里的一曲藏头去尾的牧歌后，我欣然登上一个平台，放眼望去，人类的故事远远没有结束。

张西

2014 年 3 月

引 子

印第安人去哪儿了？

印第安人招谁惹谁了

不识刀剑也快活了几千年

但是 欧洲人来了

以怨报德 杀戮不手软

美洲终于成了欧洲人的地盘

四百年来 全世界移民不断

纷纷从大西洋 太平洋沿岸

但是移民们快速翻过那段不光彩的掠夺历史

堂而皇之地建立一种新秩序

美国的民主 平等 自由

是否包括印第安人在内？

都说 无论做什么 上帝都看得见

上帝也默许对印第安人的杀戮？

如果不解开这个疑虑

地球今天可能是人类的天堂

明天就可能是囚禁人类的监狱

从欧洲人殖民美洲陆地开始

人类社会就病了 无药可医

人类却一直以为自己有着健康的身心

再丑陋的事情 都能赋予使命或意义

于是 无人再想起印第安土著的疼痛

所做的一切都是公正 合理 不容质疑

尤其在北美这片新天地

伴随着新的秩序新的移民

它的繁荣之花 罪恶之花 越开越美丽

可是谁会想起，这片土地上的主人 印第安人去哪儿了？

我总是怀疑

是否在地球之外还存在一个更大的正义

是否在某一天，一个神秘的力量突然从天而降

审判地球 清算人类

尽管今天我们都活得有滋有味

01 哥伦布

2009 年夏，栗秋从北京登机了，她要从地球的东半球飞到西半球。与此同时，她的新室友柳菁喆，正在美国东北部的一所老人院，听 90 岁的汉克斯讲述哥伦布是如何发现新大陆的。

倒回去 500 年，也即 1492 年，生于意大利的航海家哥伦布，从西班牙出发了。他与栗秋相对而行，那一年他的目的地是亚洲。

栗秋只托运了一只大旅行箱，她打算到美国蹚蹚路子，她想给自己的后半生寻找一个舒适的地方生活。

汉克斯老人告诉菁喆，哥伦布带的东西也不多，三艘帆船以及一支探险队伍，经过 70 个日夜的航行，横渡大西洋，向南美洲方向驶去。但那时哥伦布以为他是在去印度和中国的路上。他打算到这两个黄金遍地、香料盈野的东方国度去寻找财富。

栗秋首次飞往西半球的年龄是 40 岁。一名离过婚儿子已经是少年的成熟的妇人了。

哥伦布首次向东半球航行的年龄是 41 岁。一名从意大利移居到葡萄牙再移居到西班牙的历尽沧桑的男人。

栗秋的少女时代，阅读了梭罗的《瓦尔登湖》，从此，她有了去北美流浪的愿望，她想到那片自由、寂静的瓦尔登湖畔去享受孤独之美。

哥伦布的少年时代，阅读了《马可·波罗游记》，从此，他对东方世界有了探险的冲动。

栗秋是公派赴美访问学者。这一年，像她一样被选拔的国家各类公派留学人员万余名，每人每月可获 1700 美元的资助。

哥伦布为了解决去亚洲探险的费用，曾向欧洲许多国家的国王请求资助。最终还是西班牙王后更有战略眼光，如果哥伦布能带回黄金来，给他点支持算什么？她说服国王，让不惧生死的哥伦布带着给印度君主和中国皇帝的国书，远航。

显然，栗秋和哥伦布出发的年代、方向、动机和目的地都不一样。

汉克斯老人坐在轮椅上，菁喆能看清他的双臂到手背上的青筋，以及布满老人斑的黄色汗毛。他的头发所剩无几，年轻时他是瘦高个儿，现在站起来，仍然很精神。从他住的公寓房的窗户里，能影影绰绰地看到大西洋。汉克斯的祖先，就是横渡大西洋移民到美国的。

"当哥伦布和他的船队到达加勒比海附近时，看到浅浅的海水拍打着海岸，以为到了印度，他兴奋地喊了一句'巴哈马'，西班牙话就是浅水的意思。没想到一句话喊出一个巴哈马国。"

菁喆觉得很神奇，原来巴哈马这个国家是这样来的。

"哥伦布的船队靠岸后，岛上那些不穿衣服的土人看到像我这种白皮肤的海外来客，以为是怪物，吓得纷纷躲进茂密的森林，不敢靠前。哥伦布看到这种情景一定是开怀大笑，他穿着出发前就准备好的石榴红统帅服，他可是高举着西班牙王室的旗帜登陆的。可以想象他是亢奋的，他的双膝跪地，先是激动地亲吻那片静谧的土地片刻，然后，表情肃穆地让西班牙王室的公证人作证，他的右手举起宝剑，以国王和王后的名义，占领了脚下的岛屿。"

随着汉克斯老人的讲述，菁喆眼前出现了 500 年前的画面，她本能地认为哥伦布对巴哈马的占领太霸道："可是人家当地的土人们同意了吗？凭什么他想占领就占领了呢？"

汉克斯笑着说："你提了一个好问题。可惜哥伦布不能做出解答了。

我想他根本没把那些前额很高，眼睛透亮，高束长发，紫铜色面部涂着颜料的土人放在眼里，因为他们赤身裸体，手里并没有武器，所以，哥伦布知道自己将不战而胜。而那些土人看到这些穿着衣物的怪物没有伤人的意思，便纷纷围过来，好奇地触摸他们的胡子。你说，那时的人与人之间差距有多大！很滑稽是吗？更有趣的是，哥伦布以为到了亚洲的东部，进入了印度的国土，于是称所有的土人为印第安人。"

"噢，原来印第安的叫法是从哥伦布开始的，而且是一场误会，这确实很滑稽。可我不明白，就算他误以为到了印度，那是个国家呀，凭什么他一来，就占领人家的国土，还装模作样地让王室的公证人作证，还讲不讲理？"虽然这事过去500多年了，但菁喆还是本能地斥责这种强盗行为。

据专家论述，哥伦布登岛前，巴哈马有两支土著部落大约4万人，已经在此生活了上千年，并处在原始公社时代，他们没有任何宗教信仰，也没有留下成文的历史。

欧洲文明与美洲文明就那样相遇了。但是此文明不是彼文明，征服与被征服、侵略与被侵略、改变与被改变的较量从此拉开序幕。

汉克斯深邃的目光落在菁喆书生气十足的脸上，笑着说："你又提了一个好问题。真应该让哥伦布本人来解答你的质疑。你的问题也曾经是我的问题，但现在，我的问题已经越来越少了，总之，人类的事情都很滑稽。"

汉克斯继续讲述："哥伦布带来的海员们开始与土人们交易礼品和货物。但他的主要目的是找黄金。土人比比划划地说，哥伦布要的东西在另一个岛上，那里住着一个很大的国王，他有很多的黄金。见状，三艘船中的一艘悄悄溜走，私自寻找黄金去了。哥伦布发现这事后，愤怒极了。就在那时，另一艘船又不幸触礁，眼看着大批货物将沉入海底。"

"那怎么办？我想当地土人应该会帮忙吧？"菁喆毫无由来地相信那些土著。

"你猜对了。当时一支部落的酋长见状，赶紧召集土人们纷纷登船抢

7

救物资。那时哥伦布已经急得泪流满面,他很担心无法回到西班牙了,也没能带一船黄金回去给国王和王后,可怎么办呢?土人们卖力地帮着把物资搬运到岸上后,海员们清点了一下,除了船只已沉没,其余的,连根皮带都没丢失。"

"那些土人真好。"菁喆松了口气。

"哥伦布擦干眼泪,想下步怎么办。两船人挤不下一艘船呀,于是,他动员其中的39人留下,担负起殖民者的使命。这些人里有木匠、铁匠、医生、商人、炮手、捻缝工、造船匠等,哥伦布给他们留下食品、衣物和种子,他相信这样的组合,他们生活下去应该没问题,而且还能挖到很多黄金。哥伦布许诺,一年后他一定回来巡视。"汉克斯老人对这段历史很是了解。

"留下来的这些人怎样了呢?"菁喆担忧地问。

"呵呵,很快就忘恩负义,不仅与土人们争夺黄金,还争女人。那时,哥伦布正在回途中热血沸腾呢。他手里有份王室的名单,他不断以这些人的名字,为他发现的一些地方命名。还未到达西班牙境内,他就急着给国王写殖民规划报告书,他建议国王先派出2000个志愿者,前往他发现的几个殖民点居住,每个城镇设一个市长和若干职员,要建立教堂,任命教士,让印第安人皈依基督教。而且,只有领到执照的人,才能采黄金,采来的黄金必须上交市镇官员,其中一半归王室所有。

后来,哥伦布的远航探险报告《哥伦布书简》的拉丁文译本在罗马印行后,在欧洲各地造成极大影响,欧洲各国都急忙加入了资助航海家冒险的行列。"

"完了,这下土人们该遭殃了。"菁喆更担心土人们的命运。

汉克斯轻叹一声,说:"1509年西班牙占领了牙买加和波多黎各,在40年中,伊斯帕尼奥拉的印第安人口急剧锐减。不幸的是,帮哥伦布抢救物资的土人,在大批欧洲殖民者登陆后,他们沦为了奴隶,很快灭亡了。"

栗秋坐在飞机上也在看哥伦布发现新大陆的书。但那本书把哥伦布形容成一个探险英雄，阅读者容易受到某种励志鼓舞，不像汉克斯跟菁喆聊天聊到的哥伦布，有探险的英雄气概，有向国王和王后的献媚，有遭到背叛时的愤怒，有绝望时的眼泪，有找黄金的贪婪，有开辟殖民地的雄才大略，也有菁喆对他提出的许多质疑。

500 年前，哥伦布为了实现到亚洲淘金的梦想，意外发现了美洲新大陆，500 年后，身处亚洲的印度人和中国人却成为近年移居美国的主体。

栗秋乘坐的国际航空公司波音 CA981 飞机，是 6 月 16 日下午 13：55 分从北京首都机场起飞的，目的地是美国。

02 栗秋

栗秋出生于北京南城一个小知识分子家庭。她出生那天，正好是 24 节气中的第 13 个节气——立秋，也即每年的 8 月 7 日或 8 日。每到这时，树叶开始落了，所谓落一叶而知秋，同时，庄稼也成熟了。立秋之后，依次就是凉风至，白露生，寒蝉鸣。于是父母顺嘴就唤她"小秋"。

栗氏起源于远古帝王栗陆氏，是华夏最古老的姓氏之一，是伏羲的后人。栗姓是当今中国排行第 279 位的姓氏，约 30 万人，颅骨判定是 AB 显性。河南、京津、东三省、山西等一些区域，都是栗姓集中居住的地方。

正好"栗秋"与"立秋"谐音。栗秋长大后说，父母偷懒，以他们的智慧，怎么也能起个更有文化底蕴的名字。栗秋说，怪不得自己的前半生总觉得秋意浓，寒意重，原来秋字于她，是命中注定的。

栗秋乘坐的飞机，有 18 个头等舱座位，35 个公务舱座位，240 个普通舱座位。栗秋在办理机票时，幸运地选了她想要的 16 号，意思是：一个人在外一切都顺。栗秋有点迷信数字在她命运中每一个转折点的暗示。飞机已经飞过了俄罗斯、白令海峡、阿拉斯加、加拿大，终于向着美国飞来。国航上的空勤人员，都是漂亮的美眉，端茶送饮料，荡着暖意。这让栗秋的好情绪一直处于稳定状态。自从看到美国的国土，栗秋就在靠窗的位置不停地俯拍照片。洁白的云絮，蔚蓝的天空，整齐划一却色彩斑斓的民居，波光潋滟的大海，清冽的河流和翠绿的树木掩映着的一座座城市，这是多么适宜居住的地方呀，看着都美，想想就爽。长年蜗居的栗秋，俯瞰着如梦如画的美国，眉宇彻底舒展了。是的，这是她向往的地方。但是她能顺利地在这儿落脚吗？

美国的国土面积比中国略小，东西方向比中国略宽，南北方向略短，人口是中国的一个零头，多么空旷辽远的土地啊！美国的建国历史仅230年，与栗姓的3100年的厚重历史相比，连孙子的孙子的孙子都够不着，但这并不妨碍美国从新英格兰的13个州迅速发展到50个州；也没有妨碍栗秋对这片土地的憧憬。下半辈子换个环境生活，目标就是美国！栗秋再次暗暗发誓。一个来自东方国度的中年女知识分子，想要从地球的一端迁徙到地球的另一端生活，这不能不说是一个梦，梦想很远又很近。

飞机经过13个小时的飞行，将在下午2：00着陆纽约的肯尼迪机场。栗秋与哥伦布永远不可能谋面，但她还是觉得很熟悉这个人。哥伦布想到东方来，栗秋想去西方，两人都做着抵达彼岸的梦。地球是圆的，东西方人的梦想原来是可以来回串的，只是以500年为一个时间单位轮回。有意思！

那么，美国是啥样呢？

03 维吉尼亚

汉克斯跟菁喆聊了一上午哥伦布。虽然时断时续，有一搭没一搭，但汉克斯没有结束聊天的意思，而且只要菁喆一起身，他就问："你不会是不感兴趣吧？这是美国历史呢，我年轻时并没关注过，也就这20年，才认真研究它。我很想跟你分享，可以吗？"于是，菁喆不好意思了，又坐下来继续跟汉克斯聊天。通常菁喆在中午 12 点离开老人院，现在还有一个小时，汉克斯抛出一个话题："你知道美国的历史是从何时开始的？"

"是从 102 个清教徒乘坐'五月花号'到波士顿开始的。"菁喆凭着印象回答。

"错。是从 120 个英国商人和契约奴乘坐三艘帆船到维吉尼亚开始的。这批人比清教徒早来 13 年呢！坐下吧小姑娘，让我告诉你真相。"汉克斯得意而又机智地用菁喆的错误，让她自动留下来与他聊天。

汉克斯老人聊着维吉尼亚时，菁喆的女房东茹欣媛刚刚卖掉位于西维吉尼亚州首府查尔斯顿的那套联排房。看到房款被如数打到她的账上，揪着的心才松弛下来。茹欣媛打算用这笔钱，在波士顿投资一个"月子中心"。12 年前，茹欣媛在亚洲交友网站上认识了美国西维吉尼亚州的房地产商汤姆，两人在网上聊得甚欢，三个月后，汤姆就飞到北京，与刚刚拿到金融学博士学位的茹欣媛见面。哪儿哪儿都舒服，没有什么不妥，一个月后，茹欣媛以旅游签证身份，跟着汤姆一起来到西维吉尼亚州。他们先在汤姆家里同居了两个月，还是觉得哪儿哪儿都惬意，非常默契，于是两人到首府查尔斯顿登记结婚。那时，汤姆已有 3 套房产，但茹欣媛还是在结婚之前，动作麻利地购买了一套联排小户型房。

茹欣媛敢于投资，一是因为手里有点闲钱；二是在观察汤姆操作房产的过程中，她发现西维吉尼亚州正兴起一股"寻根潮"，南到得克萨斯州，北到密歇根，西到加州的游客纷沓涌来，带动了查尔斯顿的旅游业的发展，而他们中的多数人，都是来寻根的，想通过实地寻访，了解他们自己家族的变迁史，寻找他们祖先的踪迹，以及回味他们祖先生活的一些影像。大多寻根者，到查尔斯顿都要租房住个一周左右，也有的寻根者，一住就是几个月甚至半年，他们就是想弄明白，当年祖先们在哪里做礼拜，在哪里生活，怎么盖房子，是怎样的心情等等。茹欣媛在心中暗暗庆幸，难道这不是商机吗？既然遇到如此好的商机，为什么不经营这个市场呢？

茹欣媛买房子既是为了投资，也是出于对自己的保护。她清醒地意识到，自己嫁到异国他乡，不能两手空空。必须有一套婚前房产，以防婚后突发事变时，连个住处都没有。当知青时，她记住两条口号，一是"深挖洞，广积粮"；二是"手中有粮，心中不慌"。茹欣媛与汤姆卿卿我我恩爱是一回事，为自己储备能量是另一回事。

茹欣媛嫁到美国那年是40岁。当时已离婚数年，为争得对女儿的抚养权，她从前夫家净身出户。她的第二任丈夫汤姆，那年60岁。也是离婚数年，有3个儿女以及5个孙子。

茹欣媛最初落脚的西维吉尼亚州，以前隶属维吉尼亚州，美国南北战争时，才分离出来。

卖了房子的茹欣媛心情不错地在高速公路上行驶。她一边听着美国1960年代流行的爵士音乐，一边想：男人和女人哪个更是智者？哪个更有欲望？哪个更有控制力？哪个更强哪个更弱？翻开美洲的历史不难发现，男人只是女人征服世界的工具。

哥伦布少年时代就怀揣去亚洲的梦想，但他游说了十多年，最终是西班牙王后青睐和支持他，使得他的梦想没有变成空想，从而也改变了欧洲和美洲发展的路径。也正因此，哥伦布这个堂堂硬汉，才心甘情愿地把所发现的新大陆的殖民地以国王和王后的名字命名，他对王后高瞻远瞩的知遇之恩的感激，不言而喻。

哥伦布发现美洲新大陆后，西班牙王国在美洲到处开辟殖民地，英国女王伊丽莎白一世深受启发，1583年，她授权一名叫雷利的英国爵士，也去北美洲开辟殖民地。于是，翌年，雷利爵士遵照女王的旨意，派遣探险队到达美国的东岸。他把南卡罗来纳州到缅因州的整个海滨地区，外加大西洋上的百慕大岛都称作"维吉尼亚"，意思是"未结婚的处女"，在拉丁语中，它的意思是"属于春天的"。这是雷利爵士为了纪念终生未婚的伊丽莎白女王而刻意命名。

茹欣媛现在明白了，为什么欧洲男人对有身份有地位的女性总是彬彬有礼？那是因为欧洲最强盛时，都是女人说了算。从那时起，就养成了男人们臣服女王或王后，侍候她们哄她们开心的习惯。

汉克斯表情复杂地对菁喆说："英国人在北美大陆最初的存活过程是艰难的，几乎用了 40 年才得以勉强容身。早在 1585 年，雷利爵士把 100 名英国男子送到当今美国的北卡罗来纳州的一个岛上定居，一年后，这批人返回英国，另一批掺杂着少量妇女儿童的英国人顶替他们，继续到这个岛上生活。然而，5 年后，岛上一个定居者都找不到了，据说，他们中有部分人加入了当地土著的部落。这个英国最早的殖民地居民点被放弃了。"

"100 个人在一个孤岛上生活，如果不能及时供给食物，那不是饿死了吗？"菁喆想象着 500 年前的凄凉画面。

"对呀。其实这些人被送到岛上的第三年，为他们送物资的船只，遭到西班牙海军的猛烈攻击。英国女王伊丽莎白思考再三，认为供养区区百名殖民者，成本实在太高，于是这些殖民者，成为女王的弃儿。"汉克斯面无表情。

"我们中国人有句话'最毒妇人心'，这女王也真狠心。"

"她是女王，是政治家，如果从这个角度看她，你就不会指责她了。"汉克斯一心维护英国女王留给后人的印象，"伊丽莎白女王去世后，1603年詹姆斯一世继位。3 年后，英王詹姆斯一世批准两个公司在维吉尼亚建立殖民地，以此继续寻找黄金。这年，英国的伦敦公司向北美洲的维吉尼亚又送去了 100 名定居者，他们中，一些是有钱的绅士；另一些则是没钱但需要以工作还债的契约奴，他们于 1607 年 5 月到达维吉尼亚，创建了英国在北美大陆的第一个永久性殖民地：詹姆斯镇。这个地名，是以新英王詹姆斯命名的。"

菁喆摇头反对："这不公平。既然是去一个新地方，为什么从一开始，到美国的英国人中就有富人和穷人两个阶层？"

"这是一个好问题。人类社会到处都存在着不公平，美国也不例外。但我个人认为，他们很快就意识到公平的问题，并想办法去解决它。但那时，那些人连是否生存下来都是问题，还顾不上别的。伦敦的商人们对殖民地的艰苦一无所知，而他们抵达时，已错过播种时节，他们既不懂建房，又不谙农事，所以第一个冬天结束时，居民们已死亡过半。但伦敦公司在16年中陆续送来6000多移民，这些人包括了贵族、地主、契约奴、乞丐、罪犯，还有从非洲贩运来的黑人，主要以英国人、爱尔兰人、德意志人和荷兰人居多。可惜，他们中的4000多人都没活下来。"

"北美洲那时也有土著在生活吧？如果有的话，他们肯定帮助过那些欧洲人。"菁喆想当然地问。

"你说对了。早在5000年前，就有土著在维吉尼亚州的土地上生活。公元1500年，土人开始有建设村镇的意识，1607年，当伦敦公司送来100名定居者时，一支被称为'波瓦坦'的土著部落已经控制了当地30多个部落。如果不是当地印第安人教给那些欧洲人种粮食，盖房子，恐怕连一个定居者都活不下来。"汉克斯客观地分析着。

"然后呢？"

"那个结果，你和我都想到了。我作为欧洲人的后代为此感到很抱歉。祖先们活下来之后，陆续在大西洋沿岸建立起13个殖民地。为了争夺地盘和财富，他们开始用武器与大西洋沿岸的土著战斗，土著们很愤怒，曾经杀死过340名移民者。当然，有强大的英国做后盾，维吉尼亚沿海的土著部落全被摧毁，那里彻底成了英国殖民者的地盘。两年以后，詹姆斯镇就被建设得有模有样了。"汉克斯平静地讲述着美国历史的开端，菁喆听得心惊肉跳。

其实，茹欣媛的前夫汤姆的祖先，就是被伦敦公司送来的那6000名定居者之一，至于是什么缘故来的拥有什么身份，已无从考据。但前夫说过，他的祖先最初种烟草为生，后来只贩不种。有一度他们又改为销售棉花，美国禁酒运动之后，他们又干起贩买苏格兰威士忌酒的生意。到了前夫的父辈，转为从事房产生意。

茹欣媛与老汤姆的婚姻维持了一年半，终以老汤姆有了婚外情而迅速瓦解。

04　茹欣媛

茹欣媛的名字是当大学教授的父亲起的。父亲很爱这个聪明伶俐的二女儿，希望她的成长过程，一直都如她心愿。有趣的是，茹欣媛的名字也如她的婚姻一样，一波三折地改过三次。当她读初中一年级时，毛泽东的《七绝·为女民兵照题词》"飒爽英姿五尺枪，曙光初照演兵场。中华儿女多奇志，不爱红装爱武装"的诗词已经风行好几年，受到感召，她自作主张地把过于小资的"茹欣媛"改成了"茹英姿"。父亲没有说什么，因为他给女儿起名时的初衷就是，女儿可以做她想做的一切事，如她自己的心愿。改名没多久，父亲就被红卫兵捆绑到街上游斗，父亲被送到劳改农场后，"茹英姿"内心有所触动，想把名字改回去。父亲制止说，父亲不在你身边时，这个顺应潮流的名字反而像个护身符，可以保护你免遭麻烦。考上大学后，茹欣媛抱着户口本，到当地派出所，索性把名字改成"茹心远"，她认为这个名字更贴合她的性格和志向，所以，大学时代，同学们都叫她"心远"。茹欣媛来到美国后，她对从中国来的人介绍自己时还说，叫我心远好啦，我的心遥远到自己都够不着。但5年前，当她决定给母亲办绿卡时，突然意识到，最爱自己的父亲永远看不到女儿正如他所愿的那样生活着，这样的缺憾令她心痛久久。她突然觉得，这个世界上，她最歉疚的人是父亲，最无法回报的人也是父亲。因此，她暗暗做了个决定。从那以后，她的电子邮件和手机上的名字都变回"茹欣媛"，她跟别人介绍自己时，总会说，叫我欣媛好啦。欣然的欣，媛呢，就是女字旁，加一个爱，意思是有爱心的女子。这是我父亲给我的名字，他希望我做什么事情都如我心愿。茹欣

媛把对父亲的爱响亮地表达出来，竟然是人到中年以后的事了。她也奇怪，为什么越到中年，最最想念的人是父亲，而不是母亲，也不是女儿？

茹欣媛的异国婚姻夭折后，她又在维吉尼亚坚持了两年，完成了离婚、争取绿卡及把女儿从国内接来的"三步曲"，然后来到波士顿地区。茹欣媛一边打工，一边陪女儿读书，同时寻找商机和新的爱情。一晃，她在波士顿住了8年。

从去年，茹欣媛开始跟男友托尼唠叨："待得年头太久了，要动一动！"茹欣媛从22岁始至今，已在多个城市生活过，平均每座城市最多停留5年，也就是说，每隔四五年，她都要换一个地方，以保持她旺盛的活力和新鲜感。没想到会在波士顿住这么长时间，她从心底厌倦了。一个月前，男友托尼去日本旅行之前，茹欣媛又说，"人挪活，树挪死，我们换个城市生活吧。"托尼没有立即表态迎合女友，茹欣媛明显地不高兴，警告男友，你不想走，是你的事。但我得走。茹欣媛熟知波士顿的大街小巷，除了新英格兰爱国者队的美式足球还能给她激情，其余的，都引不起她的兴趣。对她来说，这个城市已经没什么可挖的了。第一桶金已经到手，第二桶金也快到桶里了，不可能再在原地挖到第三桶金这样的好事。如果再住下去，说不定已经到手的金子都得赔光，见好就收是智者。再说，人生苦短，只挖一口深井，或吊在一棵树上的活法很没劲。

茹欣媛想要离开波士顿。在这个年龄还攒着劲儿继续朝前走的，恐怕血液里的不安分浓度要比平常人高，脑子里的想法也比平常人多，自信心也比平常人强。

05　普利茅斯

柳菁喆一直看着汉克斯的眼睛，生怕漏掉一个细节，她对汉克斯讲述的故事越来越感兴趣了。她简直无法想象，380年前，当汉克斯的祖先横渡大西洋抵达满是丘陵和密林的普利茅斯时，他们是怎么生存下来的？

汉克斯说，他的祖先是受英国国教会迫害的清教徒。

"清教徒"是基督徒的一种，这个名称出现在 1567 年，指过分谨慎、道德近乎完美、遵守许多清规戒律的人。他们主张简单、实在、上帝面前人人平等，但也主张禁欲。詹姆斯一世在 1603 年继承英国王位后，对清教徒施压，要求他们尊崇国王。但是斯克鲁比小镇的基督教的"分离派"们坚决不从，所以他们受到国教会的迫害，不被宽容。1608 年，他们逃亡到荷兰莱登，去寻求宗教自由。可是由于荷兰是个太自由的地方，这些清教徒对道德标准要求很高，因此，他们自己觉得不适应荷兰这个国家。当清教徒们闻知 1607 年 5 月，已有英国居民抵达维吉尼亚的詹姆斯镇生活，于是他们对新世界充满了向往。他们与伦敦的维吉尼亚殖民公司谈判，要求到大洋彼岸的北美洲大陆开辟新生活。谈判终于达成协议，维吉尼亚殖民公司授权这些清教徒们在维吉尼亚找一块地方定居并自我管理。

"我的祖先让后代们永远记住一个日子，那就是 1620 年 9 月 16 日。我的祖先乘坐一艘叫作"五月花"号的三桅木制帆船，从英格兰的普利茅斯出发，计划去维吉尼亚殖民地。那艘船上有 35 人是受英国国教会迫害的清教徒，14 名契约奴，其余的是渴望发财的富人、穷人、工匠和渔民，总共 102 人。在海上航行的 66 天里，有一人死于船上，有一名婴儿出生，生下来后被装在一个篮子里当作他的婴儿床，所以到普利茅斯时，还是 102 人。为什么我的祖先没有直接去维吉尼亚呢？因为他们乘坐的木帆船在"鳕鱼角"抛锚了，走不动了，这地方离维吉尼亚还有几百公里，风浪又大，天气又冷，怎么办？这船人就商量，不走了，就在此地登陆吧。"

菁喆给汉克斯老人递上一杯冰水，看着他喝了几口，她说："我们中国人讲缘分。真是缘分，如果当初您的祖先去了维吉尼亚，那么您现在可能就生活在别处，我们也不可能在这个老人院认识。"

"对，我的历史就可能改写了。也许我就变成了一个富商，也没去中国帮你们打仗，也不可能被日本飞机炸伤，呵呵，很多事情真是滑稽。"

"您的祖先上岸后，是否也生存艰难？"菁喆问。

"是的。但我的祖先在鳕鱼角只是休整了两周，那里根本不适合生存。圣诞节后的第一天，他们继续往前走，寻找到一个丛林密布的土丘，才定居下来。由于他们出发的地方是英国的普利茅斯镇，所以他们把定居的地方也称为"普利茅斯"。整个航行过程中，船上的男女老少经常闹矛盾，怎么办呢？以后这些人要长期生活在一起，怎样才能相处得既受到约束，又能体现公平呢？我的祖先们想出一个好办法，他们的清教徒领袖出面主持，制定了一个共同遵守的公约，船上的 102 人中的每一名家长、成年单身男子及多数雇佣的男仆，总共 41 人在上面签字。那时船上有 18 名妇女，可她们还没有享受政治权利，总之那上面没有她们的签名。公约决定，上岸后，每人都要按照多数人的意愿进行管理，建立民治的社区，服从法律。后来，所有的美国人，都是以这个公约为核心，来遵守公民权益的。"说到这里，汉克斯面露自豪之情。

虽然菁喆到美国 5 年了，但她并不了解美国。就像许多北漂，并不了解北京的历史一样。在美国求生存的美漂们，忙得四脚朝天，谁有空静下心来去弄清楚一段历史呢？自从与汉克斯聊天以来，菁喆的大脑里陆续进去了一些东西，她喜欢这些内容，越具体越好，越详细越好。此刻，菁喆最想知道，汉克斯的祖先到了普利茅斯之后，是怎样生活的。汉克斯描述说："他们定居下来后，先用木材建造了一个礼拜堂，每星期天早上举行聚会。因为他们大多是清教徒，教堂对他们的身心都是最重要的。然而，一个冬天下来，他们死伤过半，其中女人仅剩下 4 名。与在詹姆斯镇的情形相同，第二年春天，我的祖先们得到了善良的土著的帮助，才开始建房种庄稼。为了表达对印第安土著的感恩之心，这年秋天的最后一周的周四，得以存活下来的移民们，邀请印第安酋长来分享他们的丰收食物，从此之后，每年的这一天，被定为美国的感恩节。"

"原来美国的感恩节是这样来的！中国的年轻人现在很流行过西方的节日，其中就包括了感恩节，但很少有人想过，为什么过感恩节，它是什么意思，原来如此。"菁喆有点不好意思，这些无知的年轻人中也有她。"你的祖先也杀戮过印第安人吗？"知道汉克斯不会在乎她的尖锐，所以她什么都敢问。

"嗯，这种事是避免不了的。但是，相比中美洲和维吉尼亚那两个地方的殖民者，我的祖先算是比较文明，他们与当地土著相处还不错。但是，随着越来越多的移民被送到普利茅斯，很遗憾，印第安人还是被赶走了。你知道吗？我的祖先到普利茅斯 15 年后，移民到这里的人口已经超过 2000 人。"

"那么，是你的祖先们建立了波士顿吗？"

"嗯，好问题。应该说，他们是建立波士顿的其中一个部分。我的祖先到普利茅斯 10 年之后，另一批清教徒从英格兰林肯郡的波士顿出发了。他们还在"亚贝拉号"船上时，一名叫约翰·温索的牧师对移民们发表了一通移民新大陆宣言，意思是说，他们来到的新世界，是奉上帝的旨意，他们要建立自己理想的社会，要建一个'世界山巅'，上帝以及全世界的人都在看着他们。温索率领那批清教徒，没在普利茅斯停顿，而是一直往北走，然后看到了三座山丘，于是，那地方被他们称为'三山'。他们在那里建立了马萨诸塞湾清教徒区，与我祖先所在的普利茅斯社区遥相呼应。后来他们就把'三山'改称他们家乡的名字'波士顿'。"

"后来的这批人，似乎比你祖先那批更厉害，还没下船就把自己定位成世界最强，这真是不可思议。可他们凭什么登上世界之巅呢？"菁喆永远都在提问题，而汉克斯喜欢菁喆的这些问题。

"凭什么？是啊，我曾经也想过这个问题，后来想明白了，他们仅凭一条就立在了世界之巅，那就是兴办教育。他们中有些人是从英国的牛津和剑桥大学毕业的，为了让他们的后代也能受到这种教育，5 年后，他们就创立了美国第一所公立学校，波士顿拉丁学校。翌年，在马萨诸塞湾的查尔斯河畔建起哈佛大学，之后便是耶鲁大学，再后来，马萨诸塞湾的清教徒社区与普利茅斯清教徒社区合并，以波士顿居民点为政治和宗教中心，发展成今天的大波士顿地区。"汉克斯说他大学毕业后，在查尔斯社区工作几年后，又转到普利茅斯社区服务。

汉克斯的故事很长也很多，但他很开心与菁喆聊天，从去年冬天聊到今年春天，又从春天聊到夏天。这期间，他还穿插着给菁喆讲波士顿黑帮的故事，讲每条街名的来历，讲爱尔兰人和意大利人的火拼，还讲到中国参加抗战的故事，总之，想到哪儿讲到哪儿，令菁喆感激涕零。她是来做义工的，但汉克斯却像是她的义工，无偿地给她恶补美国和波士顿的历史。每次与汉克斯聊天，时间都过得飞快，每次菁喆都舍不得马上离开，但今天她必须要走，因为下午宿舍要搬来新室友。"我的祖先与爱尔兰人、德国人、荷兰人都通过婚姻，混过血，所以现在，我身上只剩下四分之一或是八分之一的英格兰血统，我自己是什么人，我都说不清了，呵呵，这种情况在美国是很普遍的，这就是美国人。"汉克斯打着趣，亲吻了菁喆的额头，又补充说："所有的事情，都很滑稽。"

中午 12 点，柳菁喆离开位于波士顿东南部的普利茅斯管辖区的卡琳娜老人院，步行 10 分钟，到达马萨诸塞湾的通勤铁路普利茅斯站，从这里到波士顿车程约 1 小时。这也是马萨诸塞湾交通局所运营的地区铁路网的最东南角。通常菁喆到波士顿南站后，不出车站直接换乘地铁绿线，乘坐 6 站之后，就到波士顿市中心往西一点的布鲁克林市，然后出地铁站，步行 8 分钟，就回到自己租住的公寓了。前后 1 小时 45 分。

每周六上午 9 点至 12 点，没有特殊情况，菁喆总是起个大早，9 点钟准时到老人院做义工。普利茅斯并不大，市区内没有工业，旅游业成为当地的主要产业，与美国的第一个居民点维吉尼亚相似，每年从全美各地到这里来寻根的人络绎不绝。这里距菁喆就读的麻州大学波士顿分校也不远，菁喆自觉参加老年公寓的志愿服务已经两年。她的一些同学，有平均每周3～5个小时到老人院当义工的传统。

波士顿地区的老人院大致分三类，一类是生活能自理的，年龄在55岁以上的群体；第二类是需要护理的；第三类是给予临终关怀照顾的。卡琳娜老人院属于第二类。120年前的冬天，一名叫卡琳娜的爱尔兰裔女护士，看到一个流浪老人蜷缩在普利茅斯种植园一角快要冻死了，女护士把他领到家中，给他提供吃住，还细心护理他冻病的身体。后来她又收进来几名无家可归的老人。一名商人感动于卡琳娜的善行，慷慨地向她资助了一笔钱，盖起一个可容纳10余人的老人院。如今这里已是可容纳130人规模的非盈利性质的老人院。除了护士，这里还有医生、助理护理人员、物理治疗师、牧师、社会工作者，以及其他各类志愿者。同时这里也提供家庭护理员上门服务。歌手、音乐家，以及各种表演团体，经常会来为老人们演出。菁喆时常能遇到这些演出，心里总是很高兴。

菁喆观察到，这个老人院护士站的护士，都是有注册护士执照的。她们的日常工作是测量和记录老人们的生命体征，记录出入量，收集老人的尿、便、痰类标本，通常每个助理护士要负责10～12个老人。但菁喆不能做这些，她的工作内容是，陪老人们聊天，打扑克，做猜数字游戏。跟她聊得最多的，就是90岁高龄的飞虎队员汉克斯。事实上，他不是真正的飞虎队飞行员，他是飞虎队里负责给飞机照相和测绘地形的技术员。这位老人对菁喆有着天然的亲近感，每周六早晨9点，他都坐着轮椅守在窗玻璃前，远远地向她招手。汉克斯的生活基本能自理，但右小腿装着假肢，所以行动起来不太方便。

夏天的普利茅斯很美，6月刚来临，菁喆就敏感地发现，那些葱郁翠绿的树木中已夹杂了黄叶红枫，该不会又晚熟早谢吧？她的心一沉，夏天到了，也就意味着短秋即将来临，那么，漫长的冬天还遥远吗？只要来年的春芽刚一露头，又将是一年的开始。自己在这座城市的求学生涯又挨过了毫无趣味的一年，可是，万里长征这才走到半途，终点是多么遥远呀！

06 柳菁喆

柳菁喆出生这天，是24节气中的第三个节气。据文献记载，每年3月5日或6日，太阳到达黄经345度时为"惊蛰"。意思是天气回暖，雨水渐多，可以春耕了，惊醒了蛰伏于地下冬眠的昆虫。这是桃花红、李花白，黄莺鸣叫燕飞来的时节。

菁喆家里是母亲说了算，她给女儿取名青青。但颇有墨水的爷爷争辩说，既然小孙女跟"惊蛰"有缘，不如就叫"菁喆"吧。菁喆的母亲看到女儿名字时，有点不敢念，说还是叫青青上口。爷爷就说，青字上加个草字头，有女子的美好；"喆"，美好的女子再加上两个吉祥保佑，她的一生就更美好了。母亲不高兴地说，加个草头，又开了两个吉字，就加了麻烦，许多石油工人都是大老粗，不知道怎么念这个名字，大家猜来猜去，说不准都叫她青吉。爷爷狡黠地说，我的孙女注定是个有文化的女子，长大了怎能与那些大老粗为伍，就不麻烦他们把她的名字呼来喊去的，她贵气着呢。母亲虽然看不上爷爷，但又斗不过他的酸气。想想这老头儿到底是读过黄埔军校扛过枪打过仗有点见识的人，菁喆就菁喆吧，反正麻烦也是别人的事。

梦想，梦想，梦想。其实梦想是个欺骗，骗着人们去追求，但结果仍然是个梦。汉克斯的祖先漂洋过海来到美国，是为了逃避英国教会的迫害，可自己从中国漂洋过海来到美国究竟是为什么呢？对于这个问题，菁喆很少去想。反正也想不出个头绪，管他梦想是什么，反正母亲什么都替她想到了，换句话说，到美国，是母亲的梦想，菁喆只是替代母亲圆她的一个未曾实现的心愿。

这种被亲人赋予使命的日子很不好过，菁喆只想赶紧拿到博士学位，顺利找个工作，早点过上正常人的生活，尤其是正常女孩的生活。如果非要说菁喆有什么梦想，这才是她每天都头疼的事情。

尽管 2009 年夏天，柳菁喆已过 32 岁生日，但她仍是麻州大学波士顿分校生物系的在校博士研究生。像她这个专业，通常要读七八年才能毕业。可是菁喆现在就厌倦了，她不喜欢这个专业，她想早点拿到学位。但根本不可能。一则导师希望她能多几年时间帮着做课题；二则工作还没着落，怕一毕业就失业；三则自己也不敢断然毕业，在实验室耗着，至少还能拿点钱。可这么耗着啥时候才是头呢？

菁喆的本科和硕士都是在新疆医学院生物系完成的，去年，菁喆开始跟着导师在麻州大学波士顿分校相关联的一个医疗中心细胞分子实验室实习。这期间，她一直往各制药公司投送简历，导师睁一只眼闭一只眼，他能理解外国学生的处境，他对菁喆说，一旦有公司想聘用她，他愿意写推荐信。

医疗中心在波士顿市中心，距中国城很近，乘坐绿线地铁比较方便。菁喆在网上找到一所中国人出租的公寓房，位于波士顿布鲁克林市。在美国，无论买房还是租房，首先要看是好区还是烂区。所谓好区，一般是指小区环境好，安全。说到底，就是白人和富贵者多的地方。不言而喻，烂区就是黑人墨西哥人印度人和穷人住的地方，治安问题成堆。菁喆虽然既不富贵，又是有色人种，但至少是高知女性，何况又是单身，从安全角度考虑，也得向白富贵靠拢。

夏

不喜开始

自由迁徙是人类的权利

但是人类却在自由的路上溃退

组建家庭是人类的核心需求

但是交易取代了情感的纯粹

分享资源是人类的共处准则

但是为生存而战成为活下去的难题

为什么焦虑 欺诈 恐惧 毁灭感威胁着人类

到底有什么不对?

01　西化女人

周六早晨，女房东茹欣媛特意拨通菁喆的手机，嘱咐她下午 3 点以后，一定要守在房间，从北京来的新室友 4 点左右到达。茹欣媛打电话时，已经在从西维吉尼亚返回波士顿的途中。

菁喆住的公寓在布鲁克林大街 33 号。这套被百年树木掩映的暗红色砂岩外墙的公寓楼，共有五个单元，每单元四层，每层有两户，每户两房一厅，带一个厨房和卫生间。面积不大，相当于国内的 60 多平米。几年前茹欣媛买下四层其中的一户，原本是她和家人自己住的，这两年波士顿的房价开始上涨，她就把房子整个出租，搬到男友的住所去了。菁喆算是这套公寓房的常住人口，其他两个房间的室友，像走马灯似的更换。她们轮流住在大小卧室，而菁喆一直住客厅。几天前，两位前室友陆续回国了。周五，茹欣媛就派清洁工过来清洁房间，周六，就有新室友搬进。房间利用率之高、衔接之紧凑令菁喆感叹不已。

匆匆吃了碗面条，正要收拾弄得乱七八糟的厨房时，门铃响了。菁喆以为新室友到了，赶紧开门，却是穿着乳白色吊带长裙的女房东茹欣媛。

茹欣媛用手抹着额头的细汗，嗨了一声，算是跟菁喆打招呼，她抱怨，"唉，怎么才六月就热成这样，真是世界末日到了吗？"看到菁喆愣着，她补充说："我还是有点不放心，刚回来，就直接过来了。"

"噢，进来吧。"菁喆到厨房，用纸杯给茹欣媛接了一杯经过净化的自来水，递给仙鹤一般的女房东后，就把身体靠在门边，不吭气了。一遇到能说会道的人，她的瞬间反应就是这种默然。

"哎，你要是觉得天热，可以开空调嘛。不过，要是那样的话，恐怕这月的电费就超了。"

"你家空调制冷不好，声音又大，原以为周末能睡个好觉，昨晚反而没睡好。"菁喆委婉地投诉。

"哎，我以前住这儿时，空调很好用呀！你没弄错吧？"女房东的真诚显然打了折扣。

"真的不好用。"菁喆老老实实地说。

"估计也就热一阵子，先凑合用着吧。这两天我会叫维修工人过来一下。"茹欣媛敷衍了两句，赶紧转移话题："哎，怎么每次见你，都穿这种乌不啦叽的衣服呀，这种扮相，哪个男人会喜欢？"她直通通地问菁喆。

菁喆上身穿一件深蓝色短袖，下身是条黑色运动短裤，腿部肌肉显得健壮有力。从小学到现在，她都梳着短发，齐眉的刘海，一张宽脸上，生着一对劲道有力的浓眉凤眼。高挺的鼻梁，四方嘴，黑框眼镜架在鼻梁上，紧挨着刘海，让人看不到额头的真实宽窄。菁喆身长腿短，看上去还略有些含胸，其实她不是真的驼背，那是在青春期发育时，猛然发现乳房变大，不好意思，便一直憋气含胸，久而久之，身子也抻不直溜了。但是每当她跑步时，那对结实而饱满的乳房仍是上下颤动，坠得她不敢跟男生一起跑步。

"那，那您是不是觉得我特别老气？"菁喆自卑地与其是问别人，不如说是问自己，在她眼里，女房东的气质更像搞艺术或当模特的，不像做生意的。

"那你看我今年多大岁数？"茹欣媛笑眯眯地自信地让菁喆猜测。

菁喆真的从头到脚地打量茹欣媛。虽然茹欣媛的胸脯并不丰满，也看不见诱人的乳沟，但菁喆每次见到她，她都穿得很少，可能她喜欢阳光直射皮肤。茹欣媛生着模特身材，一米七八的身高，配上秀丽的小瓜子脸，平时长发飘飘，干活时头发盘在脑后，每每走在亚洲女人堆里，很有鹤立鸡群的感觉。但在美国，却不是显著优势。菁喆呢，是土生土长的西北女孩，看上去敦实憨厚，只是身段嫌矮，与细高的女房东站在一起，不得不仰着脸送上自己的憨笑。

"行了，行了，别看了，看得我心里发毛，告诉你吧，两年前我就过50岁生日了。"茹欣媛直截了当地宣称。

美国人有两个禁忌，一不问男人的收入，二不问女人的年龄。所以一般人吃不准茹欣媛到底多大。她却不避讳对菁喆说实话："我当过一年知青，1979年上大学，你说我还能年轻到哪儿去？我属鸡的，满地刨食吃的那种命。唉，为什么中国属相里没有鸟和鹰呢？我更喜欢在天空腾飞的动物。虽然龙也是天上飞的，但谁见过？没见过的就是虚的。我只相信实的，摸得着的，能握在手里的东西。不过，属鸡也不错，尽管最多飞到房顶和树杈上，那也比我们这些人类飞得高吧？还有，鸡的两只爪子始终能踩在地上，不管粮食、烂菜叶子或是虫子，它嘴里从不落空，总有嚼头。"茹欣媛的语速又快又密，说话时不容别人插嘴，事事都显得刻薄和计较，但她情绪好时，会刻意把语速放慢，笑起来也很甜。她第一次看到菁喆时，就喜欢这个老实巴交的房客。这会儿，她笑眯眯地用长辈的口吻问："还是每周跟妈妈语音一次？"

菁喆点头。

"真是个乖女儿。有男朋友了吗？别误会，我不是打探你的隐私，主要是考虑我作为房东自身的安全。我要做到对每位租客的基本情况都心中有数，我不想给自己添太多麻烦，也折腾不起，再说了，我很忙，你理解吗？"茹欣媛能说会道，总是有理的样子。

菁喆还是点头，并没有多余的话说。

这工夫，茹欣媛进到厨房，看到电磁炉台上乱七八糟，先是白了一眼菁喆，然后把长发三下两下拢在脑后拧成一个结，再用夹子卡住，脖子显得更细长。只见她把菁喆的碗盘都扔进水池里，命令道："站那干啥，洗碗呀！"自己也操起一块抹布熟练地擦拭炉台，一边擦一边批评说："瞧你们这几个女博士怎么用的这炉台？我以前用的时候，都能当镜子照。说过多少次了，吃的地方，一定要讲究卫生。中国人走到哪儿，都弄得脏乱差，我听说，中国城的一些餐馆厨房跟垃圾堆差不多，经常跑出耗子来。"

菁喆无地自容地低着头洗碗，左右脚不安地来回动弹。

"行了，别害羞了。我又没说你，平时我也总这样说我女儿。我这是对你好才说，否则，我才不多嘴呢。哎，我刚才问你，有男朋友没有，你也不回答。就跟我女儿一样，把她养大，反而不跟我交心了，记得刚把她接到美国那两年，她跟我还能像朋友似的聊天，自从上了大学，我这当妈的似乎就不存在了。偶尔打一次电话，就是伸手要钱。"茹欣媛还真有些伤心。

菁喆脸红了，把头埋得更低，小声解释："实验室的活儿很多，我还没空找男朋友呢。阿姨，您……"

"别叫我阿姨，这是最后一次提醒你，别把我叫老了。叫我名字，我会很高兴。到这里就要学着入乡随俗，美国人都是直呼其名。"茹欣媛瞪一眼菁喆，随即露出一口洁白的牙，友善地笑了："我相信你还没有男朋友。不过这个年龄还没积累点男女关系经验，以后保不齐要吃亏的。这要在国内，人家该说你是剩女了吧？好在这是美国，没人关心你的隐私。你可别跟我抱怨周围看不到适婚男人。美国人可不像中国人，什么事都靠单位，靠集体给你解决，这里没有组织概念，最多有个教会。美国人啥事都靠自己，尤其现在是网络社会，吃穿住行交友，全在网上解决，公平地说，你的世界想大就大，想小就小，就看你怎么利用网络资源。很多美国人都是通过网络交友这个平台找到婚姻的，你也可以试试呀。"茹欣媛真没把菁喆当外人。

"网络交友？想不到您还挺潮的。"菁喆看女房东的眼神都变了。

电磁炉台被茹欣媛擦得锃亮，她才直起身来，然后对菁喆不屑地说："观念新旧跟年龄大小有关系吗？我就是活到80岁，心理仍然年轻，仍然能创造和挖掘我的潜力和价值，以后别在我面前冒傻气。"未及菁喆细品这番话，茹欣媛又转了话题，她按按墙角的一条细裂缝，说："这里有点小问题，等我再找时间，把这儿抹点腻子。"

"您是说不请工人做？"

"这么点小事，当然是我自己动手。"

菁喆吃惊不小。这么漂亮高雅的女人干这种粗活，真少见。

"喂，我男友说，我比中国女人还中国女人，比美国女人还美国女人，你觉得这个评价适合我吗？"茹欣媛挑起眉毛，很认真地等着菁喆的回答。

菁喆本想说，你是个很西化的女人，此话还未脱口，楼下的门铃响了。茹欣媛立刻换了情绪，她高兴得像个小孩子，嘴里唱着李谷一的《乡恋》，疾步下楼："你的声音／你的柔情／永远印在／我的心中／冬天已经过去／春天就要来临……"菁喆很熟悉这首歌，在家时，母亲经常哼唱前面几句。想不到茹欣媛的声音还很甜美，在菁喆这种没有音乐细胞的人听来，绝对是专业水准。

02 33号公寓

一个年龄在40岁上下，身材匀称，湖蓝底白花的双层粗布卷边太阳帽，深色墨镜，无袖浅蓝色连身裙，脚穿高帮白色阿迪达斯运动鞋的女子正疲惫地倚靠在门前，她身后是双肩背牛仔包，脚边立着藏蓝色阿迪达斯旅行箱。见到茹欣媛和菁喆，这女子拿开太阳帽，她的头发被清晰地划出一条中分线，并有层次地向肩头垂落，但头发垂落肩头的同时，却又弄出一个外翻的弯花，看上去很是俏丽。这女子又摘下墨镜，露出一双顾盼流连的大眼睛。这是个面容姣好的女子，笑起来还有两个好看的酒窝。

"你是栗秋吧？准确无误地找到门牌号，厉害！"茹欣媛主动伸出手。

"您就是房东茹欣媛？您看上去真有气质。"栗秋微笑着，并把自己的手跟茹欣媛的手轻轻拉了一下。

"我是你的室友，叫我菁喆吧。"菁喆自我介绍。

栗秋又来跟菁喆握了握手，说："认识你很高兴。"

栗秋住小卧房，朝向西北，临马路，给人感觉既密不透风又嘈杂。房间里有一张桌子，一个简易衣柜，一个没有灯泡的台灯，还有一张铁床和一个床垫。栗秋疲惫地坐上去，那床立刻发出吱吱咯咯的响声，栗秋皱了皱眉头。

茹欣媛假装没听到，她一脸认真地说："我的房子位置好，周边环境你也看到了，四处都是树啊花啊草的，步行10分钟就是一个漂亮的湖，这在国内是绝对不可能有的风景。交通嘛也方便，月租750美元，水电费全包，你到哪儿去找这个条件？从去年开始，波士顿的房价回涨，就咱家这房，我在网上一登消息，想来看房的人很多，但我就是觉得跟你有缘，才把房子留给你，因为我喜欢租给学医的，素质高，爱干净。看，我真是把你俩当家人了，朝东的那间主卧，我打算给我妈妈住。估计再有十天半月的，就会收到我妈妈的绿卡。然后，我女儿会把妈妈带过来。到时候，你们要多照顾老太太哟！我女儿刚大学毕业，回国去撒撒野。"茹欣媛从房价说到母亲的绿卡和女儿，面部表情一路灿烂。

"但我有个原则，我们得签一年的租房合同，我不搞零碎出租，不想浪费我的时间和精力。我跟菁喆一签就是一年，双方心里都踏实。"茹欣媛自然地拿菁喆说事。

栗秋却说，"前年我在欧洲访学时，我的房租合同是3个月一签。"

"哟，尊贵的女士，那是欧洲，这里是美国。欧洲现在是什么情况呀？欧元大幅下跌，经济一落千丈。我这套公寓主要租给访问学者和博士。谁不知道中国人有钱了？美国人买房子都贷款，一直贷到快退休才能还清房贷。咱中国人痛快，一手现金一手交房。做生意嘛，当然要审时度势，我也不想啰嗦，就按中国人的付款风格好吗？一次付清，这样咱们谁也不用见谁，你说是吧？我很忙的，你们也忙，谁有时间总是为这点小钱见面，烦不烦呢？"茹欣媛觉得对付这个新房客有点难度。

栗秋不温不火地说，"没关系，我有时间。还是俩月一交吧，我找您。我不是您说的那类有钱的中国人，我家是小门小户，靠工资吃饭，还得支付儿子的学费，所以一下子没法给你那么多钱。"她的声音不大，但每句话都很清楚："当然，按惯例，如果我要换地方，会提前一个月通知您。如果您不同意，我现在可以提着箱子走人。"

"别，别呀，这是专门留给你的房间，你又突然不住了，这岂不是违约？昨天我还拒绝了一个想租我一年的房客呢，你说，这个损失谁补呀。"茹欣媛略有不悦。

"刚才您也提到，喜欢把房子租给学医的。既然我是您的理想租客，那咱们都做点妥协呗，以后彼此交往起来也舒服。我原想一月一交呢。"

"好吧好吧，北京人都是皇城根脚下天子的臣民，嘴巴上是不吃亏的。"茹欣媛倒也痛快，没在这事上纠缠。

"哪比得上湘女精明又多情啊！"栗秋回敬房东的语气也不含糊。

菁喆在旁边开了眼，觉得这两个女人都挺厉害的，她们之间的唇枪舌剑功夫，是她望尘莫及的。

栗秋喝了半杯水后，试探性地问蹲在地上用纸巾擦捡头发的茹欣媛："您到美国很多年了吧？都当房东了，真不简单。一定积攒了不少成功经验吧？"

"想听听？"茹欣媛站起身。

"为什么不？"栗秋耸耸肩。

"一般我是不想跟别人分享的，因为这里有许多商业秘密。但考虑到说不定哪天咱们之间可能会联手合作点什么，所以，我抖点家底给你们，以示我的真诚。"听上去茹欣媛挺仗义的。

"咱们？刚见面？合作？"栗秋狐疑地一连三个问号。

"为什么不？如果有机会的话。"茹欣媛也耸耸肩。于是，三个人各端杯水站在客房通向厨房的走廊里聊了起来，不像是房东与租客的关系，倒像是多年未见的老友相聚。

"中国人不比美国人笨，只要敢作敢为，找准机会你就是赢家。1997年，我刚到美国时，正赶上他们经济陷入衰退。那两年我正为感情上的事分神，顾不上挣钱。侥幸的是，刚到美国不久，就先买了一套联排房，用来出租。2000年我来到波士顿地区，一开始在几个中文学校跳来跳去，瞎忙活一阵儿。两年后才回过神来，发现波士顿地区的房价跌得很低呀。于是，我立马飞回国，动员老妈卖房，又找亲戚朋友借了钱，回来一闭眼一跺脚，一口气在牛顿、剑桥和布鲁克林这三个城市买下三套旧公寓房，如果不是第二次婚姻结束……"

"啊，你都离过两次婚了？"菁喆十分惊讶。

"怎么，是不是觉得离过两次婚的女人是坏女人？"茹欣媛挑衅的口气。

"不，不，不是那个意思。"菁喆赶紧分辩。

"行了，别打岔了。相对生存来说，离婚根本算不了什么问题。还是让房东给咱多说点有用的吧。低价买进后，你把旧房改造了？"栗秋止住菁喆的话题，又挑起茹欣媛的话瘾。

"当然。改造的目的，是为了等房子涨价时抛售。2002年买进一套小户型才值8万，05年和06年，房价腾腾地飞涨，小户型房涨到25万左右。我意识到新一轮经济危机快爆发了，赶紧把牛顿和剑桥的两套房子抛出去，只留布鲁克林这套自己住。那两套房一出手，就把老妈和朋友的钱都赚回来了。但我只还了朋友的钱，却对老妈说，先不还你钱，我要继续投资房产，以后我会在美国给你和家人买大房子住。我家人都很相信我的能力，她们在国内勒紧裤腰带支持我，或者说，我代理她们投资房产，有了红利大家一起分喽。"

"你就那么自信？"栗秋追问。

"为什么不自信？我在国内有那么多年的房地产买卖经验和教训，波士顿有没有商机我还看不出来吗？手里有钱，心里就不慌。我一边做别的事，一边等房价暴跌，果然，2007年房价真的又跌回2003年以前。我立即再出手，在查尔斯顿、哥伦比亚角和波士顿大学区买下三套二居的，把它们重新装修一番，立刻出租。我看好大波士顿地区有一百多所大学，每年过来25万左右国际留学生，不愁房子租不出去。"茹欣媛沉浸在抓到了机会的喜悦里，眉飞色舞。

"目前的房市是什么状况？"栗秋笑眯眯地询问。

"从今年开始，房价又回升了。我正等候下一轮房价涨幅到高点时，我会有大动作。"茹欣媛得意地说。

"您真够有魄力了，很多男人都做不到您这么果敢！"栗秋对茹欣媛不由地用了尊重的口吻。

"那你知道下一轮的高点是什么时候？"菁喆好奇地问。

"应该在2014或2015这两年吧。"茹欣媛心中有数地回答。

"你怎么知道？"菁喆问。

"那么多年的下海经历和经验，足够我做出判断。当然也可能误判。"茹欣媛透露出她冷静理性的一面。

栗秋思忖片刻，问："照您的解释，2014或2015年以后美国会陷入新一轮经济危机？"

茹欣媛冲栗秋来了句："别您您您的给我打北京腔。叫我欣媛就行，我受不起北京的尊贵称谓。我是这样分析的，通常危机之前，房价会飞涨，所以我再次等待再次抛房的兴奋时刻的到来。其实，我手里的哥伦比亚角和查尔斯顿的房子，都在烂区，但房价低呀，买下时只有9万，知道现在什么价吗？14 万了。烂区也没关系，反正房源供不应求，我就吃留学生这块蛋糕，就能把我养得很滋润，出租率百分百啊！我在联邦大道旁的波士顿大学校区那套房是在好区，还有你们住的这套，也是好区，还给你俩住了，你们的运气不错呀！"茹欣媛意味深长地给两个女房客来了个飞眼。

"你是怎么做到这么大将风度的？"菁喆一直张大嘴巴，像听天书。她知道自己没有这种女汉子气派，以后恐怕也够呛，她真的佩服茹欣媛。

茹欣媛看了下手表，准备撤了。

栗秋料想茹欣媛私底下做了许多功课，才能做到心中有数地掌控每个拐点。她见过能干的女性，显然，眼前这位更不同寻常。想到这儿，她对茹欣媛浅浅一笑以示好感。茹欣媛捕捉到了，也回报她一个颇有成就感的微笑。

"我还有事，得走了。"茹欣媛到卫生间去方便了一下。刚一露头，菁喆执着地追问："那您每个月挣好多钱吧？"

"每套按最低 2200 出租，一个月净赚 6000 没问题，是税后啊。相当于美国大学教授的月收入。"

"羡慕，但我不嫉妒。因为我学生物的，不可能发财。"菁喆自言自语地替自己解围。

"那也难说，只要你往这方面想，你就能成事。只有想不到的，没有做不到的。"栗秋淡淡地说。

"哎，我喜欢栗秋的态度。看来咱们有话题可聊。你俩都是搞研究的，告诉你们，这就如同种地的农民，种地发不了财，卖粮食的才能发财。观念稍一转，知识就改变命运了。思路决定出路呀。"茹欣媛的确有这样的切身经历。

"可是，都想着卖粮食，谁当农民呢？"菁喆嘟哝着。

"你呀！"茹欣媛和栗秋异口同声地说，然后相互意会着，夸张地大笑起来。

笑毕，栗秋问茹欣媛："您只做房产生意吗？"

"这也是我过段时间想跟你们谈的话题。今天先简单说一下。眼下，我正操作一个月子中心。不知你们听说没有，这些年许多国内的孕妇过来生美国宝宝，这不就是商机吗？我的出租房可以给孕妇提供月子服务呀。我已经看好波士顿公共公园附近的一套独栋楼，两层半，离妇女医院很近，环境超好，6个卧房，带3个卫生间，一个阳光房，开放式厨房，前后院也很宽敞，我打算尽快把房子拿下，当然还要请有注册护士资格的专业人士照顾她们两个月的待产和一个月的产后生活，过段日子，等我真正启动这个项目时，我还要请你们帮忙，或许你们愿意参与呢。今天没时间谈太多。"茹欣媛匆匆说了个大概。

"这事儿合法吗？听起来怎么那么别扭呀？"菁喆先是目瞪口呆，然后质疑。

"我从不做违法的事，顶多就是钻美国法律的空子。这个问题我跟我的律师早探讨过，不劳您费心了。"茹欣媛显得踌躇满志。

"也只有中国人做得出这种生意，虽然不是坏事，但也没什么光彩的。而且跟孕妇打交道，会有很大风险。"栗秋好心提醒茹欣媛。

茹欣媛冲着栗秋诡笑："在商言商，不跟你讨论道义上的分歧。孕妇都不怕风险，我合法经营，照章纳税，有什么好怕的？我这是做大善事。让孩子一出生就拥有美国国籍，他们将从此在教育、就业和权利方面获益，对家长来说，这是一种价值投资，给孩子多一种人生选择，一本万利。这些好处中国人能不捞？我预测，中国孕妇生美国宝宝这事，现在只是开了个口子，说不定，过几年就是一股挡都挡不住的洪流，铺天盖地席卷美国。这段时间，我在跟多方谈判，有好多环节呢，谁去国内组织孕妇团，以什么名义办签证，谁负责接机，谁把孕妇送到我这里来，谁负责联系医院，谁又负责把孕妇和孩子送出去，哎呀，太多的头绪，我得马上走了。"

茹欣媛把喝完的纸杯扔到垃圾袋里，顺手把其他垃圾袋也拎在手上，喜滋滋地说："我男友今早刚从日本旅游回来，这会儿应该还在睡。我计划7点赶到家。现在我先去看那套房子，然后去健身房跳尊巴舞。这样，我就能以饱满的状态跟我们托尼共进烛光晚餐。嗯，我们托尼很会制造罗曼蒂克气氛的，英格兰男人在这方面的天赋像是娘胎带来的。不像中国男人，木头一根！"提到男友托尼，茹欣媛脸上流露着掩饰不住的温情，女人味顿时彰显，一扫刚才跟栗秋谈房租时的尖牙利齿。

茹欣媛是急性子，刚提到要走，就一刻都不能等似的，噔噔噔下楼去了。

03 神人

茹欣媛一走，房间里顿时安静下来。栗秋和菁喆相视一笑。栗秋先开口，"我在麻州大学所属的医疗中心访问一年，这么巧，你也在这所医院实习，咱俩挺有缘的。"

"这样吧，周一早晨，我带你到医疗中心的国际学者交流部报到。不过，咱得早点起床，早走一刻钟，这样就不耽误我准时到实验室了。"菁喆以东道主的口吻想给栗秋做向导。

"谢谢。忙你的吧，我自己去就行。从咱这儿出去，步行8分钟到地铁口，坐两站地下来，再步行10分钟，就是医疗中心，好找。我跟指导教授已经约好，周一上午10点，在他办公室见面。"原来栗秋把什么事都安排好了。

"这个区有几个大商场，我也搞不清什么名字，反正你可以去转转，我平时都在附近印度人开的小超市买食品，但我提醒你，东西虽然新鲜，但很贵。"菁喆善意地提醒。

"噢，我知道。Prices charp是大众平价店；Bigy是个食品商场；Penny和Lows货物齐全，家中所需的任何配件，在那里都能找到。"栗秋不慌不忙地说。

"天呀，你怎么啥都知道？我来几年了，都叫不上名字。"菁喆惊讶极了。

"机场等候的时间很长，上网呗，卫星定位一下，就什么都清楚了，连咱们这套公寓形状都看得很清楚。"栗秋真觉得没什么。

"你真行，就像在波士顿生活了很久似的，我反而像是刚来的一样。"菁喆憨憨地说。

"嗨，凡事提前做点功课，不就心中有数了嘛，也没什么大不了的。"栗秋淡定地说。

"需要我帮你收拾吗？"菁喆友善地问。

"不用。谢谢啦，我自己来。"栗秋莞尔一笑。

菁喆说："那我去湖边跑步了。"

"每天都跑吗？"

"哪有那么多时间，也就周末抽空运动一下，围着湖边跑几圈，一个小时左右。"菁喆下意识看了下手机上的时间。

"好习惯。"栗秋赞赏着。"不过，你可以办个健身卡嘛，我看到布鲁克林这一带的健身中心正在做夏季折扣广告，39美元可以做25次瑜伽，真合算，平均一次不到两块钱，咱国内做一次，怎么也得20块钱，贵10倍，这么便宜，干吗不去呀？"栗秋怂恿道。

菁喆又是张大嘴巴。麻州大学的健身房是免费的，在校时，她经常去那里运动。但搬出来后，就没敢想过要去社区里的健身房瞧瞧，想当然一定很贵，索性围着湖边跑步，一分钱不用花。问题是，栗秋连健身房的价格都门清。菁喆暗想，这位新室友，真是神人！

栗秋关上屋门，第一件事就是试网线，一切正常。行李都没顾得上拆，她先看亚洲交友网站上的留言。栗秋登机前，分别给波士顿地区的三个征婚者留言，想看看对方都是什么反应。还真有两条：一是房产老板托马斯约她周六晚7点在中国城的上海餐厅吃饭；二是麻省理工大学的讲师，约她周日晚8点到海滩见面；另一人没反应。另外还有一封邮件，是半年前就跟她有过联系的维吉尼亚州詹姆斯镇的环卫工程师比尔写来的，他得知栗秋登机了，很高兴，表示他会尽快安排行程到波士顿。栗秋心里美滋滋的，初战告捷。再仔细看一遍，坏了，与托马斯见面时间就差两小时，幸亏看了留言，赶紧行动吧。栗秋开始精心梳洗，厚厚的耳垂上换了副扣式菊花形耳环；无袖的白底紫花贴身旗袍，正好将她优美的曲线衬托无遗；一条乳白透明外搭随意披在丰腴的膀子上；双耳及腋下喷了些微木香味道的"香奈尔5号"香水，然后，她挎着紫色香奈儿坤包，出了房间。

菁喆从湖边回来，正气喘吁吁上楼，栗秋打开门，说："我得出去一趟。"

"刚来就出去，天快黑了，你不怕呀？"菁喆吃惊地问。

"到中国城跟朋友吃个饭。应该不会太久。不用担心。"栗秋抿着嘴浅笑一下。

"你真行，刚到这儿就有人请吃饭。"菁喆羡慕极了。

"不好意思，明天见。"栗秋从进门到出去约会，前后也就3个小时。她自己也觉得这个速度太快了。但没办法，到波士顿的访问时间只有一年，她有许多事情需要去做，为此，她列出一个时间表：第一，必须在这一年里，找一个可以结婚的美国公民，至少要把两人关系巩固下来，从而为移民做好准备，这是重中之重的头等大事；第二，考个注册护士资格，以备将来找工作之用；第三，要把驾照考下来。她在网上已经查过了，麻州允许中文考试，这将省去她的英文并不流利的问题；第四，让儿子在寒假期间过来一次，带着他好好转转，目的是让他产生到这里来上大学的动力；第五，争取完成两篇论文，最好能发表一篇英文的，退一步说，如果不能顺利留在美国，必须要回国的话，生活还得继续，有篇论文发表，评正研时就硬气多了。这一年说起来很长，但一件件事办下来，时间还真不太够用。

从栗秋拿到签证那天起，她在各个交友网站的聊天范围，主要就集中在波士顿地区。她想，这样可以实现效率最大化。符合条件的，就先聊着，如果有兴趣了，见面也方便。其实这位托马斯是两周前才接上头的，聊了几天觉得还挺实在的，对方对她也表示出极大兴趣。栗秋决定把他划为第一批见面的美国男人。那么，第一个愿意见她的人是什么样呢？他热爱家庭吗？他能带给她什么？希望？失望？成功？教训？无论是什么，她都得试试，而且不能抱怨。总之，这已经距嫁一个美国人多走了一步。这是一个新的开始。她甚至有些小小激动，一切都是按计划行动的，天佑自己，诸事顺利。

04　焦虑

母亲已经用电脑 QQ 的免费语音服务呼叫菁喆好几遍了。这个时间，才是中国的早晨 6 点。

菁喆每周末得向母亲汇报一次学习、生活、交友情况。这个习惯是从小养成的，菁喆在青春期时，未能摆脱这个惯性，到美国后，定时向母亲汇报，不仅只是单纯的责任、义务和需要，还掺杂着亲情、隔着大洋的牵挂和嘱托。

这一年来，菁喆每次跟母亲 QQ 语音时，都像一个随时想拔腿就跑的逃犯。母亲每次问来问去就是那些事，母亲为什么总是那么饶有兴味呢？她真想求母亲忘了每周一次的语音对话这回事，让自己好好放松甚至放纵一下，但她不敢。一到周末，她就温顺地守在电脑前，听母亲的教导。

"妈，实在不行，我就回国吧。简历投出去十几份了，至今没有哪家公司或机构痛痛快快地回复我。归结起来，就两个问题，一是没绿卡，就没人愿意给我工作签证；二是制药行业不景气，生物专业不好找工作。其实，不让我待在这儿，我还不想待呢，美国也不全都好，很多方面还不如中国。"菁喆试探着母亲的口风。

"既然美国不好，为什么有钱的当官的家属和后代都往那边跑？现在连没权没势的也想办法移民，你学历高，学习好，而且已经在那里，就要抓住机会大展鸿图，为咱女人争气，让咱老柳家光宗耀祖。妈不要求你像居里夫人那么伟大，但你至少要成为华人的榜样。妈相信你，你能做到！在妈的眼里，你一直是最优秀的，你可是美国的博士啊，在中国有多少美国博士我不知道，但在咱库尔勒石油城，你是独一份。菁喆，你一定要把这杆红旗扛到底，而且要把骄傲的旗帜插上白宫。我天天都看报纸，了解美国的情况。不是有个中国女博士，到白宫担任什么职务了吗？"对于这些媒体刻意渲染过的报道，母亲过目不忘。

"妈，那是十几年前的事，而且她也只是白宫的实习生。今非昔比了。那时美国经济形势好，就业机会多，那时还没有这么多中国人潮水般涌来。现在不一样了，美国的就业市场已经挤成一团。美国人跟美国人竞争，美国人跟外国人抢饭碗。而外国人里就数中国人、印度人还有墨西哥人最多。妈你明白吗？在利益面前，尤其在经济形势不好时，美国人不是我们的朋友。他们认为我们这些外国人抢夺了他们的饭碗，所以我们跟他们是对手关系。今天房东说美国人不比中国人聪明，但他们是美国公民，我们不是，这就是他们的优势，我们的劣势。就像在北京，每年大学生选择就业时，用人单位优先考虑有北京户口的，逼得一些外省市家长，为了孩子将来能在北京顺利发展，不得不提前好几年就想法为孩子买个北京身份一样。"菁喆试图说服母亲相信自己所言都是事实。

"北京这么对待外省市人，太不公平。咱们边疆人怎么啦？咱守住边疆就是对国家的贡献，是国家的功臣。国家应该首先优惠我们这些守边疆的人，可是，瞧你爸那点工资管什么用？"母亲突然忿忿不平起来。

"美国也同样地不公平呀！道理很简单，北京是北京人的北京，美国是美国人的美国。人家的地盘，人家早就占尽了先机，无论就学还是就业，当然都要优惠自己人和自己的后代。美国本土学生上大学可以少交学费，但外国留学生的费用就高出一半，您说这公平吗？"菁喆的忿忿不平是冲着美国来的。

母亲发现女儿今晚的情绪有点转弯，赶紧把她拉回正题："菁喆，咱现在不扯公平不公平，就说你在美国发展的事，年底能毕业吗？"

"如果您同意我回去，我争取早点完成毕业论文。"

"不能回来，你得在美国发展！"母亲斩钉截铁地下了命令。

"自从美国经济滑坡，就业机会本来就少，如今移民到美国的中国人已经两百多万，为了利益，中国人之间总是互相掐，想要容身越来越难。我们实验室的两个中国人就因为互挖墙脚，昨天吵得可凶了。妈你知道吗？中国 70% 的高考状元都漂在海外，昨晚我在一个小餐馆里，就遇到南方一个市的文科高考状元，她的成绩比我优秀，不也屈尊打工吗？我又算哪根葱？如果我现在毕业的话，学校只能给出一年时间找工作，找不到就得卷铺盖走人，想留下也可以，那就当黑户，这又违法了，抓住是要坐牢的。"菁喆只觉得前途暗淡。

"别唬我！笑话！既然两百万中国人都浩浩荡荡移民到美国，就多出你一个堂堂的博士？只有撤退这一条路？"母亲绝不服气。

"妈，人家要么是官二代，要么是富二代，有钱就可以当投资移民。那些偷渡'黑'在这里的，没钱，没尊严。妈，美国是个很势利的地方，不卡有钱人，也卡不住偷渡的人，就对我们这些正规途径来读书的学生设置各种障碍。谁让我选错了专业呢？这里不认你学历高不高，也不认你是不是名校的，人家只看公司需不需要人，只看你能给公司创造多少利润，为美国做多少贡献。"菁喆与母亲的交流总是不畅。

"你是我女儿吗？我不想听你说这些灰心丧气的话。是我女儿就勇往直前，希望就在明天！大不了，妈再苦一年，砸锅卖铁，勒紧裤腰带也得让你做个有头有脸的人。别像你爸，倒霉一辈子，害得我窝囊一辈子。等你在美国落下脚后，就把你哥你姐都弄出去，咱家全指着你了。"母亲的态度不容商量。

"妈，我有回国的念头，也是想在经济上帮衬您一把。我回新疆，到医学院或随便哪个大学都能教书，收入也不会少。这些年您太累了，爸又太老实挣不到钱，哥姐生活又不能自理，您还得给我弄生活费，我真的不忍心看您这么苦下去。"说到这里，菁喆真觉得母亲支撑这个家很不容易。

"菁喆你听着，我不许你这个样子回来！再苦再累我都能扛，只要我女儿能出人头地，我这些苦累就受得有价值。"母亲再一次把涌上来的泪水咽回去。

菁喆本想说，不仅您累，我自己也累啊！母亲累是她心甘情愿的，可自己真不想在这人才济济职场如战场的美国社会拼下去。爱人、学位、工作、房子、车子、票子，至今什么都还没有，靠这么打拼下去，何时是头呢？可这些话不能说出来，否则母亲会倍受刺激，便只能卡在喉咙里。被亲情牢牢绑架的滋味别人有吗？别人又是怎么挣脱出来的？

末了，菁喆还是答应母亲先努力找工作，争取给她脸上争光，母亲才结束了对话。菁喆关上电脑，大脑一片空白，身体往后一倒，横在床中央，望着天花板发呆。她自问，为什么又一次向母亲投降？为什么不能像美国人那样，对不喜欢也做不到的事大声说NO？她不敢，也早就失去了对母亲说NO的勇气，她是听妈妈话长大的好女孩，也心疼妈妈为她的付出，可不知为什么，这心疼里还掺杂着几许悄悄的怨气和怒意。博士都读了好几年了，却始终是妈妈的一部分，而不是一个独立自主的柳菁喆。

母亲那边整个早晨都坐立不安。她绝不允许女儿这样灰溜溜地打道回府。这个结果太出乎她的期待，她不能接受！难道这半辈子在女儿身上的投注真要血本无还？她后悔当初不应替女儿选择生物专业。其实女儿高考结束时，两人都不清楚生物是什么意思，还以为就是当医生呢。只是母亲听别的考生家长说，生物专业最有前途，北大清华的学生，只要是学生物的，基本都能出国。然而，母亲的消息来源和判断是滞后的，生物专业在上世纪90年代最吃香，那时能读这个专业的学生都是学习成绩最优秀的，那时的美国，制药公司正在兴旺发展，需要大批生物专业人才。所以，北大清华的学生申请出国时，很容易被批准。但近十几年，美国生物专业人才市场已经饱和，制药生产一直走下坡路，想进入这个领域工作越来越困难。眼看着，女儿连末班车都赶不上。

值得母亲扬眉吐气的是，菁喆是这座石油城的首位美国博士，这可太风光了。这几年，母亲变成了石油城的太阳，走到哪儿都光芒四射，直遭人羡慕妒嫉恨。

眼下，菁喆的前景却不明朗，母亲私底下开始恼火，行为上也不得不低调了许多。亲戚朋友们有段时间未受到来自大洋彼岸各种消息的刺激了，像是闻到什么异味，纷纷跟在菁喆母亲屁股后面追问，女儿博士毕业了吧？分配到哪儿工作了？一年的收入顶咱干20年吧？女儿找了个什么样的男朋友？别掖着藏着了，快拿出照片看看！是不是老外呀？妈呀，全身是毛的可挺吓人！他们快接你到美国享清福去了吧？菁喆母亲曾经有多少骄傲，现在就有多少烦恼。

菁喆其实也不甘心，盘点一下，心里还有些酸酸的。32岁了，却有25年都在学校度过，跟坐牢有什么两样呢？为了保持前三名的战绩，自己没尝过快乐童年的滋味，也好像没有过少女时代，如今在这花样年华的岁月里，仍然没有时间恋爱，不懂生活情趣，没钱去旅游，不敢买漂亮的衣裙。正常女孩应有的丰富多彩的生活，对她来说都是现实版的童话。每天就是苦读书、拿学位，盼望成功的那一天。用母亲的话说，再忍忍，就会一劳永逸地享受。眼看着快熬到头了，却怎么也看不到天亮，看不到以后的方向。

其实母亲是对的，已经拼到这份儿了，再爬最后一座山峰吧。菁喆又来了底气，心想，开什么玩笑！这么大的美国，竟会没有自己容身的地方？

05　查尔斯镇

栗秋10点就回来了。她满面春风，轻手轻脚地开了门。栗秋原本想悄悄回屋收拾下就休息，却见菁喆的灯亮着，并未关门，身体横躺在床中间，似乎不知道有人进来。

"我回来了，你还没休息呀？"栗秋猛然打招呼。

菁喆一跃从床上起身，忙问："呀，你回来了？"

"在犯愣吧？这要是打劫的进来了咋办？"栗秋严肃地说。

"嗨，跟我妈聊了会儿，越聊越闷，脑子有点乱。"菁喆坦诚地说出自己的烦恼。

"愿跟我说说吗？遇到什么难题啦？"栗秋虽然认识菁喆才几个小时，但凭直觉，知道她是个老实本分的女孩。

"找工作呗。唉，咋这么难呀？"菁喆并不掩饰。

栗秋到厨房迅速弄了两杯柠檬水，递给菁喆一杯，自己啜饮一杯。她笑眯眯地坐到菁喆床边的椅子上，神秘地盯着菁喆的眼睛，掩饰不住内心的喜悦，说："咱改天再聊你找工作的事好吗？今天我挺高兴的，你愿意分享我的好事吗？"

菁喆茫然地点点头。

"我今天有了重大突破。"

"什么突破？"

"我见到真人了。"

"谁？"

"托马斯。亚洲交友网站认识的。"

"啊？你敢在网上交友呀，那儿有真人吗？可靠吗？今天茹欣媛还跟我推荐网上交友方式呢。"菁喆担心地问。

"你看我不是真人吗？哪天你也到网上交友，你能说你不是真人吗？就看你如何把握自己别上当受骗。你的担心是有道理，但咱也不能因为交友网站的人形形色色，就怕了，网络的存在就是一个桥梁，就是各取所需。别人我不知道，我自己在交友网站聊了好几年，就是没有理想的。但我还真没法放弃这个途径，现实生活中没有合适的男人出现，只得在虚拟世界

46

里碰运气。风险和机会并存，就看你的心理承受能力有多强。怎么，你想试但还没敢试网络交友？"栗秋善解人意地问。

"不，不是想试，是从未想过。"菁喆一脸苦笑。

"噢，那你还是没到急的时候，还不需要。"栗秋淡淡地说。

"其实，也需要。哎，你见到的这人跟你想象的一样吗？"菁喆羞涩地问。

栗秋咬了咬嘴唇，想了下，描述道："一个56岁的房地产商，一米八，刚退休。他没说退休前是干什么的，只说他住在查尔斯镇，前几年他买下4处破旧的房子，重新装修一下，租出去3套，他自己住一套。每月光房租收入都七八千美金呢，说是比上班时还挣钱。我猜这跟咱们的女房东差不多一个意思吧，都挺会抓时机倒腾房子的。"

"这么老呀！还单身？"菁喆认为这个老男人比栗秋大得太多。

"离婚的。他有个女儿，没结婚，但跟同居的男友生了个小孩，现在他养着呢，都当爷爷了，你看这算啥事呀？我也只是走着看，也没说非得跟他怎么样，就想了解一下波士顿的男人是怎么回事。"听得出来，栗秋并不满意这人。

"家庭挺复杂的。那你喜欢他吗？"菁喆一时还消化不了这位新室友的做法，但她还是友好地附和着聊天。

"才聊了十来天，谈不上喜欢不喜欢。我只有一年时间，所以我的目标很明确，美国公民，经济富足，愿意跟我结婚，并且愿意接受我儿子的白人就行。我更多的是考虑把孩子弄过来上学。"栗秋的想法很现实。

"那这事也急不得呀。"菁喆担忧地说。

"就得急，得抓紧。"栗秋像是下定了某个决心。

"你们聊得还好？"菁喆关心地问。

"就当练口语了呗，他花钱还算大方，我感觉他对中国城挺熟悉的，好像常去那里吃饭。"栗秋眯起眼，若有所思地说。

"你们约下次见面了吗？"

"约了，明晚一起去听音乐会。"

"你去吗？"

"可能时间上倒不过来，因为麻省理工的一个讲师约我明晚去海边。"

"那怎么办呢？"菁喆替这位新室友急起来。

"睡觉。明天睡醒了就有思路啦。"说完这话，栗秋才觉得自己真的很乏，需要深睡。

栗秋睡去了，菁喆却睡不着。汉克斯老人给她讲过的美国历史故事里，很多人物和故事，都来自波士顿东部的查尔斯镇。因为汉克斯很了解那里的情况，他说："为了生存，小镇上的许多人曾经以抢劫银行为生，也涉足敲诈、放贷、贩毒、赌马和买卖军火等，成为爱尔兰裔黑帮的大本营。所以，1960年代，查尔斯镇也是全美治安环境最差的地区之一。"几年前，菁喆看过的一部恐怖电影《神秘河》，故事和取景都源于查尔斯镇。菁喆还专门找了个周末浏览了那个只有一平方英里的小镇，住的都是爱尔兰裔的蓝领社区，说白了，就是住着有白人面孔的穷人。那里的街道看上去很静谧，街上挂着维多利亚时代的煤气灯，红砖搭建的一栋栋联排房屋，稀奇古怪的150年历史的古玩店，都给菁喆留下深刻印象。她很不解，为什么看上去很美的小镇会是一个治安最差的地方？汉克斯告诉她："因为查尔斯镇有一处关重刑犯的监狱，许多重犯的家属为了探视方便，就搬到监狱附近住，可是他们没有更多的生活来源，于是，他们的子女又被镇上的黑帮吸引，也去犯罪。那些重犯出狱后，没有经济收入，于是又犯罪，如此循环，小镇就成了波士顿地区的一个怪胎。"菁喆去查尔斯镇时，那里的治安情况好多了，一些艺术家、文人也都搬到那里居住，但感觉上总有点别扭。

菁喆猜想，栗秋可能还不知道查尔斯镇的情况，是否应该提醒她一下呢？

"事实上，1620年迁移过来的英国人登陆后，最早就是在查尔斯镇落脚的，后来，移民们才慢慢分散到波士顿地区，而查尔斯镇也结束了它的独立区域的历史。"这段历史，也是汉克斯老人告诉菁喆的。汉克斯边讲边哈哈大笑，说："所有的事情都很滑稽。"

06　到此为止

跳完尊巴舞，冲了个澡，茹欣媛兴高采烈地驾车驶往距波士顿半小时车程的康科德小镇。她的男友托尼就住在那里。相比波士顿的热闹，康科德镇既安静又美丽。然而，两人见面才两小时，托尼就提出来分手，而且还冷冰冰地下了逐客令。茹欣媛一点心理准备都没有。

茹欣媛强压住怒火与屈辱，没有让自己跳起来。令她自己都吃惊的是，她反而瞬间把笑容堆挤到脸上，柔声细语地问："甜心，能告诉我发生什么事了吗？"

"什么也没有。咱们到此为止吧。"托尼冷冷地别过脸去。

茹欣媛从跨上美国土地的那天起，就跟美国男人打交道，所以很清楚这句"到此为止"从美国男人嘴里吐出来意味着什么。那就是情人之间拉倒的意思呗。在美国，男女之间，不管是同居关系还是恋人关系，只要有一方说出这样的话，两人的关系也就结束了，没什么好纠缠的，关系简单到，有的就是打个电话说"到此为止"吧，双方连见面的必要都没有了。但在中国，同居者之间的分手就没那么简单，想分手？凭什么？声誉怎么办？财产怎么分？青春损失费怎么补偿？一大堆麻烦事需要交涉。茹欣媛虽是西化的女人，但当托尼真的一句话就想打发她走时，她的自尊心仍然受到了伤害，中国女人惯用的思维让她冲口而出："这么简单？为什么？！"

"你一天到晚就是挣钱挣钱，看房子看房子，连说梦话都是跟人谈判，你根本不在乎我，我想让你跟我一起去旅游，你没时间，但你却有时间为你妈办绿卡，有时间为你侄子找实习公司，有时间追着你女儿给她买这买那，有时间帮你妹介绍美国男朋友，我在你心中一点位置都没有，那就分手算了。"托尼积攒了很久的怨言，不可遏制地爆发。

"哟呵！愤怒出诗人呀，排比句用得不错。好吧，如果因为我陪你的时间少，而导致你伤心，我向你道歉。但凭我们这些年积累的情感基础，这点小委屈应该不至于到分手的地步吧？你一定另有原因。"茹欣媛的两道眼神像两把利剑直射男友的内心，托尼分明能感觉到一种生硬的疼痛，他的声音弱下来，理性地强调："我再重复一遍，你每天只知道挣钱，心里没有我，所以我想分手，原因就这么简单。"

"那么，我不挣钱，你养我吗？你脑子错乱了吗？这与你一惯的做派不相符呀？哪次吃饭你为我付过账？不都是你买一次单，我必须买另一次单；你买的菜，只给你自己吃，我买的菜，你也吃。我可以理解成这是你的本土文化，作为一个需要照顾和保护的女性，作为一个跟你同居 8 年的女友，我不追究你作为一个男友的责任就算给你留面子了。但是，既然见不到你一分钱，难道我挣钱养活自己错了吗？我在这个不打拼就没法生存的国家，在别的女人吃喝玩乐时我却努力工作，难道错了吗？我何错之有？"茹欣媛的目光开始喷火了，她真想对男友来一顿拳打脚踢，真他妈太气人了。

"你挣钱没错。我也最欣赏你这种独立精神。但我恨你连周末都要工作，工作，永远都在工作。你让我很不安。我本来生活很安逸，挣够吃饭的钱就健身旅游，但你加进来后的这些年，我玩的时候越来越不轻松了。我感到你们这些中国人都是工作狂。我恨工作狂！"托尼豁出来了，如果今晚茹欣媛要跟他打一架，他也奉陪。

"那是你自己的问题。令我惊讶的是，当初我们相识时，你就知道我是个靠自己双手艰难度日的女人，这一点我从未改变过，你在你的朋友们面前，赞赏有加的不就是我这种拼搏吃苦精神吗？怎么今天竟变成分手的理由了呢？还有，你对于我把很多时间投放在我的家人身上有意见。对不起，这是我的美德，我要继续保持下去。我想把我的家人一个个弄到美国来，把她们的生活安排好，是我事业的一部分，我愿意对我的家人好，我愿意因为我的辛苦让我的家人过上中产阶级生活。这些年我在美国打拼，我的家人帮着我照顾孩子，在经济上支持我，你不是也曾经很羡慕我们家庭的温馨吗？而且她们对你都很客气，你什么时候学会迁怒她们了呢？你总不能把咱们分手的原因也归咎到我家人头上吧？"说到家人，茹欣媛立刻像护着自己的私有财产一样，清清楚楚地划了一条线，把男友隔在血缘之外。

见到女友这副冷蔑的面孔，托尼的斗志又被挑起来："我们美国人说分手就是分手，没有理由也可以分手。"

"我们中国人喜欢刨根问底，你不告诉我原因，休想走人，就算上法庭我也奉陪。"茹欣媛寸土必争。

"我已经很痛苦了，媛媛。你，还是走吧。"托尼突然垂下眼睑，不敢再跟茹欣媛对峙。

"告诉我她叫什么名字？是这次旅行中认识的吗？有肉体关系多长时间了？"茹欣媛一连抛出三个问题。

"没有什么她。"托尼躲闪着女友剃刀一样的目光。

"亲爱的托尼，看着我的眼睛，你敢说你没撒谎？"茹欣媛以绝不放过的决心逼问他。

托尼却把眼睛看着别处，突然，他崩溃般流泪了，黄白夹杂的头发被紧张的汗水浸成一缕缕，他的身体弯成90度，瘦长的脸深深埋到沙发里，"噢，上帝啊，给我点时间吧！媛媛，求你了，我现在很无助，我需要你的帮助，我不知道自己该怎么办好。"

"陷入恋爱不能自拔了？又没有能力解决？"茹欣媛一针见血地质问。

"她对我很好。很温柔。她愿意伺候我一辈子，给我做饭，给我按摩。她的拥抱和抚慰令我全身颤抖，我有一种被触电的感觉。"托尼微闭起眼睛，沉浸在一种莫名的幸福里。

"你想跟她怎样？"欣媛冷静地想知道男友最终的结果。

"我想跟她结婚。"托尼脱口而出。

"很好。"欣媛不动声色地说。

"很好是什么意思？"托尼仰起脸来，迷茫地看着脸色铁青的茹欣媛。

"如果没猜错的话，她应该是个按摩女，但是假装清纯，迷惑你爱上她。然后，缠着你带她到美国。好呀，那就跟你分享你的6万年薪吧！当然这是你一直没有丢饭碗的正常情况下，如果你失去了工作，那就跟你分享政府的穷人救济金吧！不过，你要记住，在把她弄过来之前，你还得花一两年功夫为她办临时绿卡，等她来后，还得给她找个语言学校学英文，再找个技术学校让她学生存技能，如此一来，三五年时间，你怎么也得花八九万美元，请问她值得你付出这么大代价吗？以我对你的了解，你根本舍不得拿出这笔钱。何况她到这里来的前几年,完全靠你生活，恐怕那时候，她天天给你按摩，你都不舒服了。"茹欣媛尖刻而不无恶毒地替现男友设想他与另一个女人的未来。

"需要花这么多？"托尼瞬间有些清醒了。

"当初老汤姆把我办过来时，前后花了不止这个数。现在想想，老汤姆对我还是挺好的。如果当初我对他能像今天对你这么理性和包容，我们也不至于分手，我的后半生会过得很舒服，至少不用像现在这样拼命工作。你自己反思一下，8年了，我们在一起，是你帮我多，还是我帮你多，现在你竟敢对我下逐客令，我看你是疯了！"茹欣媛惊讶自己竟然于怒气中回想起前夫老汤姆对她好的一面。

"那我该怎么办？"托尼没主意了。

"如果你是我的一般朋友，我可以教给你怎么做，但现在请你看清楚，我是跟你同居多年的情人，女友，你却问我怎么办？你他妈的是个什么东西？"茹欣媛没忍住，还是破口大骂起来。

"甜心，你别动粗口。骂人不文明。有些事我们可以商量。"托尼温文尔雅地劝道。

"少给我在这里虚伪。你刚才很男人嘛，我还真被吓了一跳，还真以为你成熟了，有本事了，口气硬了，敢给我臭脸看了。好啊！你听好了，老娘就给你一周时间考虑，放心，我没有回头的意思。你让我滚，我滚；但你想让我回来，对不起，没那一天了。我就是让你把'到此为止'的理由讲清楚，我需要据此来分配我们共同的财产和资金，等你头脑清醒了，去开个新账号，到时我会把属于你的那部分转账过去。唉，我本来就够乱的，这时候你还来添烦。"茹欣媛这番话，一下子给托尼解了套。

"可是，我们还可以继续合作呀！"已经放松了的托尼，目不转睛地用期待的眼神看着茹欣媛。

"放你的狗屁！还想傍着我分红利？你这没良心的家伙，你投资到我项目里的款，每一笔都赚到相当于 12% 的利息。经营亏了，都是我扛着；赚了，你还可再得 10% 的红利，我一直允许你对我借高利贷，真正的风险都是我自己担着。咱俩关系都'到此为止'了，你还想割我的肉！你就是一个小小的房屋设计者，没有我带动你投项目，帮你揽工程，你画的那一点创意都没有的图，都是一堆废纸，找人来拉走，还得花钱。好啊，从今天开始，老娘一下子没负担了，再也没有因为你曾经对我有滴水之恩，我就总想着涌泉相报的沉重感了。你要搞清楚，不是我甩你，是你自动从我的车里跳下去的。老娘这种大公无私免费让你搭车的时代过去了。从今以后，我自珍自爱，男人休想再占我的便宜。"茹欣媛心如死水。

茹欣媛只拿了件外套，摔门而去。她驾驶着那辆两千美元买的二手工具车，驶出了男友所在的小镇康科德。她一时还不能从惊诧与愤怒中缓过神来，但仍能冷静地告诫自己，别闯红灯，别做出格的事。她下意识地朝着一个方向开去，她也只能朝这个方向开，那就是热热闹闹的波士顿市。这里是她作为一个外国妇女，在一片陌生的土地上开创事业的第一战场。

今天下午，她已经提交了公共公园附近的那套独栋房订单，并给卖方代理人写了一千元支票。据代理人说，这套房刚上市一周，卖方就接到 5 个订单，其中有 3 个来自中国的客户。茹欣媛判断，这套房最终一定会在中国人之间竞争，中国人在波士顿的竞争力越来越强了。怎么办？敢不敢多投入？卖方开价 100 万，茹欣媛想 105 万现金拿下来。很明显，谁出手阔气，出手快就是谁的。可是这样的话，经济压力陡然增大，自己的资产都押在房子上了，刚拿到手的卖房款是要投到月子中心的，所以，要想拿下这套房产，仍然有现金缺口。其实托尼的账号上还有些钱，本来她是准备用这笔钱来填补卖房的资金缺口的。唉，正忙乱时，他那边却突然出问题，茹欣媛只感觉自己的心跳速度比平常快了许多。她有窦性心律不齐的毛病。她把车停在公园附近的那套独栋房的一侧，刻意让自己冷静下来，好好想一下，如何度过又一次挑战。她苦笑一下，难道这回又像前两次那样，只拎着自己的几件旧衣服净身出户？中国有句老话叫事不过三，为什么同样的遭遇会在自己身上发生三次？自己一定有问题，但问题出在哪儿？她想来想去，还是觉得自己平时太凶，但每临大事收手太善所致。虽然很愤怒，但这次茹欣媛却觉得并未失去多少，原本也没想再婚，只是失去个男友而已，想找的时候再找呗。

茹欣媛抹一下面颊，以为自己流泪了，却是下雨了。她已经不会轻易为男人流泪了。但总不能这样在外面晃荡一夜吧？明天还得打起精神凑现金，可是，现在该去哪儿呢？

07 剩女

菁喆正准备睡觉，不料母亲又现身 QQ。怎么又来了？还有完没完？这次话题出乎菁喆的意料。

"我到外面转了一圈，心里不踏实。还是想跟你说说话，幸好你还没关电脑。"

"有什么急事吗？"菁喆不敢把反感流露出来，但也快憋不住了。

"要不你就先找个男朋友吧。唉，当初还以为，只要你学习好，就什么都能得到呢。可是，美国有靠得住的优秀男人吗？别像你爸，一辈子我都靠不了他啥，把自己累死累活的。"母亲东一嘴西一嘴地说着。

"妈，您改主意了？想让我嫁人？不是您规定，拿到博士学位后再考虑恋爱的事吗？现在突然绿灯放行了，而且直接谈到让我嫁人，等等，我得理理思路，脑子有点乱。"菁喆把短发向后捋了又捋。

"你都在美国待三四年了，就没有一个有意的？"母亲不满地问。

"没有。"

"同学里没有吗？"

"导师只招了三个博士，都是女的。一个从瑞典来的，另一个是本地人。那个瑞典女孩根本不想留在美国，瑞典的福利待遇比美国还好。俩人都不急着结婚，而且她们从中学就开始恋爱，哪像我，一点恋爱经验都没有。"菁喆话里话外都含沙射影地攻击母亲。

"那你们实验室里的博士啊，教授呀，总是有男的吧？"母亲抱着一线希望问。

"有。但没有合适的。"菁喆本想直接掐灭母亲这份心思。

"那你说说，他们怎么不合适？"母亲不罢休。

"实验室总共 25 人，其中 22 个是亚洲人，3 个是美国人。亚洲人里，又有 5 个是印度人，5 个台湾人，剩下的都是国内来的。"菁喆一五一十地告诉母亲。

"呀，印度人可不能找，那脸又黑又黄的，看上去脏不啦叽的，那个国家又穷又乱，我可不喜欢。"母亲立了新规矩。

"妈，您这可是种族歧视呀。"菁喆警告母亲。

"哎呀，我管他什么歧不歧视的。快说说，那些台湾人是什么情况？"

母亲觉得还有希望。

"3个女的，两个男的，男的都有老婆。"菁喆有气无力地介绍道。

"有老婆的不能找。那是要背罪的，你妈这一世清名，可不能让什么小三呀小四的坏名声给玷污了。还是找从国内去的，只要是博士就行。"母亲降低标准了。

"妈，中国来的，有9个是女的，3个男的。而那些男的也都是有老婆孩子的。而且，他们都是猥琐男，别提多差劲了！"菁喆不屑地说。

"什么叫猥琐男？"母亲狐疑地问。

"家里有老婆，还总想占女同事便宜的男人，难道不猥琐吗？这种男人特恶心，平时张罗聚餐挺积极的，一到付钱时就上厕所或者离开饭桌去打电话，跟女同事单独在一起时，还总想摸一下蹭一下的。但等他老婆孩子一来，又装着特别忠诚的样子，虚伪透顶。您说猥琐吧？"菁喆引导母亲去认知女儿身边已经出现过的一种提不到桌面上的小男人。

"唉，这种男人不能要。那就只剩下洋人了，记住，你可不能找洋人，不然你妈走在大街上可抬不起头来。"母亲提醒女儿。

"妈，就算我想找人家，也轮不到我呀。"菁喆自嘲。

"菁喆，咱可不能先就自轻自贱，什么叫轮不到你？应该是轮不到他们找咱。想想，咱是什么条件？黄花大闺女，贵气着呢。虽然个头矮点，这没办法，遗传了我，但咱是响当当的博士，谁找咱那都是高攀。根本就没有他洋人的份儿！"母亲一念叨女儿的这些优势，自豪感又油然而生。

"妈，您没理解我的意思。这3个洋人都是教授，一个快70了，孙子都有了；另一个比我小两岁，有女朋友；还有一个40多岁，挺帅的。我只听说，他结过婚，又离了，然后又结了，你知道跟什么人结婚吗？"菁喆抢白母亲的无知。

"啥人？难道是跟他女儿一样年纪的？"母亲狐疑地在脑子里转圈。

"跟另一个男人。同性恋！"菁喆憋住，没让自己苦笑。

"什么？真可笑。"倒是母亲说可笑还真的就笑了起来。

"有什么可笑的。这是波士顿，麻州，是美国第一个批准同性恋结婚的州。这里还有个岛，住的都是同性恋。"菁喆以前从未跟母亲说过这种事，母亲还是第一次听说。

"这都什么乱七八糟的。咱不提这些，就只说咱自己的事。照你这么说，形势还真紧张了。我看你得赶紧找男朋友，大学教授，博士，政府官员都行，富二代他只要人品好，咱也不嫌。"母亲似乎把择偶条件放宽了。

"妈，您刚松口让我找男朋友，还不到半小时，就催上了。还让我喘不喘气？"菁喆感觉憋闷。

"菁喆，不瞒你说，我听人家议论，现在国内的大城市，像北京、上海、天津，那里囤积了多少万的嫁不出去的女博士，女硕士，叫什么剩女？"母亲一知半解地想对号入座。

"对，就是我这样的。应该嫁却嫁不出去的，32 至 35 岁之间，高学历、高年龄、高收入的三高女性，媒体给她们起名叫剩女。我也算剩女了，但我没有高收入，现在不还靠着您吗？"菁喆没好气地说。

"剩女就剩女，也总比嫁个不如自己的男人强，就像我嫁给你爸这种没能耐的钻井工人，一辈子都窝囊。"母亲又抱怨自己的命运。

"行了，妈，您自己就这命，别老是扯上我爸，多没意思。"菁喆最不爱听母亲拿父亲说事，但又不可能捂上耳朵与母亲相处。

"对，你姓柳，是老柳家的后代，你就知道护着你爸。行行行，时间不早了，你睡吧。下周我听你消息。"母亲习惯性地遥控着女儿。

"妈，您要是这样催我，我就不上 QQ 了。给我点时间好不好，这又不是上市场买菜，一大堆新鲜货等着我去挑。说不定我打着灯笼也找不到顺眼的。"菁喆想给母亲打预防针。

"真就奇怪了，媒体不是说有两百多万中国人移到美国去了吗？怎么该你找对象时，却一个也找不到？"母亲认为女儿在敷衍自己。

菁喆的脑子和情绪这会儿都拧巴了。连母亲都改主意，让自己先找男友，看来母亲是铁了心让自己在美国发展。显然，找男友是敲门砖，是基石，目的是能确保留在美国。母亲到底想让自己成为什么样的人呢？母亲的偶像是科学家居里夫人，是文学家冰心，是建筑师林徽因，是国务院副总理吴仪。母亲给自己树立的目标都是蜚声世界的成功女士。可是母亲是否想过，自己的女儿除了会考试，其他方面都很白痴，在感情和婚姻方面，没有那些成功女性们运气好。母亲还忽略了一点，那些成功女士既是才女又是美女，而自己只是在读博士，没什么才气，死用功，相貌平常，从不穿鲜艳的衣服。要说没恋爱过，那不准确，从高中到大学，也经历过两段因母亲的干涉而胎死腹中的恋爱，合计时间不超过一个月，为此，对母亲的积怨至今不能释怀。至少现在的自己是不相信爱情的，私底下也是自卑的。如果必须要找男朋友，那也是为了能留在美国的权宜之计。

菁喆烦躁地又冲了个澡，正用毛巾擦湿头发呢，茹欣媛回来了。

"为什么还不睡？"茹欣媛问菁喆。

"啊，你又回来了？你来干什么？"菁喆愣头愣脑地问。

"对不起，我也没提前打个招呼就回来了，正式告诉你一声，这段时间我就住这儿了。"茹欣媛打开给母亲预留的房间。

"啊？你不住在男友那儿了？"菁喆追着问。

"对，还是住自己家更舒心。再说我要忙月子中心的事，住这儿方便。"茹欣媛熟练地打开卫生间一侧的壁柜，取出枕头、床单以及毛巾被，对菁喆说："还好没有打扰到你，快睡吧，这都两点了。"

"那个什么，你说，在网上找男友安全吗？"菁喆不自然地揪揪衣角，倚在卫生间的门边，诚心诚意地向茹欣媛请教。

"哟，想试试？9·11之后，你觉得这地球上还有安全的地方吗？安不安全，全靠你内心的定力。"茹欣媛冷冷地甩给菁喆这句话。

"这个道理我懂，但我还是害怕在网上征婚的都是坏男人。"菁喆心事重重地说。

"网上征婚的坏女人也多呀，关键是你别找坏人就行呀！太晚了，睡吧。哪天等我有点空时，给你恶补一下男女关系课程。去，赶紧回床上，别开着灯，会影响我睡觉。我这会儿正烦着呢。"茹欣媛有话直说，倒也痛快。

"好吧。"菁喆老实地应着，回屋，关灯，上床。

可是菁喆翻来滚去地睡不着。到底要找什么样的男友呢？当然是大学教授或博士，当然得有丰足的收入，当然得有房子有车，当然得对自己好，把自己当宝贝似的捧在手里，自己还年轻，还未走上社会，为什么不能设计以后的生活？菁喆对未来的感情和婚姻生活仍然充满了愿景。但是，母亲不许找洋人，又怎知洋人不适合自己呢？反正无论找谁，没结果之前，都不跟母亲说，否则只能乱上添乱。这次，她决定避开母亲，不让她插手。可是，怎样才能找到那个人呢？交友网站真的是唯一途径吗？

08　亚洲交友网站

由于一夜辗转，周日，菁喆呼呼大睡一天。傍晚5点多，她才饿醒，一骨碌爬起来进了厨房。她咽着口水，该吃什么才过瘾呢？还是面条配肉卤吧，西北人就爱这一口。菁喆弄得动静挺大，半小时后，面前就放了一大碗热气腾腾的卤面，她吃得满头大汗，嘴巴发出呱唧呱唧的响声。

栗秋没什么时差反应，早晨睡到自然醒，然后洗澡，早餐，清理房间，购物。下午回来时，窗台上多了两盆植物，一盆是虎皮兰，一盆是吊兰。主要净化室内空气之用。墙上也多了一幅法国当代著名油画家泽克的《薰衣草》，栗秋特别喜欢这幅画所呈现的梦幻般的大自然景象。一切收拾停当，栗秋也进到厨房，她跟菁喆打了个招呼，便动手拌蔬菜沙拉。

"只吃青菜，能饱吗？"菁喆的两腮被面条塞满着，但还是礼貌地问候新室友。

"嘴里有嚼物时，先别说话，会咬着舌头的。还有，你晚上吃油腻食物，容易长脂肪哟！"栗秋提醒道。

"吃不饱，半夜我会发慌。"菁喆还是不管不顾地稀里哗啦地吃着面条，平时她就是这般动静。

看着菁喆的吃相，栗秋皱皱眉头，但忍住没说什么，只是劝她："饮食结构是可以改变的"。

菁喆不好意思地笑笑："我最近又胖了。管他呢。"

"还好。看上去挺健壮的。如果能有点营养学意识，你会更好。"栗秋婉转地说。

"嗨，我从小，家里生活困难，能吃饱饭就是幸福。"菁喆一咧嘴，满足地笑了。碎面条沾到嘴角上。

"我说个事你别介意。"栗秋终于忍不住了。

"啥事？你说吧？"菁喆停住，不吃了，等着栗秋说话。

"吃饭时，别呱叽嘴，这很不雅。当然吃中餐无所谓，如果以后有机会跟洋人一起吃西餐，咀嚼食物时，要闭着嘴，不然，他们当面不说，背后会说咱没素质。"栗秋说完这些，松了口气。

菁喆的脸立刻通红了，她说："噢，这样呀。"菁喆嘴里还有没吃完的面条，又想按照栗秋说的去做，但她却憋着气闭合嘴巴，没控制住，一个喷嚏打出来，嘴里的碎面条飞到栗秋身上。菁喆赶紧说，"对不起。"

"没关系。以后打喷嚏或咳嗽千万别对着人，要转身，或至少用手臂挡一下，这样才礼貌。"栗秋一边用纸巾擦拭身上的污秽，一面耐心提醒。

"这是西方文明的体现，对吗？"菁喆虔诚地问。

"咱们东方文明也是以礼貌为先呀！而礼貌和教养又体现在许多细节上。文明不分东西，都是趋同的，但东西方文化是有差异的。"栗秋跟菁喆分享自己对两种文化的理解。

菁喆突然问："那同性恋就是西方文化特有的吧？我怎么就想不通同性

恋是怎么回事？"

"中国从古代就有同性恋了，只是咱们的文化不认同这一部分。你天天只研究动脉粥样硬化相关基因的转录调控，你整天跟动物打交道，当然不懂人的情感。"栗秋打趣地说。

菁喆惊喜地问："呀，你知道我在研究动脉粥样硬化相关基因的转录调控？"

"我当然知道了。我还看到你和你导师联名在美国医学杂志上发的文章呢，不错呀，祝贺你！"栗秋由衷地赞扬。

"唉，在美国发一篇论文真难，前后花了两年时间，才刊登出来。"菁喆感叹。

"你喜欢呆在实验室吗？"栗秋淡淡地问。

菁喆使劲摇头："我不喜欢生物专业，太单调了。每天做实验，我都快崩溃了。但导师抓着这个课题不放。"

"如果美国卫生部门认为你在论文中提出的假设有重大价值，那么这可能会帮你的导师，也是你实验室的老板，申请到一笔丰厚的资金。这样，他又可以引进更多的中国访问学者，并借着集体的智力劳动，帮他在短时期内完成一个实质性突破。如果实验成功，他的产品将投放市场，那时，他的获利将丰厚百倍。所以你几乎没有自己生活的时间，对吗？"栗秋善解人意地说。

"我的确每天都在实验室，从早晨9点到下午6点，有时晚上还得加班一两个钟头，这就是我的全部生活。令我欣慰的是，我参与做实验数据的这个课题，明年就进行鉴定和评估，一旦通过几轮鉴定，研究成果将投放美国市场。"

"那也跟你没多大关系，成果是老板的。但那也只是个假设有效果，如果没效果呢？你不得继续研究下去吗？得了，咱不谈各自的学科了，反正你记住，老板永远都想挣大钱。打工的永远都有干不完的活。你天生就是打工的命吗？应该恋爱结婚的年龄，就不要错过。生命只有一次，要活着，还要活好，活出质量来。"栗秋真诚地点拨着菁喆。

"咦，这口气听起来怎么像我妈在劝导我？但你比我妈开明温和多了。每次跟我妈QQ，心里都得堵半天，好像我存在就是为了还她的债，我永远都欠她的！上学时，我必须考第一名，不然就对不起她；上大学后，我必须考研，这是她需要的；我到美国来读博，我妈天天盼着我寄回去穿博士服的照片，我家左右邻舍都等着看呢，那就是我妈的理想和面子。我真郁闷，我人生的每一步，都是我妈计划的。"菁喆把心里的苦水都倒出来。

"你是你妈生命的一部分，当然也是她计划的一部分，你可以理解成她爱你，也可以理解成她爱她自己。这没什么错，只是你妈的表述方式比较直接，你会有心理排斥。但她对你未来的安排未必都是错的，我猜她一定是在年轻时有雄心壮志的那类女强人，由于某种原因，未能如愿，就把希望寄托在你身上，这让你觉得压力大。换了你是母亲，她是女儿，也得上演这出戏。你如果能做到既理解她，又能做你自己，那你就太棒了。"栗秋的这番话，听上去很讲策略，但又是自然而然流露出来的。

"哟，到底是当妈妈的人说出的话，就是不一样，经你这么解释，我不想跟我妈置气了。有时我故意跟她较劲，她让我往东，我偏往西。有时还把她气哭，看来我错了，是我不注重相处艺术。"菁喆意识到自己有时对母亲的态度有点过分。

"行了，不说你妈了。你怎能睡一天呢？"栗秋问。

"昨晚我妈又给我下达任务，赶紧找男朋友。她可能怕我嫁不出去变成剩女。"菁喆说这些时，仿佛有一道看不见的绳索在绑着她，她想挣脱，但无能为力。

"想留在美国吗？"栗秋问。

"不知道。"但想想又说，"就算想留在这儿也没路子呀！"

"想留在这儿就一定有办法。"栗秋信心满满地。

菁喆为难地说，"我参加过好多招聘会，对我感兴趣的单位也有，但一听说我没有绿卡，就算了。所以我才到实验室来当高级农民工。我也看明白了，这里没人把我们这种实习生当回事。同样的工作，如果是公民，他们的月收入就能到七八千，但那些博士后也只能拿三千多，扣掉税就剩下两千多，这情况就跟中国的农民工差不多，没有北京户口，只能小心翼翼地在城里漂着，跟北京的那个'蚁族'情形差不多。所以我想回国。但我妈坚决反对，她说国内的就业形势更严峻，就算找到工作也只能拿几千块钱工资，要想挣套房子，几乎不可能。可在这儿又落不下脚，真是两头为难。"

"中国的社会转型又不是这两年才发生的，早都这样了，所以，如果你能早点勾勒自己的未来，就不会有现在的被动。"栗秋平淡地说。

"我也想计划我自己，安排我自己，但条件不具备。"菁喆一脸愁容。

"那就创造条件呀。为何不考虑嫁老美，拿个绿卡再说？"人届中年，栗秋做事很实际。

菁喆摇摇头说，"为拿绿卡嫁人，太那个了吧。"菁喆无法接受拿婚姻做身份交易的事情。

栗秋反问，"太哪个了？你觉得丢人是吗？那现在，作为一个高学历的知识女性，生活得还不如农民工，就不丢人了吗？死要面子活受罪，这才是虚荣。"

菁喆想了想，跟栗秋坦白说，"昨晚之前，我从未想过跟美国人生活在一起会是什么样，我心里是很排斥的，你看他们都胖成什么样了，胳膊和腿露出来都是毛，怪吓人的。也吃不到一起去啊！不行，我还是得找中国人。"

栗秋冷笑说，"好啊。但你到哪儿去找？如果有合适的，哪至于你现在还单着？"

菁喆没主意了，"可是，怎么办到这件事呢？"

"如果你肯把拿绿卡当一件事办，不动感情，就能办成。比如办个假结婚。我听说，波士顿的中国城里，专门有人做这种地下生意，让你跟一个贫困潦倒的单身美国公民假结婚，一结婚就可以申请临时绿卡，移民局好像也睁一只眼闭一只眼，假装每个月去检查一下，看看女的是否真的跟男的住一起，其实只要衣服放到一起，有在一起生活的痕迹，就能蒙混过关。三年后，就可把临时绿卡换成 10 年的长期绿卡。不过，这是个交易。听说，一些在美国失业吃低保的爱尔兰老头就靠这种生意维持生活，一两年结一次婚，也能挣七八千美元，但如果跟你假结婚的是美籍华人，收费就得两三万，怎么，你想试试吗？"栗秋连这种台面下的交易也打听到了。

菁喆连连摇头，笑着说："绝对无聊。宁愿不留这儿也不试。"

栗秋一脸严肃地说，"我的意思是，只要你想办成一件事，没有没办法的。但我们可以想出更多更好的办法。以咱现在的条件，当然不需用此下策。"

"去亚洲交友网站试试吧。"栗秋建议。

菁喆反应不过来。

"那是个交友网站，许多老外对亚洲女人感兴趣，就到那里去晃荡，不少中国女人以那个网站当媒介，嫁给老外了。"栗秋鼓励道。

菁喆一口咬定："我总觉得在那种网站聊天的没好人。"

"你就继续清汤挂面地活吧。怎么，你的电脑就是用来工作，没有其他用途呀？"栗秋反问。

"除了写论文和做数据分析，还发送邮件以及跟我妈 QQ 聊天。其实我还……"菁喆没有把话说完，她的电脑其实还另有用途，就是在留学生网做倒卖国内小贴画的小本生意，每月也能进账 100 美元左右。菁喆做这个小生意刚半年，她把赚到的钱悄悄寄给最疼她的爷爷。这是她与爷爷间的秘密，母亲至今不知道。一想到爷爷，菁喆 就想哭，爷爷今年 90 岁了，本来身体好好的，半年前却突然摔了一跤，在医院住了一段时间，就回家养着去了。菁喆最担心的事就是，爷爷等不及她回家，就走了。菁喆不想让栗秋分担她内心的焦灼，便咳嗽一下，改话题说："那个，您说，我该怎么注册婚介网站呢？"

"动心了？"栗秋把笑容挂在脸上。

"要不，您帮我注册一个吧。"菁喆央求着。

"我替你活算了！喂，这可是你自己的生活。"栗秋不客气地拒绝。

"我……真不好意思。"菁喆咬着她的厚嘴唇。

"咱俩说话，把'您'字去掉吧，显得生分。唉，怎么说你呢，现在是网络时代，美国又是个互联网特别发达的国家，上网交友只是了解美国男人的一个渠道，通过与他们在虚拟世界里聊天，你可以间接知道他们的生活状态，了解美国文化与中国文化的差异，没必要抱拒绝的态度，凡事都有个接触，你就不会感觉自己置身于这个世界之外，而是这个世界的一部分。"栗秋开导着菁喆。

"嗯，我想注册，还想让你教我怎么在网上找人。"菁喆终于鼓起勇气正视这个问题。

"想找什么样的人？"

"医生。"

"为什么？"

"我哥哥姐姐身体不好，父母这半辈子都忙着给他们看病，苦死了。我妈常说，如果咱家能出个医生就好了，看病方便。我考大学时，就是奔着当医生去的，那时我以为学生物跟当医生是一回事呢，结果专业改不回去了。"菁喆诚实地回答。

"嗬！你是图着给家里找个免费医生，倒是挺顾家的，看不出你还挺贪小便宜的。告诉你吧，只要银行里有钱，医生就是为病人服务的工具，别把他们看成全能。我是问你，你自己到底想找什么样的人？"

"工程师吧。"

"为啥？"

"我觉得学工科的男生每天有他自己的一摊事做，没那么多花花肠子，

我最怕遇到花心的人。嗯，那什么，主要是我自己不漂亮，怕控制不了精神务虚的男人。"

"选男人可不能以文理科来定论是否靠得住，当然，总体来看，理工男比文艺男靠谱。看来你想找个踏实的，有动手能力，能给你安全感的男人，嗯，这点对女人来说最重要，否则要个家干什么？"

菁喆抱着电脑笔记本到栗秋的房间，栗秋熟练地登录到亚洲交友网站，以"丽莎"的名义为菁喆注册了个网页，她还从网上扒出一张气质特别清纯靓丽的美女照片贴上去。

菁喆局促不安地说，"这名字我可以接受，慢慢熟悉，可这照片也太美了，不是我呀！"

栗秋的手一伸，"那就把你的真实照片拿来吧。"

菁喆赶紧说，"那不行，万一被认识我的人看见，丢死人了。"

栗秋说："那你就纠结吧，又想进去试试，又不想用真实照片，从网上扒下来的你还不自在，怎么办？要不就算了？"

"不，还是试试吧。我有个折衷的办法，用别人照片做头像，放一张我自己戴墨镜的远景照片，反正别人也看不出是谁就行。"菁喆后退了一点。

栗秋无所谓地说，"只要你心理平衡，怎样都行。"

菁喆看了"丽莎"的档案资料后，问："我怎么才23岁呀？我明明是32岁呀！"

栗秋反问，"你傻呀？网络哪有真的，再说老外他也看不出中国女人的年龄，年龄写小点，机会就多。"

"可哪有23岁的女博士？我又不是天才。"菁喆直摇头。

"你不会傻到把博士学历也放上去吧？最多说你正在读硕士就足够了，这年头，高学历的女人就像地雷，男人都绕着走，你还主动暴露自己。"

菁喆不作声了。她原想半真半假，现在看，只能真真假假了。

"好了，输入你的密码，就可以进入"丽莎"小姐的主页，我猜很快就会有人来围观，你感觉一下吧。"栗秋莞尔一笑，做出送客的手势。

菁喆有点小激动地抱着电脑笔记本回到自己房间。几分钟前，还在质疑这种网上相亲行为安全与否，转眼就进入实战，全新的体验即将到来，菁喆害羞地反锁上门，就像要做一件见不得人的事。

09　波士顿交响乐团

第二次约会前，栗秋仍然对着镜子梳洗妆扮了一番。这次她把垂肩的乌发在脑后挽成一个结，双耳贴了琥珀蓝耳丁，换上一条丝质面料的青底蓝花旗袍，秀丽的圆脸做了淡妆处理，口红涂得恰到好处，一切都妥妥的。昨晚那个房地产老板请她吃饭时，不断地赞她嘴唇性感。她当时抿着厚厚的唇浅笑，接受了对方的赞美。看得出来对方已经着迷于她的美貌。她答应今晚7点跟他到波士顿音乐大厅听波士顿交响乐团的演奏，是因为这正合她意，她就想用连续跟他接触的方式，来验证此人是否同时与其他异性有联系。做这个决定，也就意味着拒绝了麻省理工的那个讲师晚上与她到海边的要求。她想，自己又不是小女孩，大晚上的跟一个男人跑去看海？再说海边哪有地方坐？那就只能回到车里，接下来发生的事，闭着眼睛都能想出来。栗秋权衡的结果，还是听音乐会更有品质也更安全，当所有人都认真地听音乐时，那个房地产老板能对她做什么呢？

栗秋袅袅婷婷地带着一股幽香出去了，菁喆独享安静的空间。

栗秋把自己打扮得漂漂亮亮，既有女为悦己者容的含义，也有孤芳自赏的意味，没有男人欣赏，她也会这样做。还有一层含义，就是出于对当今美国最具贵族气息的波士顿交响乐团的一种尊重。

有这样一位青年，他梦想成为钢琴家，也曾到音乐之都维也纳求学，但在美国的南北战争中，他受了伤，不得不放弃他的音乐梦想。后来他成为波士顿的一名银行家。为了圆梦，他捐出一万美元，创建了波士顿交响乐团，希望能用最低廉的票价，让所有想来听音乐的人，都能亲临现场。经过半年努力，交响乐团召集了68名乐师，他们在首任指挥的指挥下，演奏了高水平的乐曲，名声大振。从此，百年经久不衰。当然，这个过程中，也有过两次波折，濒临解散的边缘。一次是"一战"爆发后，由于时任乐团指挥是德国人，有亲德倾向，而且拒绝演奏美国国歌"星条旗"，被疑为"间谍"，他在波士顿的家中被捕，其他优秀的德国乐师也遭到解职。第二次是战后，在工会的鼓动下，乐团三分之一的乐师要求加薪，否则拒演，这次工会运动的结果是，三分之一的乐师离开乐团。时任指挥顺势招聘大量年轻的美国乐师进来，给交响乐团带来新的活力。此后许多年里，周六的交响乐团的演奏，都向公众做现场直播。乐团由此开创了一个新传统，那就是夏季音乐会。每到夏季，乐团都会在壇戈乌德这个地方，举行为期6周的音乐节，来自全世界各地的怀揣音乐梦想的青年学子们，每到这时，都聚集到这里，由乐团的演奏家对他们进行面对面的授课，因此，这里又成为名副其实的暑期音乐学校。1972年，乐团进入小泽征尔时代。他指挥乐团用弦乐合奏的方式，演奏了中国民间艺人阿炳的乐曲《二泉映月》，引起极大反响。栗秋在中国时，就知道这件事。栗秋还知道一个叫马友友的华裔大提琴家，他是波士顿交响乐团最棒的演奏者之一。

栗秋崇尚音乐的美好，她为自己一到波士顿就能听音乐会，感觉无比幸福。管他请自己听音乐的是什么男人呢，她对这份礼物是笑纳的。

10 黑帮

菁喆吃了一惊，原来网络交友如此便捷高效，才注册十几分钟，来跟她打招呼和写邮件的已经20多人。真火！她迫不及待地一一浏览邮件。看着看着，她兴奋起来，心跳也加快了。天啊！这老外就是不一样，情书写得真甜蜜，她长这么大，还是第一次看到这么多人给她写情书，当然她心里也明白,这情书不是写给她的,是写给那个叫"丽莎"的气质靓丽的女人,可她究竟是谁呢? 菁喆不知道,栗秋说了,那个别人就是个符号。但她希望自己不要混淆了这个事实,知道自己是谁就行。那一刻菁喆感叹,看来对一个女孩来说,别的什么都不重要,长得漂亮最重要。男人看女人,主要是看脸蛋、年龄和身材。要不然,怎么就凭着一张照片,招来那么多围观的男人?

菁喆兴奋地浏览这些男人照片时,发现有个老男人短短十几分钟就给"丽莎"打了 3 次招呼,送了 3 束玫瑰花,发了一通邮件,说他在波士顿的查尔斯顿有 4 处房产,单身,至今在等待一个可以做妻子的中国女人。这个男人迫切地希望明晚就能请漂亮的"丽莎"吃饭,因为他已深深爱上了她。菁喆忽然觉得在哪儿见过这张脸。到底在哪儿见过呢? 她突然有点紧张,这张老脸很像昨晚跟栗秋约会的那个男人呀! 究竟是不是呢? 菁喆吃不准。因为栗秋昨晚晃了一眼她用手机拍的那个老男人的特写,以示他是真人,不是骗子。可这个老男人今晚约了栗秋去听交响乐,栗秋正在去赴约会的路上呀? 但愿自己看错了,在中国人眼里,外国人长得都差不多。

晚上 10 点多,栗秋回来了。此前,菁喆一直纠结,该不该说出自己的猜疑。栗秋洗过澡,在客厅里吹头发时,菁喆还是忍不住怯怯地说了这事。菁喆不想让栗秋吃亏。栗秋的脸色当然不好看,她到菁喆的电脑上,迅速扫了一眼,确认向"丽莎"示爱的头像就是今晚跟自己约会的男人。两人算了一下时间,就在栗秋梳妆打扮时,老男人正向交友网站新人"丽莎"献媚呢。

"真恶心,一个老瘸子,也太不自量力了。"栗秋厌恶地"啐"了一口。

菁喆不解地:"为什么叫他老瘸子?"

"我也是今晚才知道的。昨晚我到饭馆时,他就坐在那儿了。吃完饭,我怕错过地铁,就先走了。今晚我们一起进音乐大厅时,我才注意到他的腿有毛病。他说他出过车祸,有三年都坐在轮椅上,现在走路还一颠一颠的。"栗秋告诉菁喆她今晚的发现。

"他没对你怎样吧？"菁喆担心地问。

"就是听音乐会时，手有点不老实。也没让他占着什么便宜。唉，可惜了，世界上一流的弦乐演奏，他根本听不懂，可能也没打算听，就想着怎么占我便宜。也许他看准我是个知识分子，想用听音乐这种高雅的方式来讨好我，让我以为他很有素养。想不到，他的人品比音乐会的票价更低。"栗秋忿忿地说。

"甭理他了。"菁喆劝道。

"不可能理他了。网上条件好的给我写信的男的多的是。我只是考虑他是波士顿人，相互了解起来方便，他要是在外地，咱根本没法了解他呀！谢谢你菁喆，给我提了个醒。"栗秋诚恳地握了握菁喆的手。

菁喆小心翼翼地问，"你知道查尔斯顿这个小镇的历史吗？"

栗秋摇摇头。

"那我告诉你吧，那里是波士顿黑帮大本营。"菁喆爆料说。

"怎么会？你咋知道的？"栗秋很是惊奇。

菁喆耸耸肩说自己在老人院做义工，跟她聊天的一位老人说的。

菁喆的业余时间，主要做三件事。一是跑步；二是做义工；三是在网上"酷我空间"看好莱坞电影。其中好莱坞在波士顿拍摄或以波士顿为题材的电影，她全都看过，例如《波士顿黑帮》《波士顿法律》《社交网络》《神秘河》《心灵捕手》《斗士》《城中大盗》，以及2007年获奥斯卡影片奖的《无间道风云》。这部电影就是以美国头号通缉犯之一博格为原型编剧拍摄的，他被指控犯有21宗重罪，包括谋杀、贩毒、洗钱、银行抢劫等，但他同时也是美国联邦调查局"政府眼线"，他自1994年起突然失踪了，至今无下落。影片就是以博格所在的南波士顿爱尔兰裔美国人聚集地为背景的。菁喆看到的《无间道风云》DVD版中包含了博格作为波士顿黑帮老大的纪录片，原来在上世纪七八十年代的波士顿，有过三个黑帮啊！菁喆感觉害怕的同时，也对博格和黑帮形成原因产生极大兴趣，她特意查阅追踪了有关波士顿黑帮的资料，又跑去与汉克斯老人求证。"先后从爱尔兰来的移民，主要集中在查尔斯镇、南波士顿、罗克斯伯里、萨默维尔以及多切斯特这五个区块，爱尔兰黑帮就是在那时形成的。那时意大利裔美国人主要集居在波士顿的北角区，意大利黑手党经常偷袭爱尔兰黑帮，而爱尔兰黑帮之间也相互争斗，使得爱尔兰帮派在 1931 年就开始没落了。"汉克斯讲的这段历史，与菁喆在图书馆查阅的资料基本相符。相比较而言，菁喆更喜欢听汉克斯老人的口述历史："1960 年前后，波士顿北部的萨默维尔冬山社区的'冬山帮'和查尔斯镇的'基林帮'两个帮派之间打起来了。"

"为什么？"在上世纪 30 年代，中国上海也有黑帮，菁喆看过的许多电影里，都有对上海黑帮的刻画。她对那个群体很好奇。

"为女人。呵呵，这是个永恒的话题，男人真的很滑稽。他们一直打斗了 30 年，终以'冬山帮'胜出。"汉克斯老人平静地讲述。

"那么被打败的那一帮怎样了？"菁喆问。

"那能咋样？不是被打死，就是进了监狱。余下的兄弟都被另一个刚起来的'冷山帮'收留了。从此，新英格兰地区只有两大黑帮可以对垒，即：'冬山帮'和意大利黑手党。"

"那个女人真厉害，能让那么多男人们为她打斗 30 年，她一定很漂亮很漂亮。"菁喆对那个引无数男人竞折腰的女人崇拜里，暗含着对自己容貌暗淡的自卑。

"哈哈，那又怎样？每个漂亮女人 30 年后都会变成老太婆的。想想这些男人们做的事，真是滑稽。"汉克斯老人感叹着。

栗秋不禁惊出一身冷汗，没想到自己刚落地，就跟"冬山帮"大本营所在地查尔斯镇的商人约会了，谁知他的家族或他本人是否涉足过黑帮呢？真是不知深浅，以后切切要小心了。通过这事，栗秋和菁喆的距离一下子拉近，她觉得自己很幸运，遇到的不是一个小肚鸡肠的"事妈"型的

室友，而是一个纯朴厚道的新疆女孩。

不过，栗秋也有点不以为然，既然波士顿的黑帮被打散一二十年了，那个地区早就平安了。她也不认为跟她见面的房地产商，与那里的黑帮有什么联系。

菁喆倒觉得有三个疑点需要推敲：其一，这个腿有残疾的人，真的是出车祸吗？该不是打架或其他什么原因导致的吧？其二，此人在上世纪七八十年代，正好处于青壮年，他要是没读过大学的话，应该也是在底层社会混生活的，又咋知他与黑帮没有千丝万缕的关系？其三，此人能拥有4处房产，说明他还是有一定积蓄的，那种地方，他怎能做到富有的？

栗秋认为菁喆的推理不无道理，但也有些无厘头。她认为菁喆看这类黑帮题材的电影多了，太受影响。她心态敞亮地劝菁喆，生活还是很美好的，查尔斯镇也应该早已走出了黑帮阴影。

"我把这人设为黑客，禁止他到我网页来。"菁喆不置可否地替栗秋较着劲儿。

"别。你装不知道，给他写回信，咱也逗他玩。小逗一下。"菁喆猜不透栗秋心里怎么想的。

11　开眼界

"你给我听清楚了，眼界，是指目力所及的范围。引申为一个人见识的广度。顾名思义，眼界广者，成就必大；眼界狭窄者，成就必小。开眼界，是指开阔视野，增加见识。既然你打算以网络为平台，向男人世界进军了，那么，先开开眼界是必需的，否则，一出门看到一棵树就抱住不放，还以为全世界就这一棵呢，傻不傻？"菁喆给茹欣媛打电话本来想说房租的事，但被她问了一句这几天忙什么，自己就主动招供说出刚注册了交友网站。茹欣媛立刻在电话里呜里哇啦地说了一通，然后说没多余的时间跟她罗嗦，就自主挂了电话。菁喆听了个半懂，又不敢深问，想，自己慢慢琢磨吧。

接下来的几天,吃过晚饭,菁喆就钻进屋里,打开电脑看邮件。确切地说,看情书。让她意外的是,里面竟然有些是博士、硕士。她开始调整自己的心态,谁说在网上晃荡的没好人? 难道这些高学历的人都不是好人吗? 现在我也上网了,起码我就不是坏人。

一位 50 岁、身高一米九的医学博士首先抓住了菁喆的眼球,照片上的他浓眉大眼,笑容也真诚极了。他坐在自家房屋门前,健壮的双手像是随时要迎接什么人的到来。他在信中说有四分之一中国血统,这让菁喆有点动心,起码他对中国文化不是一点都不了解,他给"丽莎"的信是这样的:

丽莎你好,我是一个生理医生。我主要研究人的身体健康,尤其是妇女肌肉组织的发展方面,有过许多实践和改造,为此,已发表 30 多篇学术论文。我曾经在美国海军陆战队服役并参加过越战。我曾经参加过美国举重锦标赛。我的奶奶是中国人,爷爷是意大利人,因此我血液里流着四分之一中国人的血脉。我认为自己最大的成就是收养了一个中国女孩。我没有结过婚,但并不缺少结婚机会,只是缺少时间。由于工作的原因,我去过很多国家,我帮助很多无家可归的儿童,我还教妇女们防御功夫。朋友们都说我是个诚实、有爱心、善良、做事不半途而废、智慧的好男人。目前,我已申请到一个有关妇女健康的商标方案。

对不起,我从没有一夜情。

谢谢你。

凯文

另一个医学博士,也已 51 岁。这让菁喆有些不悦,为什么给她写信的人年龄都这么大? 中国男人愿找年龄小的,美国男人也有这爱好吗? 从照片上看,这位来自马里兰州巴尔的摩市的大学教授,相貌平平,语言也平平,但他流露出对中国文化的兴趣,这也是菁喆感兴趣的地方:

你好,丽莎! 亚洲交友网站建议我把你作为一个配对目标,我从你的资料里看到你受过良好教育,所以我才写这封信。我是马里兰医科学校的

一名教授，同时也做医学研究。我带研究生和医学本科生。我喜欢户外活动，比如徒步旅行、骑自行车、皮划艇和滑雪。我爱到美丽和有文化风俗的地方旅行。我也很喜欢电影、戏剧和艺术。我喜欢做饭，尤其是少数民族和创新的食品。对于我的伴侣，我温和，支持和关怀。家庭对我很重要。我正在寻找一个严肃的、稳定的关系，最终想走向婚姻。我研究佛教和禅学，我对它们充满了兴趣，虽然我还没有把它们作为我的宗教，但禅修已成为我生命中日益重要的一部分。我知道你来自一个佛教国家，这很好。我想知道，你是否想多了解我的情况？

所有美好的祝福都送给你。

山姆

菁喆看另一封信，乐了，21 岁的男人也来征婚？他比自己资料里的年龄还小两岁，也不在乎？由于他就是波士顿人，菁喆倒也有兴趣看看他的信：

你好吗丽莎？我是一个温和的绅士，我对于女性充满了尊重。我自认为是个有趣的男人，我诙谐，热爱自由，对生活充满热情，而且我很聪明，好奇心强，对感情忠诚，对伴侣体贴，平时努力工作。自我介绍一下，我即将成为一名电信工程师。我单独住，哥哥家住在街对面，我有个漂亮的侄子，我们之间很亲密。我对凯鲁亚克、加缪、布考斯基这些名人很感兴趣，我也喜欢去阳光明媚的维吉尼亚，我对于汤姆·罗宾斯、熊、新杂志、皮划艇、自行车、各种动物、在沙滩上四轮驾驶、室内壁炉、室外烧烤都充满了兴趣，我想，如果你能跟我一起走出去，我们将至少有一些笑声和良好的交谈。

我期待着与你有一个美好的日子。

布朗

到底是年轻，信里所呈现的这个人，好动，好奇心强，菁喆想想自己在这个年龄时，也是一脚深一脚浅地，对任何事物都想探个究竟。这人当然不是一个好人选，但多少让她感觉到美国年轻男孩的状态。只是，她觉得美国人怎么都那么喜欢自我表扬呢？这与中国人的谦虚很不相同。

菁喆又看下一封信，惊讶的不得了，一个77岁的老人，竟然敢给23岁的中国女孩表白，真服了。

亲爱的丽莎，我是个成功的企业家，目前已退休在家，常常享受令人兴奋的旅行生活，听音乐会，看电影，外出就餐等。每当我这样做时，我就想我应该找一个年轻漂亮的女孩与我分享这一切兴奋。我是个精力充沛的男人，身体很棒，这就是我为什么希望能找一个年轻女士陪伴我。我已经出版了三本书。你是硕士，如果你愿意，让我们合写第四本书吧。我是个非常有爱心的人，如果你做了我的妻子，我会很崇敬你，而且把我的一切都与你分享。我不抽烟不喝酒，也不赌博，到拉斯维加斯时，也很少玩老虎机，只是享受那里精彩的表演和拼命购物。如果你是我的爱妻，每年我要与你至少到三个国家旅行。去年，我去了中国、澳大利亚和加拿大。我喜欢中国。人生短暂，所以我认真对待每一天。我常常忘记自己的年龄，我真的精力充沛，就算你只有23岁，在床上我也能满足你。我喜欢跟我的妻子在一起做很多事情，永不会让她独自在家，我要时时刻刻跟她在一起，让她开心。

我希望你能看到这封信，如果你选择了我，你将不会后悔的。我要开始与你分享我的生活。

期待着你的回复。

汉斯

菁喆觉得自己不可能去招惹这个老头。他比自己的父亲还要大一轮，怎么可能跟他交往呢？但是菁喆钦佩这个老头的勇气，快80岁的人，还这么信心满满。她又看了一个38岁男人的来信，又是另一番表白：

什么是爱情？亲爱的丽莎，我觉得这是一个很大的善，来自心中，我有。我理解的爱是忘了自己想要的，并自己奉献给最特别的人。那就是爱，如果两个人都能做到这一点，那么他们就可能存在真实的爱。我是个简单的人，我一直保持着内心的洁净。我没有丰富的物质，我只有一个移动家庭——一辆卡车和两英亩土地，这些是我唯一的，而我认为对于维持生命足够了。如果我能找到真正的幸福，那我的心里就是铺天盖地的喜悦和幸福。我不是个玩游戏的人，如果一个女人想得到全部的尊重，那么就来找我吧，我给你机会，无论生活好与坏，我都会一直从内心爱你，我会在那里接着你。我会确保你的心脏不会跌倒，保持永远的纯净。

你是我的真爱吗？丽莎？请回答我，什么是你的爱情。

约翰

菁喆觉得写这封信的人可能是什么信徒，或者不食人间烟火那种人，说好听点，挺浪漫的，说难听点，穷光蛋一个，这种人，在菁喆妈那里是绝对行不通的，连个稳定的住房都没有，谈什么爱情？看来年轻的，没钱；有钱的，不年轻了。怎么取舍呢？当然还有一个更浪漫的，一连5封信，每信必诗，每诗必煽情，菁喆没兴趣上网查查，这诗是原创，还是别人的诗歌被他拿来一用的。对此，菁喆付诸一笑。她觉得自己不懂诗歌，千万别误解了诗人的美意，还是不回复的好。

当菁喆看到一个美籍华人的资料时，眼前一亮，也许这个人更适合自己？除了年龄大些，其他都符合自己的要求。信是这样写的：

我是美籍华人，今年50岁。在中国出生。大学毕业后，赴美留学。获硕士博士学位。现在旧金山一家医院当主治医生。在美国经自己不懈努力，已实现自己梦想。我经常应邀到国内的医院做学术报告。尽管我的职业算成功，但个人生活不美满。离过婚。尽管我生活很充实，但总觉得少了家的温暖。渐渐感到人生不只是事业，家不是事业可以代替的。这是我来到这个网站的期望。期望在这里找到我的另一半，共度人生，共享幸福和艰辛，使人生更美满。我爱好生活，坚持锻炼，周游世界，同时也享受平静但浪漫的两人世界。如你不介意，给我们相识的机会，我不会让你失望，因为我的责任心，爱心，还有事业心，会让我所爱的人幸福。但愿会收到你回信。

苏哲

这个华人的信件，菁喆觉得有必要保留，她想，如果这个人说的情况属实，可以试试，毕竟都是中国人，交流起来顺畅。

这晚，菁喆惊讶地喊："栗秋快来看呀，葛优也在网上征婚呢！但他想找欧美国家的女人。"

"肯定是假的。"栗秋到菁喆电脑跟前，果然看到男性征婚群里有个人是葛优的头图。"连这你都信呀？恐怕你只知道葛优吧。在这个网站，我还见过用周杰伦、王力宏、刘德华的头像征婚的呢，真逗！"

"这些人也太胆大，万一被这些演员看到那不死定了？"菁喆担心地说。

"第一，这些演员不会到这些网站来；第二，欧美女人分不清中国男人在面孔上有什么区别。我个人认为，把葛优当成美男子挂在这儿，实在太抬举他，呵呵！"栗秋调侃道。

"那肯定也有人盗用女明星们的照片了？"菁喆猜测。

"必须有。我都试过用周璇的头像呢。有的老外还真懂行，直惊呼，太美了，简直像中国古代美人，他们当然不知道周璇是他奶奶辈的人，我有一阵儿也有调戏这些征婚男人的心态。"栗秋波澜不惊地说。

菁喆像个地球局外人似的，快乐地浏览多情的男人们给"丽莎"的情信。有时，她也看到栗秋也以"丽莎"的名义出现在亚洲交友网站，菁喆知道，她主要是调侃那个不自量力的"老瘫子"。菁喆暗笑，她对栗秋说："算了，别理他就完了。"

"就没打算理他。反正闲着也是闲着，就想把他逗疯起来，然后让他自己转圈挠头皮去，看他这没出息样儿，应该进不了黑社会的门槛，人家都不稀罕收他！"栗秋总觉得刚到波士顿就吞了一只苍蝇，心里不舒服。

那老家伙果然中套，以为"丽莎"真的对他有意，便不停地要求见面，一口一个陷入恋爱了，迫不及待了，但"丽莎"却忽而说自己回中国了，忽而又说到波士顿了，答应了老家伙的见面要求时，又说得去趟佛罗里达。像遛狗似的，把老家伙遛了一个星期，终于，那老家伙似有所悟，不再出现。

但菁喆和栗秋很快发现，这老家伙又高高兴兴地到别的亚洲女孩那里去吹嘘他有四五处房子，是个体贴、忠实、诚心的好男人了。

栗秋乐了，说哎呀，这美国男人真健忘，昨天刚刚遭受"丽莎"的调戏，还没来得及上火，一转身，一抹脸，又像啥事没发生似地，跟另一个女孩甜言蜜语去了。这心理素质，这厚脸皮，咱得好好学习。但菁喆却笑嘻嘻地说，自己坚决学不来。

虽然菁喆在亚洲交友网站设置的选择范围是 32 ~ 45 岁之间，仅限美国白人，但她仍然收到从 21 ~ 78 岁的各个年龄段的男人的邮件，来源不仅是美国，也有澳大利亚、德国、法国、日本以及墨西哥等。

菁喆选择了其中十几个条件接近自己的邮件，一一下载，她想认真比较一下后，再决定给谁回信，信里写什么。过程中，网站管理员问她下载信件干什么？她没理会。但第二天，她注册的网页被关闭了。难道自己触犯什么规定了？唉，这扇门刚被打开，又突然关闭了。菁喆觉得有种昙花一现的感觉。

12　塔什库尔干

这晚，栗秋没有出门，一直在屋里欣赏她意外得来的青花瓷碟。

菁喆一直想跟栗秋说话，栗秋坐在桌前纹丝不动。"一个小花碟有什么稀罕的，你都看一晚上了。"菁喆终于忍不住敲门。

"进来，进来。"听到敲门，栗秋赶紧招呼菁喆。

"我确定它是雍正年间出品的。"栗秋的神情透出掩饰不住的喜悦，向菁喆介绍。

"怎么确定它就是文物呢？"菁喆问。

"因为送给我碟子的主人今年 90 岁了，这东西是她结婚时，娘家作为嫁妆陪送的，你说，一百多年前的东西，能是近代的吗？再说，这碟底的确有雍正年间的款识。"栗秋指给菁喆看。

"这东西很值钱对吗？"菁喆问。

"倒也未必。我感兴趣的是，这个小碟从中国到美国，从一百年前或许两百年前的什么人的家里，转来转去，现在转到我手上了，它一定浓缩了许多动人的故事，我看呀看呀，一直想看出它所有的故事来。"栗秋盯着小碟说。

"你刚来，怎么就能认识一个年龄那么大的老太太呢？"菁喆越发觉得栗秋神秘。

"今天我去康涅狄格州一个叫温莎镇的地方，那里有个老人村庄，住着我家的一个远房亲戚。她跟我家是什么关系呢？就是我姥爷堂兄的表嫂，反正我姥爷也跟着叫她嫂子。姥爷堂兄的表兄是中国第一代空军机械师，曾经参加过抗战。而表嫂是湖南人，抗战爆发后当了随军护士，他俩都为美国飞虎队服务过。抗战结束后，他们去了香港，后来又到了美国。遗憾的是，那位空军机械师今年初刚去世。老太太还健在。"

听了栗秋的介绍，菁喆说："哟，挺动人的故事呢！我爷爷也参加过抗战，也还健在呢！但我爷爷奶奶家挺穷的，我从未见过他们家里有这些贵重的东西。"

"你爷爷奶奶还好吗？"栗秋关切地问。

"奶奶早去世了。但爷爷还挺好的。80岁时还去放牧呢。我爷爷特别疼我，我的童年是在爷爷身边长大的。知道那是什么地方吗？塔什库尔干。帕米尔高原知道吗？慕士塔格峰知道吗？喀喇昆仑知道吗？布伦木沙乡的杏花村知道吗？我爷爷就在那儿。那是个要多美有多美的地方！"菁喆一提起爷爷和故乡，就自豪得不能自持。

塔什库尔干在新疆西南部，波士顿在美国东北部，两个地方本没什么联系，但因为那是菁喆童年生活过的地方，而且那里有她最亲爱的爷爷，

所以，虽然她人在波士顿，她的心和感情，都还在塔什库尔干。

菁喆的爷爷生活的村庄名叫杏花村。那是个仅有 3 万多人的石头城。

"我还真没去过。那地方太远了。但我希望有一天能去看看，电影《花儿为什么这样红》就是从那儿唱出来的吧？"栗秋充满向往地问。

"啊，你知道《花儿为什么这样红》是塔什库尔干的名歌吗？"菁喆问。

"当然知道，男一号阿米尔真帅呀！"栗秋笑嘻嘻地说。

"我爷爷年轻时，比阿米尔还帅呢。尤其他穿上军装的时候，我没见过照片，是奶奶告诉我的。"菁喆骄傲地描述。

"他们这代人，能活到今天的，都不是一般人。你爷爷年轻时也肯定挺厉害的。"栗秋崇敬地说。

"那当然。到现在，他脸上还有一块伤疤呢，是跟日本鬼子拼刺刀时留下的。"菁喆心疼地说，转而又问，"你怎么跟这老太太联系上的？"

"我姥爷读书时，就跟他堂兄以及堂兄的表兄都是同学，他们还在一起唱过京剧《定军山》呢！只不过，我姥爷是前清的遗少，整天提个鸟笼子遛鸟，不喜欢参与社会活动。但姥爷的同学们，有的参加空军，有的去了黄埔军校，他们断断续续地一直有联系，感情还挺好的。"

"老太太这么大年龄了，谁照顾她？"

"老太太生活能自理。她有个女儿跟她生活在同一个城市，其他的儿女们生活在世界各地。现在老太太儿孙满堂，平均每个月都有家人从世界各地飞来探望她。这次我去，老太太的女儿到哈特福德巴士站接我。老太太看到我很亲，非说我有什么地方长得像她丈夫，拉着我的手不放，又是沏茶，又是给我放京剧。噢，这就是我喝的那杯茶的茶碟，她看我喜欢这个小碟上的图案，就送给我了。"

"她是湖南人，也喜欢京剧？"

"她和老公很相爱，爱屋及乌呗。老太太读书，画画，练习书法，爱好多着呢。我们坐在那儿聊了两小时，她都没去厕所，我看她身体挺好的。"

栗秋把玩着茶碟，若有所思。

"噢，这样呀。也没什么稀奇的。在我爷爷的村庄，有好几个百岁老人呢，有一个塔吉克爷爷牙都快掉光了，但一听到音乐，还能跟小姑娘们一起跳舞，真让人羡慕。哎你说，喝茶和跳舞，是不是让这些老人长寿的原因？"

"因人而异吧。但显然老人有个专注的爱好，容易延长寿命。这也是值得研究的生命现象。当然，一个人如果常常沉浸在爱情之中，也是延年益寿的妙方。"栗秋一边说这些话，一边低头在苹果手机上划拉，突然她冲菁喆一乐，诡异地问："知道你爷爷那个村庄的人为什么长寿吗？"

菁喆迷茫地摇摇头。

"我知道。因为他们吃杏仁。"栗秋把手机送到菁喆面前，让她自己看。那是栗秋从"百度"里刚搜到的一篇文章，内容是说，在南太平洋有一个由 322 个岛屿组成的国家：斐济，全国只有 70 多万人，是全世界唯一没有癌症的国家，科学家研究发现，那里的人不得癌症与他们每天食用杏干、杏仁有关。

斐济产杏，所以人们长寿；塔什库尔干的杏花村也产杏，所以人们也长寿，栗秋的分析有道理呀。栗秋还透露，她知道在喜马拉雅山东南边，有一个居住着 5 万多人口的地方，人均寿命在 100 岁左右，美国科学家去考察过，那里的人长寿也与常食杏干和杏仁有关。

栗秋兴奋地对菁喆说，谢谢她刚才无意中提供的信息，很有价值。她在瞬间找到了以后的课题研究方向，就是'食品与长寿'。她说现在地球人最关心的是什么？就是安全与健康，谁不想长寿？尤其中国人，从几千年前就开始炼长生不老药，其实我们都知道，这世间根本没那玩意儿。可是，斐济、喜马拉雅山东南边以及塔什库尔干的杏花村的长寿现象都值得研究。

栗秋告诉菁喆，明年回国后，她想到塔什库尔干的杏花村去做实地调研。菁喆听了栗秋的决定，比她还渴望，她说一定要去一定要去，如果有条件，她要陪着栗秋去，两人可以坐在爷爷家的庭院里，直接从树上摘黄红色的杏子吃。

栗秋对菁喆描述的塔什库尔干的杏花村以及她神勇无比的爷爷充满了向往。

13 玛丽

栗秋问菁喆，"是不是想跟我聊聊网站的事？哎，咋样了，有没有看顺眼的男人？"

菁喆不好意思地点点头，说："倒是看到几个貌似条件不错的人，本来也想回信，进一步了解，谁知我的网页被关了。"

"为什么？"

"谁知道。"

栗秋想了一下，恍然道："噢，交友网站都那样，先让你免费看几天，等你蠢蠢欲动时，就让你交钱成为会员，要不然，网站怎么赚钱呢？我以前也被莫名其妙地关过，再注册一个不就行了嘛。"

"啊？你有相同的经历？"其实栗秋刚到那天，就跟菁喆提到过，只是她没走心。

"是啊，三年前，我就开始在亚洲交友网站聊天，到了美国，我又注册了两个美国人之间使用的交友网站。等你兴趣大时，我再教你怎么进这些网站吧。"栗秋大方地说。

"啊？那，那你找到过合适的吗？"菁喆期待着从栗秋的经历里受到鼓舞。

"骗子很多，但也有真的，那得看你的判断力，看你眼神是否好使。"栗秋以过来人的口吻传授经验。

栗秋情绪很好，告诉菁喆："下周，有个叫比尔的男人将从维吉尼亚驾车来波士顿看我。"

"真的？认识多长时间了？"

"两个月前，我俩就在亚洲交友网站聊天，都挺有感觉的。那时我在中国，没有见面的条件。现在都在美国，见面方便。我告诉你，只要他敢来，那就不是假的。骗子一般不敢现身。"

"有道理。这么说，网上交友也不是都靠不住。"菁喆想为自己的行为的合理性多找些佐证。

"闲着也是闲着。趁着年轻，还在花季，赶紧找男朋友是对的，就算结不了婚，也能调动你的情欲和性欲，有助于刺激荷尔蒙激素旺盛，女人就会越来越年轻漂亮，但一定要把好关，找干净男人，要讲卫生，保护好自己别得病。呵呵！"栗秋的坦诚令菁喆感动。

受到栗秋的鼓励，菁喆又注册了一个用户名，这次在填写个人档案时，她决定用一部分真实资料，比如填写了实际年龄32岁，个人头像也用她早年的照片，其余照片都用远景全身照，但名字仍然用假的，只不过这次把"丽莎"换成了"玛丽"。

玛丽这个名字在美国非常常见。因为美国早期的电影明星玛丽·碧克馥曾是全世界最富有、名气最大的女人，曾因主演《俏佳人》获奥斯卡最佳女主角奖。这位出生于加拿大多伦多，身高仅有1.54米的女孩，因擅长扮演可爱、天真的小女孩，获得了"美国甜心"和"世界情人"的称号。

这次注册之后，对"玛丽"感兴趣的男人果然少了，给她写信的人更少。看来，拿掉那个美女头像效果就是不一样，现在想来男人真傻，只要是美女，管她真假，就情话啊情书啊情诗的都来了。菁喆心里暗想，自己的网页突然关闭，那些正对她感兴趣的男人，还不知怎么想她呢，也许以为她是个骗子吧？而自己的确骗了人家。

陆续有人给"玛丽"写信，不管对方写什么，菁喆心里都很坦然，因为除了名字是假的，其余都是真的。反正就这条件，你愿意就聊，不愿意就算。

菁喆回信是从一个叫罗伯特的开始。她看了他的资料，36岁，丧偶，

工程师，现生活和工作在达拉斯，那是得克萨斯州所属城市。菁喆觉得此人年龄和工作都可以，相貌也顺眼，就从他试起。

菁喆收到罗伯特的第一封信是这样写的：

玛丽你好！我是一个丧偶的、有个5岁儿子的单身父亲。我已故妻子离开时，儿子只有两岁。但我感谢上帝，让我度过了难关，时间能冲淡一切。我相信自己还可以再爱，会生活得更好。我认为，真正的爱情仍然存在。我非常乐观，如果我能遇见一个特别的女性，我想我们一定会营造一个幸福的家庭。人生就是一个"进入和出去的过程"，我相信你明白我说的意思。也许你的生活中也经历过一些困难时期，但你最终也选择了积极生活的态度对吗？我的意思是，我的损失和不幸并没有使我生气或变成痛苦的人，我从不责怨这个世界。

你似乎像梦一样，出现在这个网站，我急切地想多了解你。我正在寻求一个爱人，而这个被我所爱的女性，也懂得如何去爱一个男人以及一个家庭，她不是功利的，她努力并热爱她自己的工作。我希望我寻找的这个女性，当她与我在一起时，是放松的，是安全的。

虽然不知是否能得到你的回复，但我仍然写了许多，你的照片和个人资料，引发了我的好情绪，我觉得给你写信是件很舒服的事，而且感觉我可以分享你的任何事情，这种感觉真的很奇怪！

玛丽，我想更多地了解你。你可以从任何地方开始，它并不重要，重要的是，我给你写了这封信，表达了我内心的愿望，这需要勇气。随信附上我的邮件地址，如果你能给我回信，将是我的荣幸。

我热切地期待着您的回复。我就守在这里。

罗伯特

这封信字字句句像被注入了生命似的，真切得如同听到了那个人的呼吸。菁喆很高兴，因为这个罗伯特知道了自己的真实年龄，对着自己的照片写出这番感言的。

菁喆情不自禁地让栗秋看了这封邮件，并问她该不该给这人回信。

"既然你心里有主意，就别来问我，该干啥就干啥。不过，你该不会一出门就中彩票吧？"栗秋问。

"你说呢？"菁喆不甘心地反问。

栗秋摇摇头，"咱们这种小人物，一般没那个狗屎运。异想天开的事，我从不指望。"

菁喆毫不犹豫地给罗伯特写了回信：

很高兴收到你的邮件，谢谢你。

我现在波士顿，你在哪里？可以告诉我你的真实状况吗？

我希望与你保持联系。

祝福你。

玛丽

从发出邮件的那一刻起，菁喆就在等着罗伯特的回复。她希望自己的愿望不要落空，希望有个好的开始。

第二天从实验室回来，菁喆未及弄口饭吃，就先打开邮箱，那里果然有罗伯特的邮件，菁喆急切地打开，一口气读完。

我是这个网站的新人，很短的时间里却收到大量女性的邮件，可她们只是引起我的注意，我并没有时间去读那些信件。我知道自己什么事值得去做，什么事不值得去做。我只把时间花给我感兴趣的人。

我希望我的这些表达，能告诉你我内心的一些东西。

你的资料已经引起我的兴趣，我感到你身上有闪光的东西。你的喜好，价值观，都抓住了我的眼球。我敢肯定，在你的人生路途中，曾经经历过一些事情，但我很高兴你没有放弃信念，能够来到这个网站上，重新你的生活。

这个网站可以用不同的方式满足不同的人们的需要，但我要说明一点，我到这里来不是为了找一个周末女人，不是为了一夜情。我到这里是为了

遇到一个女人，我相信，你到这里来也是为了遇到一个你想要的男人。为此，我们搜索到了彼此。年龄，距离，地位，人生观，宗教信仰等等，都不是问题，我相信真爱可以超越时空，我相信你和我都能够足以克服时空的距离，用真爱的力量。

我出生在美国纽约，直到我和我的母亲移居到希腊，后来父母离婚。在希腊，我和我已故的妻子结婚，直到3年前，我又回到美国。我是一个独立的石油工程承包商，我的工作是在马来西亚和美国之间进行一些石化工程项目的合同签约和监督实施。

我曾经碰到几个坏苹果，我明白，那只是人类的一部分，这是不可避免的。看到你的照片，我感觉很舒服，很亲切。你对我意味着很多，因为很长时间以来，我都没有这种感觉了。我很乐观，我想给你一个机会，如果你想抓住它，我认为我们有一个彼此感情发展的巨大前景。

我也明白，在网上交友是要承担风险和冒险的，这就是为什么这几年，我宁愿独居也不放下我的警觉。你是否觉得我这样说很奇怪，但我就是这么想的。

我渴望着了解你的所有。我对你充满了兴趣。

期待着你的回复。

罗伯特

菁喆问栗秋，"就凭这封信，能否说，这个叫罗伯特的人还比较沉稳？也比较坦诚？"

栗秋耸耸肩，"谁知道呢？又没见到真人。但我觉得这人挺会说的，好像句句都能说到人的心里，尤其对咱们这种知识女性，听起来挺受用，但不知道，如果针对那种不喜欢读书，只想嫁到美国来的女孩，是否愿意在这里跟他务虚。但愿这是个真货，那你就走运了。"

菁喆立刻喜形于色，说："呀！郁闷了这么多年，应该交好运了！"

"但愿吧。"栗秋还是那种淡然的态度。

菁喆当即给罗伯特写了回信：

您好，罗伯特：

谢谢您这么认真地写邮件。从中我获知了您的许多信息。

我的家人在中国的大西北。我的父母都是很朴实的工人，我有一对哥姐，他们是双胞胎，但很不幸，他们一出生就有些残疾，我的父母花了很多钱为他们治疗。

我一直在学校里读书。我从未有过真正意义上的男朋友。我希望未来的男朋友与我有相同的价值观和爱好。

我现在波士顿的某个大学里读博士，如果遇到合适的人，我会考虑留下来的事。

我的女友告诉我，可以寻求亚洲交友网站找我要找的人，所以我这是第一次尝试。很快，我也得到了许多信件，但我首先回复了您的邮件。我认为不管未来我们是否能走到一起，我都会珍惜您的真诚。

请多发几张您的照片给我，可以吗？

祝您心想事成！

玛丽

这次，菁喆刚发出邮件不到一个小时，就收到了罗伯特的回信。菁喆能感觉到自己的心跳，她对栗秋说："显然，他就守在电脑旁，等我的邮件。所以看到我的信，马上就回复了。"

"也许他正在等别人的邮件，你的邮件却来了，他顺手回复了。"栗秋反驳。

"不管你怎么说，反正收到他的回信我很开心。"菁喆娇憨地撅起厚厚的嘴唇。

"开心就好。但别太上心。"栗秋平静地提醒菁喆。

14 邦克山

茹欣媛驾车沿着美丽的查尔斯河从波士顿向查尔斯顿半岛行驶。河两岸密密麻麻靠泊着各色游艇，天空湛蓝，不时有飞机在蓝天划出一道白线。

茹欣媛每次经过 99 号公路上的老旧的查尔斯顿大桥时，既小心又充满了敬畏和肃穆感。据说这是 1898 年爱尔兰人修建的一座活动铁桥，这可是波士顿历史的一部分，茹欣媛坚信这座铁桥是有生命的，她似乎仍可感到它的温度。河边上就是查尔斯顿海军船厂，从此处蜿蜒而上，便是坐落在一个山坡上的查尔斯小镇，这个山坡就叫邦克山。美国的山川河流千千万，但美国人记住一座山一条河就足够了，那就是邦克山和查尔斯河。因为 230 年前，由波士顿的先民组成的独立军，就是跨过这条河，在这座山上与英国政府的军队血拼，美国独立的战役是在邦克山打响的。

然而，今天这里却是一个安静的小镇。

茹欣媛停好车位，先爬到山坡最高处的花岗岩纪念碑前，注目片刻，然后又到邦克山战役那一长串刻在墙上的阵亡者名单前驻足。

这场战役为何而战？为女人？为公平？为利益？为土地？还是为资源？茹欣媛仍是中国公民，并没有缅怀美国先烈的义务，何况邦克山战役都发生两百多年了，与她也没什么关系。但是茹欣媛对历史人物很感兴趣，尤其在自己心情极糟之时，喜欢以研读有传奇色彩的商人来代替心中的不快。邦克山战役的重要将领约翰·汉考克，曾经是波士顿的一个商人，后来成为马萨诸塞州的第一任州长。作为一个商人，他为什么卷入这场战役？这才是茹欣媛的兴奋点。

为了增强对北美殖民地的税收，远在大西洋对岸的英国政府，先后颁布了《印花税法》和《唐森德条例》。那时英国政府不仅管理着北美事务，还垄断了这里的茶叶贸易，比如，英国的东印度公司从中国进口茶叶，政府对其收购，之后运往北美殖民地加税后高价倾销。此举引起北美民众不满。那时，第一个公开站出来反对的就是波士顿商人约翰·汉考克，他呼吁民众抵制英政府对北美的垄断，他说："权利和义务是对等的关系，既然我们在英国国会里面没有相应的权益，凭什么要我们去交税？"受到他的鼓动，北美殖民地的民众开始与驻扎的英军发生冲突。从商人的利益出发，约翰·汉考克无视英政府的税法和条例，公然从海外走私茶叶，在黑市上销售。此举打破了英政府的垄断局面。针对约翰·汉考克的茶叶黑市网络，英国国会通过了《茶叶法案》，规定东印度公司不需经过政府，可向北美市场直接倾销茶叶，一时间，北美市面上的茶叶价格比黑市上的走私茶叶还低。波士顿商人们都受到茶叶倾销的冲击。于是"茶党"应运而生，100 多名"自由之子"化装成印第安人潜入波士顿港，强行登上 3 条英国商船，把船上的茶叶扔进了大海，这就是美国历史上的"波士顿倾茶事件"。英国政府当然不能和平解决此事，于是，派更多的英军驻扎北美殖民地，双方冲突越来越激烈，邦克山战役也不可避免地打响了。

作为一名当代商人，茹欣媛认为，美国的独立战争，不是阶级斗争的结果，而是商人为利益与殖民者之间的战斗。由于美国的开国功臣是一群商人，这就注定了，他们崇尚自由贸易，他们从一开始就站在与政府对立的位置。由此茹欣媛也明白了，为什么美国宪法规定，公民有监督政府的义务；为什么美国的创业者和商人最受尊重，而政府和公务员处境艰难。美国是商人组建起来的。

"波士顿倾茶事件"后，驻扎在波士顿的英军，打算加强防卫波士顿，波士顿民兵们则率先占领了查尔斯顿半岛的邦克山。3000 英军在海军的支持下，向守在邦克山的波士顿民兵发起猛烈进攻。结果英军死伤千余名，邦克山守卫者们死伤数百人。这场战役虽然英军赢了，但北美民众的士气大振，"邦克山"这个名字成为一种勇气的象征，民兵们随即被改编成独立军，乔治·华盛顿被任命为独立军总司令。

茹欣媛难以想象那场遥远的惨烈的战争就发生在自己脚下。如今，她享受着枪声远去的和平自由的环境，所以，她今天特意到这里对约翰·汉考克顶礼膜拜。

茹欣媛希望能如愿办起月子中心，与此同时，还想从房地产项目里寻找商机。她想用密度更大的忙碌，填补内心的忿忿不平。男友托尼的突然翻脸，实在让她寒心。今天上午，她约好在邦克山附近的一个建筑工地找她的另3位合伙人谈撤资的事。半年前，他们共同买下一座老旧工厂，目前正在拆迁中，他们打算在这块地皮上重新建两排新公寓楼，每排楼30户，共60户，完成这个项目需千万资金，工期3年，要想在这个项目上获利，魄力和勇气是必须的，更要精密计划，步步为营。幸亏茹欣媛在这个项目中占的份额不大，才没有把合伙人彻底激怒。合伙人并不知道茹欣媛的男友翻脸了，纷纷指责她这种拆东墙补西墙的行为给项目带来损失，为此，茹欣媛得做出违约补偿。她也只能认栽。

做完这单月子中心的项目，就离开波士顿！茹欣媛显然不认为查尔斯河是世界上最美丽的河，在世界上的某个地方，一定还有比它更动人更吸引自己的河流，它在哪儿？不知道。它在茹欣媛的想像中，它在茹欣媛的寻找中。茹欣媛想，无论哥伦布也好，还是中国的新移民也好，大家找来找去，究竟是为找到一种新生活方式呢？还是为了寻找本身？就茹欣媛而言，寻找本身的乐趣多于对新生活的享受。由于茹欣媛从不确定自己的寻找何时终止，在地球的哪个角落终止，因此，她无法确定自己是否一定就长居波士顿，或许下一站去西班牙，然后是葡萄牙，再然后是希腊；还有一条路线也是茹欣媛向往的，那就是去月球或其他星球。不是没有这种可能。只要有人敢登陆月球，她就敢从地面挪移到空中。谁又知道那里的生活是不是比在陆地上的生活更刺激呢？但无疑，月球上的生活一定是新生活。而所有的新生活都有刺激性，都值得探索和尝试，都令她兴奋和向往。

茹欣媛仿佛能看到自己的触须向着未来的未知伸展，永远。

15　虚拟爱情

如果说，茹欣嫒的骨子里就是第一个吃螃蟹的人，那么，菁喆的性子就像查尔斯河里的小虾米。弯着腰，身体和心思都很微小，静静地沉在河水里，从不想翻起大浪。可是她的心情最近却翻腾起来。

罗伯特的第三封信又来了，在菁喆眼里，它就是情书：

玛丽，非常谢谢你的短信。我很欣赏你。我对你有高度兴趣。我仍想说，我到这里不是找一个周末女人，我是寻找一个我想要爱她的女人，这个女人非常真诚，有爱心，我希望能与她建立一种长期的严肃的关系，并期望未来能与她步入婚姻。

我已故的父母出生于希腊。我是他们唯一的儿子，我没有姐妹，没有兄弟，只有一个儿子，我的儿子对我非常重要，他既是我儿子，也是兄弟、姐妹和朋友。如果再给我一次建立家庭的机会，我一定会再要个孩子。我实在是孤独。因此，我尽可能为这个社会做些慈善工作。

我不抽烟，偶尔只喝一点酒。我喜欢浪漫的戏剧和现实的电影。我沉迷于咖啡，每天早上，我都花时间，喝两杯咖啡以及享受各种健康的食品。

你不觉得，有时候生活是偶然的？事实上，孕育着一定的必然。就像我偶然来到这个网站，但谁也不能否认，到这里来的人，心都向往一个更美好的未来。有时我感叹：人的生命太短暂，尤其是到了我这个年龄，需要弄清楚许多问题。我常常想跟人讨论，那个我生活中将出现的特殊的女人是什么样的，但我知道这很难……

有个谚语给了我信心：上帝在你面前关上了门，你却打开一扇窗。我认为，生活是美好的，只要你认真对待它，它不会让你失望。我是一个乐观，开朗，无论发生什么事，都往积极的一面去努力的人。

我期待着，期待着，能与你一起高兴地往前走。

生活是一个故事，故事也许是我们这个时代最美妙的地方。

菁喆没弄明白信里最后一句话是什么意思，但总体看下来，这人是想跟她建立一种严肃的朋友关系，而这正是自己所求的。

菁喆看了罗伯特发来的两张照片，一张是倚在一艘船上，身后是大海，他微笑着，眼角处是很深的皱纹，颇显深沉；另一张显得年轻些，背景是在上海的城隍庙，菁喆熟悉那个地方，他去过上海？是为工作还是曾经有过中国女朋友？菁喆心里嘀咕着，她有些奇怪，为什么两张照片看起来不像一个人？

尽管菁喆到美国有年头了，但从未辨认过哪些人来自希腊，哪些人来自德国，哪些人来自墨西哥，哪些人来自摩洛哥。

栗秋看了照片，也分不清照片上的两个人究竟是不是同一个，两人都没有辨别人种的经验。

"要想跟美国人交往，首先咱得弄明白给咱写信的人都来自哪里？他们的文化背景是怎样的，跟咱是不是合适？比如你要是跟伊拉克或阿富汗人交往，那不是铁定了冒险吗？我去过的德国，跟美国就很不相同，因为种族单一，很容易排斥外国人。但美国不同，世界各国的人都来到这里，有其包容性，但也暗藏了许多危险因素，是什么呢？我暂时也说不清，但我们应该有这个意识。"栗秋似乎对分辨族源深有感悟。

菁喆坦白地说，"我来美国之前，还以为美国都是金发碧眼，高鼻梁的白人呢，到了这里才知道，原来黑的，黄的，白的;富人，穷人，不富不穷的;小个子，大胖子，老秃头满大街都叫美国人。我以前在国内看过的影视剧好骗人呀！"

"既然看不出来两张照片是不是同一个人，那就让他再传两张照片过来，继续辨认。"栗秋指点菁喆。

这些个夜晚，菁喆觉得很充实，等信，写信，想像另外一个人在另外一个城市是什么样，这都是一种全新的感觉。

菁喆给罗伯特的回信仍然是简短的：

罗伯特，你好！

与你一样，我到这里也不是为找一个周末男人，我是想找一个能够生活在一起的好男人，找一个诚实、真诚、关怀和体贴的男人。

听到你父母和妻子的事，我为你难过。

你儿子现在怎样？在哪个幼儿园？我能得到他的一些照片吗？我喜欢孩子，如果有机会，我可能会生一个孩子，我现在不确定。

你每天上班忙吗？

你喜欢自己做饭吗？

从照片上看，你去过上海？但这张是否是早些时候拍的呢？我不太确定那就是你。可否再给我发一张照片呢？

祝您一切都好。

玛丽

临睡觉之前，菁喆准备关电脑时，意外地收到了罗伯特的一封问候晚安的短信。他还真的挺靠谱。这件事，令菁喆整夜没睡好。想想当年上高中时，招惹过她的男生，两家相距也就一百米，却像远隔天涯般难以见面，最不舒服的是，那男生说来就来，说去就去，从来都只考虑自己的感受，不顾及菁喆的渴望。而眼前这个写信的人，虽然没见过面，却给她一种就在身边的感觉，她甚至能感觉到他的眼睛就在不远处，一闪一闪地望着她。菁喆打定主意，如果这人的情况属实，自己一定要好好待他，给他家庭温暖。

这一夜，菁喆几乎失眠。

第二天一起床，菁喆便下意识地打开电脑，看看有无罗伯特的邮件，菁喆当即就开心了，邮件是凌晨4点多发来的。

罗伯特的第四封信：

感谢你简短的回信。尽管你的信短得如同一张字条，但我仍然百看不厌。坦率地说，这两天我不能正常入睡，眼里全是你的影子，你扰乱了我的睡眠。我刚刚休息了一会儿，就醒来，我想着应该给你写这封信。

我知道你想更多地了解我。那么好吧，我就多说些我自己。业余时间，我喜欢高尔夫、网球和足球，也花些时间在健身房锻炼。我也喜欢看音乐会和舞蹈，我很感激音乐给我的生活带来的力量。平时我很少自己做饭，有空闲时间时，也自己烧烤。

我想我们有很多共同的看法，而且我很愿意与你分享我的所有观点。不知为何，你的照片和你的信，都让我感到极其舒适，真的是很长时间没有这种感觉了，谢谢你。

很长时间以来，几乎没有任何女性能吸引我，这意味着什么？你相信一见钟情吗？对不起，我想说，我对你可能一见钟情了。那么，你呢，你对我是什么感觉？另外，你与父母在一起时，什么记忆是你最难忘的？

谢谢你夸奖我的儿子，他的梦想是当飞行员，他喜欢蓝色的天空。我敢打赌，如果你见到我的儿子，你一定会喜欢他。

你似乎是一位善良的女性，因为你很善解人意。而我一直渴望这样的女人出现在我的生命中，尤其在这个年龄阶段，相貌和金钱对我来说都不重要，我需要的是理解，以及两人的相处是否默契和愉快。

迄今为止我一直独居，我不缺少女人，但我还没找到最爱的那个女人，如果这个人出现了，我愿意打开房门，吻她的手，并把她带进舞池中心，在音乐的陪伴下，我们翩翩起舞。你愿意是那个女人吗？告诉我。我渴望听到你的声音，你的态度对我很重要。

我认为，我正在做着值得我做的事。因为我没有时间，也没有兴趣玩游戏，我也不想及时行乐，我想和你建立一种持久的关系，我对你充满了兴趣，请给我信心吧。

看了这封信，菁喆坐不住了，好似身子底下有团火在燃烧，这男人对自己一见钟情了，难怪他那么热烈。可是自己对他也是一见钟情吗？想想又不是，只是选择了一个条件吻合的人通信而已，但为什么又总是盼着他的来信？这才三天，自己就有点神思恍惚了，这到底是不是爱情呢？

16 女汉子

2009 年，网络很流行"女汉子"这个词。意思是指性格像男的，比较霸气，行为举止不拘小节，性格开朗直爽，心态乐观，能扛起责任，在生活中比较有气场，但她们依然得体大方优雅，不失温柔细心体贴。茹欣媛已经很少关注中国的网络都在扯些什么话题，她没空，也没兴趣。但她不知道，网络蹿红的这个新词，很有点指向她这类女人。

茹欣媛原计划给托尼一周时间，让他退退烧，再冷静地跟他谈分钱的事。她要确保自己辛苦挣来的钱万无一失，理想的状态是，把损失降到零。就当再次离婚，有什么呀？大风大浪都经历了，还把一个没有婚姻关系的托尼当回事吗？

茹欣媛用 3 天时间办完撤资事宜，第 4 天就提着现金，拿下了公园边上那套独栋楼。与此同时，律师也帮她梳理好与托尼的投资分割比例。她忙得顾不上托尼那头到底怎样了，每晚忙到半夜，回到房间洗漱一下倒头就睡，天一亮，又挣扎着起床，出门办事。第 5 天下午，正当茹欣媛忙着与卖方签订各种房屋合同时，托尼打来电话，恳求她回来见最后一面。

茹欣媛开着她那辆破工具车，气冲冲地回到托尼的家。"妈的，你想死也不挑个时候，我这会儿忙着你不知道吗？快说，有什么遗言？"

"我想说，我爱你，也爱她。我不想失去你，也不想失去她。我该怎么办？我没有勇气活下去。"几天没见，托尼瘦了，虚弱得连身体都站不稳。茹欣媛一阵心疼，但她告诫自己，可怜之人必有可恨之处，不能同情他。

"老娘没耐心跟你扯来扯去。本来想给你一周时间，得得，就今天吧，我们了结。律师那边也算清楚你的钱了，一分不少都会打到你账上，我就带几件衣服走，房子家具都还是你的，你一点损失都没有，你还可以很威风地找其他女人来跟你同居。怎样，还有什么要交代的？"平时茹欣媛就是个雷厉风行的人，这时更是快刀斩乱麻，反正这是迟早的事，早了早干净。

"甜心，我真的很痛苦，帮帮我，怎样才能让我回到以往的平静？"托尼的眼睛里，真的蓄着泪水。

"好了，现在我们已经见了最后一面，我已经满足了你生前的愿望。我们相爱一场，我还是挺仗义的吧？至于你想不想死，什么时候死，怎么死，或者不死，活得更高兴，都跟我无关了。所以你刚才问我怎样让你回到以往的平静，对不起，老娘回答不了这么奢侈的问题，没那个时间，也没那个力度。那可是许多哲学家、人类学家想几十年，甚至几辈子都没想清楚的大课题，你跟他们探讨去吧。"茹欣媛弯腰从床底扯出几根细绳，又把书架上的书一堆堆码好，用绳子捆好。她尽力忍住不让自己的泪水流下来。

"亲爱的，这几天我几乎没合眼，一直在想我们这些年的生活，我们是相爱的，我真的很爱你。也许，也许那天我做出的决定是错的，如果我说，我错了，你还能给我一个改错的机会吗？"托尼蹲下身，想用手去抚茹欣媛的肩头。但她闪开了。托尼只得站起身，茹欣媛要取下两人挂在墙上的合影照，那是他们最相爱时，到波多黎各岛度假时拍的。那时的他们，脸上绽放的是阳光灿烂的笑容，可是，这一切将戛然而止。托尼大喊："不，亲爱的，你不能带走它！"

茹欣媛吓了一跳，静了静，平和地说："好吧，既然你喜欢，那就留给你吧。只怕你的新女友来了，容不下我跟你挤在一个镜框里吧？"

托尼眼睁睁地看着照片里两个相亲相爱的人即将成为陌生人，他痛心地呜呜哭起来，一边哭一边捶打墙，哭一会儿，抬眼看一下照片；看一下照片，又哭一会儿。惹得茹欣媛也有一种撕心裂肝的疼痛感。可是，两人还能回去吗？她知道，已经回不去了！

"亲爱的，留下来吧，你别走！我不能没有你！"托尼想拥抱茹欣媛。

茹欣媛冷冷地问："那么，你那个日本女人呢？你决定再也不见她了？"

"亲爱的，请给我点时间，让我再考虑考虑。但是你先别走好吗？求你，留下来。"托尼央求道。

"那么，我仍然每天忙着挣钱，你没抱怨了？"茹欣媛讥讽道。

"你挣钱越多，我越高兴。可是，你能不能多给我们两人点时间，少给你家人帮忙，好不好？"

"对不起。跟你说过八百遍了，把我的家人一个个弄过来，让她们过上中产阶级的生活，是我的梦想，也是我人生事业的一部分，我不能不为她们负责。好了，咱们别再说这些没用的车轱辘话，转来转去还在原地。就算我们继续住在一起，还是要为这些事烦恼，你和我，谁也不可能改变谁，谁也没必要改变谁。既然是你提出分手，那就不要再回头了。"茹欣媛把话说尽，不想给两人的关系留有余地。

"可是，亲爱的，我真的需要你，没有你，这个家是空的，像地狱。"托尼失落地表达着他的挫败心情。

"得了，得了。我确实没有时间跟你玩伤感，我得走了。律师会找你的。一切都会过去。你好自为之吧。"茹欣媛快速扫了一眼托尼，坚决地把头别向一边，只是捡拾自己的衣服和书籍，她把它们分别装到两个行李包里，然后头也不回地拉着走了。

身后是托尼的呜咽声。

茹欣媛不敢回头，更不敢停下来，生怕这一脚迈不出来，就软下去了。说实话，自己跟托尼是有感情的，毕竟这么多年的同居生活，可是，这次原谅了他，怎能保证他没有下次呢？而且，就算他不再有婚外恋，可是自己能咽下这口气，在以后的生活中，绝口不提这次伤害吗？做不到！茹欣媛承认自己做不到。既然能看清未来的问题和潜在危机，为何还冒这个险呢？算了，还是算了吧。

约40分钟后，茹欣媛把车开到33号公寓楼下，才彻底平静下来。她拿出手机，拨通托尼好友的电话，把最近托尼的状况说了一遍，请他多多关照托尼。打完这个电话，茹欣媛还是不放心，又给家住莱克星顿的托尼的姐姐打了个电话，在托尼的兄弟姐妹中，这个姐姐与他最贴心，住得也离他最近。茹欣媛又一五一十地把托尼的现状说给他姐姐听，未等茹欣媛说完，托尼的姐姐就撑不住了，说马上给托尼打电话，并谢谢茹欣媛的好心，自己弟弟做了愧对女友的事情，女友反而还很关心他的死活，她说通过这事可以看出，茹欣媛是个有情有义的人，托尼不应该放弃茹欣媛。茹欣媛也只是苦笑一下，没有作声。

茹欣媛这时才觉得胃里空荡荡的。她有气无力地上楼，还没到门口，就闻到红烧肉的味道。

原来是菁喆刚做好一锅红烧鸡翅。栗秋正站在厨房吃水果沙拉，菁喆夹起一块，要给栗秋尝尝。

"谢谢，我吃水果就行。你别介意，我正在排毒呢。"栗秋闪到一边。

"这么好吃的东西你不吃，给我吃！这叫赶得早不如赶得巧。"茹欣媛进了厨房，手都不洗，就用手指夹起一块鸡翅吃起来。

菁喆受到鼓励，也拿起一块往嘴里塞。

"啊，好香！对了，栗秋，你刚才说你在排毒，什么意思？"茹欣媛好奇地问。

"就是十天不吃饭，只吃些水果和蔬菜，让身体里的毒素有效排除。"

"那不是把胃弄坏了吗？"茹欣媛问。

"恰恰对胃有好处。要不你也试试吧？很科学的。"栗秋建议着。

"不，不，我不行。一日三餐，每餐都得吃热呼呼的。"茹欣媛坦言。

"对，首先得吃饱。"菁喆支持茹欣媛的观点。

"那就不劝你了。我们全都吃了。"菁喆恨不能把一锅鸡翅都吞下。

茹欣媛狼吞虎咽地吃着鸡翅，问栗秋："你一直都不吃晚饭吗？"

"吃。但现在是排毒的第九天，还差一天就结束了。"

"结束后，你就可以吃肉了？"

"也不能马上就吃，得按食谱，一点点进食，而且仍然以蔬菜和水果为主，最好吃点新鲜鱼，肉能不吃就不吃，这才是科学而健康的饮食习惯。"

栗秋一点点吃着水果。

茹欣媛狂笑，自嘲说："我就是一俗人，这辈子不打算在吃的方面亏待自己，就剩这点爱好了。"

"不过，我打算减肥了。"菁喆斯文地宣布。

栗秋对茹欣媛说："菁喆有变化了，看出没有？"

"什么变化？胖了？瘦了？"茹欣媛的两根眉毛弯起来。

"她好像有点新情况。"栗秋透露。

"是吗？这么快就遇到可意的人了？"茹欣媛就是随便问问，菁喆却立刻把手洗干净，去卧室把笔记本电脑搬出来，非要让茹欣媛看她与罗伯特的往来邮件。

"我觉得自己还是受了点美国文化的影响，有点不好意思看别人的私信。"茹欣媛连连后退。

"看吧,看吧,没什么,是我主动让你看的。"菁喆把电脑送到茹欣媛面前。

"刚才菁喆也让我看了。没关系，这是菁喆的情书，不算偷窥别人的隐私。权当室友分享。"栗秋也起哄。

茹欣媛只好快速浏览一遍，然后说："嗯，是挺感动的，挺美好的感觉。虽然菁喆的回信很简短，却不乏真诚。"

"你的意思是，这人还行？"菁喆急于知道茹欣媛对罗伯特个人的感觉。

"看信的感觉还好。只是，只是……"茹欣媛又吃了一嘴鸡翅。

"只是什么，快告诉我！"

"美国有句谚语：太好了就不真实了。我也说不清怎么有这种感觉的，你自己再交往一段时间看吧。"茹欣媛的情绪十分低落,但没有一句是废话。

栗秋推说自己还有事，她给菁喆也使了个眼色，菁喆知趣地抱着电脑回屋了。茹欣媛少有地默默地吃了两块鸡翅。屋里静极了。

17　瓦尔登湖

栗秋心情不错，那位环卫工程师比尔，周五早晨 9 点就驾车从维吉尼亚詹姆斯镇出发，现在已经上了高速公路，也就是说，几个小时后，一个风尘仆仆的大活人就会出现在波士顿，就会站在栗秋面前，弯腰向她行礼。多么神奇啊，又多么有成就感，几乎是胜利在望。但栗秋仍坚持，没见到真人之前，不动真情。

栗秋对着镜子试穿旗袍时，菁喆告诉她，汉克斯老人说，维吉尼亚的詹姆斯镇是贵族们群居的地方，那位比尔先生会不会也是贵族的后代呢？栗秋心里虽然高兴，但仍然替他谦虚："也许他是奴仆的后代。"栗秋转过脸问菁喆，"汉克斯还说什么了？"菁喆说，汉克斯认为，同样都是早期移民，但维吉尼亚的贵族几乎把那里的印第安人杀光了，很残忍。汉克斯还说，美国的许多事不仅滑稽，还很让人难过。比如美国的感恩节又是印第安人的"哀悼日"。栗秋听了这些话，沉默地对着镜子左照右照，说，"管他呢，咱们又没活在几百年前的美国，咱活在当下。再说，就算有那些令人难过的事，也是比尔的祖先们干的，与后代无关。但是，尽管那些贵族手上沾满了印第安人的血，但我希望，他们与此同时也把贵族香火传承下来。"栗秋又说，"嗨，我只想些高兴的事，不想给自己添堵。"菁喆讨了个没趣，回到电脑前又去等邮件了。

麻省理工的那个讲师继续约栗秋见面，但栗秋找了些借口，先钓着他的胃口。至少这个周末是属于环卫工程师的。毕竟他跟自己的交流已经半年，彼此连家人的照片都交换过了，各方情况也貌似熟知。原以为见面是很遥远的事，那时栗秋不确定是否能拿到访学签证，然而她的运气不错，转眼间就飞到美国。比尔更是兴奋，积极地推动与栗秋的见面事宜，这种很男子汉的做法让栗秋有点激动，如果比尔真的如约出现在她面前，至少说明这人对她是有诚意的。

比尔到波士顿时已是傍晚 5 点。按照栗秋提供的地址，他一眼就看到站在 33 号公寓楼下的栗秋。

比尔的身高一米八五，柔软的黄头发，健壮的手臂上亮闪闪地晃着一层耀眼的黄色汗毛，看上去年龄在 50 岁出头。当他打开驾驶室的门向栗秋走来时，栗秋幸福地笑了，她喜欢看到黄头发的成熟的男人。比尔很自然地拥抱了栗秋。

"你好。宝贝，你太美了。"平时写电子邮件时，比尔总是这样称呼栗秋。

"你好，比尔，尽管你跟照片上不太一样，我还是能认出你来。"栗秋闻到了一股淡淡的男士香水的味道。

"我真幸运，宝贝。我们走吧。"比尔温情地对栗秋说。

"去哪儿？"栗秋问。

"瓦尔登湖。不是你让我安排的吗？那是我们都向往的地方，不是吗？"的确，关于行程，是他们在邮件里已经说定的事。比尔说他不仅喜欢梭罗的《瓦尔登湖》，还喜欢女作家奥尔科特的《小妇人》，他早就有心到新英格兰地区来感受这两位作家生活的时代。栗秋说她还喜欢霍桑的《红字》，那部小说不知看过多少遍，每次仍然震撼她。在对文学的热爱方面，两人能聊到一起，这让栗秋很是欣喜。

栗秋凭直觉是相信这个男人的。她说，请等一会儿。然后，她转身上楼，回屋，拿了她早已准备好的背包。菁喆就那么傻傻地看着她。栗秋笑了一下，说要去瓦尔登湖过周末。她把比尔的手机号码悄悄告诉菁喆，叮嘱她，如果找不到自己，就打这个手机号码。菁喆会意。

栗秋坐进比尔的高底盘的土黄色 SUV 越野车，走了。菁喆从窗户里望过去，比尔给栗秋打开车门，她落座后，他才回到驾驶室。菁喆看到他头顶的头发有些稀，这算不算是一种缺陷呢？还好，他身体转动得特别灵敏。菁喆对他的印象不差。但菁喆还是觉得栗秋胆子挺大的，怎么就敢跟一个从不认识的男人走了呢？他会带她去哪儿？会不会是坏人？菁喆默默地祝

福栗秋遇到的是个好男人，如果他们真的成了，那该多浪漫呀！

从波士顿往西偏北方向行驶，不一会儿工夫，呈现在栗秋面前的是95号高速公路两旁满眼的树木，城市的色彩已然淡去。约20分钟后，越野车驶入一片空旷、静谧、有许多殖民地时期特征房屋的小镇，栗秋意识到，这就是康科德镇了。这里是茹欣媛与男友同居的小镇，也是茹欣媛的伤心之地。但对栗秋来说，却将是一次浪漫而难忘的旅程。傍晚时分，橘色的晚霞铺满街道，教堂的钟声敲响6下，这个时辰，这个背景，非常适合步行。

比尔把车停泊在康科德镇中心的旅馆停车场内，他们被告知，预定的房间正在打扫，一小时后才可入住。两人倒也没着急，悠闲地向东南方向走去。还有两个著名的作家在这个小镇生活过，一个是艾默生，一个是富勒。梭罗是艾默生的门徒，投奔老师之后，才提着斧子到瓦尔登湖边，自伐树木，自盖小木屋，在这里生活了两年多。

栗秋刚才在车上，已经换了裸肩的浅紫色连体短裙，外搭一件白色小外套。比尔牵着她的手，在路口处向右转弯，两人又步行十余分钟，在十字路口等红绿灯时，比尔情不自禁地低头吻栗秋。栗秋只觉得全身一颤，有了某种冲动。她有些痴迷这个男人身上散发出的气味。过了红绿灯，再往前走了一会儿，就看到被丛林掩映的瓦尔登湖。不断地有游人过来，这里已被当成文化风景保护区管理起来了。小区门口有一处停车场，附近就是梭罗手捧小鸟的雕塑，雕塑旁边，是复制的梭罗住过两年的小木屋。里面有一张床，一个大火炉墙，一堆劈好的木柴，两把椅子，以及一张吃饭的桌子。而梭罗的原住址，就在瓦尔登湖对面100米靠近湖边的一个低洼处，那里只剩下一堆石头和石头周围茂密的树林。一个人，愿意孤独地在这样一个地方生活，如此简陋，如此朴素，如此沉静，这可是栗秋少女时代就向往完成的梦之旅呀！今天傍晚，这个梦想竟然实现了！此刻她有点分不清，哪个是现实，哪个是历史，如梦如幻。

比尔搂着栗秋的腰，两人沿着土路步行到瓦尔登湖旧址。偶尔会有一两个行人与他们迎面走来，彼此招呼一声，各走各的路，各想各的心事。瓦尔登湖就真实地呈现在栗秋面前了，傍晚的余晖映照在湖面，闪着金波，栗秋内心莫名地激动，就在这时，附近的铁轨上驶来一辆火车，栗秋大喊："瓦尔登湖，我来了！"但是她的声音被火车隆隆滚过的巨响淹没了，她要的就是这种掩饰。

比尔深情地看着身边这位中国女子，他用双手捧起她的脸，迫不及待地开始吻她，一边吻，一边轻咬着她的耳垂，低声问："小宝贝，我想要你，就在这儿，可以吗？"栗秋一愣，睁开眼睛看他的眼睛，那目光里是火是柔情是征服的欲望，她又闭上眼睛，摇摇头又点点头。此刻，他们一点都不像陌生人，倒像是相濡以沫半生的爱人的一次美好度假。所以栗秋并不担心自身安全问题，只是尽情地享受当下的每一分每一秒的快乐。

比尔猛然抱起栗秋，走向湖边的僻静处。

18 喜

菁喆就待在房间等罗伯特的邮件。其间，她给栗秋打过两次电话，都是栗秋本人接的，而且听得出来，她很开心。菁喆放心了。她为栗秋高兴，遇到一个不错的人。

然而，罗伯特当晚并未回信，菁喆却是谅解他的。她想，人家昨夜没休息好，凌晨4点又给她写信，白天还得工作，没准这会儿正在打盹呢，她打消了主动给他写信的念头。

这个空当，她进到交友网站，查看其他对她感兴趣的人资料和邮件，惊喜的是，那名叫理查德的双国籍的男人又给她发了邮件。菁喆暗想，他是见到年轻的中国女孩就发邮件呢？还是已经知道丽莎和玛丽是同一个人？还是根本就没知觉？不管怎样，这个男人看到的是现在的菁喆的照片和资料而给她写信。由于她的心思都在罗伯特身上，她暂时没去理会这个

剩女

"双国籍"。

　　菁喆一心一意等待罗伯特的来信，他仍然是在翌日凌晨 4 点多，给菁喆发来邮件。这次他给菁喆发来两张照片，菁喆一看，背景仍是上海城隍庙，难道他没有其他照片了吗？

　　亲爱的玛丽：

　　因为明天就要为生意的事去马来西亚，所以我和我的公司伙伴研究工作到凌晨 2 点，我只是打了个盹，就醒了，因为我知道，我必须给你写信，不然我无法做其他事情，包括睡眠。

　　你永远都不知道我现在的心情，我真的无法形容我有多么在意你。而且我能感觉到，你的能量也正向我接近，你的存在如此强烈和深刻，你的短信总是充满了一种希望和喜悦。谢谢你发来的照片，我很喜欢。

　　我寻求的关系，是建立在相互信任、尊重、真诚、诚实和有原则的基础上。我并不恐惧距离和其他问题，我相信你和我都能克服和超越时空，如果你同意我的观点，那么就让我们一起步入未来吧，我愿意为此不计代价地付出。我正在感受着一个极其快乐的过程，我猜，成功正在前面等着我们。

　　现在我告诉你我近期的工作计划，我在马来西亚有个供水工程，我与他们已达成协议，我方提供重型维修和工业设备及组件的客户端，所以我将于明天（周一）从达拉斯启程，飞马来西亚。从现在开始，我的脑子里只有两件事，一个是如何完成工作；一个就是想着你。我打算等工程结束后，就飞到波士顿看你，这样我们就可以有坦诚的讨论，关于我们以后的感情生活该如何进行，我想我们面对面讨论，会更好。我迫不及待地想要见到你。

　　平时我说希腊文和英文。我妈妈常常以我为自豪。她养育了我，并教给我如何去爱。所以，我也更爱我的儿子。我是一个外表沉稳，但内心很有激情的男人，我也热爱和平，我从不喜欢对任何事情或任何人有暴力行为。我愿意成为任何人的好朋友，我愿意所有人都幸福。我的意思是，虽

然我并不完美，但我很诚实。

现在，你能告诉我，在你的生活中，最令你骄傲的是什么事或人呢？你对什么事情最有热情？你最希望从生活中得到什么？

就像喜欢下雨的秋天，有阳光的春天一样，我那么顺其自然地爱上了你。虽然你听到这句话可能认为我很疯狂，甚至很愚蠢，但你的确种植了爱的种子，亲爱的，你是一个伟大的园丁，我敬佩你。

我不知道我们将来在一起能待多久，但我知道，即使我们相隔千里，你都有能力把我们的生活做成一幅甜蜜的拼图，直觉告诉我，你是个善良的女孩。

当我转机时，我会尽力给你写信。

罗伯特随信还附上了他从达拉斯飞旧金山，并从旧金山转机飞往马来西亚的机票扫描件。

菁喆从未实质性地交男朋友，她一度怀疑自己对男人是否还能产生兴趣和热情。几年的纠结，几天工夫就被一个未见面的男子否定了，她对男性仍然有兴趣，而且仍然能心向往之，情为之所系。

工作计划——到波士顿——行程时间表，这个男人的举止就像一个丈夫对妻子的所为，透明、体贴，还情意绵绵，菁喆真有些陶醉了，她不知不觉地入戏，她极尽温存地回信道：

罗伯特你好。今天波士顿多云。我刚从湖边跑步回来，很多美国人都在跑步，很多人大汗淋漓。

你也喜欢运动，这真好。看来我们有很多共同点，对于辛苦工作和学习的人来说，无论运动还是音乐，都是一种美好的享受。

也许我应该相信一见钟情。

因为你的出现，我想要尝试一种稳定的生活。

我希望看到你的居家照片，你的近照。

我看了你的飞行计划，感谢你的信任。我感到很快乐。我将密切关注你的商务之旅。你计划到波士顿来看我？那么，具体是什么时候呢？这对我是个不错的消息。

如果你来了，我可以请你到酒吧坐坐，喝些啤酒怎样？

你喝醉过吗？

另外，请告诉我，你在哪里读的大学？第一专业是什么？"

发走这封信后，菁喆觉得周身舒畅，情绪高昂。

菁喆咚咚咚地敲茹欣媛的房门，茹欣媛哎哎哎地赶紧露脸，问："发生什么事了？怎么啦？"

菁喆开心地尖叫："天呀，他要来了！"

"那个写邮件的男人？"茹欣媛打着呵欠问。

"是他，他说对我一见钟情，他到马来西亚去了，说是工程一结束，就到波士顿来看我。"菁喆眉飞色舞地说。

茹欣媛眉毛挑了挑："就这事呀，不是还没来吗？见到真人你再兴奋也不迟。"

"可我现在就兴奋了。"菁喆实在是欢乐得很。

"那你兴奋吧，对不起，我还有好多事要做。"茹欣媛下了逐客令。

菁喆真诚地对茹欣媛说："其实我就是想谢谢你。是你建议我上交友网站，为我打开一扇窗户，没想到这么快就遇到一个有感觉的人。"

"你的感觉来的也太快了吧？弄清楚对方什么人了吗？"茹欣媛自顾自地往包里塞些资料。

"给你说过了，人家是石化方面的工程师，你不也看了他的照片吗？他每天都给我写信，信写的可长了，我真是很享受这样的情书。"菁喆沉浸在读情书的喜悦当中。

"都提到情书层面了？"茹欣媛的一根眉毛挑起来。

"嗯。我觉得是。从小到大，还没哪个男人像他这样对我这么耐心，把我捧在手心里，什么都告诉我。"

"年薪多少？有房子吗？"茹欣媛的另一根眉毛也挑起来。

"他发给我一张房子的照片，湖蓝色的，周边环境特别美。他的个人资料里写着，有稳定的收入。"菁喆毫不怀疑。

"网上的东西你还真信呀？"茹欣媛的两根眉毛都竖起来。

菁喆疑惑了，"唉，既然不信，为什么介绍我去交友网站呢？"

"想让你见见世面呗。你想嫁人，却连美国男人是什么样都不知道，嫁个鬼啊！当心点吧，他又没见过你，哪有那么多情啊爱的话要写，他二啊？对不起，今天我确实有些事要处理。"茹欣媛不客气地把门关上。

菁喆并没扫兴。她甚至哼起了歌，那是从心里流淌出来的：

如果没有遇见你／我将会是在哪里／日子过得怎么样／人生是否要珍惜／也许认识某一人／过着平凡的日子／不知道会不会／也有爱情甜如蜜／……人生几何能够得到知己／失去生命的力量也不可惜／所以我求求你／别让我离开你／除了你我不能感到 一丝丝情意／……如果有那么一天／你说即将要离去／我会迷失我自己／走入无边人海里……

这首歌是邓丽君唱过的，那时，菁喆只是傻傻地听，只觉得好听，从不认为自己懂这首歌。但是今晚，她突然发现，自己竟然会唱这首歌，而且这首歌词与此时的心境如此切合。于是，她由衷地沉浸在快乐之中。

这个夜晚，菁喆想对每个人微笑，生活是多么美好啊！网恋让她的性格活泼了许多。

罗伯特的第六封信在菁喆的期待中及时地出现：

亲爱的玛丽：

我安全抵达马来西亚。我下飞机的第一件事，就是冲向我的电脑，看看有无你的来信。虽然这会儿我应该先休息，但我想让你知道我到了，我想念你。能看到你的邮件，这对我意味着很多。我不能说这就足够了，我迫不及待地想跟你在一起。请留下你的手机号码，这样我可以给你打电话或发短信。

　　我希望你明白，我对你的爱是真实的，让你知道这一点，你的心会更坚强。我迫不及待地想要见你。我希望当我们见面后，我们能马上开始长谈，谈谈我们的未来。

　　我在马来西亚的项目应该两周或不到两周。我会随时告诉你，我的工作进展情况。

　　什么是你生命中重要的转折点？当你还是个孩子时，你最渴望什么？你现在正做什么，是什么改变了你？在你身上曾经发生过的最有趣的事情是什么？

　　我先说说我自己。

　　我人生中最重要的转折点是妻子去世。那是我最困难的时期，因为那时我对妻子的爱是百分百的。

　　我身上曾经发生过一件最有趣的事，一次我前往日本时，钻进了厕所，但我不知道它是女厕所，直到一名日本女子走进来，我感到震惊，她大叫，然后她跑了。哈哈哈！

　　平时我很少生气，每当我遇有不开心的事时，我总是带着一瓶冷水，长时间走路。

　　总之，因为你的邮件，我今天非常高兴。亲爱的，你使我成为这个地球上最幸福的男人！你让我想起了我已故的妻子，忠实、友好、有情趣、温柔，我真想好好地爱你。

　　你让我的感觉很好，很特别。温存、周到以及信任我。有了你，我还想得到什么呢？已经足够了，我会用心爱你！此时此刻，我不仅深深地珍惜你！我还渴望得到你！我对你充满了信心，我对我们的爱充满了信心。你是我一直祈求的女孩，是我的梦想！"

　　菁喆实在想与栗秋分享目前的快乐，她拨通栗秋的电话，把这封信在电话里念了一遍。栗秋说："这不挺好的吗？你觉得快乐就真的是快乐。可是，他为什么不明说，他是哪个大学毕业的？第一专业是什么？为什么不多发几张照片？"

"你是想知道他是什么学历？这里是美国，美国人不讲究学历，就认能力。他能有份工作，而且还当个项目经理，能懂得爱，就足够了，要那么高的学历有什么用？"菁喆毫无来由地站到了写信人的立场。

栗秋本想跟菁喆再叮嘱几句，可她被深情的比尔从背后搂住了。栗秋只得掐断话头，说："我有点疑问，你俩还没见面，刚通信几天，他就满纸都是爱，这爱是从哪里来的呢？凭空吗？美国男人好像不是这样的，他们很实际，只有当发生两性关系后，他感觉舒服了，嘴才会甜蜜，因为他还想着下一次，在性上，美国男人是没个够的。"电话那边的栗秋，给从后面抱着她的比尔一个秋波。

菁喆说："也许这个男人是例外？他更注重精神层面的交流？"

"也许这个男人不是男人，或有生理缺陷。一般来说，脑子发达的男人，下半身不行；下半身发达的男人，脑子不行。我是乱说的，别介意。哈哈！"栗秋大笑。

菁喆也真的不介意。挂了栗秋的电话，她脑子里一直在想，应该怎么回答罗伯特上封信提出的那几个问题呢？想了想，无论怎样，还是应该认真对待，这是菁喆的风格，改不了。沉思良久，菁喆回复：

罗伯特，你好。

收到你的来信。很高兴你安全到达马来西亚。

现在，我认真地回答你提出的问题：

我出生在中国的西北，我的童年是与爷爷在草原牧场度过的，那是我一生中最自由快乐的时光。到目前为止，我仍然深深地爱着我爷爷，他给了我最无私的爱。但是5年前我到美国来读书了，我无法时常看到爷爷，这是我生命中的一个最重要的转折点。

我的父母都是普通的工人，上封信我提到过，因为哥哥姐姐身体不好，常去医院看病，所以家里很穷，为此父母总是吵架，所以当我仍然是孩子时，

最大的渴望是父母不要为钱吵架。

我每天都在实验室做实验。这就是我每天都在做的事情，近期不会有什么改变。

最有趣的事情是什么？我认为这类事情有很多，以后会告诉你。

总体来说，我生活的很开心，我有两个很好的室友，等你来了，你会见到她们。

我没有更多爱好，除了学习、睡觉，我喜欢跑步，有时也看电影或读小说，我几乎没有伤害过别人。

我不喜欢背叛、欺骗，我喜欢阳光、健康、花、漂亮的衣服和好心情。

我的手机号码：857-777-9911，你以后叫我菁喆好啦。

菁喆毫不设防地报上自己的真实姓名，心情激动不已。

茹欣媛早晨不起，夜里不睡，菁喆根本抓不住她的影子。周日下午，茹欣媛回来取资料时，不明就里的菁喆，硬是把她堵在过道里，忍不住把自己告诉对方真实姓名的事说给茹欣媛听。

"既然你觉得这样做心里踏实，你就做呗。别人无法领会你现在的快乐，但是将来，别人也无法代替你的痛苦，如果发生了你不愿发生的一些事。"茹欣媛尖利地说。

"我暂时还没想那么远，但眼下真的很快乐。"菁喆被喜悦包围着。

"我刚上网的时候，也像你一样，什么都相信。看来你得吃几次亏思维才能正常起来，我看你现在有些不正常了，别怪我没提醒你。"茹欣媛给菁喆浇了一盆冷水。

"旁观者清，对吗？我实在看不见自己现在是什么样，也许等若干年后，才知今天的自己是怎么回事。可我现在真的陷进去了。"菁喆无可救药地坦言。

"但底线一定要把持，无论网上的男人说得多么天花乱坠，只要他开口问你借钱，那他肯定就是骗子，马上撤，听明白没有？我现在没时间跟你谈感情的事，许多麻烦等着我处理呢，这两天别再烦我，好不好？高兴也罢痛苦也罢，都是你自己的事，与别人无关，别动不动告诉别人。这是美国，隐私是生活中很重要的一部分，保护隐私是西方文化的一个特点，你怎么到现在还没意识？"茹欣媛没头没脑地训斥菁喆一番，噔噔噔飞速下楼了。

菁喆并没生茹欣媛的气，快乐仍然充满她的内心。茹欣媛前脚走，她后脚就坐回电脑前等信。令她欣慰的是，罗伯特的信再次如期而至。这已是第七封：

亲爱的菁喆，我的爱：

我发誓，我永远都会给你安全感，我将做你的墙，为你遮挡风雨，给你所需要的温暖。我要拥抱你，跟你走在一起时，也握着你的手。啊，我真想重新恋爱，跟你，我梦中的女孩。我相信那个时刻不久就会到来。

感谢你回答我的问题，我很欣赏你的认真，而且从你的回答里，我也学到了许多内容。我迫不及待地想跟你在一起，我们面对面地交流，你知道吗，我对你的感情正一点点地增加。

你让我感觉我的心年轻起来，让我激动，有时我甚至能听到自己急促的呼吸，你让我觉得自己作为一个男人的自豪。感谢你，我想说，我是值得被爱的一个男人。你让我找到了在这个世界活着的希望。

我尊重你。我尊重你这个人，尊重你的亲人，尊重你的信念，尊重你的希望和未来的梦想，总之，我尊重你的一切。

真没想到我的生活发生了如此大的变化。这真是一件值得庆祝的事情。难道你没有发现吗？我们彼此都找到了灵魂的伴侣，谁送给了我们这份礼物？是时间，是等待，是上帝。感谢上帝！

我喜欢笑。这也是我最大的特点。我希望你喜欢我的笑，因为许多人都说我的笑有感染力，我希望你也能开心地大笑。我期待着与你分享我的生活的百分之两百。我做事不喜欢半途而废，如果我决定爱你了，我会给你我的一切，为了使你快乐，我永远不会退缩。

亲吻和拥抱你

你的罗伯特

在这封信里，罗伯特开始改变了称谓，他使用了"我的爱"和"亲吻，拥抱，你的"这样的词。菁喆感觉周身的血液都在沸腾，一个原本陌生的男人，突然之间从语言走近并且打动着自己的心灵世界，这真是很奇妙。

从马来西亚的一封封来信，似乎含着浓重的热带海洋的气味，菁喆的心境被烘得热气腾腾，她觉得自己正浸泡在一种迷蒙蒙的雾的缠绕里，她原本就不喜爱的实验室的工作，在这个时期更加如同嚼蜡，她的眼里和心里全是罗伯特的情真意切的信，尤其是他要来的消息，使她彻夜难眠。她一遍遍设想两人相见的场面，从照片上看，罗伯特应该是比较男人的那种样子，有着女人都喜欢的强壮的外表。她想象着被他拥抱在怀里的幸福的感觉，心里一阵阵发飘。

菁喆决定穿上栗秋送的性感吊带裙给罗伯特回信，这在以前是绝对不可能发生的事情。

谢谢你罗伯特，我想对你说，读你的信是我的一种享受。

坦白地说，最近几天，因为等你的邮件，我不能像往常那样生活有规律，而且我在工作时，也无法专心，我想你明白是怎么回事。

你的出现，是不是一个奇迹呢？我不知道你是不是我一直在等待的那个人，我希望是。

那么，你到美国来多长时间了？

你的亡妻是怎么去世的？生病或发生意外吗？你父母又是什么情况？她们是什么原因去世的？

你多长时间回一次希腊？

你在马来西亚的项目怎样了？

我很关注你。

菁喆

这个周末，罗伯特只要有时间，就给菁喆写信。为了与他保持同步，菁喆也不得不时常睃一眼邮箱，弄得心思不宁，失魂落魄。

19 哀

栗秋从瓦尔登湖回来，本想跟菁喆分享旅行感受，目睹了菁喆这种状态，说："真要命，我出去度了个周末，你就成这样了。你这种感觉应该在20岁左右时就经历的，到现在才经历，怕是老房子着火，一发不可收。这样下去，可有被烧毁的危险。"

"啊，你是说我已经老了？"菁喆听不懂栗秋的调侃。

"只是个不恰当的比喻，别上心。"栗秋赶紧解释。

几天之后，菁喆收到了来自罗伯特的最长的一封信，他显然也是做了认真准备的，信的内容涵盖了方方面面。

菁喆，我的真爱：

虽然你的信仍然那么简短，但你的每句话总让我的每一天都快乐和幸福。你没有出现之前，我的夜晚总是漫长而孤独，常常失眠。但自从有了你之后，我就像个婴儿般熟睡，每天早晨醒来，总是期待着能看到你的邮件，你已经是我生活的全部。

由于有了你，我的生活变得比以前明亮了！我不再感到孤独，我每天都在倒计时算着我们相见的日子。唉，我的工作还在按部就班地开展，我甚至都等不及完成，现在就想去看你。等我视工作进展情况，一旦订好机票，就马上告诉你，等着我，亲爱的。我对你的感情越来越强烈，我想你是我永恒的珍宝，不只是一时的快乐。我对你充满了信任，我的每个毛孔似乎都为你张开，我心里全是你。

你美好得让我说不出话来，你永远看不到我因快乐和幸福流下的泪水，我是个男人，我不会轻易让你看到我软弱的一面。你的善良照亮了我的生

命，你的影响力是惊人的。我都难以想象，这么短的时间内，我们可以变得如此密切，感情迅速开花，我想抓住它，不想失去。

亲爱的菁喆，我已疯狂地爱上你，并沉醉其中。你是我的一切，我感觉自己现在是世界上最富有的男人。

我知道我并不完美，但我有我的生活目标。我需要照顾好我和我的儿子，现在，如果你愿意接受，我想把更多的爱给你。

我的项目正在按计划行进，不行，我等不及了，就在刚才，我做出决定，无论是否完成工程，下个周末我必须见到你。请你在机场附近找个酒店，我想，我们的第一次见面应该在一个宽敞而公开的地方，我想给你安全感。

现在，我没有其他的词来形容你带给我的感觉，我没法当面说我爱你，我不能拥抱你，甚至无法走近你。里根在给南希的信中对她说：知道我多爱你吗？我对你的爱是强烈的，甚至生命结束都不能散去。正因此，当南希的丈夫去世后，她从未有一天忘记过里根。

我的意思是，我对你的爱，也是这样强烈，这是我对你真实的感觉。

一个醉酒的司机，让我失去了我的妻子和父母。我不想再提这个可恨的回忆。我想让时间缓解我的恐惧和忘记那个艰难的时期。

现在，你走进我的生活，我想说的是，每一分钟我都想给你写信，都想告诉你，你对我意味着多少……我是多么高兴，我对你的爱每天都在增长。我从没想到我像现在这样如此强烈地爱上你，我甚至曾经怀疑自己是否还有能力再爱，但是现在……我突然害怕起来，怕失去你，你永远不能体会我这种既害怕又沉醉在梦里的感觉。

亲爱的菁喆，为我祈祷吧，告诉我，这不是梦，你真的进入了我的生活，你是我的天使，全世界只有一个人，而你就是我的世界。

我的手机号是214-567-9904。

深深爱着你的罗伯特

菁喆把这封信横竖看了三四遍后，向栗秋请教："为什么他来看我，却让我去预订酒店呢？"

"不会吧？如果是他提出来看你，应该他花钱。"栗秋说。

"难道是我看错了？"一提到花钱，菁喆顿时清醒。

栗秋看了一遍信，说："确信，他的确是让你预订酒店。"继而分析说，"他想把你们的第一次见面放在公开场合，让你有安全感，从这个层面上说，他这人还不错。但他让你预订酒店，这好像不对了。"

"那怎么办？"菁喆脑子里也突然闪出一个不好的画面，万一他不是好人，他把见面地点设在人多的地方，脱身方便，而且还没花一分钱，没吃什么亏。但这个念头也只是一闪即过，她认为绝对不会发生那种情况。

栗秋建议："冷静。等着真人现身。给他打电话时再视情况决定下一步如何动作。"

菁喆查了，机场附近的酒店，一个晚上就得好几百美元，自己可花不起这钱。所以，菁喆仍然以惯常的口吻写信：

罗伯特：

感谢你的好意，我也想马上跟你见面。但我觉得你应该先完成工期再考虑来波士顿的事。我会一直在这里等你！

另外，波士顿城市并不大。我住的地方离机场不远。所以我认为你预订机场附近的酒店对我很方便。当你到达酒店，安顿好后，再给我打电话好吗？我会去看你。

自从在网上遇见你，我时常很快乐。我可以感受到来自你的强烈的爱，虽然我们未曾谋面。

祝你的工程顺利。

菁喆

当天晚上，菁喆试着拨罗伯特提供的手机号，通了，但没人接，菁喆就睡了。第二天早晨，当她一打开手机，就看到罗伯特发来的短信，称错过了接她的电话，因为当时正在忙着工程。菁喆再次拨这个电话，一个

陌生的声音传来，菁喆听了很失望，听声音对方像个少年人，他问候菁喆，并说想念她，还说现在正研究事情，有空再给她短信。

菁喆只想试试这个手机是否有人接，听听罗伯特的声音而已。如果说来来往往了半个月的网络交流，让她的感情升温到 120 度，不知为何，现在温度突然降到 60 度。她想，一个能坐着飞机飞来飞去的人，怎么会在乎花这点电话费呢？就算国际长途也并不贵啊，为何匆匆收线呢？最重要的是，一个中年男人的声音应该是雄浑的，怎么对方的声音像未成年？

自那之后，罗伯特不再给她写邮件，主要是通过手机发短信。菁喆虽然还是有问必答，但已减少了从前的热情，她暗暗产生一种不好的感觉。眼看着要到周末，这个罗伯特还来不来呢？当菁喆再问他的工程进展如何时，罗伯特流露出挫败感，说有个环节出了问题，他很焦虑，但马来西亚政府很不负责任，手续无法按期办理，而他很想按计划完成工期，这样就可以在周末赶来看菁喆。

罗伯特一如既往地说他如何想念菁喆，如何失眠，如何为工程的事焦虑，菁喆突然多了个心眼，她试探着问："那么，我能为你做些什么？"菁喆多么希望茹欣媛提醒过她的事不要发生，她多么希望罗伯特说，不用，谢谢，自己能处理。但菁喆绝望透顶了，因为罗伯特毫不犹豫地给菁喆发过来一个账号，让她把 3000 美元打过来，并解释说，如果及时得到这笔钱，他就可以度过难关，也能按时来看菁喆。

就像正在演奏的一支曲子，到高潮处时，琴弦啪的一声断了。

菁喆连哼一声的欲望都没有，像当头挨了一闷棍，失去了反应能力，就地被打倒。

这个叫罗伯特的人，等了两天没动静，竟然还问收到他的短信了吗，为什么不回复？

茹欣媛知道此事后，轻描淡写地说，"我当多大点事呢，你早该料到会有这个结果。好呀，这给你积累了混迹网络的经验，未必是坏事。但我真的无法想像，一个在美国生活了 5 年的女博士，竟然没有网络交友的经验，也没有与美国男人交往的经历，这太不可思议，这一课补得好，比你老妈养你 30 年还重要。"

"看到人家落水了，你还说风凉话。"菁喆欲哭无泪。

"你那还是中国式的思维。首先你没落水，就算落水了，你并没淹死，你还有能力爬出来。你现在不会游泳，但你总得学会游泳吧？你要想在美国待下去，就得靠自己。"茹欣媛毫不客气地说。

栗秋看到菁喆被打击成这样，便说："以后小心点，别动不动就把自己的底儿和盘托出，万一真遇到更坏的人，岂不是连人身安全都得不到保证？"

"太美好的就太不真实了。"茹欣媛又重复了这句话，然后一阵风似地飘走了。她拿下了那套独栋房，正忙着改装房间。

菁喆蔫了。这不是她出生的土地，这是异乡不是故土，她还没有被异乡接纳。尽管她在心里已经不得不把他乡当故土，但也只是一腔愿望。

她只不过想求个安身之地，却无法以正常渠道获得。她唯一的财富是学历，但眼下，学历却帮不了她什么，学历垒得越高，她离爱情和婚姻越来越远。怎么会变成这个样子的？她以前从未想过这个问题。她没有漂亮的脸蛋，没有袅娜的身材，走在大街上时，无法引起男人的兴趣，她只能求助于网络，混迹于寻找婚姻的芸芸众女之中，以这种怪异的方式，求得这块不是她出生的土地的许可证。

仅只是中国女人面临这种尴尬吗？亚洲的其他国家女人是否也是这样？她不得而知。

菁喆眼泪汪汪地盯着天花板，天大的委屈堵在喉咙里，她无语了。

栗秋知道现在跟菁喆说什么她都听不进去，便写了一张纸条，贴在菁喆卧室门口："就当你接受了一次抗击打测试，不幸的是，你不及格。等你疗伤阶段过去，咱再好好探讨美国男人到底是什么东西。顺便给你开副中药偏方，药名：子虚乌有，药方是：千年墙头草，万年瓦上霜，苍蝇肠子十八丈，半虚空中老鸦屁。专治你当下的心理失衡症。呵呵，用老太医的方子逗你一乐。"

秋

不殇别离

如果A男遇到D女

日子还过得去

如果A女遇到D男

婚姻难民就此产生

无论上海还是北京

无论大阪还是东京

无论纽约还是波士顿

到处可见剩女以及她们奋争的焦虑

这是人类文明的进化还是倒退

这是一种什么样的气息

将冲出突围的女性重新包围

01 哭

波士顿的秋天是红色，也是黄色，还是橙色，更是红黄橙绿组合成的一个个色彩斑斓的梦境。无人能解释清楚，为何波士顿的秋天这么美丽，为何这里的枫叶红得令人惊艳？为何生活在这里的人，一个个传奇得像梦境里的人？美国是什么？美国是一个梦境。四百年前没有这个国家，四百年后这个国家是否还存在，或变异成另外一种什么形式，或是挪移到另一个星球上，谁都说不清。而波士顿是美国梦的开始，是美国文化的源头，是一批批移民被梦想引领着，来到这里开始了他们如梦如幻的生活。

这世界上还真没有哪个国家，像美国这样，没有前史，突然从半道上凭空而起，嫁接成一个国家，一个真真切切的海市蜃楼。美国是一个梦，波士顿是梦的源头。而每一个生活在这里的人，也注定是梦的一部分，是梦里的故事，是故事里的梦。由于这个缘故，他们的生活也变得亦真亦虚，半梦半醒。

那些美国的先民们哭吗？尤其是女人。当她们遇到难过的事时，怎么解决的呢？茹欣媛遇到感情问题了，她以为很快就能挺过去，但躺在床上时，睡不着，还想哭。可是，哭对于女人是什么行为？为什么茹欣媛的眼泪会在夜深人静时突然涌上来？

根据美国一个叫布鲁纳西的化学家 1957 年观测的结果显示：因洋葱刺激和感情因素而流出的眼泪，泪液的化学成分是不一样的。因感情因素而溢出的泪液，对身体有害的物质含量要高，这些毒素可能就是人体在紧张的情绪活动时营造的。据一个诊疗所对数百名成年志愿者在一个月内的观测显示，因感情因素哭泣的，女性平均 5.3 次，男性平均 1.4 次；85% 女性和 73% 男性自诉哭泣后，心里感到好受些。而在这一个月里，只有 6% 健康女性和 45% 的健康男性一次也没有哭过。美国匹兹堡大学对患有溃疡病或结肠炎这两种公认与情绪因素密切相关的病人与健康者进行了比照研究，结果表明，健康者比患者更爱哭，哭得更多。由此，身心医学家们倡导，当人们精神遇到困难时，不妨用哭作为疏泄工具，但不宜超过 5 分钟。这样的哭，对健康长寿有好处。

早晨 5 点多，茹欣媛突然在房里哇哇大哭，把栗秋和菁喆从熟睡中惊醒。两人不约而同去敲她的门，担心发生什么事了。

茹欣媛不开门，也不应答，只是在那儿撕心裂肺地哭得上气不接下气，急得菁喆在门口团团转，大有要用肩膀把门撞开的意思。倒是栗秋镇静，她悄声对菁喆说："我就觉得她跟我刚见到时的情绪有很大反差，心里肯定有事，别打扰她，哭是好事。"

大约 5 分钟后，茹欣媛平静下来，揾着一双泪眼在卫生间使劲擤鼻涕。当她回房间时，栗秋和菁喆也默默跟进去。

"抱歉，吵醒你们了。"茹欣媛的鼻腔里仿佛塞了棉花，咕噜着。

"没事，也该起床了。"栗秋善解人意地说。

"我梦到托尼和我一起在工地装修一套房子，梦到天空里的云彩瞬间变成各种动物，但是我们变不回去了。梦里，我特别想他，于是就哭，哭得特伤心。把自己哭醒了，明知道那是梦，但还是想哭个够。"

"你男友不是好好的吗？"菁喆好奇地问。

"分手了。"茹欣媛平静地说。

"啊，为什么呀？你们不是一直很好吗？栗秋搬来那天，他不是刚旅游回来吗？"菁喆很不理解。栗秋给菁喆一个眼色，菁喆不吭声了。

茹欣媛叹口气说："哭了这一场，我对他的怒气也没了。说实话，我们之间有过爱情，原以为我们会长久在一起，但事与愿违，我们不能走到头。我们到今天这个样子我难过死了，但我们回不去了，我们各自的心里都有迈不过去的坎。但我今早特别想他，尤其想我们刚认识时那段日子。我突然觉得，这些年他是我在美国最亲的人，以后他仍是我的亲人。虽然他现在是伤害我最深的那个人。"

"如果你们情未了，还可以再续嘛。"栗秋试探地说。

茹欣媛摇摇头，"不可能了。我这人做事从不回头，勇往直前。"

"那就随缘吧。"栗秋淡淡地说。

"你们说，这男人怎么都像婴儿般脆弱，经不起事，又扛不了事，还老想招惹事。他背叛了我，想跟别的女人结婚，却找理由说我只顾赚钱，心里没他。让我寒心的是，他竟然冷冷地把我赶出门，那时我真像个傻瓜。当初我们同居时，他曾提出把我的名字写到房本上，我说不好意思不劳而获。结果怎样？现在人家一句话，我就得滚蛋。其实这几年我们就跟结婚没什么两样，我也往他家里买了好多东西，但因为没有婚姻那张纸，分手时我什么也拿不到。混到这种地步，真窝囊。"茹欣媛的泪水里，还有对失去财产的痛心疾首。

"既然相爱，那你们为什么不结婚？"菁喆还是忍不住。

"我不想结婚。"茹欣媛淡淡地说。

"啊，你不想？我想结婚都找不到人。"菁喆坦言。

"我已经结过两次。还有必要再结吗？"茹欣媛的一只鼻孔开始顺气了。

菁喆和栗秋面面相觑。

02 嫁

茹欣媛说也不知道自己的婚姻为何如此不顺。她是书香门第出身，爷爷是上世纪 30 年代的老大学生，老爸是 50 年代的大学生，他俩都是教书匠。茹欣媛的母亲是资本家的女儿，嫁到茹家后，没干过什么正经工作。茹欣媛有一个姐俩妹，她们都是中等个儿，不知为何茹欣媛比她们都高一头。老爸被下放劳改时得了血吸虫病，茹欣媛初中毕业，他就病逝了。高中毕业后，茹欣媛到渔场当过一年知青，恢复高考后的第二年，她考上大学。那时姐姐也刚下乡回来，两个妹妹读初高中。她成了家里的顶梁柱。因为她的个子太高，上大学时，没男孩敢喜欢她，她也不稀罕他们喜欢。

"他们可以穿高跟鞋追你呀！"栗秋抿嘴笑。

"还真有个男生想这么做，但他的身高只够到我的肩膀，我说，咱俩还是当哥们吧，结果我俩真的一直是哥们。"茹欣媛破涕为笑。

"男生发育晚呗，工作以后就强壮了吧？"菁喆自以为是。

"我大学是建筑专业，我的理想就是学建房，然后给家里人盖最漂亮的大房子。"哭过之后，茹欣媛的心绪得到某种释放，渐渐平静下来。年轻时的往事，也像过电影一样，一幕幕再现。大学毕业后，她被分到省建筑工程设计院工作。那时，院办有个政工干事，是比她高一届的校友，每到食堂打饭时，同事们都说，只有他的身高配得上茹欣媛，结果七嘴八舌的，两人就好上了。茹欣媛对恋爱这种事一向反应迟钝，但校友的妈妈跑到设计院，偷偷打量了电线杆一样挺拔的茹欣媛，催促儿子赶紧结婚，并喜滋滋地设想，如果能为她生个孙子，肯定是高个。

"恋爱两个月，我就匆匆结婚了。因为大家都觉得我应该结婚。婚后第一年，我生下女儿，而且决定做节育手术。但婆婆跳出来捣乱，那时中国实行独生子女政策，可我前夫是三代单传，到他这儿，不就失传了吗？婆婆整天在我耳边唠叨，不许我节育。你们想，我两个妹妹都上学，姐在街道干临时工，家里等着花钱呀，我怎能以牺牲工作为前提违反计划生育呢？要是再生个女儿怎么办？女儿3岁那年，我被抽调到北京参加一个'中外古建筑史研究'课题组，并有机会到波士顿大学访问一年。"茹欣媛飞快地简介自己的婚恋经历。

"噢，80年代初就到美国了？那怎么没留下？"菁喆惊诧地问。

茹欣媛平淡地说："那时我一心想回家过日子，想为国家的建设贡献力量。我想，恢复高考后的头几批大学生大多都是这么想的吧？但婆婆那边不依不饶，非让我生二胎。女儿的爸爸开始还向着我说话，但架不住他妈妈动不动就气得到医院输液，在老婆和老妈之间选谁？得，我也不让他为难了，主动提出离婚。女儿的爸爸还是很喜欢我的，他不想离婚，可又没有能力调解家庭矛盾。反正我不想凑合。他一看我挺较劲的，也绝情起来，他说离婚可以，要么留下孩子，要么搬出去。"

"这是什么意思？就是说，你要孩子，就不能住房子？可是没有房子，怎么养孩子？"菁喆很难理解这样的选择。

栗秋淡淡地说："是不是好男人，撕破脸时就能测出来了。显然，你女儿的爸爸不是善茬。"

茹欣媛却袒护说："我知道那不是他的本意，他并不想离婚。其实他也是个挺善良的人，我听得出来，那种绝情话，是从他妈妈嘴里说出来的。我都理解，想想也是，如果他把房子给了我，还怎么再婚？中国的传统观念里，嫁汉嫁汉穿衣吃饭。一个男人没有房产，怎么有资格要求老婆生儿子？"

"你选择要女儿？"菁喆问。

"我当然要女儿。而且拒绝他支付抚养费。我要独自把女儿带大。于是，我卷了几件衣服，抱着女儿投奔老妈。我没有流泪，也不许老妈流泪。我说，妈，女儿被人家赶出来了，让你烦心了，但你要相信，女儿会有出息的。"茹欣媛又恢复了女汉子状。

栗秋笑着评价说："典型的女知识分子式离婚。如果你真来个一哭二闹三上吊，孩子和房产都是你的。"

茹欣媛不屑地说："我可不跌那个份儿，也没时间折腾。我办了停薪留职手续，只身闯深圳去了。"茹欣媛说完这一大通，感觉一只鼻孔真的

通顺了。她又拧了拧另一只鼻孔，那里似乎也腾空了。她说话的声音，不再有积重感。

"这婚怎么能说离就离了呢？不惋惜吗？"菁喆摇摇头。

"我倒相信，如果你轮上这事，还真做不到像欣媛姐这么决绝。"栗秋显然对茹欣媛是赞赏的。

茹欣媛对栗秋笑了笑，说："我那时只知道勇往直前，离就离了，再回首有什么意义吗？我先是在一家建筑公司当项目经理，然后又转到证券公司，还真赚了些钱，我喜欢深圳的氛围，就想法把工资关系转到深圳，也买了处小房子，把母亲和女儿接过去，有她们在身边，我心里才踏实。"

"哎呀，你真棒！这么快就让老妈和女儿有房子住，那就好好在一起享受天伦之乐吧。"菁喆替茹欣媛感到知足。

"不，万里长征只迈出第一步。那时我觉得自己亟需恶补金融知识，于是就在深圳大学读了个在职的工商管理硕士。毕业证拿到手后，我跟老妈说，我得去海南，那边正在大发展，不能错过赚钱的好机会。于是，我又到了海口和三亚，什么期货呀，股票呀，房地产呀，都涉足过，又赚到些钱。"

"我有点好奇，你怎么想赚钱就赚到了呢？"栗秋期待地看着茹欣媛的眼睛。

"知识改变命运呀！再加上天道酬勤，我总是有机会跟钱握手对不对？我现在的感受是，当年读研究生是正确的选择，视野开阔了，人脉多了，也有胆识了呗。反正我抓住了深圳和海南开放的两次机会，从某种角度上说，我还是挺感谢女儿爸爸放手，不然要是跟我拖个十年八年，啥机会都没有了。"茹欣媛回首往事，已经能够公正地评价曾经的亲人。

"你们那个年代能读研究生的女的很少吧？那可是真正的精英呀！那个学位能管好多年用吧？"菁喆佩服地问。

茹欣媛得意地说："我自认为最大的优点就是知识更新快。那时大妹结婚了，我就帮小妹交学费，让她读了个会计专业的大专。把家人都安顿好后，我对老妈说，还是觉得知识不够用，于是，我再度回炉，在首都外经贸大学读金融学博士。当然你们也知道，中国的在职博士水分很大，基本都是混。"茹欣媛实话实说。

"你这是边实践边读书，激情可嘉！"栗秋赞叹道。

"我一再强调，知识改变命运。在首都外经贸大学读博期间，我的思维更开阔了，既然已经有了高起点，为什么不迈出国门试试？换个环境，给自己也给女儿创造一个全新的生活方式呢？我的问题是，个子太高，喜欢读书的男生都是些大脑袋小个子，再加上我又是班上的老大姐，情感这条路被堵上了，我总不能一直单着吧？但也不可能去跟那些头脑简单四肢发达的体院肌肉男勉强吧？"说到这里，茹欣媛的脸又笑成一朵花，两只鼻腔全部通顺，说话恢复了平时的清脆伶俐。

03 怒

茹欣媛到卫生间又洗了一把脸，这回脸色也恢复了正常。

"体院那些帅哥要是知道你这么看扁他们，非铲死你不可。我倒是不拒绝去体院养眼。"栗秋嘻嘻哈哈地调侃。

"《围城》的作者不是说了嘛，中国的女博士嫁不出去怎么办？也只有洋人能消化了。他这样说是有根据的，沈从文的妻妹张充和是个才女，嫁的就是一个美国佬。我重新翻看这本小说，很受启发。我是不是也得靠美国佬帮助，才能解决单身问题呢？"茹欣媛认真地说。

"哇！前辈，这条捷径是你们踩出来的。"栗秋双手抱拳，打趣道。

"可惜我行动晚了。1986年我在波士顿大学做访问学者时，对这里印象不错，至少想找男友的话，身高不成问题。但直到10年后，我才想通过嫁老美的途径到美国。还算幸运，我到亚洲交友网站晃了几个月，跟仨老外聊得挺热乎，一个美国人，一个瑞典人，一个意大利人。他们都表示要

到北京来看我，我也做好跟他们都见面的准备。但美国佬汤姆先来了。他虽然比我大20岁，但看上去比实际年龄年轻，谈吐也见多识广，我们在首都外经贸大学打网球，他比我的精力还棒呢。最重要的是，老汤姆一见面就喜欢我，就表示了跟我结婚的愿望。而且，他也肯为我花钱，出手挺大方的。所以，我在北京度过40岁生日后，以旅游签证的身份跟着老汤姆一同到了美国。两个月后，我们办理了结婚手续。"

"呀！你也上过亚洲交友网站？而且这么快就嫁到美国。你真顺利！"菁喆羡慕地说。

"哪儿呀，我的安逸生活才持续一年半，就发生了变故。老汤姆竟然把在交友网站认识的一个上海女子弄到我的床上。我愤怒极了，砸了老汤姆的家电。老汤姆也气坏了，咆哮如雷，他让我滚！滚就滚，在婚姻关系里，老娘我眼里还就揉不下沙子。我拎着几件衣服，第二次被男人赶出家门。"叙说过去，茹欣媛犹如讲述另一个与自己不相干的女人的事，此时的她，早已把过去放下了。茹欣媛常常庆幸，自己在40岁那年来到美国，是一生中做过的最正确的决定，因为自己骨子里的某种属性与脚下这片土地的精神有着天然的契合，这令她内心狂喜。美国是个没有过去的国家，但是有未来。自己虽然有过去，但心里却是一百个想忽略不计，只想着冲向未来。她不喜欢在过去的老路上走来走去，她没有那份耐心。她天性里的那种勇往直前探寻新鲜事物，挖掘自身潜力和价值的需求永不满足，而这股子劲儿，是许多中国人无法理解的。这就是为什么，每件事她都亲力亲为，每件事她都付出苦累，却仍能升腾出一种幸福感，因为，她的确获得了奋斗的快乐，这快乐，让她又产生了继续奋斗的动力。

"这种花心男人，就应该离开他！"菁喆听着很气愤。

04 争

"那你怎么生活的？"栗秋好奇地问。

"是呀，出来后我才发现问题大了，身无分文不说，手边连个临时绿卡都没有。我告诉自己，必须马上养活自己。那时，如果老汤姆对我说一个'不'字，我就得被遣送回国，怎么办？就这样打道回府吗？怎么甘心呢？我心一横，从家具店小雇员做起。"

栗秋好奇地问："你嫁给汤姆一年多，都没拿到绿卡吗？不是结婚后8个月就能拿到临时绿卡吗？"

"如果当时在中国登记结婚，绿卡会办得快。但我是以旅游签证过来，在美国登记结婚的。当时我也奇怪，为什么老汤姆作为公民帮我申请绿卡都一年了还没批准？然后我开始找律师，所有的律师都说我这种情况根本留不下来，必须回国。为这事，我的鞋跑烂了几双，每天背着一大堆文件找律师，找来找去都绝望了。在没有办法时，我想到最后一个办法。"茹欣媛停顿片刻。

"什么办法？"栗秋更想知道答案。

"那就是拿起法律保护自己！我闯到州议员办公室，他的秘书受理了我的申请。我说，我是个外国妇女，本着自由恋爱的精神，与汤姆在网上相识相爱，然后合法结婚。但是结婚一年多，他就有了外遇，我手上有证据。美国不是个讲人权的国家吗？为什么我在这个国家的权益不受保护？秘书对我说，你留下来的理由不充分，你没有婚姻了，而且你前夫也不出面保护你。我说，请问为什么要遣送我回去？你们这样做违背了人权保护原则。我做了什么错事要受这个惩罚？美国不是个平等的地方吗？如果你们不公平处理我的事情，我要状告你们美国政府！说完我昂头走出议员的办公室。"

"呀，你太牛了！实在是精彩。"菁喆拍手称赞。

栗秋给茹欣媛递来一杯茶，满怀敬意地看着她，说："你真有力量。从牛市一下跌破底线，要是一般人就完了，但你却骄傲地一改熊市的不景气，迅速把自己拉升回来。"

"我以为得罪了议员。但我的运气没那么遭。议员的秘书很快就跟我联系，他们开始过问我的事情。国会议员出面，事情就好办多了。到这时我才知道，原来我的绿卡申请程序被联邦调查局给清掉了，他们盯上我，我上了他们的黑名单。"茹欣媛神秘地说。

"啊？为什么？"菁喆不解地问。

"我不是曾经公派到波士顿做访问学者吗？他们想当然以为我有政治背景。结果，我的绿卡申请被激活了。45天之内，我奇迹般收到了正式绿卡。一般人从临时绿卡到正式绿卡需要三年的过渡期，我从闯州议员办公室到拿到正式绿卡，一共75天，而且还给我申办了美国的各种福利。"茹欣媛舒心地说。

栗秋过来拥抱茹欣媛："你真是个人物。我为你自豪！"

菁喆也过来拥抱茹欣媛："你太了不起了！"

"拿到绿卡的那一刻，我的眼泪夺眶而出，在这个陌生的国家里，我没有完蛋，我就是知道自己垮不了！我会勇往直前。"

"对，勇往直前！"菁喆不仅受到震动，更受到鼓舞，榜样就在眼前。

05　委屈

茹欣媛喝了栗秋给她沏的绿茶，神清气爽，此时的讲述完全变成了与友人的分享与愉悦。

"拿到绿卡后，我决定离开西维吉尼亚，去我熟悉的波士顿。原想把那套小房子卖了，手里攥点钱再走。可是，按我出的价格，房子卖不出去；但让我降价，我又不甘心。干脆先租吧，等房市好了，再出手。按道理，女儿应该享受与我一样的优先权，但不知为什么，女儿的绿卡没下来。"

"你的洋老公从中作梗了吧？"菁喆猜测。

茹欣媛瞪一眼菁喆："你说话严谨点，什么洋老公，那是前夫。"

菁喆闹了个大红脸。

"我当然起疑。不知老汤姆做了什么手脚。我仍然找那个议员的秘书，他们很快查出，申请绿卡时，老汤姆是把我们母女俩一起申请的，但关系僵了后，老汤姆便把我女儿的申请悄悄撤掉了，所以女儿的卷宗被撤回到广州领事馆。可我还蒙在鼓里。"

"你女儿的申请怎么在广州？"栗秋不解地问。

"出国前，我把女儿的户口迁到了深圳。"

"然后呢？"

"然后，我又是找来找去，等来等去，终于把女儿的绿卡也办下来了。"说到这里，茹欣媛长舒一口气。

"你女儿真应该感激你，为了给她弄到绿卡，你付出太多艰辛。可怜天下母亲心呀！"栗秋想起自己儿子，给他找美国爸爸的事八字还没一撇呢。

"我来到波士顿，想在一个新城市以一种新心情迎接我的女儿。我到机场接女儿那天，哭得很厉害。如果只是想念，我不会这样的。陪我去的朋友目睹了我办绿卡的整个过程，她意味深长地对我女儿说，知道你妈妈为了给你一个绿卡身份受了多大委屈吗？"茹欣媛神色黯然地说。

"你女儿一定也抱着你痛哭。"菁喆想象着那个场面。

茹欣媛摇摇头，轻声叹气说："女儿并不领情。她也理解不了所发生的一切。她在前面走得飞快，头也不回。她甚至觉得不当回事。"

"为什么？这太不可思议了。"菁喆抱不平地说。

"在她看来，这有什么，别人一到美国来不都是有绿卡吗？我想，终有一天，她能领悟妈妈为她付出的一切辛苦。"茹欣媛叹了一口气，接着

说，"有了绿卡在手，我就心定了。既然读了那么多书，也该到真正知识改变命运的时候了。所以当我发现波士顿投资房地产有增值的商机时，便毫不犹豫地手脑并用地打拼起来。"

"从此步入了金光大道。"菁喆情不自禁地畅想。

"放弃你的幻想吧，在美国生存的中国人，挤的都是羊肠小道，连公路都上不去。我用了三年左奔右突，只是获得了可以在美国打工的合法身份，至于能不能生存下去，怎么生存没人能帮你。到底有多难，你自己慢慢感受去吧。其实在女儿到波士顿后，我们过了一段很艰难的日子。为了生存，我曾经在几个中文学校教书，每天在路上奔波的时间都得四五个小时。"

06　鸡同鸭讲

鸡同鸭讲，是广州方言。意思是语言不通的人，到一起闹出许多笑话。

牛头不对马嘴，是北方方言。意思是答非所问，指事情拧着来。

这两个俗语说的都是同一件事。例如北京人到广州去，问酒店员工，每月挣多少钱，他的回答是：两千度啦（两千多）。问他是做什么的，广州人说：洒洒水啦（不多）。北京人很吃惊，挣那么多？但广州人又说：咳啦，扫扫地（是的，很少）。北京人纳闷了，洒水扫地就能挣两千多，广州人真富。

同样，广州人到北京，也听不懂胡同串子的那些纯北京话，比如，把火柴叫起灯儿；把散步叫遛弯儿；把老流氓叫老泡儿；把外行叫棒槌；把接吻叫打奔儿。在广州人听来，这都是牛头不对马嘴的事。

在国内尚且如此，到了美国，不会讲英文的中国移民，因语言不通而导致的鸡同鸭讲的情况更普遍。那些英语托福考试过关的大学生或研究生们，与美国本土出生的人做浅表交流时，还马马虎虎，一旦深入沟通，也回避不了鸡同鸭讲、你说你的他说他的这种郁闷境遇。因为美国英语里，口音也各不相同。这里汇聚了全世界 200 多个国家的移民以及他们带来的方言和文化背景。比如印式英语，语速特别快，"th"的音读得很像"t"，而不发声的辅音"r"也经常发出声来，一个有趣的例子是，一个印度男人用英文介绍"我今年 30 岁，我妻子也 30 岁"时，听惯了"标准英语"的中国人，还以为对方在说："我很脏，我妻子也很脏"。而日本人、阿拉伯人、非洲人、越南人嘴里冒出来的英语，更让说中国英语的移民们很难听得懂。因此，无论 20 世纪 80 年代初靠机会和拼搏登陆的老移民，还是新近卷着钱来的新移民，大多还是喜欢扎堆，中国人在一起皱个眉，抬个下巴，哼一声，都明了对方的意思，那叫一个痛快！

"鸡同鸭讲"的难堪，不仅在中国移民与美国人之间存在，在中国移民与他们的下一代之间，也很普遍。

茹欣媛接上女儿回到十几平米的出租房里，对女儿说："这就是咱们的家。从现在开始，我送你去语言学校学习，同时，我要去一家中文学校教书。我没有时间娇惯你，请你配合我，咱们把最艰难的时期度过。"

茹欣媛从《侨报》上看到，在波士顿西 20 多英里的艾克顿中文学校刚刚成立，有一两百学生，但教师只有十几位。茹欣媛觉得这里应该有工作机会，于是，她参加并通过了马萨诸塞州的中文教师资格考试，然后自告奋勇地来应聘了。那时学校开设 13 门中文语言课和 13 门文化课，其中一个班是为领养中国儿童的美国家庭以及家里没有中文环境的孩子们开设的，茹欣媛就教这个班。但是，她教完一个学期就辞了。她发现自己不是当教师的材料，尤其教这些七八岁的孩子，就像大炮打蚊子，浪费时间浪费才华，更折磨她有限的耐心。

那时波士顿地区另有三所中文学校，她转到了最大的那所。因为，在这里她可以给成人中文班上课，而且成人里掺杂了些非华裔学生，这样接触美国人的机会就多起来。她的目的很明确，就是想遇到能给她帮助的美国人，获得一些商机。如她所愿，她就是在成人班里，认识了志愿给中国孩子教英文的男友托尼。那时他正狂热地喜欢中国文化。

这所中文学校是一个非盈利性的社区文化教育机构，上世纪 60 年代就建校了。距波士顿市中心以西约 7 英里，坐地铁也就半小时。与此同时，还有通勤火车和巴士服务。

茹欣媛注意到，许多中国移民从孩子上小学起，就让他们上中文学校，一学就是十年八年，但中文还是"你好，请坐，你叫什么名字，你住在什么地方，你玩什么游戏"，再往下说，就比登天还难似的，茹欣媛戏称这些孩子学的是 ABC 中文。可是父母们生怕后代忘了母语，不惜代价地花时间花钱给孩子请家教，以求能与父母在家里对话，沟通。但基本没效果。因为这些孩子一出生就讲英文，尤其有一个美国父亲，长得也像美国人的孩子，就更不想学中文了。如同中国的小孩，从幼儿园开始学英文，到大学毕业，见到真人老外，大都还是头一低，嘴拙地蹦出"你好，你叫什么名字，你从哪里来，你是干什么的，你一个月挣多少"，没等老外反应过来，学了十几年英语的中国年轻人，早就拐了几个胡同跑没影了。干吗呀，又不是外国人，也没有说英语的环境，父母非逼着自己学英文，就是学不通。

茹欣媛给学生们上课时，总有一种鸡同鸭讲的憋闷。受不了。因此，她宁愿到一家首饰店当销售员练口语，也不再回到中文学校的课堂里。她决定还是转回熟悉的房产生意。

"跟我们比，你已经迈出历史性一大步。能总结下你这些年的心得吗？"栗秋央求道。

"在美国这块土地上生存，咱不仅要勤勉，更要智慧。咱们的文化已成背景，到这里一切都从头学起，需要向他们学的东西很多，你不学，那就只能在中国人的圈子里混，也真有那种一辈子不会说英语的华人，但他们内心的孤独和难过只有他们自己知道。如果那样，不如回国内去生活，干吗在这里受罪？学习，学习，再学习；勤勉，勤勉，再勤勉；反思，反思再反思。其实我到现在也没做好，看，我这不是第三次被男人赶出来了吗？"茹欣媛自嘲道。

"也许是你真的忽略了托尼，才导致他外遇的。你们再好好谈谈吧。既然你没跟人家结婚，人家就有选择他人结婚的权利，也不过分。"栗秋诚恳地建议。

"你说的有一定道理。我不愿过寄生虫似的生活，总觉得自己的价值远未画上句号。所以这几年忙得稀里哗啦，也真的很享受在这块土地上奋斗过程的快乐，相形之下，托尼在我心里就无足轻重了。可是当初，托尼认识我时，他欣赏的就是我这种个性呀！我以为他会一直理解我，谁知他的审美情趣变了。"

"你们怎么认识的？"菁喆想知道。

07 同居

茹欣媛眉尖一挑，说，"我的一千零一夜的故事，马上结束。再讲就要收费。收费也不干！"

栗秋说："你就把菁喆最想知道的部分说说，咱就可以打住了。"

"女儿来后，我的经济负担加重了。我在中文学校教课很忙。周六周日都有课，每天四节，每节一小时。那时托尼是中文学校的英文志愿教师，他的身材健美而性感，身体的柔韧性很好，他对我一见钟情，看到我下课了，就会递给我一瓶水，然后跟我聊佛教呀，太极拳什么的，他把我看得很神秘。后来我们聊多了，他又觉得我是个外柔内刚的人，他常常直白地对我说，他喜欢我。后来见到我女儿，又对我女儿也很好。这样，我们好上了。其实我当时很无所谓，因为我已有绿卡了，不在乎是否找个男人结婚。而他就是个普通的建筑设计师，不懂经济，不是我理想的男友。"茹欣媛觉得讲自己的故事很没趣。

"那他为什么吸引你呢？"菁喆问。

"主要是他对我女儿好，又与我年龄相仿，身材挺拔，加上英格兰男人特有的绅士风度抓住了我的眼球。"茹欣媛实话实说。

"都这么大年龄了，还没结过婚吗？"菁喆问。

"傻子，在美国，这个年龄的单身男人多的是，而且结不结婚跟年龄没什么关系。托尼是有过婚史的男人，但因为他玩心重，所以一直没要孩子。结果，离婚时，还是个快乐的单身汉。"

"他算是美国的中产阶级？"栗秋问。

"除了一套房产，他手边还有些存款。在一个私人工程公司当设计师，没什么大作为，但生活挺稳定的。"茹欣媛三言两语就把托尼介绍完了。

"他爱你，还是你爱他多些？"菁喆直白地问。

"应该说，他更主动些。但我承认，我也被他健美的身材吸引了。他爱我的成分更多吧。"

"他爱你什么？"菁喆追问。

"什么都有一点。可能我比他会挣钱，呵呵，谁不喜欢跟一个财神在一起呢？"茹欣媛的回答，让菁喆有点失望，又更好奇了，爱怎么总是跟钱财卷在一起？多俗呀！

"他目睹了我的经商风格，确信我对房地产的判断力和操作经验，便一再提出与我合作，他给我投了一笔款，原则是，赚钱后他要提成。那时我用他的钱做成三笔生意，他都拿到提成。他很高兴，一再要求我搬到他那里去住，他住在康科德镇，就是美国人最早反抗英国人、儿子不想被老子管的那个镇，我挺欣赏那个镇的风水，有血性！虽然，托尼就缺少这种血性。呵呵！"

"然后你就跟他住一起了？"菁喆穷追不舍。

"是呀，我私下也有小九九呀！我跟一个白人同居，对我谈判呀，做生意呀，都有好处，人家有信任感。你一个外来的中国人，不管做什么，在这儿还是被歧视的。再说，我也可以省一笔房租，而且托尼在床上的表现也很不错，每晚在床头，都有一杯红酒伺候着，蜡烛点上，音乐声起……我都活到 40 多岁了，性生活才被启蒙，所以呢，就过去了。"茹欣媛坦言。

"为啥不结婚？"菁喆还是问这个傻问题。

"你没记性啊？我告诉你了，我不想再结婚。我真有点急了，还想问你，为啥非要结婚？实话跟你说，我就是因为有点小贪心，才把这套房子租出去，跟他去混了。告诉你，所有的男女关系都是互利的，不是身体上的，就是物质上的，要么是精神上的。但人们表达出来的，都他妈的很装，什么爱呀，精神呀，都扯！"

栗秋抿嘴笑。

"我告诉托尼，我们在一起只谈合作，只享受眼前的爱情，不谈婚姻。我真的没心思再婚。因为我要完成对家人的承诺，所以我拼命挣钱，现在我闭着眼睛都能说出波士顿周边的每栋待发售房屋的情况。说实话，我已不满意自己最初制定的挣钱目标，既然天赐良机，我为什么不做大呢？在波士顿这个地方，有经验会操作的人，低头就能捡到黄金；而没眼光和魄力的人，只会抱怨和流离失所。"茹欣媛觉得已经把话说得很清楚了，她再次瞟了菁喆一眼，再次把菁喆弄得不好意思。

"托尼欣赏你的雄心吗？"栗秋问。

茹欣媛自信地说："他巴不得自己也能像我一样能干，但他做不到。他希望我在实现雄心的路上一直带着他。可是很遗憾，我想带上的人首先不是他，而是我的家人。当我在波士顿挖到第一桶金时，我就发誓，要把家人一个个都移到美国来。我照顾的第一人是姐姐的儿子。因为姐姐长年替我照顾母亲和女儿，是家中的有功之臣。姐姐唯一的心愿是让儿子到美国。于是，我逼着侄子通过托福考试，申请到东北大学读书，现在侄子就要毕业了。我照顾的第二个人是小妹。30 多岁了，还单着呢，所以我又鼓励小妹上交友网站，她怕失败，我说失败了再试，再试，非得成功不可。目前，小妹搞定了昆西区的一个犹太人，他是邮局的工作人员，离婚的。我看过

他们的聊天记录，觉得还比较靠谱。当然我最应该照顾的是母亲。五年前，我回国给她过生日，忽然觉得她正在迅速衰老，所以更应该给她申请绿卡，让她享受这边的医疗和养老待遇。虽然排队的时间长达五年，但绿卡终于就要到手，我还是很激动的。家中唯一不用我操心的是大妹，老公把她当宝贝，她也不愿意出国生活。"

"既然你跟家人关系这么紧密，失去了男友也没什么，犯得着为此大哭一场吗？"栗秋平静地问。

"女汉子也有柔情的一面呀！徐志摩有首诗，我看了挺伤感的：走着走着，就散了，回忆都淡了；看着看着，就累了，星光也暗了；听着听着，就醒了，开始埋怨了；回头发现，你不见了，突然我乱了。"茹欣媛的记忆力超好，能背诵徐志摩的许多诗，背着这首诗，她突然流泪了，鼻音很重，这种特别音效，引得栗秋和菁喆也都忧伤不已。

"嫁第一个老公时，没想过分手，结果连朋友都做不成；嫁给老汤姆，以为感情能厚重些，结果来得快走得更快，最后连层薄薄的友情都没留住；跟托尼之间最初是有爱情的，但也落个劳燕分飞。真让人伤感。"茹欣媛极力调整心态。

栗秋说，"也可能跟年龄有关，伤感比快乐更容易找上门来。唉，有些人真的一别就是一生。"

菁喆说："别以为我每天闷在实验室就对诗歌没感觉，我爷爷会唱许多塔吉克民歌，都是徐志摩这种调调的，听了好难过，好沉。"

08 疗伤

菁喆就像睡了一个长觉，等她醒来，已是一个月以后。

"这个骗子真值得你伤心这么长时间？"栗秋现在按着新的食谱来重新建立饮食习惯，她一边拌着果菜沙拉一边问菁喆。

菁喆怂怂说："我是生自己的气，为什么就相信了那个骗子？当然他早已与我没有关系。你说，我到底做错了什么？"

栗秋说："首先我觉得也不是骗子的错。从你自身找问题就对了。如果你自己没有清醒的意识，下次还会遇到其他骗子。因为骗子也是个职业，只不过你遇到的这个骗子，对付咱这类高学历的女性经验比较丰富。我相信，骗子们也针对那些急于嫁到美国的年轻漂亮的女孩，离过婚或带着孩子的中年妇女们，准备了几套情书，对哪类女性，在哪个阶段，该说什么话，该采取什么心态应该都有系统的归纳，不然，他怎么赚到钱呢？而且我认为，这个罗伯特只是一个符号，他的背后可能是个诈骗团伙，所幸啊，你没有陷得太深，也没有傻到要送钱给人家。不过，如果你手里真有仨俩钱的，也没准就扔出去了。"

"这辈子我就不可能有太多钱，就这命。"菁喆两手一摊，耸了耸肩。

"不一定，傻人有傻福。天上掉馅饼的事也会发生。看你多有运气，一出门就遇上一个写情书高手，把你弄得晕晕乎乎，不也开心解闷了一段时间吗？"栗秋调侃着说。

"我承认，那段时间确实很快乐。但那是一种虚拟的快乐。"菁喆自我分析。

"人家可是免费逗你开心呀，就算请个钟点工，也得付点辛苦费不是吗？我要是你，感谢他还来不及呢，既让我快乐，又给我上了一课，还不留真姓名，整个一活雷锋呀！我看就别跟他计较了。"栗秋开导菁喆。

"照你这么说，我确实得感谢他费心费时费力地给我写那么多信。好吧，这件事就过去了。"菁喆吐出一口废气。

"既然睡醒了，那就接着找，没什么大不了的。一边找工作，一边留心找个能嫁的美国人。"栗秋冷静地说。

"说实在的，我有点后怕。"

"你可别患上后怕症啊。我告诉你，感情疗伤的最好方法就是快速再次进入下一段恋爱，这样你就没时间痛苦，一旦再次进入热恋，之前失恋的痛苦也就消失了。被快乐替代。"栗秋对菁喆一点都不藏着掖着。

"你说得有点道理，可是到哪儿找替身呢？"

"交友网站呀。"

"说实话，栗秋你上过当吗？"

"就差一点。我刚到交友网站时，曾跟一个法国人聊得热乎，过了一段时间，那家伙找了个合适的借口向我借钱，我立刻就警惕了，交往由此打住。其实，网络好比走钢丝，一不小心就掉到深渊里去，但没掉下去的，就是高手。所以，你现在也是高手！"

"别嘲笑我了，我连撞墙的心都有。"菁喆苦笑着。

"我见过单纯的女博士，没见过你这种跟男人都没有实质性交往的女博士。也就是中国的教育体制和中国的母亲能把你过滤得这么单纯，真不知应该同情你还是应该赞美你。"栗秋微笑着数落菁喆。

"好在我遇到了你和茹欣媛，我觉得自己在迅速地变化。经过这一次，我的天窗好像打开了。"菁喆皱着的眉松开。

"早呢！要我说，你还得摔几个跟头才能真正弄明白男人是什么东西。在高手林立的网络世界里游走，也是一种心智的较量，但不能因为网络世界有危险就回避，而应主动接触才是上策。否则，人生少了许多妙趣。"栗秋坦诚地说。

菁喆感动得不知说什么好，便关心地问栗秋："你总是吃青菜，我担心你的肚子能填饱吗？"

栗秋笑笑："你真是瞎操心。我做过一个实验，把一群小白鼠分成两组，一组让它们百分百吃饱，另一组只吃七成饱，半年后发现，绝对吃饱的小白鼠有几只死掉了；而七成饱的小白鼠却活蹦乱跳，很健康。你放心，我只吃健康食品，我可不想吃那些垃圾，什么汉堡啦，披萨啦，切斯黄油啦，不是肉类就是油腻的，所以胖子多，有的肥得靠轮椅推，也挺痛苦的。"

菁喆赞叹："你的身材的确很美。"

"这除了遗传因素，后天人为的努力也很重要。我已届中年，但不想快速老去，怎么也得梅开二度吧？等我 60 岁时，我仍然会梅开三度，总之，在自己的控制下，优雅地老去，绝不沦落为世俗意义上的老太太。"栗秋很有信心地说。

"你这种心态，会活一百岁的。"菁喆羡慕不已。

"有这种可能。你也可以呀！科学家的研究显示，人类的寿命能延长到 120 岁，当个优雅的百岁老人有什么奇的呢？"

"你身上既有中国元素，又有美国元素，你是个风格独特的人。"

"而你才是个典型的中国女孩，到美国来也没有改变你。"

"栗秋，说真的，你想留下来吗？"菁喆问。

栗秋想了一下，回答："对，我想留在美国，不仅因为这里空气好，吃的也相对安全，大环境比较自由，还有一个重要原因是，这里可以为我提供研究生命科学的许多优厚条件。咱中国人本来就比较注重养生，我把中国人对营养学的深厚认识与美国作较大跨度的比较研究，那一定是很有意思的。"

菁喆反问："你回国也可以做这项研究呀！你不想去塔什库尔干的杏花村研究长寿元素了？"

栗秋说："当然要去。长寿与食品研究本来就是营养学的范畴嘛。其实我一直喜欢兴趣研究，但国内的学术氛围暂时还有点压抑，也许以后会好起来，但我等不及了。呵呵。"

09　情欲

那个麻省理工的讲师弗兰克消失一段时间后，又突然冒出来了，他频频约栗秋见面。

在栗秋看来，弗兰克有些奇怪。从资料上看，他出现在亚洲交友网站的时间不长，他没有提交头像照片。一个没有照片的人，就像一个沉在黑夜里的人，他能看见你，你却看不见他。当他看到栗秋性感的照片后，便不停地给栗秋写邮件。栗秋原本不想理会他，但一看他的注册地址在波士顿，就想，管他是人是鬼，先调出来看看。于是就回信了。弗兰克很快给了栗秋一个邮箱，希望她能多发几张照片过来。栗秋照办了。而且她有意识地发了几张前些年的写真照，弗兰克看了她的这些照片激动地说，他太有福气了，竟然遇到这么美丽的中国女人。说这话时，他俩转移到 Skype 上聊天已经好几回了。栗秋的谈话重点主要放在对方的工作、收入、房子、婚姻这几项硬指标上，而讲师有问必答，但兴致主要放到栗秋性感的身体上，他说他忍不住想触摸她，他还计划，等栗秋到波士顿后，他要陪她去海边散步，还要一起坐火车去纽约游览，当然冬天时，也到新罕布什尔州去滑雪。他也坦言，自己在波士顿没有住房，只是租的房子。他自己的房子在老家。如果跟栗秋好了，他会考虑在波士顿买个房子。听上去不无真诚，也似乎不缺钱。

栗秋把弗兰克晾了一段时间后，才又在 Skype 上跟他聊天。弗兰克当然是一如既往地欲火中烧，希望见面的时间越快越好。他让栗秋找一家她喜欢的中国餐馆，栗秋说，还是入乡随俗吃西餐吧。于是，弗兰克约了个四星级酒店的西餐厅，这让栗秋很是受用。

栗秋把自己精心装饰了一番，虽然初秋已有凉意，她还是穿了件短袖浅蓝色盘扣丝绒旗袍，外搭一件白色羊绒外套。这也是她的骄傲和资本，任何男人看了她冰清玉洁滚圆的胳臂，都想去触摸和温存一番。

弗兰克提前一刻钟就到了约会地点，当他看到栗秋时，还是挺激动的，只是照片上的栗秋美丽动人，而现实中的栗秋虽貌美却戴着金丝边眼镜，弗兰克眼里掠过一丝遗憾，被栗秋捕捉到了。

这位麻省理工的讲师给栗秋留下不太明朗的印象。瘦高个儿，略驼肩，棕色稀发，黑框眼镜，没有胡子，嘴唇极薄。相貌不算丑陋，但也不英俊。以栗秋的素养，对不喜欢的人不可能转身就走，微笑始终是她的一张名片。

两人吃饭，聊天，渐渐培养起一丝愉快的氛围。饭后，弗兰克开车说好要送栗秋回家的，但他不停地劝说栗秋到海边坐坐，栗秋不同意。他又提出到查尔斯河边走走。栗秋想，反正吃多了，去河边走走也不错，料想散步的人不少，应该是安全的。而且那里坐地铁或搭车都算方便。于是，栗秋任由弗兰克带着到了查尔斯河边。他泊好车，栗秋已经独自在河边散步。弗兰克激动地靠过来，拥住栗秋的身体。他的手顺势就摸向栗秋的胸部。栗秋轻蔑地一笑，想，够了。这男人的心思已一目了然，到此为止。"我还有事，得回去了。"弗兰克愣了一下，十分生气，没有送栗秋。栗秋也没打算让他送，头也不回地消失在地铁口。

显然，弗兰克是来寻一夜情的，但栗秋要的是婚姻。

10 留守少年

栗秋还真有一堆烦心事等着处理。老爸老妈身体不好，勤勤恳恳教了一辈子书，累出一身病，还得帮着照顾外孙。栗秋的前夫也并不是没有能力照顾儿子，但娶了年轻女人后，凡事都受控于她。

然而，15 岁的儿子祈阳正处于青春活跃期，这很让她担忧。就在昨天，儿子在 Skype 上问她，见网友需注意什么？一个自称是从事人力资源的 26 岁的女孩约儿子见面。

"你找女朋友呀？她也忒大了点儿！"栗秋劝阻着儿子。但儿子说，"老妈，普通朋友而已，她只是想见见我，您别乱想。"

"那好吧，儿子你年轻，没啥社会经验，陌生的异性网友要见你，谁知安的什么心！这 26 岁的女孩就不一样了，经验肯定丰富得很。你要去见，我不拦着你。"栗秋给儿子说了几条注意事项，"有的网友可能会图财害命，

也没准想要你的肾呢，当然也可能对方是一好人……"

儿子赶紧问："那怎么办？"

"你要见，就找人多的地方吧。如果你要了饮料，不要离开你的座位，当心别人在你的饮料里放药。也别喝酒，小心被人灌醉；另外，死活别抽烟，小心烟里有毒品。还要看看那女孩儿的圈子里都是些啥人，千万别跟着她去偏僻的地方或旅馆，要学会察言观色，发现有不对劲儿的地方，立马离开。"

儿子说："那必须的，常识。"

聊到最后，栗秋还是觉得这事不靠谱，就劝儿子算了吧，别去啦。并检讨自己在国内时，很少带他出门，没教他更多的社会知识。

儿子说："嗯，老妈别担心，我也该锻炼了。其实都是互相的，都会有所防备的。再说，爱情和咳嗽是人类最无法避免的两件事，我也脱不了这个俗。"

"那好吧。"栗秋不能多说了，因为出国前，她叮嘱过儿子，以后遇事都得靠自己。

几个小时后，栗秋又特意给儿子打电话，问，"见面了吗？"

儿子说，一会儿去见。儿子的声音里还有点小兴奋。

"噢，注意安全。回来通报一声。"栗秋叮嘱。

儿子说："一定！"

但是，一直等候在 Skype 上的栗秋没见到儿子的汇报，便留言催问："见网友了没有？"

儿子隐身回答："骗子而已！"

"是吗？怎么看出来的？"栗秋已预料到了。

儿子说："一上来就开 1000 多的酒！"

栗秋急忙问："然后呢？"

"然后我就走了。"

"好儿子！没上当啊！"栗秋赶紧夸奖儿子。

"不走也没钱啊！"儿子实在地说。

"那倒也是，这就对了。"栗秋欣慰地回应着。

"睡觉了！"儿子说。

栗秋感觉出来，儿子不想跟她多聊。她隐隐觉得心里不踏实。再问："真的没被骗吗？"

"嗯。"儿子的意思很明确，没被骗。虽然栗秋心里还有疑问，嘴上还是说，"快睡吧，肯定特郁闷。"

"必须郁闷！"儿子说。

"噢，那酒到底是开了，还是没开？"栗秋咬着这个细节。

"开了。"

"噢，那她能放你走吗？"栗秋急切地问。

"撂下 100 块，告诉她不行就报警！"栗秋能感觉到儿子的小脾气上来了。

"嗯，对！不行就报警！"栗秋觉得儿子做得很好。

"睡觉！"儿子说。

"睡吧，别生气了。"

"不生气。"儿子分明还气鼓鼓的。

等儿子睡醒，栗秋又追了个电话，看儿子是否心态平和。这次，儿子跟妈妈说了实话，他受伤害了。而且，他已把在网上认识的朋友都删了。儿子还自己分析，多半这女孩是个促酒女郎。

"嗯。应该是。我以前听说过，有些女孩就是这样卖酒挣钱的。"栗秋心疼儿子受伤害，但也觉得，既然置身于一个网络时代，就难免不了。让他一点点长大吧，只是在这么重要的青春期，自己应该陪伴在他身边的。想到这点，栗秋暗暗作出一个决定，再见几个美国男人，再绷几个月，如果还是没有奇迹发生，就打道回府，既然是为了儿子才走这步棋的，那儿

子就是最最重要的。现在儿子、父母都需要自己在身边照料。

时间紧迫。

栗秋做了个深呼吸，她想在睡前再练会儿瑜伽，以保持有良好的睡眠质量。她预约了下周路考，如果顺利的话，就可以拿到美国驾照。在美国，如果不会开车，几乎就等于没有腿。栗秋刚到波士顿就意识到这点，所以，她不动声色地背完了书面考题，并且已经通过笔试。她也曾劝菁喆考个驾照，但菁喆把头摇得跟拨浪鼓似的说："就算我拿到驾照有什么用？哪来的钱买车？"栗秋解释说："其实在美国买车不需要多少钱，二手车也就几千美元，豪华车才几万美元，咱买二手的还不行吗？"菁喆算计道："那停车费呢？修车费呢？也是一大笔数目啊！"栗秋说："照你这么思维，等攒够钱再享受生活，那就等你到老太太那个年龄吧。可是，等到了那个年龄再享受，还有什么意义？一个人真的不能被没钱吓住，也真的不需要太多的钱，风调雨顺五谷丰登才是最高境界。再说，你手里有个驾照，买个机票啊，出个国呀也方便，机会永远是为有准备的人准备的，这点你应该清楚吧。"

菁喆动摇了，说："你先考，如果通过了，我也跟进。"

栗秋在国内就会开车，所以路考对她来说是容易的。她想尽快拿到驾照，等儿子来后，可以带他周游美国。

11 美国"大卡车"

栗秋给了菁喆一个美国人喜欢的交友网站"爱神"。菁喆注册不久，就有个叫哈瑞尔的男人，频频向她示好。菁喆看了他的注册地址是夏威夷。此人看上去40出头，自称是机械工程师，离婚，有个读小学的女儿。他的头像是与女儿的合影照，两人笑得都很灿烂，菁喆有点受感染，所以，她给这个男人回复了。很快，对方将他的手机号和邮箱地址发给菁喆，他说强烈期待着与菁喆的进一步接触。

于是，菁喆给哈瑞尔发了一条短信，想证实他的手机号码的真假，很快，哈瑞尔把电话打过来。他非常感谢菁喆的问候，他在电话里的声音和谈话内容都是友善的，菁喆对他的第一感觉，这是一个比较有耐心的男人，她想，这大概与他有个女儿有关吧？两人通了三次电话后，哈瑞尔问菁喆可否在Skype上视频？

"什么是Skype？我只用QQ。"

对方跟她一样迷惑，美国人都用Skype，但不知道QQ是什么意思。

菁喆答应可以上网注册一个，再跟他通话。

栗秋告诉菁喆："美国人喜欢用的Skype相当于咱们的QQ聊天。他们喜欢使用雅虎和G-mail邮箱，不像中国人喜欢用新浪和网易邮箱，早几年我就知道了他们的这些习惯，而且我一直在使用。你现在才知道听上去很傻，如果现在你还不用，那是真傻。"

菁喆点头称谢，在栗秋的指点下，仅用几分钟时间，她就熟悉了使用方法。

第二天晚上，当哈瑞尔再次打来电话时，菁喆高兴地说，可以视频了。因为栗秋说，骗子一般是不敢视频的，如果他敢露面，就说明他是真人。菁喆也很想看看，跟她通电话的人长什么样。之前，她只见过罗伯特的照片，并未见过他的真人，所以，总有一种踩在云里雾里的飘浮感，令她内心深处不踏实。

就算是哈瑞尔出现在Skype里，心里就能踏实吗？菁喆尚不知晓。因为Skype仍然是个网络空间，里面的人仍像生活在空气中一样虚无，无法触摸他的真实性，仍然不是活脱脱的现实生活。这是菁喆在Skype里看到哈瑞尔后的感受。

从镜头里看，哈瑞尔是个精干帅气的成熟男子，长相貌似克林顿，菁喆突然觉得自己还是很好色的，如果对方长得很难看的话，她不会有兴趣跟他多聊。他的身后是一张大床，再就是放电脑的写字台，空间狭小得只能塞下这两样东西。镜头里的男人一脸笑意,菁喆也友好地跟他打招呼,相互重复电话里说过的话,其实就是证实电话里与现在说话的人是否同一个人。得到确认后,两人都有些放松。哈瑞尔主动站起身,让菁喆看他的身材,并问菁喆对他的印象。菁喆看后点头说还不错,挺健壮的。对方也要求菁喆站起来,在镜头里转两圈。菁喆很不习惯,但对方已经先站起来了,出于礼貌。她也照做。

哈瑞尔以欣赏的口吻连声称赞,"太好了,你的身材真好,真性感!"

菁喆被男人当面夸赞性感,这还是第一回,也让她颇尴尬,她赶紧转移话题:"为什么想到要找亚洲女性?"

"美丽,性感。"哈瑞尔的回答,让菁喆觉得对方只是一种客气,但她却认真地反驳说:"总体上说,亚洲女人的身材单薄,欧美女人的曲线丰满,她们才性感。"

"不,亚洲女人性感。我喜欢。"哈瑞尔坚持着。

"能问问你今天的工作情况吗?"菁喆严肃地问。

"早晨6点开始工作,修了4辆车和一条小船。4点钟才到家。"哈瑞尔如实回答。

菁喆暗暗诧异,怎么美国的工程师还要亲自修车吗?"那你是为一家公司工作呢?还是自己有修理厂?"

"与一个公司签约的,每天我都骑着自己的摩托车,按照公司给的单子,一家家去修理。"哈瑞尔笑眯眯地解释。

菁喆心里凉了半截,原来他是个修理工。

"我妈在住院,我需要去医院见她,并一起吃饭。希望晚上回来,能跟你继续 Skype 聊天。"哈瑞尔央求道。

菁喆答应了。

晚饭时,菁喆失望地跟栗秋说:"原来他就是个修理工,不是工程师。"

"想不到你的门第观念还很强呢!在美国,劳动是光荣的,不管干什么,只要靠自己的劳动挣钱，就是本事。你管他是修理工还是工程师，只要他能生存，只要他跟你结婚，帮你拿身份，他干什么工作不重要。不行以后再离呗。"栗秋无所谓地说。

"但我觉得不舒服，我怎么也是个博士吧，读了二十几年书，花了那么大代价，却找个修车的？"菁喆很不服气。

"我理解，要是在中国，你跟他很不般配。但现在是美国，你没有挑拣的余地。剩下的不是歪瓜就是裂枣，说穿了，中国的 A 女到美国只能找 D 男，而且，人家 D 男肯跟你 A 女结婚就算你运气不错了。你到大街上看看，长得像模像样，正派的男人，手上都戴着戒指老老实实地跟老婆孩子在家过日子呢。剩下的都是啥玩意儿？要么是 50 了还不想结婚，只想玩不负责的男人；要么就是秃头，或是大胖子。波士顿这地方同性恋结婚的又多，你说，全世界各地这么多优秀的女性集中在这里，能找啥样的？波士顿就像一个菜市场，咱赶了个晚集，到这儿天都快黑了，只剩下烂菜叶，你说要不要吧？"栗秋似乎憋了一肚子气。

两人正聊着呢，菁喆的手机飞来一条短信，是哈瑞尔的，他要求菁喆晚上视频时，穿得性感些。

"太无礼了吧，什么意思呀？"菁喆不高兴了。

栗秋笑笑："对方有这个要求很正常，美国人就这样，对性生活挺看重的，如果这方面他感到舒服了，他和你的关系进展就很快。"

"他想亲热，就飞过来见面呗。他不是有收入吗？"菁喆端着架子。

"你错了，美国人很吝惜钱，他才不会轻易花这个钱呢。"

"那他想干啥？"

"谁知道，你们聊聊看呗。"

晚上 8 点半，哈瑞尔在 Skype 上呼叫菁喆，犹豫了好一会儿，菁喆才换上茹欣媛送给她的露肩膀的湖蓝色睡裙。她自己照镜子也觉得挺美。

哈瑞尔看到菁喆的这身装扮，兴奋地直赞："太美了，太性感了！"他总是笑容满面的样子，让菁喆很是放松。菁喆礼节性地问及他母亲的病情，他一一作了详解。然后，他迫不及待地再次让菁喆起身，转一圈给他看。菁喆想着栗秋的叮嘱，就当是跟一个男人约会，没什么大不了的。于是，照做。

哈瑞尔很兴奋。嘴里不停地说太美了，眼神一刻不停地盯着菁喆的身体。

菁喆挑起另一个话题："你与前女友交往多长时间？什么原因分手的？是哪里人？"

哈瑞尔含笑说："交往两年。因为她太疯狂，所以分手。那女人是印地安人。"

"是否想过结婚？"这是菁喆最关心的问题。

哈瑞尔没有正面回答，只强调那是个疯狂的女人。哈瑞尔似乎无兴趣在此时此刻谈及其他话题，只专注地盯着菁喆的身体。菁喆也已注意到这个细节，正不知所措，哈瑞尔温柔地问："亲爱的玛丽，你喜欢美国车吗？"

菁喆想，美国车到处都是，我都分不清有什么牌子的，就说："我不知道。"

"玛丽，难道你不喜欢美国车？你一定喜欢美国大卡车！"哈瑞尔热切地说。

菁喆一脸茫然，不知道这时他提大卡车干什么。

见菁喆不语，他央求，"宝贝，能否把肩带拉下来，我想看看你的胸部，就看一眼。"菁喆本能地护住："不！"

哈瑞尔也不生气，仍然一脸笑容，说，"那就把裙子提起来，让我看看你的长腿。"菁喆明白，自己遇到流氓了。菁喆正要关电脑，却见这男人半闭着眼，双手抚弄着裆部，嘴里开始呻吟起来。

菁喆吓得赶紧找 Skype 的开关，由于不熟悉程序，一下子竟没找到。

哈瑞尔仍然闭着眼笑着享受，瞬间把裤扣解开了，并一下子掏出他的家伙，"噢，玛丽，我的宝贝，快来呀，让我亲亲你，我要你！"

菁喆一边慌乱地找开关，一边厉声说："你要是再这样，我就喊人了！"

菁喆真的找到 Skype 开关，啪地关了。却不知道没有完全退出，此时，对方看不到她，她却能看到对方。只见那人紧闭双眼，嘴里喊着，"噢，宝贝，别走。不，噢，别走，我的甜心，我知道你能看到我。"菁喆吓得慌忙离开电脑，出房间，径直"呼"地推开栗秋的门。

茹欣媛和栗秋正商量注册护士工资聘用的事。"发生什么事了？"她俩同时问。

菁喆啥话也不说，拉着她们冲到自己房间。

两人近前一看，那男人还在闭着眼喊，"噢，玛丽，别走，我知道你在看着我，你不喜欢美国大卡车吗？"

茹欣媛大笑起来，她调侃菁喆："行啊你，免费看色情表演呀，挺有艳福的嘛。"

栗秋也扑哧笑出声来，说："你就露了个膀子，就能让人家疯起来，你厉害呀！"

菁喆很生气，这俩人咋都这个态度！她伸手关电脑，栗秋制止说："别呀，让人家舒服了，你再关也不迟嘛。"

茹欣媛笑指栗秋："我发现咱仨，你最黄。"

"人家送上门为菁喆专场表演，咱过过眼瘾也不犯法。"栗秋嘻嘻哈哈地打趣。

菁喆心有余悸地说："他这是耍流氓呀！"

"换个词行吗？这叫裸聊。都什么年代了，还耍流氓呢。国内这几年这种视频裸聊多的是，都不算什么新鲜事了，也就是你，吓成这样。"栗秋坦然地说。

菁喆摇头，"我不知道。吓死我了。"

"你就整天生活在真空里吧。在国内，只有结了婚的人，才能合法地'耍流氓'，但离了婚的，或没结婚的要是干这事，就是坏事。所以，受公共道德的约束，很多人只好偷摸去找妓女或嫖客，那些想隐蔽点的就转向网络，满足他们的生理需求。这事很正常。但青少年看了影响真的不好。不过还是头一次听说'美国大卡车'这一新名词，有地方特色。"栗秋啥事都能调侃起来。

茹欣媛也摸摸菁喆的头发说："行呀，教会我一个新词：美国大卡车，有意思。"

菁喆脸憋得通红，去了趟洗手间小解。回来时，栗秋一本正经地问："你确定彻底删除这个男人？"菁喆坚定地点头。

视频里，那男人已经瘫了似的身体塌在椅子里。栗秋动了几个键盘，这男人连同他的生理欲求鬼影般消失了。

12 耍流氓

"为什么我会遇到这种人？"菁喆沮丧地问。

"这个时代必然产生这类人，你今天不遇到，明天还会遇到。怎么，接受不了？"栗秋问。

菁喆忿忿地说，"这男人真无耻，太不尊重我。"

"他哪知道你对这种事不感兴趣？哎，你实话实说，当他做那些动作，说那些甜言蜜语时，你真的没反应吗？"栗秋问。

菁喆觉得自己的脸现在还都发热，她坦言："刚才到卫生间时发现，底下湿了一片，这是怎么回事呢？"

"很正常啊。你这个年龄应该有性生活，但你就是没有。所以，当遇到异性挑逗时，理智告诉你，这是在耍流氓，但生理指标却显示，你遭遇了一次未遂的或不是你理想状态的性生活。告诉我，你跟以往的男友在一起时，喜欢怎样的姿式？"栗秋悄悄地问。

"你在说什么呀？我还没有经历过呢！"菁喆费劲地挤出后面这句话。

栗秋张大嘴巴："天呢，真服了你！你跟我说有过恋爱，我以为该发生的都发生了呢，想不到是这样，不可思议！"

"你是不是看不起我？"菁喆小声问。

"怎么会？我更尊重你了。只是，你可想好了，你要想找美国男友，他们在性方面可都挺随便的。记得我上次跟你说过的那个法国建筑商吗？"

"有点印象。"

"我跟他 Skype 视频了一次，就嚷着受不了啦，想要上床。"

"他也要求你穿性感点吗？"

"这不很正常吗？他在视频里一看到我，就直喊幸运，说是遇到东方美女了。"

"美国男人跟女人在一起时嘴很甜，对吧？"

"就男女性爱方面，中美文化差异还是挺大的。如果跟我视频的是中国男友，别管他私底下怎么欲火中烧，但一想到这女的以后要成为他老婆，他就会往歪里想，这女的咋这么开放这么骚？还不知她跟多少男的上过床呢，她能守妇道吗？美国男人却不这么想，呀，这女的性感，我真幸运！如果两人能很愉快地上床，而且做爱舒服，他就离不开你了，如果再有了孩子，得，那就结婚吧。"栗秋好像什么都懂。

13 沮丧

菁喆问："这么说，跟你视频的那个建筑商性欲很强？他多大年纪？我的感觉里，法国男人浪漫但不负责。"

"强？……我不这么认为。他今年 46 岁，一米八五，对他的年龄和身高我都满意。他的家庭也不错，他妈在法国出生，他爸是美国人，他说他从来没结过婚，也不想再要孩子，这一点，我也满意，我真怕他提出来再生个孩子，我可生不动了。我问他为什么对中国女人感兴趣？他说他喜欢逛中国城，波士顿的、纽约的中国城他都去，他喜欢中国女人给他做按摩。"

"哇，那不是找妓女吗？"

"可他毕竟是受过高等教育的，我想一个男人单身那么久，他怎么也得有个发泄性欲的渠道和方式，我倒不计较那些，因为美国人婚前大多有几个性伙伴，但结了婚就很忠诚了。"

"我不太相信一个人多年养成的习性，一结婚就能改变？"菁喆感到不可思议。

"咱不是以结婚为目的吗？管他呢。我跟他说，我是学医的，会中医按摩，也会拔火罐，他可高兴了，所以，那晚吃过饭，他就直奔主题，在宾馆开房了。这点我也是同意的。毕竟我也离婚这么多年，我也是自由的，而且我也有性的需求。那酒店真的不错，一晚上就三四百美元。但折腾半天，没整成。他说可能是最近太忙，累的。我也就算了。我俩分手的第二天，他就出国一星期，说好等他回来，我们坐火车去纽约玩。"

"你们又见面了？"

"没有。谁知这人不靠谱。一星期后给我电话，说是回来了。当天晚上就想见我，跟我预约晚上8点左右来找我，他还在开会。结果到9点，打来电话说，刚忙完事，今天太晚了，改天再联系。"

"是推辞吧？"

"你猜对了。过了两天就是周末，还去不去纽约？我想了一下，打电话问他，他却说还在忙工程的事。明摆着嘛，他撒了。"

"他是不是个骗子？"菁喆生疑了。

"他倒不像个骗子，但我猜他心理有障碍，不敢再见我。我认定他那方面不行。一个男人如果长期手淫，可能会早泄或阳萎，他知道自己这个弱点，所以就想在网上找不明真相的年轻漂亮女人来刺激他，如果刺激不成，也就算了。后来我在 Skype 上又遇到过他，跟他聊了几句，问他为什么没影了，他说工作忙。我就逗他，那我过来找你呗。他吓得赶紧说，他的工作环境人多不方便。我就猜，可能两种情况，一是他身边还有别的女人；二是他那方面可能真的不行。咱倒是识趣，绝不纠缠。可他妈的这美国男人怎么就那么没诚信呢？说过的话跟放屁似的，而且说没影就没影了，连个招呼都不打。"栗秋似乎有一腔怒火。

菁喆头一回听到栗秋动粗话。是啊，再好的脾气和修养，也架不住这么无礼的举止呀！其实栗秋是联想到那个直奔主题的讲师，也想起那个维吉尼亚的环卫工程师比尔，虽然那男人让她在身体和视觉上都很舒服，但心理上却不平衡。比尔走了以后，开始还像往常一样，写邮件，期待下一次再见，并预定下一次旅行的地方，同时也劝栗秋赶紧考个注册护士资格，容易找工作。但对于两人之间的事怎么发展，一点风声都不透露。栗秋感到，就像做了一个梦，醒来就什么都没有。比尔也偶尔给栗秋打个电话，称赞她的美貌和学养，后来，就很少联系了，那就明摆着，他绝对没有跟栗秋结婚的意思，他到波士顿来看栗秋，共赴瓦尔登湖，仅是想享受男欢女爱的美好，他不想更多地负责任，一句话，玩生活。

"都别理他们了呗。你条件那么好，还怕找不到好男人？"菁喆劝慰道。

"当然不能再理他们。就跟一阵风似的刮过去了。不过这美国男人虽然都很在意那方面，但他们的差别也很大。强的真强，就像我遇到的比尔，和你遇到的'大卡车'；差劲的也真差，就像我吓跑的法国建筑商。"

"那我们还要不要继续找下去呢？"菁喆质疑地问。

"当然要找。跑长途能不多备几个轮胎吗？坏一个，你得赶紧补上一个新的，再坏了，再换，怎么也得给自己备三四个吧？要不误了跑路。如果后备箱里是空的，你就蹲在路边哭吧，哭死你，也没人帮得了你。谁让你没做足准备功课呢？就像我当年，一心一意跟前夫过日子，什么事业，朋友都抛到一边，真的，我们离婚前，我突然发现，我连一个女朋友都没有了，都让他以各种名义隔离了，我的生活只剩下他和儿子，连父母都不能多关照。所以，当小三要求上位时，我都傻了，我就想，我怎么可以这么傻？当时那个自嘲啊，你是永远都体会不了的。如果那时我有事业，也有几个

男朋友，我会傻吗？顶多就是跟他说拜拜吧您呢！人生啊，婚姻啊，都是跑长途，要走完这一程，遥远着呢。离婚后，我开始实际了，金钱、房子、车子、事业、友谊、爱情、男友，都是汽车备胎，缺一不可，越多心里就越踏实。"栗秋说了一通自己的感受，菁喆觉得有道理。就如同一个生活在夏天的人，已经备足过冬的暖衣，到了冬天遇有暴风雪时，就不会绝望地呼天喊地了。

栗秋建议菁喆静一段时间，接着再找，就像大浪淘沙，毕竟沙多金子少，运气好的话，总能淘到金子的。

"亚洲交友网站比较杂，去那个网站的外国男人大多是抱着猎奇的心理找亚洲女人，大多是想玩玩。美国的'爱神'交友网站里的人，也并不真心交往或奔着婚姻去。我又注册了另一家美国人常去的'蜜蜂'网，亚洲人很少知道这个网站。刚注册几天，就有很多美国男人约着想见我，而且大多都是波士顿地区的，这次我划定的交友范围在 25 公里以内，这样联系和见面都方便，怎样，你也到这个网站找找看，咱俩也好有个照应？"栗秋的提议，又给菁喆带来一线希望。

"我看行。"菁喆接受了。

14 "贞操男人"

"你说咋那么逗呢？"栗秋和菁喆从湖边散步回来，说起最近在"蜜蜂"网遇到的一个男人。

"咋啦？"菁喆还想着上午在老人院，与汉克斯的聊天。汉克斯有点伤感，因为另一位飞虎队"驼峰航线"队员去世了，明天汉克斯要去参加他的葬礼。那名队员跟他是一个维修小组的，当年他俩高中毕业，一起从波士顿报名，去了中国抗日战场。汉克斯感叹，跟他一批的队员，没剩下几个了。他已做好准备，等着到天堂与其他队友们相聚。

"我遇到一个贞操男人。"但栗秋跟菁喆说的是眼前发生的事。与往事无关，与远去的中国抗战无关。

"看把你乐的。"菁喆只好回过神来。

"来来来，先看看这封邮件，再判断一下他是不是心理变态。"栗秋让菁喆看信，她自己捂着嘴笑。

亲爱的中国女孩，谢谢你的美丽而性感的照片（网上扒下来的美女照）。我很幸运，你真的是漂亮极了。我在曼哈顿的一所私人高中里教中国近代史。我喜欢中国历史和文化。2000 年至 2005 年，我一直住在纽约市，2006 年至 2008 年 6 月，我都在北京读书。我喜欢中国、泰国和亚洲其他国家的美食。我父母来自加拿大的蒙特利尔，我最大的爱好是旅游，享受美食和烹饪。我的一个弟弟在澳大利亚的墨尔本附近生活，我的妹妹跟父母现都住在加拿大。

那么我是一个什么样的男人，想找什么样的女人呢？

首先我非常喜欢顺从女人，所以我想找一个特别有控制欲的女王，我希望她是一个百分百的老板娘。请回答下面这几个问题：

1. 你有兴趣给一个愿意顺从和听话的男人当女王吗？我将让你成为一个绝对霸道的女王。

2. 在我的女王面前，我永远都是唯唯诺诺的男人，什么事都由她说了算，你愿意做这样的女人吗？

3. 你愿意给我制定无数的规则吗？包括无论在家里还是公共场所，都必须服从和疼惜你。我喜欢一个女人给我制定许多规则。

4. 你愿意让我为你穿上贞操带吗？只有当你想要的时候，我的贞操带才打开。现在，我有一款 CB-6000 贞操带，你可以在谷歌里搜索到它的价格。平时我穿上它，有助于我能 100% 顺从和听命于我的霸道的女王。

我希望你能看重我的贞操意识，如果我愿意为你穿贞操带，你对我有兴趣吗？希望听到你的回复。

看到这儿，菁喆咧嘴笑了："这人有毛病吧？什么乱七八糟的，甭理他。"

但栗秋调皮地说："我给他写了回信，就想逗逗他，看他到底想干什么？你不觉得美国男人太有趣了吗？真是天才呀，在中国，恐怕很难找到想象力这么丰富的男人，显然他喜欢受虐，喜欢被女人控制，我想，女权主义者或女性主义喜欢这种男人。"

"反正我恶心这类男人，男不男女不女的，这世界岂不乱套了吗？"菁喆不屑地说。

"纵观历史，现在本来就是乱世。这种景象在中世纪或在其他国家，你还没有这个运气遇到呢！所以，网络世界是个万花筒，也是个无底洞，更是个藏污纳垢的地方，关键是怎么把持，以及能不能洁身自好。"栗秋全身心投入现实世界，她只关心当下，而且充满生活的趣味。

栗秋给"贞操男人"的信是这样回复的：

亲爱的迈克尔：

你好！看照片你是英俊的。

我想回答你的问题：

1. 我很感兴趣当一个像中国皇后似的霸道的女主人，我喜欢被我未来的丈夫照顾和为我服务。

2. 我想在未来的家中，做一个说了算的女主人，丈夫对我言听计从。

3. 我想给我的丈夫一些规则。例如，首先，我的丈夫应当尊重和理解我。每当我给他打电话，他需要立刻回复，并告诉我他在哪儿，在干什么。其次，我丈夫要懂得我，知道我想要什么，并且帮助我实现我的目标。第三，我要求丈夫一辈子都跟我在一起，并且手拉手一起变老。

4. 我很感兴趣一个自愿为我保持贞操的丈夫。

下面，你能回答我几个问题吗？

你以前结过婚吗？

你有孩子吗？

你愿意到波士顿来吗？

祝你愉快！

菁喆却浮想联翩。如果不是来到美国，如果不是处于剩女的尴尬身份，如果不是急着把自己嫁出去，如果不是认识了栗秋，如果不是栗秋手把手地引着她在网络交友社会里闯荡，她永远都是个单纯的只知道黑白两色的长不大的老姑娘，对于这种人性深处斑驳陆离的复杂性根本无从认识和理解，也就没有遇事不乱的淡定和从容。"贞操男人"的再回复，证实了他不仅变态，而且他作为一种类型的男人，正普遍存在于美国社会的深层，菁喆不欣赏他们，但可以绕着他们走。美国社会有一个潜规则：存在的就是合理的，人们尽可能不去打扰别人的私生活。

亲爱的中国美女：

我从未结过婚。也没有孩子。你怎么样？有孩子吗？你想与我有一个孩子吗？我很高兴，你想成为无论在家里还是公共场合，都要统治我的霸道的女王？其实我更喜欢你在卧室能霸道些，这样我会更快乐！

我也很高兴，你想要每天都把我的"公鸡"锁定在贞操带里。这是让我100％顺从和服从你的最有效最简单的做法。这种方法真的很好，它能控制我不做其他事情，从而保持我对你的诚实。但是你真正了解为什么我穿贞操带能使我们保持良好的关系吗？你明白为什么要锁定和控制我的"公鸡"是很重要的吗？因为只有这样，我就没有时间和机会手淫了。

我希望在所有时间都是一个听话的好男人，我也喜欢用我的嘴去吻女王的私处，只要你想让我给你快乐，我就能给予。噢，你应该规定让我做这事的次数，你愿意让我一个月做一次或几个月做一次都行，如果你想，让我天天做也行。因为你是女王，你在卧室里很霸道，我会用我的嘴来满足和顺从你。另外，你应该控制我所有的提款卡，也可以随时查看我的邮件和手机短信，只要你认为这样做高兴，你都可以做。因为你是我的女王。"

栗秋的结论是："典型的虐恋型男人，尤其喜欢在卧室里被女人虐待，真变态。"

菁喆担忧地说："这男人的母亲是否知道儿子如此怪异？如果她知道了会不会痛心？反正这事放在自己身上是受不了的，如果有这样的儿子，恐怕早去撞墙了。"

栗秋没再搭理这只有病的"公鸡"。一个月后，这个变态男人又发来邮件，他说，圣诞节之后，家里来了两个女人，她们每天让他做饭，洗衣，还让他穿上贞操带，还在卧室里跟他没完没了地做爱，那段时间他很兴奋。为此，他很渴望栗秋能来家里，狠狠地虐待他，如果栗秋愿意，她可以用鞭子抽他。

栗秋说："我还是省省手劲儿吧，没时间跟这种人玩。"

15　飞虎队员

菁喆始终惦着汉克斯，很担心他因为参加战友的葬礼而伤感，血压升上去降不下来。因此，这个周六，菁喆早早赶到卡琳娜老人院，直接去看望汉克斯。可是，他的房间是空的。值班护士告诉她，上周日，老人的儿子把他接走了。周日晚上，老人的儿子打来电话，说老人血压不稳，头晕得厉害。老人院与政府相关部门沟通之后，就派护士、物理治疗师以及家庭护理员上门照顾去了。菁喆问："我能否去他家中探望？"值班护士摇头说："不可以。""为什么呢？"菁喆很焦急。"因为你没有注册护士资格证，不可以。"

菁喆沉默了。是呀，自己只是个志愿者，没有注册护士上岗许可证，就不能行使一个护士的职责。一个上午，菁喆依然与别的老人聊天，但心里总觉得缺少点什么，心神不定。离开老人院之后，她特意把自己的手机号码交给护士站，如果汉克斯找她的话，她会很乐意与他聊天。

与其说菁喆惦念汉克斯，不如说她更惦念远在新疆塔什库尔干的爷爷。

爷爷也是汉克斯这个年龄，也有高血压，而且前胸后背都有过枪伤，一到阴天下雨就隐隐作痛。菁喆第一眼看到汉克斯时，并没什么深刻印象，但汉克斯却主动来找她，问她是不是中国人？当菁喆确认身份后，汉克斯高兴极了，热烈地拥抱菁喆，并用中国话问候："你好，你好，小姑娘你吃了吗？"

1941 年 12 月 7 日，日本偷袭珍珠港事件发生时，汉克斯只有 19 岁，那时他刚从普利茅斯公立高中毕业，进入波士顿艺术学院摄影专业读一年级。他应征入伍，在空军部队接受了为期 10 个月的航空照相测量技术的专门培训。之后，他被分配到空军第 333 照相勘测中队，不久，他所在的中队被派遣到云南昆明，编入美军第十四航空队，也就是许多中国人都知道的陈纳德组建的"飞虎队"，成为一名照相勘测员。

汉克斯虽然是"飞虎队"的一员，但他手里只有摄影器材，只能在幕后做些技术层面的工作。令他难受的是，到中国半年时，日机袭击昆明机场，他竟然被击中小腿。等他从医院醒来时，他的小腿以下被截肢。对于一个 19 岁的年轻人来说，那是一个致命的打击，他想自杀。医护人员以及中队队友也无法阻止他的哀伤。但是有一天，他透过病房的窗户，看到护士长的 3 岁女儿，正在晒着白色床单的草地上摇摇晃晃地追逐蝴蝶，看见汉克斯后，她跑过来，把手里的一把花草送给他，然后又去捕蝴蝶。多么美好的小姑娘，多么美好的生命活力，汉克斯本能地拿起相机，捕捉着小姑娘的各种可爱的萌态。看着镜框里小姑娘的脸，汉克斯咧嘴笑了，他决定好好活下去。

汉克斯回到美国，退伍，又回到波士顿继续读书，但他改学了历史学。大学毕业后，汉克斯先后在波士顿图书馆、查尔斯镇社区、普利茅斯社区工作，直至 65 岁退休。几十年来，许多事情都忘记了，但那中国小姑娘可爱的脸庞一直在他眼前晃荡。

汉克斯看到菁喆，让他想起昆明的小姑娘，对菁喆很是关心。而菁喆看见汉克斯也像看到自己的爷爷，对他有一种天然的亲近感。

这个周六，菁喆没有看见汉克斯，非常担心。她跑出去买了一张祝福卡，从汉克斯的门缝里塞进去。同时，也给爷爷寄了一张。她不知道爷爷是否能收到她的祝福，但是菁喆想爷爷想到心酸，她给爷爷的祝福卡上写着："亲爱的爷爷，你要好好地等着我回来。我已经知道如何护理老人并且让他们开心，放心吧，您的一切都交给我，我不仅要照顾您，还会偎在您身边，给您讲一个没有上过战场的飞虎队员的故事，哈哈！说不定你们还见过呢！只是你们谁都不认识谁。"菁喆真想不停地写下去，可惜卡片太小，写不下了。

菁喆每个月定期给爷爷寄一张祝福卡。但她从未收到过爷爷的回复。因为爷爷住的地方太遥远，一封信走到他那里，至少得两个月。但菁喆不在乎，只要爷爷看到她的字迹，读了她的心声，她就满足，就觉得幸福。

这天晚上，菁喆的母亲按时现身QQ聊天。菁喆问候了母亲后，急切地问："妈，我爷爷他好吗？"

妈妈迟疑一下，说："挺好的呀！你上周不是问过了吗？"

"你们多长时间没见过他了？"

"前段时间还去看他了。放心吧，他一切都好。就是腿脚不方便。"母亲信誓旦旦地保证。

"他的血压现在是多少？叮嘱他，别吃太咸！还有，他喜欢吃油炸的，这个习惯也不好。"菁喆细心地提醒母亲。

"行了，行了，一提你爷爷，你就婆婆妈妈的，你净操这些碎心，还怎么有时间学习呢？我问你，你的论文写得怎样了？导师不是说，你读博期间，怎么也得发几篇论文吗？"

"妈，我想跟您商量个事。"菁喆怯怯地说。

"是要钱吗？妈会想办法。"母亲总是不等女儿把话说完就发表意见。

菁喆叹口气说："妈，我这边不需要钱，我在实验室做实验的这一千多收入，已经够我用了。我想说另一件事。"

16　弃博转硕

菁喆咬住厚厚的嘴唇，狠狠甩出一句话："妈，我想去考个注册护士资格。"

"考那玩意干啥，难不成你还想当护士？"妈妈根本不在意女儿的企图。

"护士怎么啦？美国护士收入很高，按教育程度和工作经历，又分为5个级别呢。护理部主任平均年薪7到9万；护士长平均年薪5万至6万；护理督导平均年薪6到8万；护理医生、护理临床专家还有注册麻醉护理师那就更高了，这个级别的都得是硕士学历。"菁喆耐心地向母亲介绍有关护理方面的情况。

母亲烦了，她说："你啰嗦这些个东西干啥，你再努把劲，博士学位都拿到了，还把这些护士呀、护理的放在眼里吗？"

"美国的生物博士一把一把的，但是现在美国退休的人比新参加工作的人还多，随着美国人口老龄化的到来，美国的各种老年公寓、老人院、老人村庄、老人住所都办起来了，这预示着，这个领域将需要大量的就业人员，但是美国境内没有及时培养这方面的专业人才，我想，如果我能学个两年制社区护理学位，或经过两年专攻老年病学、家庭保健科及妇产科等某一领域的学科，从而拿到注册护理师的话，就业率会大大提升，一旦上岗，平均年薪6万至9万美元。"

"你给我闭嘴。你想走下坡路？想都甭想！我检讨下自己，也可能前段时间给你的压力太大，你开始想歪门邪道了。好，我不再催你，你啥也别想，一门心思读你的博士，多出论文，早点毕业。然后咱再去找工作，好不好？"母亲软硬兼施，快刀斩乱麻，没给菁喆一点回旋的余地。

"妈，我这只是跟您商量。我自己也没想好，我只是受到卡琳娜老人

院的一点启示，查阅了一些护理专业在美国的就业前景分析。我今天挺累的，想早点睡了，您也忙吧。"菁喆不想跟母亲再讨论了。刚才母亲的态度已经表明，此事行不通。

菁喆只是试探母亲的口风，其实她已悄悄查阅有关老人病学专业的硕士情况，一旦申请成功，她就跟博导摊牌，弃博转硕。读博的道路太漫长，而读硕士却只需一年半或两年就可以毕业，关键是这个专业找工作的几率比较高。菁喆不想做自己不喜欢的事。

菁喆也做生意，茹欣媛惊奇得不得了："什么？你也做生意？做什么？怎么做的？我怎么没看到？赚还是赔了？"茹欣媛不相信似的追着问。

"人家只是小本生意。"菁喆羞怯地说。

"怎么个小法？"茹欣媛笑眯眯地问。

"一年前，我从学校往这儿搬家，当时想把不要的东西卖掉，可能别人需要。就到网上找买家，意外发现'北美省钱快报'网上有个小本生意微论坛，里面有各种卖二手货的生意，还有租房及二手房买卖信息。我发现许多女孩都喜欢墙贴、头花什么的，就搜索一下，发现国内的淘宝网里什么货都有。我就想，如果我能从淘宝买点便宜货，然后到这个网站上卖给需要的人，也许能挣点差价。于是我从淘宝网里进了一批货，让他们寄给我。邮费还是挺贵的。我把这些小物品在网站挂出后，很快就有了客户。"

"不错呀，赚了吗？"茹欣媛专注地问。

"嗯，平均每月能挣一百多。"

"行呀你，真看不出，你肚子里还有点小九九！好了，我以后不叫你小呆子了。但你这可是倒买倒卖行为，大白话就是二道贩子。"茹欣媛调侃道。

"这个市场很小，但细水长流。我都有一百多用户了。"菁喆骄傲地说。

栗秋笑着问："你从淘宝上买的墙贴多少钱一张？"

"小的2元，大的4元。卖的时候小的4元，大的5元，买的时候是人民币，卖的时候可是美元哟，利润翻番呢！"

"呵呵，你这种自足的心态，到了赌场都不怕。我喜欢你，最后一次叫你小呆子。"茹欣媛吐吐舌头，用惊喜的眼神打量菁喆，并叹口气说，"唉，我的女儿要是这么懂事就好了。但她现在胃口越来越大，她好像在搞代购，动静挺大的，我搞不懂她一天到晚在想什么干什么，也抓不住她。"

17 便秘

一个早晨，茹欣媛都蹲在卫生间不出来，便秘让她的小肚子有下坠感，全身力气都使上了，越想赶紧解决问题，越是阻塞着无法通畅。

栗秋和菁喆都等在门口，栗秋说，她在离婚前后曾经有一度出现过这种情况，但吃中药调节好了。

菁喆说，她上高中时，这种情况经常出现，现在还有后遗症，一紧张就便秘。

茹欣媛终于出来了。"我可告诉你，过重的心理负担,体质容易酸性化。"栗秋警告茹欣媛。

"酸性化又怎么啦？"茹欣媛不解地问。

"网上公布过一个实验结果，把两只小白鼠放在两个笼子里，把一只小白鼠用黑布蒙上，然后不停地用小棍去骚扰它，一个月后再测试，这只小白鼠的体液酸性化了，第二个月，这只小白鼠身上出现了癌细胞，而另一个笼子里的小白鼠却好好的。这说明什么？当一个人处在高度压力，高度紧张时，生物体会出现严重的酸性化。"

"真的假的？"茹欣媛半信半疑。

"栗秋说得对，从生物学来说，一个人发脾气的时候，尤其是暴怒时，对身体肯定是有害的。"菁喆补充说。

"日本有个医学博士做过一个实验，对一百个癌症患者进行抽血检查，

结果发现他们都呈酸性体质。"栗秋面无表情地解释。

"你们这些学医的，说出的话真吓人。"茹欣媛还是半信半疑。

"不是吓唬你，茹欣媛，你这段时间太拼命。本来心情就不好，又弄月子中心，那么繁琐的一个大工程，都是你自己事无巨细地忙碌，再这样下去你的身体就垮掉了。你这次感冒三周还未痊愈，从营养学上说，你体液的酸碱平衡出了问题。咱们通常的饮食里，应该把酸性食物与碱性食物的比例控制在 1 ：4 ，但你连饮食规律都不能保证。所以，我认为你需要控制情绪，保持良好的心情，同时进行适量运动，改掉你不吃早餐，爱吃宵夜，凌晨才睡觉的坏习惯。"栗秋一边说，一边把洗好的一盘草莓递给茹欣媛，说："早晨在印度人开的那家超市买的，我刚才是在流水下冲洗的，先用盐水浸泡了 10 分钟后，又放在凉水里浸过几分钟，你把这盘吃了，就相当于吃了一粒活的维生素 E，这几天就别吃肉了，多吃白萝卜、豆腐、海带、青菜和水果。"

茹欣媛手也不洗就吃草莓，说："还是跟学医的人住在一起好，不仅增加知识，还可以被照顾。"

"那就减点房租吧。"栗秋开玩笑说。

"你刚才还说要减压，怎么又给我增加心理压力呢？"茹欣媛反应太机敏了。

"记住，每摄取 20% 的酸性食物，就需要 80% 的碱性食物。我会打印一个食物酸碱一览表给你，你调整一下吧。"栗秋要么不担事，要么就挺负责的。

"所以，你还是来帮我给孕妇们当营养师吧。就算你没通过注册护士资质，我也认你。"茹欣媛诚心诚意地邀请栗秋。

"我真的没精力加入你的阵营，但我可以义务帮你给她们拉个科学点的营养食谱，让她们在生孩子之前，以及做月子期间尽量吃得可口而有营养。"栗秋挺仗义的。

"有你这句话垫底，我真是感激不尽。我一直担心，这些孕妇毕竟是中国人，吃中国食物，美国佬的食物尽管有营养，但她们不习惯，吃不下去，不也是白费劲吗？算你帮我怎样？每小时20美元！"

栗秋笑了，"非我不可？好吧，我会尽力！"

"吱——咣咣咣"洗衣机突然发出怪叫，吓得正在往烘干机里塞衣服的菁喆倒退一步，连忙喊："快来呀，洗衣机坏了！"

茹欣媛摇摇晃晃过来，说，"让我看看。"她关了电源，但洗衣机的门却打不开，液晶板上出现安全提示。茹欣媛便跪在地上，拆洗衣机下面的装置线板，又清洗又放水的，拆拆拧拧竟然就修好了。

"年头用得太久。二手货能用这多么年已经不错了。"茹欣媛拍拍手说。

这工夫栗秋给茹欣媛做了杯柠檬水，端给她，说："我发现你总喝自来水，这也不好，平时多喝点柠檬水，增加身体的碱性成分。怎么样，膝盖跪疼了吧？"

"还好。谢谢你这么体贴。"茹欣媛接过杯子。

"你真行，全才。没有你不会干的！"栗秋赞扬道。

"所以有时我觉得，有没有个男人在身边并不重要，我自己什么都会弄，男人反倒成了摆设。呵呵。"茹欣媛喝了一口柠檬水。

菁喆担心地问："你那么瘦，那下面的阀门拧紧了吗？"

"怕我没力气？弱不禁风？我当过知青呀！"茹欣媛撇了撇嘴角。

"我真是佩服您！"菁喆由衷地说。

"生活把我逼成男人性格，但动手做事情也是很享受的过程。"茹欣媛又头昏脑涨地摇晃着身子回房间了。

过了一会儿，栗秋又端着一盘刚蒸熟的南瓜进来。她对茹欣媛说："你这两天吃药太多，你的脾胃现在很虚弱，这南瓜有很好的食疗效果，补气，还能促进你的胃肠蠕动，缓解便秘。我已经注意到，你每次大便时间都得十几二十分钟的，多半已经中度便秘。"

栗秋如此善解人意和心细，令茹欣媛感动不已。她怕自己会流泪，便说："谢谢你栗秋，我一会儿就吃。你忙去吧，我再睡会儿。"

拿下了独栋楼，月子中心项目就算启动了。尽管遭受与男友分手的冲击，但茹欣媛仍然能四件事一起向前推进：一是把独栋楼6个房间改装成9个小房间；二是让姐姐在深圳注册了一个生育美国宝宝的咨询公司，并在网站打出广告，称本公司立志于母婴产品，并提供专业生产月子中心，招揽孕妇；三是联系妇产医院；四是找注册护士和孕妇厨师。茹欣媛的愿望是把所有的事都办得妥妥的，顺顺的，从而实现利润最大化。

网络广告，是茹欣媛亲自起草，让律师把关的。广告称，"月子中心坐落在公共公园附近的一个独立别墅。这里住宿环境优雅，安静，交通便利，驾车从妇产医院到月子中心仅6分钟，距中国城8分钟车程，购物方便，附近有十数家大型购物商场，常有各种名牌30%～50%的折扣活动。"虽然还未找到理想的注册护士，但有栗秋和菁喆打底，茹欣媛在广告中，理直气壮地声称，"本中心拥有多名有经验的护理人员和月子阿姨，保证孕妇一天五餐科学营养，母婴都可得到健康全面的照顾。"茹欣媛还严格规定，孕妇在怀孕三个月前就办理好美国签证，然后在怀孕七个月左右再赴美。

18 "按摩男"

"蜜蜂"网站一个叫吉姆的男人频频给菁喆献花，并且主动把自己的手机号码发过来。出于礼貌，也出于好奇，菁喆跟他打了招呼：

"嗨！你好！吉姆。"

"你好玛丽，你在哪儿？"吉姆问。

"波士顿。"菁喆淡定地回答。

吉姆问："工作？"

"是的，你呢？"

"你想见我吗？"吉姆没有回答菁喆的问题，而是直奔主题。

"你在哪儿？"

"罗德岛。"

"哟，很远。"菁喆吐了下舌头。

"哈哈，不远……相距一个多小时。"

"你有时间到波士顿？"

"是的。很容易。"吉姆似乎不怕路途遥远。

"你想跟我见面聊天？"

"是的。你想吗？"吉姆紧紧追问。

"我不知道。"菁喆回答。

"你想跟我一起吃晚饭吗？"

"我试试吧。"

"你喜欢按摩吗？"吉姆问。

菁喆没听清楚对方的话，便含糊地回答："喜欢。"

吉姆立刻眉开眼笑："从照片上看，你很甜呀！"

"谢谢。"菁喆很受用。

"你今天要工作到几点？"吉姆动了心思。

"6点。"

"不坏。你有孩子吗？"

"没有。"

"这个周末你忙吗？"

"还好。"

"我认为，你需要一些时间放松。这个周末可以请你吃晚饭吗？"

"也许。"

"按摩会让你感觉舒服，你最后一次做这件事是什么时间？"

吉姆的英语有浓厚的南方口音，菁喆没有完全听懂。她问："你说什么？

你的职业是什么？为什么停留在罗德岛？"

"出差。"吉姆简单地回答。

菁喆问："你经常出差？"

"是的。"

"抱歉，吉姆，我这会儿很忙，有时间再跟你聊。"

聊到这里，菁喆突然发现有点不对劲儿，她赶紧悄悄问栗秋,他说的"按摩"是什么意思？栗秋不假思索地说："就是按摩呀！"菁喆一阵抽紧，"天呀，我把按摩这个单词误听成'短信'Massage 了,对方问我喜欢 Massage 吗？我还傻乎乎地说喜欢。"

栗秋也笑起来，"那你就是喜欢呗。咋了？"

"他说周末要来见我。"

"那就见呗。"

"我可是很认真地跟你说这事。"

"我也没不认真呀！"

"真要见呀？"

"为什么不？有人愿意开车两小时从另一个州赶来请你吃饭，给你说好听的话，还让你见识什么叫 Massage，多生动而负责任的老师，为什么拒绝？"栗秋调侃说。

"你不为我担心？"菁喆反问。

"如果你不见识这些人，怎么判别真伪？你一辈子总那么单纯呀？你刚才那紧张样，真丢人！"

"我的确搞错单词了，以前也几乎用不着这个词嘛。"

"见见吧，不是坏事，又没让你咋的。"栗秋鼓励道。

"那你得陪我，不然我害怕。"菁喆心里还是没底。

"那人家吉姆愿意吗？"栗秋逗菁喆。

"他必须得听咱安排。嗨，栗秋，你说你周末最想干啥？"

"咱去市中心的文化酒吧看看怎样？听说那里面可以唱歌跳舞，但进门得拿身份证明。"

"好呀，到时我就建议吉姆带咱去那儿。你也给我做伴了，咱也玩了，估计那种场合，他也不能咋的。"菁喆分析着。

"我看行。"栗秋答应了。

"我还真很好奇，他说的 Massage 是啥意思，呵呵，又学了一招，上次是美国大卡车，你那里又出来个贞操男人，这次是按摩男人。有意思。"菁喆见识越来越多了。

这天晚上 8 点多，吉姆来电话了：

"你好！玛丽，你在干什么？"

"我在写论文。"

"噢，不要。你应该放松。"

"我会的。"

"那么，要我帮你吗？"

"？!!"

"你什么时候想要上床舒服？"

"？你还没告诉我，你是什么专业？"

"化学材料。"

"你是哪个大学毕业的？"

"密歇根大学，你知道吗？"

"是的。但你是哪一年在那里读书？"

"哈哈，很久以前。你在美国多久了？"

"5 年。"

"准备留下来？"

"还不知道。"

"我觉得如果你喜欢这儿，你可以一直待下去。"

"谢谢你。"

"你现在能去洗个澡放松一下吗？"

"我能呀。你祖先是从哪里来的呢？"菁喆还是追着查吉姆的祖宗八代。

"爱尔兰和德国。"

"那么你在哪儿出生的呢？"

"密歇根。"

"你为什么离婚？有孩子吗？"

"我前妻有许多男朋友，所以分手了。我有一个 13 岁的女孩，她正在谈恋爱。"

"你离婚几年了？"

"3 年多。"

"你为什么想找亚洲女人？"

"哈哈……为什么不呢？我希望亚洲女人更甜。"

"你有过中国女朋友吗？"

"没有。但我想中国女孩应该与美国女孩是不一样的。你现在干什么呢？"

"我写论文呀。"

"你今天可以按摩吗？"

"我能呀。"

"好吧，如果你喜欢，我可以帮你。看照片你很漂亮。"

"什么意思？"

"我的意思是，如果你喜欢按摩，我可以帮你。"

"我只喜欢按摩脚。我每天站在实验室很长时间，很累。"

"那么周日我过来请你吃晚饭？"

"好呀。"

"晚饭后，我们可以一起放松。"

"你开车来吗？"

"是的。你那里有停车的地方吗？"

"有。"

"好的，很高兴将见到你。你那儿有洗液吗？"

"没有。"

"我不明白，之前你不跟男人在一起吗？"

"不。"菁喆干脆地回答。

"别担心。我们在一起只是做足底按摩。"

"谢谢你。如果不想来，你可以说不，我没有自己的住房，我与另两个室友合租一套公寓。"

"我为什么要改变主意呢？噢，你有两个室友啊，这真好。"

"是的，她们都是博士。"

"你们都是高学历的女人。我真幸运。"

"什么意思？"

"很期待周六见到你们。"

跟吉姆发这些短信时，栗秋就在身边，有些回复甚至是栗秋的意思，两人不断窃笑。到这会儿，菁喆也觉得，拿这种自以为聪明其实很蠢的美国男人开涮，也是件开心的事。

"不过，我还是不明白，他问我有没有洗液是什么意思？"

"他想跟你洗鸳鸯浴。"

"哇，太过分了吧！"

"跟这种人千万别认真。反正咱闲着也是闲着，他玩咱也玩。"

"我资料里写得很清楚，要发展严肃的婚姻关系，他却只向往一些黄色场面，怎么又不是个好东西？"

"可不嘛，但也不确定。看看再说呗。"栗秋不愿一棍子把人打死。

周日下午，吉姆7点钟赶到33号公寓楼下。他解释说，因为去买洗液，

所以晚了半个钟头。菁喆憋着笑。

栗秋要修改一篇论文，先在屋里忙着，她说一忙完就给菁喆电话，让菁喆最好把时间拖到八九点钟，这样去酒吧正合适。

吉姆开一辆奔驰。他从车里走下来时，菁喆觉得他的身材略微发胖，网上的照片至少是10年前拍的，依稀还能看出年轻时的英俊模样；个头也不像他说的一米八，可能是撑圆了的原因，看上去也就一米七五。他上下打量着菁喆，嘴里不住地称赞她漂亮。菁喆道过谢，两人上车，由菁喆指路，他驾车在布鲁克林转了两三圈，才找到一家印度餐厅，菁喆想吃那里的油饼。

"去过中国吗？"菁喆边吃边聊。

"去过深圳、上海、广西。"吉姆看上去反而有点紧张。

菁喆随意问："你喜欢？"

吉姆说："非常美。"

"以前你有过中国女朋友？"菁喆开门见山地问。

"没有。"吉姆嘴唇厚厚的，他说出"没有"这个词时，菁喆根本不信。

她开玩笑："给你介绍一个？"

吉姆忙拒绝："你就很好，我喜欢。"

菁喆逗他："中国女人好在哪里？"

"她们很会按摩。"

"谁给谁按摩？"

"给男人按摩，也给自己按摩。"

"你到深圳大概是找性工作者去了吧？"

……

菁喆也没想到自己可以调侃一个陌生的美国男人了。她心里明白，自己一百个没看上他，所以也就没什么负担。就是吃一顿晚饭呗，明天就不再认识他。

两人吃得还算愉快，聊得也还开心，主要是菁喆提问，吉姆回答。都是些不咸不淡的话题，比如他的父母在底特律，他在奥特兰大和罗德岛分别有公司，他的两处住房一栋是白色的，一栋是砖红色的等等。吉姆结账时，还不到8点，栗秋还没打电话来，怎么办？菁喆提议与吉姆到湖边去散步，吉姆很高兴。

但是走了十几分钟，菁喆就受不了啦，深秋的湖边开始起寒风，实在不适合散步。吉姆趁机来搂着菁喆的腰，菁喆对他那胖嘟嘟的手起腻，便左右躲闪。还好，栗秋及时来了电话，这会儿有空了。菁喆这才跟吉姆说，室友想约她去酒吧，去还是不去呢？吉姆慷慨地说，他可以去接上菁喆的室友，三个人一起去酒吧。

吉姆见到栗秋特别高兴。他说，"你个子真高，真漂亮，还是高学历，我真是幸运！"他兴致勃勃地打量起栗秋。

位于波士顿市政厅对面的酒吧街很是火爆，每家酒吧门前，都站着许多年轻人，有游客也有本地人。栗秋挑了一家里面空间大，有演出舞台的爱尔兰人开的特色酒吧，门口保安还特意看了护照，才允许她们入内。据说这些酒吧时常上演些带色的节目，所以不让学生进去。

吉姆其实是个口拙的人，三句话不离按摩和放松，其他就没什么说的了。他点了许多小吃，也点了啤酒和红酒，但他却像守财奴似的守在桌台旁边，菁喆和栗秋大部分时间跑到前台去看表演或跟着跳迪斯科舞。两人一边跳着一边聊，"怎么样，对他有意思吗？"栗秋问。

"没有。"

"可惜了，他挺有钱，看上去也不是什么坏人。"栗秋撇撇嘴，又问："烦他什么？"

"有点胖，不健壮。"

"还烦什么？"

"张口按摩，闭口按摩。"

"我估计他在那方面可能不行，要不怎么被老婆甩了？"

"也是。但你怎么知道的？"

"直觉呗！"

"但显然他不是认真的，他只想玩玩对吗？"

"我认为是的。"

"确定？"

"确定。"

"那就让他有多远滚多远，哈哈！"菁喆笑了。

两人回到吧桌，与吉姆又聊了一会儿，称明天还要加班，不能玩太晚。吉姆便识趣地结账，然后送她俩回去。

在楼下，两人已经跟吉姆说再见了，可他还是黏在车里不动。栗秋以为他有什么话要说，重新打开车门问怎么啦？吉姆问，"可以到你们的房间里坐坐吗？"栗秋笑着断然摇头，"不行。租房时房东就规定，不能让男人入内。"

"房东是美国人吗？"

"是中国人。"

"奇怪，住的地方不让男人进去？中国人的思维真怪。"

"是的。如果有美国女人住进来，可能会招男人来，所以我们的房东只把房子租给中国女学者。"栗秋耐心地解释。

"真的不想让我到屋里去？"

"说过了不行。"栗秋摇头。

"你坚持？"吉姆心有不甘。

"当然。"

"但你们平时没想过放松吗？

"想过，但跟你无关。晚安。"栗秋拉着菁喆，两人一起跟吉姆摆手道晚安，并祝他旅途愉快。

无奈，吉姆只能走。

两人回到房间笑半天，笑过了，又觉得极其没趣。这男人档次也太低了，用栗秋的话说，脑子里就那么点事，八成是个性无能，最大的乐趣就是帮着女人快乐，倒也挺高尚的，可惜他找错人了，咱自己生活能自理，不用帮忙，呵呵！

吉姆回去后，给菁喆发来短信，还是问她想按摩吗？他可以让她很快乐之类的话。菁喆逗他说，好呀，那我到你那儿住几天吧？吓得他先是一连几天没动静，继而认真地回复："我很忙，没有时间整天帮你按摩。"

栗秋说，一个男人连他住在哪儿都不让你知道，就说明他一点诚意都没有，对待这种人，就一个做法：删除。

19 月子中心

茹欣媛专程带着栗秋和菁喆参观了改建过的独栋楼。房屋总面积330平米，总共两层半。一层是宝宝间，二层是产妇区。茹欣媛的办公室设在一层客厅，也就12平米，放了写字台、长沙发、电视、电话和传真机。二层的产妇区，又分为待产间和月子间。总共能住9名产妇。茹欣媛把它们分成三个档次，豪华间、雅间和标准间。

"收费多少？"菁喆问。

"一个豪华间，5000美元左右；一个雅间4000美元；三个标准间3000美元。"

"哇，为什么这么贵？"菁喆喊起来。

"怎么，你觉得这里靠公园的环境不美吗？不安静吗？我请护工伺候月子，请厨师做营养餐，联系医院和床位，交着土地税和房产税，还有收入所得税，你觉得那都不花钱吗？还有，我为此承担的精神压力和生意风险都是无形的，我都没算进去呢！连刚才那个客房都说，这个费用一点都不贵。你这书呆子，你知道国内现在物价涨到什么程度了吗？我大妹，月工资 3000 元，但孩子去吃一次肯德基得 30 元，进一次餐馆怎么也百十元。她儿子上个月买了条 Levis 牛仔裤，花了 400 多块。当然她老公是出租车司机，她们买辆红色夏利都得 5 万元人民币。而在波士顿呢？我光出租房，每月净收入都六七千美元，吃一次肯德基也就四五美元吧？咱到中国餐馆吃一顿，也不过四五十美元，你身上这条 Levis 牛仔裤，最多 30 美元。我买的二手车也就两千美元，但如果我肯花 3 万美元的话，就能买辆奔驰或宝马。再说吃的吧，在中国超市，一打海蟹 12 只，这几年的价格基本不变，根据季节变化，也就六七美元到十三四美元之间浮动。猪肉、猪排骨更便宜，1 美元 1 磅呀，我看你俩吃的也是泰国米，50 磅一袋，每袋才 18 美元。大白菜，1 美元买两磅，西红柿 1 美元 1 磅，葡萄 1 美元 1 磅，橙子 1 美元 5 个。平均 1 美元 1 瓶百威啤酒。但我妹在长沙，买 1 个橙子，差不多 2 元，香蕉 1 斤得十几元，算啦算啦，不跟你们在这里用些鸡毛蒜皮的小事来唱衰自己了，我就是要告诉你，小书呆子，我做事是有良知有底线的，我不坑自己的同胞，我做的是正当生意。"茹欣媛数落了菜价又数落车价。

"的确是这样。我刚买的尼康单反相机，两千美元，还送一台彩色打印机和 70 张超大相纸，但在国内，这款相机卖到 4 万人民币。越来越没谱了。整个中国现在像脱缰的野马，没人管。各行各业的职业底线都在迅速下滑，我真是很担忧。"栗秋补充说。

菁喆摇摇头说，"我出来几年了，不清楚。"

"你就是在国内也不清楚。"茹欣媛说。

"她只是关在学校的时间太长了。其实她心里啥都明白，对吧，菁喆？"栗秋替菁喆圆场。

菁喆憨厚一笑。栗秋话锋转了，"哎，你这三个档次怎么区分呢？"

"单人单间带卫生间，还有阳台的，是豪华间；两人一间共用一个卫生间的，是雅间；三人一间，共同一个卫生间的是标间。"茹欣媛有板有眼地报价。

"你这连国内的两星级宾馆都够不上。但价格却翻了几倍。"栗秋说。

"没错，孕妇住到国内的五星级宾馆，也生不了美国宝宝。这就是商机，想不赚钱都难。"茹欣媛对月子中心的运营信心满满。

"谁能想到这就是'美国梦'的发源地？我真想变回我妈肚子里，就从你这个屋里出生，一落地就是美国公民。"菁喆感叹道。

"变是变不回去了，但你可以把你的宝宝生在这里，我亲自伺候。"栗秋打趣道。

"我可以给你 2000 起价。"茹欣媛狠狠心说出这个价。

"我说玩笑话呢。其实，我还是喜欢出生在新疆，不稀罕美国。"菁喆声明。

茹欣媛 24 小时开着手机，也办理了邮件提醒服务。就在菁喆想念她的大西北时，茹欣媛接了一个中国长途，话毕，她激动地宣布："搞定一个客户！明天就签约，本来我只想收客户 15% 的定金，既然这是个冒险的项目，我得收 30% 的定金。等孕妇过来，入住后，我再收取 60% 的费用，10% 的余款，等客户生完宝宝，登机前再付。"

菁喆问："那人家要是签证失败来不了怎么办？"

茹欣媛回答："我当然要退还定金呀！我得讲究行业道德呢！"

栗秋问："我很好奇，这是个什么人来生孩子？"

茹欣媛正色道："我不能透露人家隐私。但跟我联系的，老公大多是企业家，老婆大多是演艺界的。像刚才这位可能有官员背景，他说本人在国内的地位和收入都很好，但他不会英语，在美国没人脉，就算过来也生活在底层，但他打算让老婆把孩子生在美国，留条后路吧。他老婆的旅游签证办下来了。他问我何时可以入住，我让他怀孕七个月左右时过来。天啊，我的月子中心马上要开张了，我真幸运！"茹欣媛一高兴，摸了下菁喆的脸，又摸了一下，说："看来我这个商机是瞄准了，一个月前我心里还没谱，可自从在网上登广告后，平均每天都有五六个人打电话或 QQ 咨询，看来这个市场潜力很大呀，只要我肯吃苦，按章纳税，肯定稳赚！"

菁喆问："真有这么多中国孕妇想到美国来生孩子？"

茹欣媛说："不只中国孕妇。我看了一份研究报告，说亚洲，拉美及世界各地的孕妇跑到美国来生孩子的情况，开始很久了。2003 年非法移民的子女中，63% 是美国公民；到 2008 年，这个数字就升到 73%。现在在美国，有 380 万非法移民至少有一个孩子是美国公民。统计数字显示，每年有 30 万这种'定锚婴儿'出生在美国。"

"什么是定锚婴儿？"菁喆不解地问。

茹欣媛耐心解释："美国宪法第 14 修正案的主要内容是说，在美国出生的孩子有公民出生权。1965 年修改的移民法规定，这些婴儿在 21 岁后，可以为自己的父母和兄弟姐妹申请绿卡。"

"可是这些孕妇节衣缩食花几十万，还受那么多罪，到美国来生个孩子值吗？这些小孩肯定得在中国长大，但没有中国户口，想到美国上学，父母又没有美国身份，等他们 18 岁回到美国，不会说英语，21 岁时帮父母办了绿卡又怎样呢？"栗秋不无忧心地问。

"哎呀呀，这些问题留给政治家或社会学家去研究吧！只要市场有需求，我遵纪守法，能赚钱我为什么不赚？你俩又不想在美国生孩子，操那么多心干啥？等我的月子中心启动后，你们从护理方面给我当顾问就行。我一定会付工钱的。劳动光荣，劳动应该有回报。"关于价格的讨论到此为止。

茹欣媛觉得事情进行得很顺当，最让她欣慰的是，一家人终于可以在波士顿团聚，这是母亲梦寐以求的愿望，二女儿茹欣媛替她圆了这个梦。

20 婚姻难民

母亲、大姐和小妹，一同来到波士顿。茹家大女儿生在湖南，所以取名茹雨湘；四女儿生下来胖嘟嘟，取名茹玉瑶。茹雨湘提前 3 个月就拿着儿子的毕业典礼邀请信，到美国驻中国大使馆通过了面签；母亲的绿卡和茹玉瑶的绿卡几乎是同时拿到的。只是母亲用了 5 年时间，茹玉瑶只用一年半。一年半前，茹玉瑶在交友网站认识了波士顿昆西区联邦邮局的雇员哈林。哈林与前妻离婚已两年，两个儿子也都已读大学。他在交友网站也交过几个女友，都不满意，与茹玉瑶却一见钟情。虽然茹玉瑶比哈林年轻 15 岁，但她还是被他真挚的情感打动，两人视频后三个月，哈林飞到中国，与茹玉瑶领取结婚证。飞回波士顿后，哈林用 8 个月时间通过了公民资格审查，然后给茹玉瑶申请临时绿卡，这个过程又是半年。所以，茹玉瑶一下飞机，就幸运地有了身份。

茹欣媛特意把小妹带到 33 号公寓，跟菁喆见面，交流一下在交友网站找男友的经验。

茹玉瑶看看菁喆的打扮说："你怎么像是来旅游的？"茹玉瑶是凭印象问话，"听我姐说，你好厉害呀，是美国的博士呀，牛人！"

菁喆心上颇有些得意，又有些不好意思，她问茹玉瑶："你呢？什么文凭？"

茹玉瑶摸摸凝脂样光洁的额头，说："我，我傻子呀？我才不读博士呢！我怕我的额头上都是皱褶，又怕找不到老公，所以，能读到大专，还是我二姐逼的，唉，啥人啥命，就该有个男人伺候我。"

菁喆祝贺说："你命真好。"

茹玉瑶问："听我二姐说，你还是单身？咱俩年龄差不多呀，赶紧得找了，像你这样的，在国内特别不好找。我就是在国内找不着，才嫁给老美的。"

菁喆不高兴了，脸拉下来，哪有一见面就这么直接说人家嫁不出去的呢，这茹家小妹也太不会聊天了。

见菁喆沉下脸，茹玉瑶并不作罢，她说："哎，咱都是中国人，你别往心里去，我也是为你好。我这人直，但没恶意，真的，你都读博士了，还没男朋友，那过几年岂不就是婚姻难民了？"

菁喆不服气地："婚姻难民？说谁呢？谁的嘴那么损,给扣这么顶帽子？真难听！"

茹玉瑶哈哈大笑："网上呀,媒体呀,还有情感问题专家学者呀！都这么说。我在网上看到一篇文章说,在日本,一些有博士学位,高收入的大龄女人,想到农村找个老头,人家都俏得不行呢。为什么？那些老男人宁愿找年轻的,没什么文化和经历的,也不愿找高学历的老女人。老头们都懂,从传宗接代的角度看,女人32岁以后生的孩子就不能算优生。所以,有高学历的女人未必有好婚姻。一年前,我还担心自己要成为婚姻难民呢,现在脱帽了,呵呵！"

看来茹玉瑶还真不是乱说。既然她是通过网络婚姻到波士顿来的,那在这个过程中,她一定有不少经验和教训可以分享。菁喆关切地问茹玉瑶："你的婚姻好吗？"

茹玉瑶不置可否地说："凑合吧。我就图他对我好,对我妈和我姐好。你别吃惊,我老公年龄挺大的,我们俩差好多,但他人挺好的。"

菁喆好奇地问："听说你是在交友网站认识他的？"

茹玉瑶落落大方地说："对呀！虽然网络是虚拟社会,也有好人。你以为现实中的人都是好人吗？坏人一样多。反正我相信自己的感觉,就抱着一定要找老外的念头,虽然吃了不少亏,但也积累了经验,还真成正果了。至于有没有爱情,都是无所谓的事,只要他对我好,我就嫁,年龄大点也没什么。咱国内也有交友网站,什么世纪佳缘啦,什么玫瑰之约啦,但我不想找中国男的,没劲透了。我想,自己的人生必须自己把握,自己寻找,我才不相信天上掉馅饼的传说呢！与其相信传说,不如自己创造神话,对不对？"

菁喆问："你是一下子就找到他的,还是找了很久才找到的？"

茹玉瑶说："一下子？哪有那么好的运气？反正挺难的,一句话说不清楚。前前后后吧,两年多时间里,我在网上交往过几十个老外,筛来选去,觉得这个人最靠谱就选择了他。再拖下去也不行，年龄大了。女人过了30，过一天就贬值一天。"

菁喆说："我看你比实际年龄小多了，又挺漂亮的。"

茹玉瑶说："还行吧。"

菁喆还是很关心爱情的问题，她问："你爱你现在的老公吗？"

茹玉瑶吃惊地说："你该不会还相信爱情吧？这年月！劝你趁早打消这个念头，像咱们这个年龄的女人，务实点好，找个可靠的伴儿，凑合过下半辈子得了。"

21　赌

茹欣媛没想到，波士顿的月子中心生意这么好做，也许自己是第一家？也许这里是美国的教育圣地？茹欣媛不敢肯定。但自从姐姐在深圳的赴美生子中介机构打出广告后，预定月子中心的孕妇源源不断，应接不暇。茹欣媛也纳闷，怎么就冒出这么多孕妇，这么多人都想到美国生子？茹欣媛心里暗叹国弱人思异，家贫不恋亲，这已不是几个中国人这么想，而是有很大一个群体都这么行动了。茹欣媛也想不清自己充当了什么角色，虽然心里也别扭，但自我安慰道：权且这种行为看成是伟大中国对美国发动的一场人口侵略吧。有朝一日，若是在美华人的人数超过了美国白人，自己还是有功之臣呢！茹欣媛着急地想，既然这个市场如此叫好，为何不把其他出租房也租给孕妇，这可比租给留学生赚多了。于是，茹欣媛重新拟了一个赴美生子套餐价格，老规矩，还是分三档：基本型10万，居住场所是那三套出租房，每日三餐，每餐四菜一汤，每4个孕妇配一个婴儿保姆照顾；舒适型，15万，居住场所是独栋楼的双人间，每日四餐，每餐四菜一汤配早晚两次水果，每两个孕妇配一个婴儿保姆照顾；豪华型，22万，住在独栋楼的单间，茹玉瑶作为护理负责人，亲自为孕妇当贴身服务。茹雨湘则成为来自深圳的有经验的大厨，主理豪华型孕妇的食餐。连茹欣媛自己都觉得这个价开得太高，但当她问起一位享受豪华型价格孕妇时，对方却回答："这个价格呢，贵也不贵。如果说贵呢，确实顶得上中国普通公务员工作三四年的收入；要说不贵呢，看看到美国读大学的中国孩子，哪个不花掉百万左右？但如果孩子一出生就是美国公民，这些费用不就免了？所以现在亏，以后赚，亏即是赚。"

茹欣媛也清楚，做这档生意虽然暴利，却全程灰色，处处地雷，搞不好就毁于一旦，但这个机会又千载难逢，抓住了，就跟抢银行没什么两样，只有想不到的，没有做不到的。不需酌情，这是场赌博，茹欣媛只需小心翼翼地操盘即是。

22　面膜

菁喆又郁闷了一阵子。虽然还像往常那样有说有笑，但这笑里毕竟多了几分苦涩。如果不到交友网站会是什么情况呢？她多次这样设想，那只有一种结果，就是继续不知道美国社会是怎么回事，继续不了解美国男人。母亲那边，则继续催她赶紧找工作，找人结婚，催得她都害怕跟她 QQ 聊天，幸亏她还不懂得视频聊天，否则，她会把菁喆逼疯。

她想，就算凑份，也得找一个男朋友，让家里那边安静下来。

真蹊跷，那个曾给"丽莎"写过信的在海军陆战队服务过的医学博士凯文，也现身"蜜蜂"网站，当他看了"玛丽"的档案资料后，便主动介绍自己的情况。菁喆不确定这个男人是否知道"丽莎"与"玛丽"是同一个人？她只是有点好奇，为什么这个美国男人会对中国女人感兴趣？

凯文的信如下：

您好玛丽：

我是一个高个子男人。我肌肉发达，因为我定期锻炼。别人都说我是个英俊的男子。

我的眼睛可以告诉你，我是个温柔善良，有耐心和富有幽默感的人。我出生于美国，我的母亲是意大利人。虽然我是个单身，但我仍从中国领养了一个女儿，我不怕担责任和尽义务，只要我努力工作，就一定能把家庭照顾好。我是一个很热情的人，我常常紧紧地拥抱我的女儿，让她感受到这个世界的温暖。你知道，意大利人是很有激情的。

我住在新泽西州，我的家很大，如果需要，我可以给你发些我的房子的照片。我有一个女助手，她主要的工作是协助我照顾我的女儿，但不是我的妻子。我需要寻找一个妻子。

如果你对我有任何疑问，请询问。我也想了解你。

请回复邮件。谢谢你。

凯文

菁喆决定给这个男人回信，基于三个动机，第一，这男人曾提到他有四分之一中国血统，跟他沟通起来，文化差异应该不是问题；第二，他曾在海军陆战队服务过，菁喆对于在军队受过良好训练的男人怀有好感；第三，现在的合作导师要求菁喆去纽约医学院一次，跟那里的一位教授完成一篇论文的修改事宜。而这个凯文就在新泽西州，如果两人发展顺利，也许还能见一面。菁喆的信颇简短：

您好，凯文：

感谢您的来信。

从信里来看，您对生活应该是认真而严肃的。那么，请问您可以说中国话或读中国书吗？

平时您是怎么工作的？

请回复。

凯文的回复内容清晰，回答明确。菁喆想，到底是当过兵的，她对他充满了好奇和了解的欲望。

玛丽,您好!

谢谢您的答复。您看上去是个漂亮女人。

我出生在美国,只能讲一点中文,因为我奶奶41年前就去世了,没人再教我讲中文,我的水平也无法读中国书籍。

我通常周一到周五在我的医疗诊所工作,很忙。周六有时我也工作,但周末我尽可能陪伴我的养女。

我认为我们会成为很好的朋友。我期待着你能多介绍你自己。

栗秋先在厨房里把一杯酸奶倒在一个小碗里,并往里加了一点面粉,然后用力地搅拌,一边搅拌,一边到了卫生间。她刚刚用热水洗净了脸,这会儿用一个小刷子,一点点把浓稠的酸奶往脸上抹。菁喆倚在门边看着,像看一道风景,心里却叹道,真浪费。栗秋问她站那儿干吗,有事吗?菁喆就说,想让她看凯文的邮件,她问:"哪儿的?"

"新泽西州。"

栗秋撇嘴,"太远。你怎么老是找远地方的人呢?这样了解起来多麻烦?"

菁喆也意识到这个问题,说:"筛选人时,我总是首先考虑对方是什么人,忽略了距离问题。"

栗秋把面部涂抹均匀,然后摸着门框回房间,菁喆赶紧牵着她的手,把她领到床边,栗秋放松地躺下,一语中的说:"恐怕你对美国根本没方位感吧?你眼里就知道纽约和波士顿,因为其他地方你都没去过,也就没概念,就像你只见过白人和黑人,就以为全美国也只有这两种肤色吧?"

菁喆承认,"对于美国,我的确就只知道纽约和波士顿,而且还谈不上熟悉。作为一个来美国多年的人,的确是很可悲的事。这是因为实验室工作拴人;另一方面也是手里没钱。饭菜吃最便宜的,衣服买10块钱以内的二手货,没出去旅游过,当然不敢说了解美国。"

栗秋选了个更舒服的姿式躺好,她的两只眼睛被一张湿纸蒙住,只有嘴和鼻孔是露在外面的，所以，她对菁喆说话时，仿佛是对着空气："对别人来说，钱不是问题，对你来说，一分钱难倒英雄汉。要是再不改变这个现状，你就是与这个国家、社会和时代都脱节的怪人。除非你在专业方面有独到之处，否则无论是进入美国社会工作还是回到国内，你都会有不适应感，别人也适应不了你，你最后的结局就是极度抑郁。作为一名博士，你的信息量跟不上，思维必然要滞后，你怎么当教授，怎么带学生？课余时间，拿什么跟他们打擦边球？情商如果停留在只听妈妈话的初级阶段，你在中国和美国，甚至世界各国之间的学术交流和发展，又怎么进行？我去过亚洲、欧洲和中东的一些国家，走来走去，还是最喜欢美国。"

"为什么？"菁喆从中国直奔美国来的，没有去其他国家的阅历。

栗秋那张被酸奶盖住的脸，依然看不到表情，她的观点和她的见识，都是随口而出的，她说："美国有包容性。它融合了全世界两百多个国家的人种和文化，所以它活跃，它是动态的，它变化多端，所以它对我是有魅力的。到了德国，人家都讲德语，你觉得自己是外人；到了阿拉伯国家，人家都信仰伊斯兰教，所以你想当然成了异教徒，你不被接纳；到了亚洲，日本也好，新加坡也好，虽然跟你有一样的面孔，但人家对中国人是不屑的，他们只服气比他们强大的欧美国家。但到美国就不一样了，每个人都觉得这里不属于自己；每个人又觉得这里属于自己，因为大家都是外来的，汉克斯也告诉过你，印第安人早已被弱化和边缘化，而早期的欧洲殖民者，也渐成了少数民族。所以，在这个大家庭里，每个人都有机会，都可以公平竞争，只要你努力，你想办法，你拓宽思维，就一定能得到你想要的东西。这两个月，我观察实验室那些人，努力干活的都是中国人、印度人和日本人，这些人聪明而勤奋，别看这些人今天一个个低眉顺眼、毫无怨言地给美国社会当高级农民工，骨子里却暗藏着一种巨大的潜能和心不甘情不愿的情绪，一旦他们获得公民身份，就像外地农民工在北京拿到了户口，只要给他们舞台，他们跳出的踢踏舞将震撼美国社会。等着瞧吧！英雄不问

出处，这是美国几百年的风格。你只要是成功者，你只要有钱有地位，人们就高看你，尊敬你。虽然我们来晚了，虽然我们现在一无所有，但我们有知识有头脑有想法能吃苦，我们也可以成为这样的人！"

菁喆听傻了般，觉得自己在美国真白混了，同时也庆幸认识了栗秋。

"你改变了我。或者说，你正在改变我。"这是菁喆发自内心的感激之言，她希望她的表情能被栗秋看到。

栗秋用手有节奏地轻拍着脸部，菁喆看到她白皙而细长的手指很是羡慕，暗想，这才是一个女人的手，不像自己，手指又粗又短。栗秋接着菁喆的话说："不是我改变了你。欣媛不是说过了吗？是知识改变了你，我们都被知识所改变。学历只是一种学科知识，但不是社会知识，不是文化知识，你需要扩大知识结构，不能只满足于单一的学科知识，那就太狭窄了。一旦你的思维发生变化，你的知识面也不同了。最终是知识改变命运。为了适应我们生活的这个世界，了解这个世界，我一直努力以开放和接触的心态来面对这个世界，因为我意识到，只有这样，才能与这个世界融为一体，才能与其并行发展，不至于因为遭到抛弃而痛苦不堪。"

菁喆问："栗秋姐，你的这种思维和心态的形成，与你的离婚有关系吗？"

"当然有关系。关系大啦！"栗秋对菁喆的提问无不坦诚，"我在你这个年龄，正全心全意在家看孩子呢。然后婚姻出现问题，然后离婚。但很快心态趋于平静，然后就变成了今天的我。我认为，离婚不仅不是坏事，反而让我脱胎换骨，开始了一个新的生命轮回。现在，什么事到我这儿，都能看得开，拿得起，放得下。"

"您已经百炼成精了。"菁喆赞叹道。

"最多是百炼成钢。茹欣媛才是百炼成精呢。呵呵！"栗秋纠正道。

栗秋喜欢菁喆的质朴和实在，但她担心菁喆也因此遭受痛苦，就像一棵树，这个时代从根部出了问题，根部已然腐烂，繁茂的枝叶只是它最后的华美外表，树叶间虫子爬满，她能看见那一切，但菁喆看不见。菁喆双眼看到的仍然是这棵大树的欣欣向荣和美好。这是栗秋与菁喆的巨大差别，她们是两个时代两个年龄段的人，但又生活在同一个空间。

"那我到底要不要见这个海军陆战队员呢？"菁喆信赖地征求栗秋的意见。

"见。当然要见！你询问我的语气，就说明你对他有强烈的好奇心，你喜欢军人对不对？你想知道美国的军人是什么样，与你想象的有多大差别对不对？你还想知道这个混血儿，对中国文化的认同到底有多少对不对？"栗秋善解人意地问。

菁喆用力点点头，说："是。但他应该先来见我对不对？"菁喆拿捏着。

"有什么大不了的，不就是个面子吗？你觉得他是男的，应该先来看你。那是在中国，切记现在是美国。女的主动又怎么了？再说，又没让你跟他怎么着，就是顺便看看，是真的，就继续相处；是假的，转身走不就完了？而且，如果他同意你去见他，那就说明他是真的；如果他找借口不让你去见他，他就有问题。"栗秋给出了建议。

"我其实真的想见见这是个什么人，没打算跟他怎么样，成不成的都在其次。"菁喆承认了自己隐匿的好奇心。

"那我很高兴，这次你没有把全部心思扑在情啊爱啊的虚无缥缈里，你不再简单到只想知道这个人爱不爱你，爱你有多深，你的那个傻劲儿似乎不明显了。换句话说，你理智多了，清醒多了，可以全方位去看一件事情，从不同角度打量一个男人，你的社会理性意识在苏醒。这本来是你母亲应该教会你的，但一直是个空白，还好，现在补上也不晚。唉，国内的教育体制培养出来的女博士，大都像你一样是生活的畸型儿，说生活的白痴也不过分。我从你身上看到了 10 年前的我，幸亏这些年有机会出来开眼界，不然一傻到底还以为聪明。"说着说着，栗秋转而剖析自己。

"谢谢你开掘我的生活技能潜力。"菁喆真的很感激这位室友。

"但仍然不能放松警戒，一到地方就把他的家庭住址给我发来，最好

把他房屋的照片也传过来，让我心里有个数，万一有什么不测，我报警时基本资料是齐全的。"栗秋很细心地提醒。

菁喆一时有些感动，她想拥抱一下栗秋，但又没这个表达习惯。15分钟到了，栗秋开始对着镜子揭掉自制的酸奶面膜，脸上果然白皙许多。菁喆赶紧夸赞她漂亮。

栗秋笑笑说，"这话我爱听。我知道自己算是漂亮的，如果有人赞美我，那是提醒我，一定要保持这种美丽。好啦，睡觉前我还想练一会儿瑜伽，你想不想跟我一起来？"

菁喆摇摇头说："反正也坚持不下来，算了。宁愿围着湖边去跑两圈。"

做完面膜，栗秋兴致很好，她说，"走，陪你到湖边走走。"每回两人围着湖边散步时，栗秋的回头率总是很高。菁喆也由衷地高兴，仿佛那些人也顺带着围观了她。

今晚，栗秋和菁喆见到两对混搭婚姻，羡慕得不得了。因为这两对情侣的男方，都是美国人，个子高高的，看去上很有教养，而女方都是亚洲人，身材瘦矮，脸色焦黄，脸上长着乱七八糟的痘痘，怎么看都没有可取之处，但却能受到身边男人的百般呵护。栗秋甚至有点眼气，说："就凭咱俩的条件，在美国就找不到一个理想的丈夫？我还真不服这口气！"

23　物质欲

栗秋也曾有过令人羡慕的婚姻，男才女貌。可是为什么家庭解体了呢？栗秋可以解释为与丈夫的价值取向不同，也可以解释为对物质需求的程度不同，导致两人各走各路。恰恰相反，有强烈物质欲需求的是栗秋的丈夫，而非她。

栗秋生于1969年，比茹欣媛小一轮。栗秋家住北京南城，父母都是本分的中学老师，父亲教化学，母亲教数学。因此栗秋的化学和数学成绩最好。

读医学院时，栗秋的成绩中等，但模样算得上班花。起初，她最讨厌班长祈富贵，瘦高个儿，河南人，特别喜欢说话，没有消停的时候。从第一学期，他就经常从她的座位旁边走过来跳过去，有一次还故意踩到了她的脚，她瞪了班长一眼，又扭过头去继续看书。直到大三，栗秋都没跟他说过一句话，他在栗秋眼里是个土包子。但实习时，班长偏偏跟她分到一个组，而且同值一轮夜班。栗秋后来怀疑是他从中做了手脚。总之，那半年里，班长对栗秋呈现的是温柔敦厚实在的一面，行为也内敛许多，他把栗秋当女皇捧着，事事为她着想，对栗秋的父母也极尽关照，也许就是这一点，让栗秋感动了。一来二去，班上两个最不可能走到一起的人，竟成为毕业后最早结婚的一对。当时，正赶上北京南城新建了一所三甲医院，夫妻俩双双被分配到急诊室。但是栗秋很快怀孕了。丈夫认为上夜班不利母子身体健康，就极力游说栗秋改行搞行政，丈夫用请客送礼的方式搞定了医院人事部门，把栗秋调到档案室。对于完全废弃专业，栗秋有一肚子不满，但她也同意，作为一个女人养育健康的孩子是头等大事，她暂时妥协了。丈夫则信守承诺，无论是对长辈还是小家庭都很尽责，这让她心理得以平衡。孩子出生没多久，为了给家庭积累更多生活费用，丈夫办理了留职停薪手续，下海从事药品推销。尽管丈夫挣钱比上班时多了，但栗秋不满意他的推销员身份，总觉得上不了台面。两人为此经常争吵。丈夫就是不收手，说只要能挣钱，当推销员怎么了？美国有个总统还当过推销员呢。丈夫的推销业绩还真的不错，壮阳药让他发了一笔横财。

孩子上小学后，丈夫突然告诉栗秋，他要重新拿起手术刀。他说这年头，肿瘤科医生最抢手，一些老同学不吭不哈地都买了车和大房子。于是，他稍加请客送礼，工作关系又转回本院的肿瘤科。重新当医生的祈富贵，最初回到家常跟妻子念叨患者情况，他总说，唉，现在的癌症病人怎么越来越多？到底哪儿出毛病了？是吃的问题，还是空气污染造成的，以前怎么没听说有那么多？一次，丈夫对栗秋抱怨说，"现在的病人求生欲望太强，好像医院真是个起死回生的地方。哪天就是我爹娘得了癌症，我也救不了他们呀！一个河南来的老太太，明明已经胃癌晚期，癌细胞全身转移，住医院也没什么意义了，我看在老乡的分上，也看出她家没权没势的，就好心把她儿女叫到办公室，建议对老太太放弃治疗，让她回去后想吃点什么就吃点什么吧。谁知半个月后，这老太太又回到我们肿瘤科住院了，她固执地认为，是孩子们心疼钱，不给她治病，所以她把老房卖了来治病。这还不算完，她跑到院长那儿告我的状，说听说我以前是干推销的，现在又回来滥竽充数了。"

栗秋毫不客气地说，"你的业务水平就是不行呀，老太太没说错。"丈夫不悦地说，"我还不是听了你的话，做个有医德的医生。可是你看见没有，人家患者不答应，别的医生也认为我脑子有毛病，明摆着能赚的钱却推了出去。"那时夫妻间还能探讨和交流些话题，丈夫对患者也抱有同情和怜悯。

但过了一段时间，祈富贵的心态就变了。一次，他面露喜色地拿出一沓现金，放到桌上，说是科室发的奖金。栗秋吃惊地问，为何这么多？丈夫说，"现在医院实行绩效考核你又不是不知道，那点工资连儿子的零花钱都不够用，只能挣奖金。怎么挣？医院规定，医生的收入减去成本再乘以提成的百分比，就是奖金。所以，医生们也都心知肚明，给患者尽量开高价药，这样提成就多。"

"你这不是昧良心吗？"栗秋很是不安。

"怎么，你跟钱有仇呀？如果当初我收留那个老太太住院，怎么也能提成几千块。"第二天，丈夫喝酒回来，一进门塞给栗秋两万块钱，"哈哈，谁说医院与商业无关？要我看商机无限！"

"这些钱哪来的？"栗秋有点后怕。

丈夫喷着酒气说，"从患者那儿光明正大地赚来的呗。一个病人，癌细胞已经转移到腹腔。这家人经济状况不错，我把他老婆叫到办公室，跟她实话实说，你老公情况不好，但如果能用昂贵些的药，他会少些痛苦。

这个老婆还真不错，眼泪当时就落下来了，说只要能让老公减轻病痛，花多少钱都行。既然她开了这个口，我就专拣高价药开，三个月后，病人走了，药费花了 30 多万。"

"你可真够狠的。"

"但病人的老婆觉得我好，还跑到院长那儿表扬我心肠好。"

"患者被你卖了还帮着数钱，你就缺德吧。"

"栗秋，无论我怎么做，都不能让你满意吗？都不能得到你的欣赏吗？你到底想让我成为什么样的人？"

"要求不高，一个干净人。有底线的医生。"

"这年头，守底线的医生，只能喝西北风！"那一次，夫妻俩一个月谁也不碰谁，之后，再有争执，就是两三个月不说话。

最后一次冷战，祈富贵并没喝酒，但神情神秘，"谢谢你执意让我回归医生行业，我现在才发现，只要深谙医院里的潜规则，在这里赚钱真比抢银行还痛快。"

"又有什么得意事？"

"一个肺癌早期，我建议他早做手术，把他转到胸外科。这本来是很正常的诊治程序。但胸外科老刘给他做手术后，病人请我吃晚饭，还塞给我一个红包。我们达成一个君子协定：以后，凡是癌症病人，都先介绍到胸外科做手术，等外科把手术的钱赚到了，再把病人转到化疗科化疗，之后再转到放疗科，最后再把病人弄到中医科喝中药。这样，各个科室都照顾到了。"

"没必要放、化疗的，也让人家遭一圈罪？"

"你这个同志怎么说话的？什么叫没必要？所有病人家属都认为，把最先进的医治手段都用了，才是对病人尽心尽力。而病人自己也觉得，该治的都治，能受的罪都受，才对得起家人和自己。但其实折腾一圈患者还是个死。从进来到出去，时间短的几个月，长的折腾两三年。"

"那要是病人已经没有手术指征，你们也把病人这么折腾一圈吗？"栗秋真希望丈夫回答说不。

"当然！虽然很多病人已经没必要做手术，但他们的家人要求给他开刀，以为那样才叫治病，病人也认为那样才能痊愈。我也曾好心告诉病人，化疗就会降低免疫力，他们就说我医术不行，别的专家都建议化疗，为什么我却反对？也真不知他们从哪儿看了那么多乱七八糟的书，自以为是。他们宁愿把几十万投给医院，也不愿躺在家里等死。所以，形成这种局面，也不全是医生的意志，我卷入这种潜规则，也是迫不得已。"

丈夫一脸冷漠地进浴室了。

栗秋坐在沙发上，一直等丈夫穿着浴衣出来，她盯着他问："作为一名医生，你就是这样对待那些不幸的人吗？医院作为一个救治机构，就是这样把这些不幸的人当作商机来运作吗？"

"你去质问医院好了，你去质问这个社会，我只是一个小小医生，回答不了你的大道理。"

"过去只听说演艺圈有这样那样的潜规则，想不到连白衣天使的阵营也有潜规则了，你不觉得愧对医生这个称号吗？"

丈夫打着哈欠，进了卧室，丢下一句话："你和孩子用的钱都是我从垂死的病人口袋里掏出来的，你不觉得有愧吗？"

栗秋无语了。她只觉得某种可怕的东西，正侵蚀着这个家庭的健康。从那以后，她拒绝用丈夫的钱养家。与丈夫的心理距离越拉越大。

24　合作离婚

随着丈夫在病人中的名气越来越大，河南乡下的亲戚们，也把栗秋家当成中转站，来看病的，介绍亲戚托亲戚来看病的，来来往往，门庭若市，令她烦躁不已，但礼节上，她还是要应付。

就在栗秋快要崩溃时，混乱的局面戛然而止。一个年轻女人直接约见栗秋，要求上位。

奇怪的是，栗秋对她很客气，还流露出对她如此勇敢地约见自己的佩服。这个年轻女人其实是医院的临时工，在胸透室当登记员。但她却有巨大能量，无论哪个科室，无论门前排多长的队，她都能穿着白大褂，领着患者推门而进，而且医生们大都买她的账。每个周末，她都会巧妙地安排某个主治医生与某个省市县的领导见面，或一起到郊外吃农家乐，或一起去看新开盘的房子，或介入中石油的哪个承包项目。她在患者中的知名度比某些医生专家还响亮，许多患者都知道，想挂哪个专家的号，找她就办得到。

年轻女人的另一个名称应该叫"小三"，但栗秋却觉得她比"小三"大气得多，她敢跟"正房"叫板，直截了当地要求正房让位。年轻女人在电话里让栗秋直呼其名"小燕儿"。小燕就小燕吧，栗秋很好奇，想看看这个小燕儿想跟自己谈什么，她对丈夫哪方面感兴趣？

小燕儿约栗秋到"俏佳人"茶馆，为两人点了一壶水果茶，她把手搭在栗秋的双肩，亲热地让座，她说："我不介意跟姐姐喝一壶茶，天底下，口味相同的女人多了去啦。"她的开场白，竟把栗秋逗乐了。栗秋当时就想，也许老公这壶茶更对小燕儿的味。

小燕姐姐长姐姐短地给栗秋端茶倒水，还把绿豆糕亲手放到栗秋嘴里，栗秋真是招架不住了。小燕这才大胆地说自己与祈富贵的爱情。两人都是河南驻马店同乡，她说一开始，两人是纯友谊，后来碰到一起的酒场多了，发现祈富贵很少带夫人出来，才洞悉栗秋与祈富贵感情不合。与祈富贵有了性关系后，就产生了插足之念。小燕当面质问栗秋："姐姐你说，没有感情的婚姻是不道德的对吗？既然姐姐不稀罕祈富贵，为什么还继续浪费资源？如果姐姐把他让出来，跟我结合，那就是资源被最大化利用。"

栗秋平静地说："我呢，另当别论，可是，把祈富贵给你，我儿子怎么办？

你这不是强夺别人的父亲吗？"

"呀呀，姐姐，您还担心您儿子会孤独吗？他有妈妈爱，有姥姥姥爷爱，有学校的老师和小伙伴，有全社会的关爱，他都忙不过来呢！再说了，他才不会稀罕我这个后妈对不对？放心，儿子永远是你的。"

栗秋明白，儿子的抚养权不争而胜。

"姐姐，以您的气质和身份，再找一个与您身份匹配的男人不是难题。怎么样，富贵还是跟我过吧。我们都是乡里乡亲的，吃饭都是重口味，他跟您是错搭，跟我才是绝配，您觉得呢，姐姐？"小燕儿不笑不开口，一口一个姐姐叫着，很是亲切，似乎她是谈一个合作项目，而不是谈一个拆迁工程。

既如此，栗秋也没有妒意，何不跟小燕认真探讨孩子的抚养费及财产分配原则？她知道，丈夫已经完全被这个年轻女人掌控，她也懒得讨伐。

离婚手续办得出奇顺利。在民政局门口，祈富贵对栗秋说："谢谢你。"

栗秋平静地说："她很适合你。你们俩才是一对。"祈富贵讪讪地说："我知道你从心底看不起我。"栗秋说，"你其实挺强大的，你是这个时代的弄潮儿，但我只想过一种踏实的自给自足的小日子。可惜咱两不是一路人。你有你的成长背景和生活理念，咱俩谁也改变不了谁，这样顺其自然反而更好。"祈富贵还是歉疚地说，"对不起，伤害了你和儿子。"栗秋调侃说，"不存在谁伤害谁，我还觉得你帮了我呢，谢谢你给了我多一次选择男人的机会。要不我亏大了，一辈子就跟你一人过，不知道别的男人长什么样，所以不是所有的离婚都是坏事。你放心，儿子永远姓你的姓。你按时把抚养费打到他的账户上就行。"

祈富贵松了口气，说："真没见过你这样的女人，也太大方了。眼皮都不眨，就把丈夫拱手相让。我在你眼里，真是一点尊严都没有。"

栗秋苦笑一下，摆摆手，头也不回地走了。她没有太多失落，反而有一种从泥潭里拔出脚的释放感。

25 "小三"

离婚之后的栗秋，重新规划自己的生活。相夫教子这些年，她没有时间社交。现在，她走出家门了。她学开车，打网球，参加游泳班，练习瑜伽，日子过得忙碌充实。当然，栗秋也想到了回学校继续充电。平时她还在档案室工作，周末就到医学院读在职同等学历硕士，她感兴趣的论题是健康与营养学。

就是在这期间，她当了3个月的"小三"，还好，她悬崖勒马主动出局了。那也是她第一次疯狂地爱上一个男人。一个比她大12岁看上去气宇轩昂的行政官员。他一头浓密的黑发，不抽烟，偶尔喝酒，酒量很大，却不失态。喜欢穿白衬衫，深蓝色的裤子，工作需要时，他会系条素雅的领带，庄重、整洁又不失潇洒。说来都是缘。这个官员妻子的亲戚要做一个肿瘤手术，官员托栗秋的导师帮忙，导师又托栗秋关照，因为主刀医生恰是栗秋的前夫，得，这事就到头了。栗秋与前夫虽然不再是夫妻，但总还是亲人，所以尽全力做了这个手术，而且没敢要一分钱好处费。手术后，官员携妻子宴请一干人马，但栗秋的前夫缺席了。桌上的人都叫那个官员桑副局长，那人对栗秋自我介绍时说，叫我老桑吧。那个晚上，老桑和妻子给栗秋敬了不少回酒，但栗秋总是抿着嘴，只在唇边沾少许。那晚，栗秋穿了件自己设计的改装过的旗袍，圆润白皙的臂膀给在座的客人们留下深刻印象。席间，老桑喝了不少酒，却谈笑风生。每当老桑给栗秋敬酒时，她都有一种被电击的感觉，但表面上她却若无其事，回敬酒时，也只是欠欠身，分寸感很强。栗秋觉得有点晕，起身去卫生间。她在卫生间补好妆，出门时，碰上老桑，像是刻意在等她。两人对视，老桑的目光很深沉。

第二天下班后，栗秋接到老桑电话，请她到门口来，栗秋不解，出来，老桑自己驾车已等候多时。栗秋上了他的车，老桑一下握住她的手，两人默默地从南三环绕到北三环，从东二环又拐到西二环。两人都不说话，陪伴他们的就是老桑车里循环播放的一首台湾歌曲《读你》，栗秋莫名其妙地流下眼泪，她知道两人进入了一种不正常的状况。此后他们频频约会，频频做爱，都想在对方那里把力气用尽。就在两人一日不见如隔三秋的蜜月期，栗秋突然害怕了，一怕她会失去这份爱；二怕伤害到老桑的妻子；三怕这份爱变成一种平庸；四怕自己陷得太深，终究吃苦。

此时的老桑也很痛苦，偶尔会产生离婚的念头，但是，他不可能为一个女人影响他的仕途，栗秋看到了这一步。栗秋也有了想嫁给老桑的冲动，但这又是不可能的，这个不可能让她痛苦，这种交往也是压抑的。栗秋反省可能导致的后果，并生出对不起老桑妻子的内疚感，再与老桑做爱时，快乐的同时也伴着开脱不掉的负罪感。

用社会伦理道德来评判这件事，他们是在错误的时间，发生了错误的感情。但栗秋不后悔，她只想把这种美好永远保留在生命中。栗秋快刀斩乱麻，对老桑说，到此为止吧，谢谢你。不多说了，希望我们还能做朋友。老桑哭了。

栗秋发誓，以后绝不碰已婚男人，一旦陷入，太痛苦。她调整好心态，积极寻找适龄的单身男人。两个月后，医院领导找栗秋谈话，把她的工作从档案室转到保健品与食疗研究所。栗秋曾经对老桑提到过，她想进这个单位，因为这里出国机会多。栗秋知道这是老桑在暗中帮她，也是对她的一份补偿，她领情了。

进入研究所后，栗秋发现大多同事都有博士学位，所以，她又硬着头皮攻读在职博士。这次她的兴趣主要集中在食疗对癌细胞生成或减少的关系，随着研究的深入，她发现食疗在抑制癌细胞方面有些微作用。这个期间，她陆续参加了一些国际学术活动，也争取到几次短期到国外访学的机会。工作渐入佳境，栗秋对未来生活越来越自信。对于家庭及儿子的教育，她本着开明和开放的原则。她选择了务实、平和、独立的生存理念来经营以后的人生。对于异性的态度，她也发生变化，从被动转为主动选择。令她不开心的是她交往的男友，大都只喜欢她姣好的身材和容貌，但一提及共同抚育儿子以及栗秋多病的父母，就变得吞吞吐吐。栗秋决不勉强任何男人，每到这时，她都会淡然一笑头也不回便跟对方拜拜。当栗秋对这些没有担当的男人失望后，便自嘲，也许品种不对？那就换西方品种试试吧。

栗秋转而关注一些国际婚姻交友网站，希望在那儿能遇到喜欢孩子的外国男人，最好是欧美白人。因为，栗秋在与国际学者交流的闲暇之际，发现来自欧美国家的学者总喜欢把家人照片带在身边，并兴致勃勃地介绍孩子们有多可爱多优秀。而有些孩子其实是他们第二次甚至第三次婚姻时，对方带过来的，但他们依然引以为豪，这让栗秋坚定了寻找一个欧美男人的目标和方向。

老桑在与栗秋关系的处理上，显得还是挺大气的。平时各忙各的，但过年过节时，会相互问候一下。栗秋若真有个什么事，只要他感觉到了，都会不动声色地帮忙。他已经把对栗秋的喜欢转换成一份兄长的关照，两人相处起来，都挺舒服。栗秋到美国之前，老桑专门张罗了一桌饭局为她送行，当然老桑的妻子、栗秋的导师也都在场。什么都没有。什么都有了。

前夫祈富贵也携夫人为栗秋饯行，天本来就热，小燕儿还是主张吃麻辣火锅，所以，大家吃得满头是汗，热火朝天，倒也有送行的氛围。儿子祈阳伸出大拇指说，老妈，您这女人厉害，以柔克刚，不仅新老情人都为你送行，连他们的夫人都一边吃着醋一边哈着你，我看着爽！

26 新泽西乡下

这个周末，菁喆给凯文写了回信：

您好，凯文：

下周我将到纽约出差。那里与您所在的城市相邻。不知您是否愿意让我来探望您？如果不方便，也请告诉我。

您不是想更多地了解我吗？我想，如果可能的话，我们可以面对面地长谈。

第二天一早，菁喆就收到了凯文的回信，对方的态度也算令菁喆满意。

谢谢您要探望我。

我很想见到你。实际上，我并没有住在城市里，而是住在新泽西乡下。现将我的地址和电话发给你，希望尽快和你谈谈。

你的价值观或生活中的目标是什么？我相信你是一个聪明的受过良好教育的职业女性。我希望你能告诉我，你希望我们应该有一个怎样的新的关系？

期待着你的到来。

凯文

菁喆心里咯噔一下，怎么，他住在乡下？他不在城里。那么，还去不去？她有点拿不定主意。她对栗秋说，"下周要去纽约医学院停留一周，期间想去见一个在网上新认识的男人，但这个男人好像住在乡下。"

栗秋想了一下，说，"太危险，不建议你去。一个男人就算他是个医学博士，也有自己的诊所，但长期闷在一个小地方，又有什么意思呢？万一你跟他对上眼，一辈子生活在那种地方，你甘心吗？你妈甘心吗？好歹你读到博士了，这辈子就这么交待了？再说他还有个领养的中国女儿，女孩跟后妈的关系最难处，我看你还是别蹚那个浑水了吧？你还能找到条件更好的，没必要冒这个险。"

菁喆告诉栗秋，"我没说一定就跟他怎样，八字连一撇都没有呢？正好借这个机会，想看看新泽西乡下的风景。"

栗秋松口气说，"那就去吧。到乡下转转也不错，美国的乡下与中国乡下差别大了去啦。"

菁喆本来是想让栗秋帮着拿主意的，反倒说服栗秋，同意她去。通过这事，菁喆突然间看到自己潜意识里的一些东西，比如向往出差，向往大自然，向往交结新人新事物，而且这种纵横世界的强烈愿望，一旦产生，便很执拗，为什么平时没有显露出来呢？她想，主要是受经济条件的限制，无法自由行事而已。想到这儿，她吓出一身冷汗，原来自己是那么渴望自由，而不愿受束缚。这次之后，心野了怎么办？她对自己有种隐隐的担心。

菁喆临去纽约之前，一直未与茹欣媛碰面。每天早晨，菁喆吃饭时，茹欣媛还在睡；菁喆睡了，茹欣媛才回来。她就像个神仙，好像整天不用吃喝，就是工作，工作，工作。这让菁喆很好奇，她哪儿来的精神头呢？

菁喆在纽约期间，跟凯文通过两次电话，听声音还是挺友好的。听得出来，为了照顾英语口语并不标准的菁喆，他有意放慢了讲话速度，语调上也极尽柔和。菁喆本能地有些好感。

菁喆与凯文相约周五下午 4 点到他家。从纽约医学院到凯文所居住的乡下，车程一个小时，凯文提出到车站接菁喆。镇上有家小旅馆，还有空床位，最低价在 60 元，如果非住那儿不可的话，菁喆也得咬着牙坚持。因为凯文说他的家很大，有三层楼，许多空房间，到时，菁喆将视情况而定。

美国的乡下与城市似乎没有太大差别，都是绿树掩映着房舍，都是鸭子在湖里闲荡，都是随处可见包着花头巾撅着屁股骑单车或是跑得大汗淋漓锻炼身体的美国人，都是蓝天白云。不同的是，城市人多，乡下人少；城市的汽车容易造成交通堵塞，汽车在乡下跑起来更惬意。进到屋里，美国的乡下与城市都讲卫生，这点区别不太。但乡下院子更阔大，城里有块小草皮就不错了，比如波士顿，房产贵的也是寸土寸金，一幢小小的两房两厅带地下室和一块小草坪的房子，也得几十万美金。

美国的乡下与中国的乡下差别很大。美国的乡下没有生产队，没有村长，中国的农村人太多，需要一级行政机构来管理；美国的乡下房子里外都很漂亮干净，中国的乡下，外面看着挺美，屋里黑洞洞地没什么东西，鸡粪狗屎拱得到处都是，起夜得到院子里去，厕所一般连着猪圈，那样从人身体里出来的废物直接被猪吸收，不至于浪费肥料。

菁喆坐在通往新泽西乡下的长途汽车上，这长途汽车也与中国乡下的那种汽车很不同，车里有空调，也比较干净。每个人座位上还预备一个装垃圾的袋子。这辆车里总共有三个乘客，司机也不会因为乘客少赚钱少而骂骂咧咧。

由于车内安静，菁喆得以一边观赏着景色，一边想着童年时代跟爷爷在一起生活的杏花村的味道。那味道真的很重，以至于现在她似乎还能闻到猪圈的味，还有木柴做饭的炊烟的味道。她陶醉地闭起双眼，想挽住与爷爷在一起时的童年的味道。

汽车准时到达乡下车站，菁喆等了一小会儿，看似高大健壮的凯文才赶到。他的面孔像中国人。他生着浓眉大眼，略重的胡须，不知是剔光了头还是已经秃头，头皮透着青亮。他说起话来带着笑意，挺英俊的一个男人，外形只输在头发上了。菁喆在心里给了他一个高分。

凯文驾驶一辆暗红色的破旧皮卡车，当他打开车门请菁喆入座时，她趔趄了几次身子，才装着没事似地忍住车内的不洁气味而坐下。座位上横七竖八地沾满了狗毛，狗尿的腥味在狭小的车厢内弥散，加上凯文不停地流汗，那汗水又在空气中蒸发出一种酸腐味。可能他对这些混杂气味已经麻木，但菁喆却本能地不舒适。

这就是乡下的味道，这就是生活的味道吧？菁喆嘴上没说，看到凯文的前胸后背一遍遍湿透又被凉气吹干，菁喆当即就明白，她不会喜欢这种脏不拉叽的男人。既然不用动感情，她觉得轻松了许多，自己心态也放平和了。

凯文没有直接回家，而是应菁喆的要求，载着她在乡下逛了一圈。3万多人口的小镇，清静安然。一个两百多年前建起的红砖墙教堂，高高矗立在小镇中心，算是小镇古老而显赫的建筑。其他诸如商场、学校、广场什么的，建筑风格都比较现代。这个小镇并未散发出古色古香的气质，跟中国的新型县城感觉差不多。没有了神秘感，菁喆有说有笑，还时不时地请凯文停车，以便她拍照。这架势好像她真的是来乡下旅游，又好像她跟他是老朋友，一点不认生。凯文显然虚着心，不敢多说。菁喆却问的很多，轻松愉快地就把凯文的基本信息核实了一番，等到他家门口时，她又是一通看似好奇地拍照，进门前，她已把凯文家的地址和相片传到栗秋手机上。做这一切时，菁喆像个老练的女特工，沉着而不露痕迹。由于做了，她心里踏实了。所以进到凯文家里时，她有了饥饿感。她心里明白，栗秋的气场潜移默化地扩散到她生活里来了。

一只大狗吼叫着往前蹿，挣扎着想要扑到菁喆身上。牵狗的女主人一边跟菁喆客气地打招呼，一边斥责着大狗。菁喆笑着说没事，她绕着狗走就是了。她打量着凯文的客厅，有狗，有女人，有沙发，有凌乱的杂物，有昏暗的光线，有床，有电视，有混杂的发霉的气味。

大狗冲着菁喆吼个不停，女人便牵着狗出门了，她对菁喆说："我要去学校接女儿。"这女人个头不高，金发碧眼，看上去 40 岁出头。凯文说："她是我的助手，帮我打理公司业务。"

凯文拎着菁喆的背包上了二楼。那里有四间卧室和一个卫生间。最大的那个卧室朝阳，是凯文自己住。三楼则是个健身场所，屋子四周包括楼梯两边都贴着一些女模特的照片，他解释，他经常为一些广告商或大公司培训女模特，使她们的身材便于在沙滩或特殊场景拍广告，作为她们的教练，凯文几乎揽着每个女模特的腰留影。他很得意，其中几个美女在美国成了名模，为此，他也赚了些钱。

现在，菁喆明白了，凯文的所谓医疗实践诊所，是一个小型的打造女模特的健身训练房，而非医患关系。自己喜欢这种东西吗？不。菁喆心里很明确这一点。

凯文饶有兴致地打量着菁喆的身材，说很有可塑性，除了腹部有些肥肉，其他部位都适合训练成模特。凯文时不时有意无意地作出拥抱菁喆状，菁喆左躲右闪，身体轻盈又顽皮。她不喜欢男人身上的汗酸味，不是不喜欢男人的拥抱；如同她不是不喜欢意大利人的激情，而是这种环境缺少浪漫的情调。

27　越战老兵

凯文领着菁喆挨个屋看，仿佛她真要当这幢房子的女主人似的。但菁喆无意介入。

凯文看出她心不在焉，问她："现在最想做什么？"

"吃中国饭。镇上有中国餐馆吗？"

凯文说："有的有的。你确定要去吗？"

"如果不按点吃饭，我会胃疼的。"

凯文领着菁喆下楼。在一楼转弯处，菁喆猛然看到另一个女子坐在一把椅子上的背影，那是谁？

女子站起身，不足一米六的瘦小身材；女子转过脸，一张亚洲人的黄皮肤面孔。但对方不开口，菁喆无法确定她是中国人，日本人，越南人或是朝鲜人什么的。菁喆试着先用英文跟她打招呼。凯文赶紧抢先介绍：

"这是我的另一个助手，负责模特的健身业务往来。"

"噢。你有两个女助手呵。她看上去很像中国人啊。"

女子不语。笑笑。

凯文着急地走到门外等菁喆，她却突然发现，这个女子刚才在吃中国水饺。

"呀！你吃水饺啊，你从哪里来？"菁喆折回身来好奇地问那女子。

"我来自澳门。"女子用英文回答。

"那你能讲国语吗？或是广东白话？"菁喆欣喜地问。

女子点点头。

菁喆高兴地改用中文问候女子："你好，我叫菁喆，是从波士顿来的。"

那女子也用中文说，"你好，我是澳门来的。"

"咦，你怎么没有一点澳门口音，倒像是西北口音？

"我是陕西人。"女子温柔地说。

菁喆立刻把手递给她："来，握握手。我是新疆人，真没想到在这么个地方能听到乡音。"

那女子也只是憨憨地笑笑，没说什么。

凯文在驾驶室里喊菁喆上车。

菁喆走到门口，再度折回来，她对那女子说："走，一起去吃中国饭吧，我请客。"

女子摇摇头说，"还是问问凯文吧。"

菁喆敲着车窗玻璃对凯文说，"我跟你的女助手说，请她一起去吃中国饭。"

凯文一愣，随即同意了。但他又离开驾驶座位，过去与女助手低语了几句什么，说话时，他的手随意地揽着女助手的腰，由于他的个头高，女子个儿矮，他几乎是弯着腰，脸才能靠近女子的耳朵，远看他们像是在亲昵地接吻。

凭直觉，这两人关系不一般。管他呢！菁喆暗想。

所谓中国餐馆，是个小规模的快餐店，犹如中国的一些机关食堂，摆放了十几盘菜肴，15美元一份，任意取用。主人是美国籍的福建人。这里还有免费啤酒，菁喆一高兴，提来一瓶。凯文和他的女助手都不喝酒，看菁喆喝，有点目瞪口呆。其实，菁喆是为了给自己壮胆。

借着取餐的机会，菁喆了解到，女子叫蔡文铮，是陕西周至县人，在澳门生活。这次她是以澳门游客的身份来到新泽西州，在凯文身边工作已经四个月。

菁喆忽而国语忽而英文地跟对面的两个人说话。

　　回家的路上，经过小镇公园时，有几个坐在轮椅上的男人，大声嚷嚷什么。凯文把车停下，拿着菁喆没喝完的啤酒走向那几个人，他过去跟他们说了几句，其中一人把啤酒瓶对着自己的嘴，咕咚喝着，喝干了，还在等着最后一滴入嘴里。

　　菁喆判断那些人至少神经不正常。

　　蔡文铮告诉菁喆，那几个人都是参加越战回来的老兵，他们有的身体受伤了，有的心理残疾。政府每年都把生活补助发放到他们家人手中，他们是个怪异的小圈子，不愿意待在家，每天都在公园里晃荡，喝酒，大喊大叫，甚至吸毒。

　　回到凯文的家，他直接把菁喆带到卧室，说要跟菁喆说话。他体贴菁喆坐车累了，把靠垫放在床头，让菁喆半躺着，能舒服地跟他聊天。

　　卧室里挂着凯文年轻时蓄着大胡子的照片，他说那年他17岁，高中还没毕业。更多的照片，都是凯文参加举重比赛时的留影，他获得过新泽西州青年杯举重冠军，为此，一些纸质媒体对他进行了访谈。这是他的殊荣，他用了很长时间来讲述。菁喆也表示出极大的兴趣，这让凯文的谈兴不减。然后，他才谈到17岁就进入海军陆战队服役，这一部分内容，菁喆是睁圆了眼睛，竖着耳朵听的，生怕漏过一个细节。

　　凯文说："我的父亲参加过韩战，在战场上负过伤。我有一个哥哥，4个妹妹。但是，我高中还没毕业，越战开始了。哥哥比我大3岁，但他极力逃避服役责任，没办法，我只能去战场。至今我与哥哥都老死不相往来。"

　　"你去过越南战场？你杀过人吗？你害怕吗？"菁喆迫不及待地问。

　　凯文没有隐瞒，全都点头称是。

　　"我那时才17岁，心里害怕。既怕死在越南，也怕因为我死了，我父母受不了而难过。我是作为侦察兵被派往越南的，此前，我在军队里受训了半年，然后就被派往前线侦察。我的那个侦察班7个人，只有我一个活着回来了。"凯文难过地说。

"刚才公园里那几个人都是从越战回来的？"菁喆问。

"是的。我比他们幸运。我活着回来了,并用自己的双手挣钱养活自己,但那几个人的心和灵魂还没回来,都留在了越南。"

"你经常看望他们？"

"我最想看望的是我一个战友的妈妈,但她拒绝我看她。"凯文无限伤感。

"为什么？"

"因为他的儿子救过我,但我活下来了,他死在另一个国家,我答应过他要照顾他妈妈,但他妈妈不愿看到我,不愿伤心。"

"噢。很难受很复杂的一种感觉。你受过伤吗？"菁喆只是轻声问了句,凯文却哗地一下把上衣脱了,他向菁喆展示他前胸和后背的刀疤,加上胳臂上的,菁喆数了数有7处。

"一年里,我被越共抓过4次,有时他们把刀尖烧红,烫我的胸口,有时他们直接用刀子划开我的肌肉。每次我都昏过去,等醒来时,不是四周没人了,就是被我们的人救了。我是个幸运儿,所以我珍惜现在的每一天,我要好好生活。"凯文眼里闪着泪花。一个看似刚毅的大男人突然流泪,让菁喆不知所措,她的内心充满了对他的怜悯。原来美国社会的某个角落,有一群被战争深深伤害的精神流浪儿,原来他们的痛苦背负得那么沉重,菁喆被瞬间的真实感受触动。

"那你是怎么回国的呢？"菁喆问。

"我不知道。等我醒来时,已经是12天以后了,我坐在美国政府的一艘船上,一上岸,我就被拉进医院手术。"

"你又一次被俘虏了？"

"是的。我去执行任务回来的路上,挨了越共一枪,打在这儿——"话没说完,凯文腾地一下,麻利地褪下他的裤子。菁喆这才发现,他根本没穿短裤,长裤滑到脚底,他指着自己的大腿根处,以及另两处伤疤,说那次被俘，他的身体受到毁灭性伤害。说着说着，他突然用手拨拉自己的生殖器，那玩意儿一点活力没有地耷拉着。对面的菁喆简直无语。虽然也上过人体解剖课，见过男性器官，但当一个大男人把他那东西在菁喆面前摆弄时，她还是被吓住了。她的脑子里迅速出现栗秋和茹欣媛的脸，如果她俩遇到这种事应该怎么办呢？应该都不会当回事。于是，她迅速定神，将自己与凯文调整到医患关系，她认为眼前这个男人存在心理疾病问题。凯文的确自顾自地沉浸在过去的痛苦里，他又提上裤子，然后，双手捂住脸儿，难过地放声哭了。

菁喆见状迅速跑出卧室，奔到楼下，并请正在厨房里的蔡文铮帮忙倒杯冰水。蔡文铮照办了。菁喆拖着她一同上楼，重新回到凯文的卧室，他仍然很伤感，但是好多了。

菁喆把冰水放到他手里，请他休息一会儿，并说，自己也累了。凯文知趣地站起身，说他尊重菁喆的选择。他下楼去了。

28 边找边骂

凯文一走，菁喆就拉住蔡文铮的手：“你别走，你得帮我。看样子今晚我得住在这儿，因为没有晚班车回纽约。你住在哪个房间？”

蔡文铮指指隔壁的一个小房间。菁喆探头一看，里面有两张小床。

“太好了。我能跟你住一个房间吗？”菁喆焦急地问。

“但是，凯文怎么想？看他的意思，没想让你跟我住一个房间。”

“我不管他怎么想，你得帮我。咱们都是中国女人，你明白我的意思吗？”

蔡文铮答应了。

菁喆这才长舒一口气。

“天哪，这个男人怎么说着说着就突然脱裤子呢？吓死我了。”

蔡文铮淡定地说："外国人就喜欢这样，他们在这方面很随便。"

"不对，那也不能说脱就脱啊！当然，也许他是为了给我看他腿上的伤疤。"

"噢。他从越战回来，大概住院一年多。医生护士动不动就把他脱光做手术，一做就是一天，他也习惯了，你别见怪。"

"是不是他的生理出毛病了？"菁喆小声问。

蔡文铮低头说，"是的，他那方面不行。"

菁喆意味深长地问蔡文铮："知道我怎么认识他的吗？他跟你说过吗？"

"他只说你今天过来跟他签合同，我以为你是想训练肌肉当模特的，但又看你的个子不高，不像呀！"

"他是那样对你说的？"

"他还不让我跟你接触。也不让我告诉你，我是中国人，让我只跟你说英语。可我看到你很亲切，就忍不住跟你说了中国话。"

"你又是怎么从澳门跑到这么个小地方来的？能告诉我吗？"

"我就是旅游，就到这儿了，他让我当他的助理。"

"那么，他一个月给你多少钱？"

"还没说呢，反正他管我吃喝。"

"那让我替你说吧。你跟他是通过交友网站认识的对不对？你以为他会跟你结婚对不对？你根本不是他的什么助手对不对？"

"你都知道？"

"我就是在交友网站认识他的。但当我第一眼见到他，就决定要离开了。因为我们不合适。可是你跟他在一起都生活四个月了，他怎么还敢见我呢？"

"我也不知道，他说他爱我，要跟我结婚。"

"可是，他跟我谈越战经历之前，也甜言蜜语地跟我说，想跟我结婚，喜欢我，还问我要不要跟他生个孩子，说我生的孩子一定会很聪明。"

　　这下子蔡文铮张大嘴巴，真的吃惊了。"他真的是这么对你说的？天哪，凯文昨天还说想跟我结婚。"

　　"结个鬼。就他伤痕累累的身体咋跟你过日子？你就那么愿意侍候他呀？看他人高马大的，虚着呢，汗流不断。而且还花心，还想找年轻漂亮的中国女人。你别再蒙鼓里啦。"

　　蔡文铮小声说，"他身体是不好，可怎么着我对他也有点感情了。再说，我也回不了澳门，没退路了。"

　　"为什么？"

　　"都怪我自己，一晃20年，把自己害成今天这个地步。我原来在周至县一家国企当会计，结婚后，有个儿子，但老公找了别人，我就跟他离了，带着儿子一气之下到珠海打工。在那里我认识了一个有澳门身份的餐馆老板，其实他是广东人。我们先是同居，生下一个女儿，结婚后才发现他在我之前，跟他的前女友生了一个儿子。而且我的婆婆又不喜欢我，整天挑唆我们离婚。后来我又生了一个儿子，以为能留住这个家，结果，还是不行，天天闹腾，只好又离了。从此，我单身一人带着3个孩子生活。唉，生活的艰辛就不用说了。好不容易把3个孩子都养大，大儿子已经在一家不错的公司工作，女儿也读大学了，小儿子今年上高中。但我发现自己更加失落，因为大儿子对我不好，我很伤心。我就想，忙来忙去这22年我都干什么了？光付出了，一点没活出自我。自己年龄也逐渐大起来，我想给自己找个老伴。所以，去年我开始到亚洲交友网站，希望能找个美国人嫁得远远的。这个凯文就频频给我写信，同时纽约也有个男人跟我聊得挺好的，大概他们也没想到，我会真的突然到美国。以为我只是说说。所以，当我真的在纽约给他们打电话时，这个凯文不愿见我，说家里没地方住。我一生气，就先去找了纽约那个男人，但那人根本没诚意。没办法，十几天后，我又给凯文写信，他应该算是善良的人，他说你来吧。就这样，我又从纽约坐长途车到这儿。"

"你喜欢这里？"

"还挺适应的。我就想，反正已经来了，我又不认识别人，一个单身女人在外面转悠也很危险，他能管我吃喝我就先将就着，现在儿子也知道错了，天天来信让我回去，还说一定对我好。我儿子生意做得挺好的，我就想跟儿子合作，把澳门的货弄到新泽西来卖，再把澳门需要的货从美国弄过去，哎，你知道大陆现在缺什么货吗？我可以从美国发过去。我手里有几万块钱，能运转起来。"

菁喆笑了。这位看起来弱不禁风，相貌平平的女子，还是挺有主见的。也许凯文觉得她不够漂亮，年龄太大才不愿娶她为妻。但反正身边没有其他女人，也只能对她说些情话。说起来，男人女人都是互相利用，真实的感情又有几分呢？

"好啦。现在，咱俩都不动声色，就当什么都没谈过。你协助我今晚安然无恙，明天我坐早班车离开。你也早点撤吧，我的直觉是，他不会跟你结婚的。"

蔡文铮却说，"还想再做些努力，实在没希望再离开。我从心底里想跟凯文结婚，虽然他的条件并不理想，但总是个落脚的地儿吧。"

凯文的女儿回来了。菁喆把事先准备的小礼物——一包花花绿绿的金丝发带送给她。女孩看来比较喜欢，对着镜子比划半天，然后说了谢谢，就在一楼客厅的长沙发上斜躺着看电视。她生着一张普通的中国南方女孩的脸，说一口英语。凯文说女儿知道自己是从中国抱来的，到美国时，她只有一岁半。她称牵狗的女人为"妈咪"，为什么喊那个女人妈咪呢？菁喆不解。

菁喆帮着蔡文铮做晚饭时，牵狗的女人正一根接一根地抽烟，桌子上放了几个空的啤酒瓶。蔡文铮抑郁地告诉菁喆，"就是因为这个神秘的女人从中搅和，和凯文的事变得一波三折，一会儿好了，一会儿不好，就是这女人在作怪。"

"为什么？"菁喆觉得这个屋里的人关系很怪异，她像掉进一个迷宫，又像置身于一个推理小说的场景，很绕。

"听上去牵狗的女人只是凯文的助手，但她是这个家庭，这个公司的幕后总管，凯文都得听她的。她住在凯文家里已经 20 多年，你想想他们得多深的关系？听说，她的父亲与凯文的父亲是韩战时的战友，她也一直喜欢凯文，但凯文说不喜欢她，我猜是生理问题吧。不知为什么她既没跟凯文结婚，也没跟其他男人结婚。中国女孩从抱来那天起，就喊她妈咪。每当有漂亮的女模特到这儿来与凯文在一起，她都冷冷地牵着狗，守在一边，最终女模特们一个个自动离开，她们受不了她阴沉沉的目光。我来以后，她就联合凯文的女儿，一直在背后嚼舌头，但表面上极其客气。刚来时凯文对我挺好的，每当那个女人跟凯文叽叽咕咕一通，他就对我不好了。"

听着蔡文铮一大堆埋怨的话，菁喆明白了，蔡文铮对凯文的确有感情，毕竟住在这儿已经四个月，晨昏相处的，还是有期待的。一个快 50 岁的中国女人，但凡有其他出路，怎会窝在这里受这个委屈呢？

吃过晚饭，当着所有人的面，菁喆提出要跟蔡文铮住一房间，凯文也就无话。菁喆刻不容缓地把自己的包儿提到蔡文铮屋里。但她还是客气地陪凯文聊了一会儿。

菁喆直言不讳地告诉凯文，"明天我将坐早班车离开。"

"为什么？你可以在这里度周末，你是受欢迎的。"

凯文的自尊心显然受到伤害。他感觉到这个年轻健康的女博士即将从他的生命中消失，她瞧不起他！她看透了他的心思，看透了他心底的忧伤，看透了他作为男人的软肋，甚至看穿了他在交友网站对付亚洲女性的一些小伎俩，他产生了极大的挫败感。这个女孩不会因为他能提供婚姻，绿卡，就能委屈求全。作为一个自觉有魅力的男人，他被拒绝了，从她拎着自己的背包进入蔡文铮房间的那一刻，他就知道自己没戏。

"蔡文铮是个很好的女子，你要珍惜她。"菁喆突然抛出这个话题，更让凯文无地自容。他只能被动地点点头。

"她喜欢你，她贤良、实在，她能陪伴你的后半生，她会心疼你。"菁喆继续表达着自己想要说的话。凯文一脸严肃地看着她，并认真地点点头。

"其实你心里什么都明白，再过几年，你的女儿长大了，要去读大学，要嫁给另一个男人，你指望不了她；你的女助手也早有她自己的生活方式，她不会按你的生活方式生活。那么，谁来照顾你虚弱的身体？谁真的关心你？只有蔡文铮。中国女人一旦决定结婚，都会很认真很投入。你不要错失良机。"

"好的。我记住你说的话。你是我见过的中国女孩里最优秀的。"

"谢谢夸奖。也谢谢你今天去车站接我，我会祝福你的。"

"请一定接受我的心意，明天我驾车把你送到纽约。"

菁喆相信凯文是实心实意的。因此，她领情地说："如果你有时间的话，我就不客气了。"

正在这时，菁喆的手机响了，是栗秋打来的。

"还顺利吗？"

"还行。"

"安全吗？"

"没问题。"

"打算过周末？"

"不。"

"明白了。那就等你回来。"

凯文很关心电话是谁打来的，菁喆告诉他，"是室友。问我什么时候回去。"

"你是同性恋？"凯文惊异地问。

"不。我们是好姐妹。这种中国女人间的感情，你们不理解。"

"噢。真羡慕你有这样的好姐妹。"菁喆看得出来凯文更加自卑了。

这一晚，蔡文铮几乎没待在屋里。第二天早晨她告诉菁喆，凯文似乎很伤感，先是在健身房独自待了两个小时，后来说饿了，让蔡文铮帮他弄吃的，又喝了些啤酒，天快亮时，才回到各自房间。蔡文铮说，可能凯文怕她跟菁喆说什么，故意把她调离开。也可能是菁喆跟他说了什么，触动了他的内心，她从未见过他这样伤感。

菁喆也不便多说。她给蔡文铮留下自己的手机和邮址，叮嘱她有需要帮忙的时候，联系她。毕竟一个中国女人独自隐在乡下，很令人担忧。菁喆还是劝蔡文铮，"此地不宜久留，对于结婚别抱希望。"

牵狗的女人上楼来了，她来通知菁喆，由她驾车把菁喆送到车站，还说可以帮助菁喆买车票。菁喆莞尔一笑说，不用了，自己在电脑上已经订好票，她只希望蔡文铮去送她即可。

蔡文铮悄悄告诉菁喆，"凯文的确想亲自驾车送送菁喆，但那个女人不愿意，推说凯文的腿有伤，无法长时间开车。"

菁喆就去问凯文的伤情，他脱下鞋子，露出脚脖和小腿的部分，那里脓肿着，透着血亮，看似要破开，令菁喆同情和怜悯不已。她真的不知道，昨天他拖着脓包去接她，这让菁喆不免为这个人伤感起来，强壮的外表下，却是伤痕累累，这个人以后还得要吃多少苦才能走到生命的尽头？

菁喆背起包，下楼。她留意到，凯文并没跟到门口。她知道这个貌似高大的男人正悄悄在她身后的窗口里目送她，他似乎没有胆量再跟这个中国女孩道别。

菁喆回到波士顿的当天，就收到凯文和蔡文铮的邮件。

凯文的信：

您好菁喆，我不知道这是不是您的真实姓名。但我仍要感谢您送给我女儿礼物，给我们带来短暂的欢乐。您的到来，您对我说的那些话，都让我印象深刻。

我不知道您留下的这个邮址是不是真实的，但我仍然要写这封信。我希望还能再见到您。希望您在美国的学习和工作都顺利。也请您一定注意安全。美国这个国家，有许多坏人，他们是不受任何法律或制度限制的。因此，您尽量别去不安全的地方，就像您在公园里见到的那些战争废人，他们什么事都做得出来，他们的大脑仍然在越南，还没有回来，所以，他们可能突然会开枪，会伤害好人。

我记住了您说过的话，虽然您很年轻，但我很尊重您。祝您好运。

凯文

蔡文铮的来信，也让菁喆心里很不是滋味。

菁喆您好：

谢谢你！我没想到在这里会遇到你，也没想到和你这么投缘，我真的很高兴遇见你。

谢谢你帮我。我在这儿四个月了，没有其他人可以诉说，我不想找这儿的朋友说，我怕让孩子知道担心，你是唯一给我带来阳光的人，谢谢你！你走后，他很伤感，我想更多的是挫败感吧！他没有接触过你这个层次的中国女人，而我在情绪最低潮的时候，也是他最需要帮助的时候认识他，我们彼此没有拒绝，助长了他美国人的优越感，你给他上了一课，让他知道中国很大，不是他了解的那么一点点，谢谢你为我们中国女人争了一口气，谢谢！我好高兴认识你，希望我们可以成为好朋友，我也希望你可以尽快找到属于你自己的快乐生活。

好了，下次再说，保持联络。

蔡文铮

"也没体验，就这样结束了？不遗憾？"栗秋问。

菁喆果断地说："没投入感情，就没遗憾。你不是让我去见识见识吗，我还真见识了。现在想起来都后怕，他的那座老房子就像一个古堡，住在里面的人都很怪异，似乎每个人都藏着什么秘密。万一他真是坏人，万一我没遇到那个澳门女子，还不知道事情会怎样发展呢！"

"知道我为什么在那个时间给你打电话吗？"

"担心我的安全呗。"

"行。脑瓜挺清楚。跟你说呀，就在你奔他家的路上，他也往我邮箱里写信了。怕你跟他当真，想提个醒儿，没想到你戒备心挺强的，所以，我没多说。"栗秋表扬了菁喆。

"此行虽然有点危险，但毕竟让网络里的人显形了。你说美国男人是不是都不穿内裤？幸亏有'美国大卡车'垫底，我才没被这阵势吓跑。这就叫见多识广，见怪不怪吧？"菁喆嘴上说得轻松，私下里却还心有余悸。天呐，让这一幕赶紧过去吧！

冬

如若离去 后会无期

一生很长

一生很短

人类如同蚂蚁

永远在迁徙的途中

走走停停

地球是方的

地球是圆的

随便你怎么看

从地球这端走向那端

无论你死他活

无论动或静 富或贫

无论和平或战争

人类滋生的各种意识形态多么虚空

人类制定的各种制度和阶层多么令人生厌

其实与地球上其他动物没什么不同

都是向死而生的一个过程 渺小如微尘

只是人类假装会思考 会制造各种文明

迫使人类滑入自身设计的陷阱

人类就是这样玩死了自己

01 踏脚石

大波士顿地区的冬天，通常从 11 月下旬开始，一直持续到来年的 4 月上旬，漫长得令人抓狂。

老人院向菁喆转达了汉克斯老人的愿望，他希望菁喆这个周六下午到他在普利茅斯的家中做客。老人院提供了汉克斯的电话号码和住址。

菁喆很是欣慰。她一直担心老人的健康状况，看来还不错。菁喆往汉克斯家中打了电话，汉克斯高兴地说，要给菁喆看一些他在昆明和重庆时拍的照片。"你问问他，我们一起去可不可以？"当菁喆告诉茹欣嫒，她受到了汉克斯的邀请去看老照片时，茹欣嫒比她还激动，催促菁喆再次联系汉克斯。

"那当然好呀。只要是你的朋友，我都欢迎。"汉克斯热情地答复。

菁喆素性告诉汉克斯："那好吧，我们会有三个人一起来看您。"她把栗秋也算在其中。因为栗秋曾提议，大家找个时间结伴去看"五月花号"大船，看 17 世纪的英国人村庄，以及那时候的印第安人村落，总之，栗秋一直想探访波士顿地区的旧日时光，正好顺路。

周六这天上午，茹欣嫒驾驶她那辆破旧的工具车，栗秋和菁喆有说有笑，约一个钟头，她们就到了波士顿郊外 60 多公里的普利茅斯港口。

港口里就停泊着那艘"五月花号"的复制品。茹欣嫒和栗秋交换了下眼色，两人面对大西洋突然夸张地大喊大叫。菁喆侧目看着她们，不知为何她们瞬间爆发这样的激情。栗秋喊几嗓子后，停下来，自嘲："哎，喊了满嘴凉气，容易胃寒，不喊了。"茹欣媛却在兴头上，又疯子似的喊了几嗓子，才咯咯笑自己的忘形，她提议："来，亲爱的们，把你们的手伸出来，感触一下，是否有旧时光从指缝中流淌过的感觉？"

菁喆伸出手指，又缩回去。点点头。

"现在，咱脚下踩着的就是当年这艘大船停靠后，用来捆绑船缆绳的'踏脚石'，瞧，上面刻着1620。这说明什么？说明咱已经站在美国短短的历史河流的源头上了。两位，有什么感受吗？"茹欣媛大声问道，顺手拢了下她的披肩长发。今天，她穿了一件鲜艳的红色风衣，脚下是一双长筒靴。在滢蓝色大西洋的衬托下，她像一个随时跳跃起来的火球，令菁喆眼前的世界都明亮起来。

"我还真有历史穿越感。这艘船上肯定也有像咱仨这样的年轻女人吧？只是她们为什么从英国跑到这么荒寂的地方？是为了追随爱情？还是作为问题少女，在英国待不下去了？还是觉得好玩跑出来受罪取乐？还是真的是女汉子，想跟男人一样，开拓疆土，成就人生辉煌？我的感受太多，浮想联翩呀！"栗秋戴着墨镜，头发盘在头顶，身穿一件宝石蓝欧版紧腰过膝羊绒裙，肩搭一条黄底蓝花棉纶围巾，脚穿一双高腰皮靴。远处村落那层薄薄的雪景衬得她的肤色更加白皙。

"菁喆，你的感觉又有什么不同？穿越百年时光，你却缄默无言了？"茹欣媛急于想知道这位比女儿大几岁的留学生脑子里到底在想什么。

"有点冷。"菁喆再次缩缩脖子。长短不齐的刘海，不折不扣地遮盖住她的眉毛，仍没有温暖的感觉。她的牛仔外套里是一件薄薄的黑色毛衣，下身是一条牛仔单裤，脚上永远是运动鞋。

"你能不能有点情趣？最好有点诗意。人家这么波澜壮阔的美国历史，到你嘴里就是仨字，有点冷。多不给力呀！"茹欣媛不满意菁喆的回答。

"就是有点冷，我鼻子有点堵，恐怕要感冒。"菁喆的生理温度在下降。

栗秋摸了摸菁喆的额头，说："唉，当个开拓者可真不容易，那时的卫生条件多差呀，我猜那些死去的人，多半是冻死的。"

"而且，活下来的人中只有 4 名是女性。"菁喆惋惜地说。

茹欣媛的脚从那块踏脚石上挪开，跳到陆地上。

02　旧时光

茹欣媛买好三张票，每张票价是 29 块 5，她歪着头问栗秋和菁喆，你们是给我现金呢还是走支票？噎得菁喆说不出话来。

茹欣媛举着门票在前边踩着薄薄的雪带路，寻食的鸟儿不时地从某处飞来，在她们的脚下走动张望，然后再空落落地飞走。连鸟儿都不肯停留在树杈，这实在不是旅游的季节，但的确又是寻找波士顿旧时光的好时候。很快，仨人来到一个看似破旧的印第安村落，村口有个印第安装扮的大叔，正等着给她们做向导兼讲解。茹欣媛像个淘气的孩子似的钻进印第安人的冬季住房，这住房屋顶是半圆形的，屋内有个印第安大婶正生火做饭，墙上挂着些动物的毛皮。茹欣媛兴奋地搓着手喊菁喆快来暖和一下。菁喆进去了，果然暖和许多，但仍感觉头顶有丝丝凉气，朝屋顶一看，土黄色的顶篷上，有许多缝隙，凉风是从那里透下来的。茹欣媛夸赞说，印第安人身强力壮，耐寒。

印第安大叔平时并不住在这里，他和这个烧饭的印第安女人，都是附近的印第安居民，他们是被请来扮作 17 世纪的印第安人，复原他们的生活原样。栗秋懂得，这种形式就像北京北四环边上的"民族村"，每个民族的屋里，都有穿民族服的人假装在干着什么，就是想让旅游者产生一种逼真的复古感觉。世界上的事，真是大同小异呢。

菁喆还钻进印第安人夏天住的棚子里体验了一把。到这会儿，她的眉头才舒展开来，原来印第安人住的地方，跟新疆塔什库尔干的牧人用几块石头搭起的窝差不多呀！都是简陋破旧，只不过一个在树丛里，一个在大山里。她的思维从西半球的北美一下子穿越到东半球的大西北，她突然觉得自己跟这块土地有了某种联系，人与社会，人与历史，人与国家，人与自然，人与生存，天与地，人与物，不过尔尔。原始也罢，文明也罢，它都在那儿。谁说原始是落后，文明就是进步呢？在菁喆眼里，它们的顺序正好相反。菁喆发现，自己但凡与古朴或简陋相遇，就有了莫名的灵气，整个人都活泛起来了。

与印第安大叔道别后，一行三人沿着一条小河继续往前走，也就五六分钟工夫，她们看见了另一个小村落，这里的房屋比印第安人的村庄要讲究，屋顶结构呈三角形状，屋顶的一侧还开了扇小窗，另一侧则有火墙通道。屋内布置虽简陋，衣物、厨具的放置却都整齐有序，有的屋里还挂了装饰用的帘子，豪华些的还多出一个小会客厅。最重要的是，这个村庄的房屋都带一个菜园子，而园子都围着栅栏，暗示外人不被允许不得入内。有些房屋后面，还专门有烘焙的小屋。

03 开拓者

这个村庄显然就是 1620 年冬天登陆的那批移民生活过的地方。一个 17 世纪英国人装扮的男子说，那时普利茅斯是一片苍翠的密林，新移民们没吃没喝，不知如何生存，非常可怜。刚开始，当地的印第安人都躲着这些从大西洋彼岸漂泊来的白皮肤面孔，后来看到他们中的许多人冻死或饿死了，当地酋长马萨索德便带着族人来看他们，给他们食物，并让族人教他们如何盖房子，如何狩猎，如何生存。第二年春天，还让族人教他们如何开荒如何种地，果然到秋天时，新移民可以独立生活了。

菁喆今天是第一次看见真正的印第安人。她问茹欣媛，为什么昔日的东道主，如今却像变成稀有动物似的，不见踪影？

茹欣媛撇撇嘴，不以为然地说："时过境迁了呗。经过多少轮弱肉强食的拼搏之后，印第安人几乎被赶尽杀绝，剩下的被赶出美洲的中心，边缘化了。他们天性里就不进取，不读书，沦落到开赌场为生的境地。"

菁喆打抱不平说："可是欧洲人登陆之前，人家不是在美洲活得好好的吗？要什么进取，要什么读书，要什么学位，怎么人家就沦落到这么惨的地步？再说，这不是上演了农夫和蛇的故事吗？印第安人救了那些英国来的新移民，等他们强壮了，就把恩人赶走。这对印第安人太不公平！"

"那没办法。适者生存，弱者被淘汰。这是自然界的规律。你去看看央视的'动物世界'栏目，动物和动物之间，就遵循这样的生存法则。很残忍，但历史就是这样血腥发展过来的。你看活下来的那几十个欧洲移民，就成为美国最初的先人，以此为基础，越来越多的移民加入进来，就变成现在的3亿人口的强大国家。"茹欣媛冷冷地说。

栗秋也感叹，难道忠厚善良的人，就该是这种下场吗？

茹欣媛认为菁喆看问题思维过窄，她对于美国的形成更多的是溢美之词。她说美国发展到当下真是一个奇迹。一点神话和夸张的色彩都没有。你不用想象什么，美国就矗在这儿，像搭积木一样，一点一滴都是人做出来的，没有古老的历史，没有可依靠和吹嘘的资本，她说她羡慕那批美国先民，他们没有爷爷没有爸爸，只有当时的他们，不用拼爹，完全靠人的力量建成了一个国家。"我喜欢没有历史的地方，没有历史就没有负担，一切重新开始,只有未来。像飞鸟一样,飞向浩渺的天空。"茹欣媛越说越铿锵，不一会儿就把栗秋也说激动起来，栗秋附和着茹欣媛说："有道理呀！西方的解释，人是上帝造的；中国的解释，人是猴子变的。这些都是猜测吧，谁也没见过。但美国的确是由百十来人开创的，就从咱脚下的这块石头迈出了第一步，真的是个奇迹！"

"看你俩，好像你们早已与那些先民为伍，但你们不是。你们是从中国来的。"菁喆不满意她俩的口吻。因为这种赞许就意味着对印第安先人的杀戮可以忽略不计。菁喆心理上迈不过这道坎，所以无法参与她们激情澎

剩女

湃的议论。

菁喆说要感冒了，还是早点去汉克斯家吧。此时话不投机半句多，菁喆果然流起清鼻涕，她赶紧主动把自己跟茹欣媛和栗秋隔开点距离。但茹欣媛不愿把刚展开的话题收回，她主动靠近菁喆，很认真地说："应该说，我们具备了和那些先民们一样的开拓者的特征。只是比他们晚生了几百年。那一百多人啥都没有，靠劳动、靠智慧就建了一个这么强大的国家雏形，咱虽是后来的，但各方面条件都不差，为啥咱就不能出点成就呢？拓荒不分先后，不分领域，不分地点，不分族群，只要你想做一个拓荒者。怎么，菁喆你骨子里不是拓荒者吗？"

"不强烈。说实话，如果不是我妈在背后推我，我这辈子也没想过到美国来读博士。如果在国内读的话，博士学位早到手了，也不会太累。"菁喆实话实说。

"真没上进心。当然，也不是每个人都想往前冲，更多的人喜欢慢半拍，或者原地踏步。"茹欣媛批评了菁喆，又觉得不妥，便换了思维解释菁喆的心态。

"不过，现在认识了你们，我开始有拓荒意识了。这种意识跟在实验室一板一眼地做实验数据是两种情形，我更觉得创业虽然冒险，但有意思。可我绝不做忘恩负义的事。就像美国最初的先民对印第安人做的事情。"菁喆发誓。

栗秋附和："忘恩负义的事咱也做不出来呀！"

"你俩别扯太远好不好？我们作为从地球另一端迁徙过来的女性，到这个国家的历史源头汲取先民的精气，为我们在这里继续打拼加油鼓劲，难道不是很好的一种自励方式吗？难道不是我们这种知识结构的女性应有的自强意识吗？难道我们不应该学习这些先民勤劳节俭自立奋斗的精神吗？"茹欣媛的锋利无所不在。

菁喆笑笑。菁喆私底下想，如果自己有茹欣媛一半的闯劲，如果自己有栗秋一半的成熟，可能早就对过往的生活方式说"不"了，早就是一个鲜活的菁喆了。这是菁喆今天到普利茅斯来拜访美国先民的最大收获。

菁喆一行三人下午准时来到汉克斯的家。令几个女子大开眼界的是，汉克斯把他在中国昆明、重庆和湖南时拍的照片，都拿了出来。茹欣媛直叹，相比这些真实的照片，上午看到的 17 世纪的英国人的村庄以及印第安人部落，显得那么虚无，像是空想出来的。三个人在汉克斯的家里待到傍晚才离开。

04　鲜花盛开的地方

栗秋时来运转了。在一个叫"老虎与美女"的交友网站里，她同时碰到三个对她感兴趣，她也对对方感兴趣的男人。其中一位在佛罗里达，另两位都在波士顿，而且他们的身份都是工程师。栗秋感觉得出来，这三位与她的交流都有诚意，她心里那支渐渐暗下去的蜡烛突然被拨亮。

佛罗里达这个地方，最早也是印第安人的地盘。1513 年，有个西班牙人为了寻找"青春泉"，发现了一个鲜花盛开的地方，于是取名"佛罗里达"。经过 26 年的准备后，西班牙探险家率 700 人登陆佛罗里达。那时整个欧洲都盛行到美洲探险，于是又过了 25 年，法国新教徒在佛罗里达的某处宣布建立殖民地。但第二年就被西班牙人迅速占领，并且杀死了法国殖民者。又过了 22 年，英国航海者来了，他们焚烧了西班牙人建立的殖民地，西班牙人不服，与英国人争夺了 180 年，最终西班牙人将佛罗里达让给英国。但是 20 年后，英国又将佛罗里达归还给西班牙人。又过了 36 年，美国人从西班牙人手中夺取佛罗里达。1845 年，佛罗里达加入美国联邦，成为美国第 27 州。它位于美国的东南部，在东南海岸突出的半岛上。东边是大西洋，西临墨西哥湾，北边与亚拉巴马州和佐治亚州接壤，属于亚热带温润气候。这片鲜花盛开的地方，更换了 5 任东道主，终于尘埃落定。

近年来，美国的房价如多米诺骨牌般，哗啦啦下跌，许多州的房价都在跳水，尤其佛罗里达的降幅几乎打对折，茹欣媛直后悔当时没有把资金投到佛罗里达，否则，赚到手里的钱比在波士顿还要丰厚。因此，当茹欣媛得知栗秋正跟一个佛罗里达的男人聊得热火朝天时，她建议栗秋把此人作为一个考虑，因为栗秋若能到佛罗里达，茹欣媛就有了"心腹"，这么好的时机，融资去抄底，也是个不错的选择。

佛罗里达的这位男子是 40 年前跟随父母从台湾到美国的。年龄偏大，59 岁了。以前在一家大型医疗设备公司当工程师，主要为医院研制高科技食道检测仪。他与妻子 20 年前就离了婚，没有孩子。之后，在美国一直寻找他的意中人，始终没有合适的。5 年前，他在交友网站认识了一个上海女大学生，彼此感觉良好。于是，他飞到上海，那年他已经 50 多岁，但女孩的父母对他却是非常满意，一家人把他奉为上宾，这样，他跟女孩结婚，把她带到美国来生活。第一年日子过得还算可以，但第二年就发生了变化。他去超市购物时，遇到一个吸毒的人突然用枪扫射顾客，他被击中腰部，住进医院。年轻的妻子到医院，看到他满身插着管子，就卷走值钱的细软消失了。他康复后，又回到公司工作。眼看已届 60，他不希望再过孤独的日子，于是又想通过交友网站的途径找到自己后半生的伴侣，这次他比较务实，把交友的年龄上移到 40 岁，于是，栗秋成为他的一个选择目标。

栗秋嫌他年龄大，她无法接受两人相差 19 岁，虽然从照片上看，他显得比同龄的美国男人年轻，至少脑袋上是有头发的。但栗秋也不拒绝把他作为候选人。两人聊了几天后，他善解人意地提出几条建议：一、他飞波士顿，先来看望栗秋，如果彼此印象不错，栗秋可在她愿意时回访；二、如果进一步有好感，可先同居，鉴于他的住房条件好，以他的住处为大本营；三、同居的第一个月，他帮栗秋在佛罗里达找工作；四、同居三个月后，视栗秋的感觉，如果愿意，两人可办理结婚手续，并当月申请绿卡；五、结婚后，即把栗秋的儿子接过来，他负责接洽入学手续等事宜；六、如果栗秋同意他的建议，这周六，他可以到波士顿来见面。栗秋心里咯噔一下，暗想，这台湾人玩真的了。

两人能聊到这个程度，栗秋已经相当满意，她认为对方开出的条件和心态都很实际，她也不介意到佛罗里达工作，她本身也很喜欢热带地区，如果不是那两个波士顿男人都在这个时段相继出现，她真的要答应这个台湾男人了。

当栗秋亲口告诉茹欣媛，她不去佛罗里达时，茹欣媛唏嘘不已："佛罗里达可是美国的养老圣地，冬天暖和，现在新英格兰地区的许多老人退休后都搬到那儿去养老。换句话说，你在那里能看到的，大多是老人。"

"我还不太老吧？我更喜欢跟年轻力壮点的男人在一起，充分享受生命。"栗秋调皮地向茹欣媛眨眨眼。

茹欣媛认真地分析说："咱说老就老了，虽然咱的心不老。你别误会，我是在商言商，啥事都跟生意挂钩。没有把你推向一个老男人怀抱的意思，我可能想得比较远，比较冷静。这两年佛罗里达成为房地产的重灾区，如果能在那儿抄 3 套海景房，自己住一套，出租两套，等价格复苏后，赶紧抛出去。如此的话，既享受了，也赚了。我就不相信，你老爸老妈不喜欢那地方，你儿子甚至你孙子不喜欢那里的温暖！"

"可是，海边常常有风暴，还有每年两三万的维修费，谁受得了呀？"栗秋说。

"那就在离海边远点的内陆买房呀！价格比海景房低多了，几万，十几万的房子都有，而且你可以采取年租的形式租给当地人。但几万块的房子你敢买吗？那里都是有色人种，穷人。可你到 30 万上下的海景区看看，环境优美，别说住了，看着心里都舒服。如果你跟这个台湾人成了，他要是信誉好的话，可以从银行贷款，同样 30 万美元，你在佛罗里达能过上富人的日子，再说那里养老院挺多的，你也容易找到工作。但在波士顿，你买个一居室的还得看运气，若是在北京三环以里，这点钱，你也就买个卫生间。我也打算以后转战佛罗里达。美国的老人社会已经到来，围绕着老人做生意，才是朝阳产业。而我自身也年过半百，我也想试着蹚蹚这条路子，提前看见自己的老年生活是什么样的光景，岂不是一举两得的好生意？"

从经商的角度，茹欣媛分析得有道理。其实她还有一层意思没说透，那就是，她希望养老的地方，可以种花种菜，宽敞的庭院里，搭起一个葡萄架，附近住着几家华人，大家可以像亲戚一样经常走动，喝喝茶，品品酒，聊聊天，唱唱歌，那将是多么舒心的事啊！因为到那一天还很遥远，所以茹欣媛没有脱口而出，但是在中年时，遇到能合得来的朋友实在难得，所以，她萌生了几个女友老了以后在一起做伴的念头，因为她个人的情感经历表明，男人是靠不住的，而且女人通常又比男人长寿，她希望自己的晚年生活里，能有栗秋和菁喆。

05　木匠

一名叫安德鲁的波士顿男人也让栗秋有点心动。他与栗秋同岁。他说自己是土木建筑工程师，曾经交过一个女朋友，同居十年后分手。他说他喜欢亚洲女孩，因为她们温柔。在网上跟他打招呼不久，他每天定时给栗秋留言，而且总是叮嘱栗秋天太凉了要多穿衣服，工作不要太劳累，要注意休息之类的话。既然都在一个城市，那就见见呗。是栗秋先约的他，也没抱多大希望能怎么着。但这天下午 4 点左右，安德鲁开着一辆擦得铮亮的工具车到了 33 号公寓楼下，他说要带栗秋去海边看落日，初冬的落日很美的。还扬扬手中的沙滩巾，说对不起，只有一块，问她自己可否带一块？栗秋转身又去取来浴巾。在两人驶向海滩的路上，安德鲁的车突然坏了，栗秋暗想，难道这是个不好的预兆？但她没敢说，只见这安德鲁把车推到路边，自己折腾半天，竟然修好了。栗秋不禁对他有些好感。安德鲁不停地说对不起，对不起，弄得栗秋还挺不好意思。两人在海滩上欣赏了落日，拍了许多照片，直到天渐渐暗下来，安德鲁说走吧。他自然地搂着栗秋的腰，两人在海滩上漫步了一会儿，他的手很大很温暖，栗秋感觉挺舒服的，当然，安德鲁不止做了这些，还进一步有所行动，栗秋也都笑着配合。两情相悦的事，为啥要拒绝呢？

安德鲁说他的工作和生活很有规律，每天早晨4点半起床，弄好早饭，5点出门，开车1小时到工作的地方，吃早餐，6点半开始工作，到中午12点吃午餐，12点半继续工作，一般下午3点，就结束工作，驾车返家，回到家多半在4点前后，先休息一会儿，然后到健身房做一个小时运动，洗浴，做晚饭，然后看电视，就休息了。每天如此。栗秋对他有了更多的好感。

第二天，安德鲁又情不自禁地约栗秋见面。这次安德鲁带她去了他家附近的公园，时值初冬，夏时的枝繁叶茂，已经变成一条条枯枝。两人坐在公园的长凳上，看着结着薄冰的湖面被晚霞映衬成一片琉璃之色，倒也有几分浪漫和诗意。安德鲁拉了拉栗秋，笑着说，别离我这么远，靠近我。栗秋也笑着说，已经很近，不能再近了。安德鲁把栗秋拉过来，揽进怀里，安德鲁胯间那个东西便硬了起来，安德鲁引导着栗秋的手去触摸它，栗秋动了几下，缩回。他显然没过瘾，干脆自己弄了半天，终于泄了，这才长长舒口气。栗秋私底下想，这是个性欲旺盛的男人，估计女朋友离开后，主要靠手淫。

安德鲁把栗秋送到她的楼下，对她说，这周六，我想请你到家里看看，我给你做美国晚餐怎样？栗秋心里咯噔一下，怎么也选在这周六？但嘴上却问他会做什么？他说，烤肉，还有披萨。栗秋笑着说，到时再联系吧。他能请自己到家里去，说明这个男人也挺诚意的，但栗秋也意识到，一旦去了他家，可能晚上就得住下，一旦住下，就不能轻易说分手，去还是不去呢？栗秋很纠结，因为这时，另一个叫菲利普的男人也在等着她取舍。

06　美国宅男

跟安德鲁一样，菲利普也是高高的个子，但五官更帅气，年龄比栗秋大4岁。他跟栗秋的相识神秘而有缘，栗秋刚注册"老虎"网站那天，菲利普是众多给她留言中的一个，当时谁也没在意，相互只是留了雅虎邮箱地址而已，然后，菲利普就忘记了这件事。那几天，因为台湾男人通过雅虎邮箱给栗秋发照片，栗秋就把雅虎邮箱打开，挂在网上。就是那天，菲利普也开设了一个雅虎邮箱。突然，对话框里自动跳出一条信息：你的朋友"索菲娅"此刻在线。"索菲娅"是谁？菲利普想不起来自己何时认识这个人的。于是，他问道："请问你是谁？"栗秋也忘了对方是谁，但她还是很有礼貌地回答说："我是一个中国女人，索菲娅是我的英文名。"

"我们认识吗？"菲利普问。

"我想，我们应该在哪个交友网站认识过。"栗秋坦言。

"那么应该是老虎网站，我仅去过那个网站，而且只浏览过几天，就关闭了。那么，你为什么到那个交友网站呢？"菲利普好奇地问。

"我想找一个真正的好的美国男人做丈夫。"栗秋回答。

"你找到没有。"

"还没有。"

"你真的是中国女人？"

"是的。"

"你在哪儿？"

"我在波士顿。"

"如果不介意，请把你的电话号码发过来，我现在就给你打过去。"菲利普很好奇地想试探一下。

栗秋想，那有什么介意的，她当即就把手机号码发给了他，而他也真的打来电话。两人开始聊起来，他说他是离婚的，因为前妻的生活风格比较奢侈，花钱大手大脚。两人也没什么太多的共同语言，所以离了。他们没有孩子，他自己独居。他还把每个房间的照片发过来让栗秋看，房间宽敞明亮，最重要的是整洁。他说，他不喜欢上网，不喜欢看电视，每天下班回来，就是清理房间，享受美食以及健身。他在一家很大的汽车公司当工程师。栗秋暗喜，这不就是典型的美国宅男吗？她飞快在网上查了一下，他说的那个公司，果然是美国最大的汽车公司。很快，他们预约了见面时间。

菲利普看上去比他的实际年龄年轻和健壮，肤色红润，高挑的身材，不胖也不瘦，他的话很密，很愿意跟栗秋探讨历史和文化问题。他驾驶一辆钛晶灰 SUV 前置前驱五座的车，载着她去看了麻省理工、波士顿大学以及东北大学等有特色的院校。

菲利普的举动已经让栗秋感觉到文化味了。第二天下午，他又急切地约栗秋见面。这次，他要带着栗秋去看肯尼迪图书馆和纪念馆。他说，他家的老房子离肯尼迪故居不远，也算得上近邻了。这让栗秋眼前一亮。

肯尼迪在竞选连任总统时在得州遇刺身亡，他的家族在波士顿，成千上万的支持者捐资，在波士顿的海边修建了肯尼迪图书馆和纪念馆。菲利普认真地向栗秋介绍："肯尼迪的爷爷曾是波士顿市长，父亲曾是美国驻英大使。肯尼迪当总统时，他自己任命大弟为美国法务部长。他小弟是马萨诸塞州参议员。""噢，这是个政治家族啊！"栗秋感慨。菲利普怕栗秋对肯尼迪有误解，忙解释说："肯尼迪本身确实很有才干。早在太平洋战争期间，他指挥的舰艇被击沉的情况下，他营救了许多船员，还率领他们脱险，为此，他获得过美国军方的紫心勋章呢！另外，他也很有文采，写过两本书，都很畅销，一本是他在本科做论文时写的《英国为何沉睡》，主要分析英国为何没有察觉和阻止德国纳粹的崛起；另一本是人物评传《当仁不让》，获了普利策奖，你根本想不到，那是他背部做大手术后，在病床上完成的。"栗秋听着菲利普用敬佩的口吻赞扬他的民主党总统，心下欢喜不已，暗想，凭着这番聊天，这人也错不了。就算跟他发展不成婚姻关系，也可以做朋

友啊，等儿子来了，可以让他当导游带着转转。

两次见面，栗秋和菲利普连手都没碰过。这倒让栗秋疑惑，自己是不是碰到了美国皮肤中国芯的怪人了？巧的是，菲利普郑重其事地邀请栗秋，本周六是他父亲的生日，他想带着栗秋去父亲家参加家庭聚会。他的母亲两年前去世，他有三个姐姐，她们都会带着家人过来。

三个条件相当的男人都约在本周六见面，都对栗秋有诚意，而且见面的频次都密不透风，想错都错不开，怎么办呢？

07　扯谎

菁喆还是第一次见到栗秋这样束手无策。菁喆开心地笑了。

"快别笑了，帮我拿个主意呀，去哪家？见哪个？"

"好办。加减法呗。首先，把台湾男人删除。第一他年龄太大，有代沟；再说，他离咱这儿远，了解起来不方便，这话可是你告诫过我的。后面这两个嘛，还真有点难办，都是波士顿的，感觉上都挺不错。"

"对，我也是这意思，那个台湾人就先算了，太远。那你帮我从这两人中选一个，应该去哪家？"

"菲利普好像文化素质高些，更愿意聊天聊历史，还邀请你去见他家人，可见他很有诚意；安德鲁听上去动手能力很强，但文化素质低些，好像你们在一起没得聊。你个人更喜欢跟谁在一起呢？"菁喆淡定地问。

"安德鲁过日子应该靠谱，也会体贴人，跟他在一起生活，家务活估计他全包了。但正像你说的，可能我们在一起只能生活，其他的谈不了多少。可我也不是求大富大贵的人，只求跟一个内心干净的男人平稳过日子，丢掉他太可惜。菲利普呢，更喜欢跟我精神交流，每天晚上准时来电话，一打就是一两个小时，他还真是用心。但现在还没拉过手，谁知道其他方面有没有问题？他让我参加他的家宴，我还真的有点紧张。自从到波士顿，也见过一些美国男人了，但从未被邀请到家里去，甚至咱主动提出去人家里看看，他们都躲躲闪闪的。你说这三个男人怎么回事？平时千呼万唤都不见踪影，害得我这几年见了一堆垃圾。但现在说来吧一下子又全都来了，好像约好了似的，都定在周六见面，这不成心考验我吗？真愁死了。我就怕见了这个人，就失去了另一个人，接触时间短，谁知道哪个好，哪个不好呢？你快帮我拿个主意，我到底去谁家？"

菁喆帮栗秋拿主意说："去参加菲利普的家宴吧。我感觉这人跟你有话说，也很在意你，尊重你，他能把你引荐给家人，说明他的家庭和睦。不是所有的美国人都只会客气不讲亲情关系的。"

"可是万一他是个有怪癖的人，接触几天就不行了，而安德鲁这边也走了，我岂不是鸡飞蛋打一场空吗？"栗秋真纠结了。

"那就周五先到安德鲁家，周六去菲利普家呗。"

"可安德鲁说了，周五那天他替另外一个人加班，没时间。要是我提出再另约时间，他一定会起疑，因为周末是个敏感的日子。可如果跟菲利普已经好了，再见他就不行了，那我不是两头骗了吗？不能干这事。"栗秋选了一条黄底绿花围巾试戴一下，又换另一条湖蓝与深红相间的在脖子上比划。

"安德鲁一般几点下班？"菁喆问。

"下午4点左右。"栗秋看着镜子里的自己，摇摇头。

"那就周五去他家吃晚饭，然后告诉他，周六你加班。"

"这倒是个好办法。"

"可我去吃晚饭不等于自投罗网吗？明摆着给他创造了留我过夜的条件。我不想那么做。我想到菲利普家后，看情况再定下步该怎么办。"

"你拉着我去呀！我们一起到他家，吃过晚饭就跑，他能怎么着？这样两头都不得罪。"

"可是如果觉得他和菲利普都好，我还想再观察一段时间再决定跟谁，这怎么办呢？"

"有点难。"

"这样吧，你帮我忙。"

"怎么帮？"

"你跟我去他家，这不就认识了吗？然后你先跟他聊着，来往着，反正都是朋友呗，再说你闲着也是闲着，跟他了解点美国人的风俗不也挺好吗？"

"你的意思是让我拖住安德鲁？"

"美国男人是很实际的，根据我的经验，如果这次拒绝了他，一转身他就去见网上的其他女人，他们闲不住。"

"耗到什么时候交给你？"

"一周吧。那时我跟菲利普若是成功了，更好；不成，我回过头来找他。"

"呵呵，万一我没拖住，用上他或被他用了，怎么办呢？"

"那就用呗。呵呵。反正你也没男朋友，这男人也还靠谱，咱肥水不流外人田，你先处着呗。我不在意。"

"你倒是大方。这样吧，我先陪你去他家，应应急。以后的事再说吧。"菁喆拿出了西北人的豪爽劲头。

08　旗袍

第二天，栗秋编了个什么理由，反正跟安德鲁达成了一致，周五下午5点，他准时来接栗秋。栗秋说，对这种付出真心的人是不应该扯谎的，既然已经扯谎，仅限一次，不能再有第二次。否则，自己要为这谎言的后果买单。事先，栗秋并没有告诉他，菁喆也去他家。但栗秋有把握，他不会当面拒绝栗秋带个女友去他家的。

菁喆没见过安德鲁，但已见过栗秋和他在海边的照片。知道这是个头顶有些秃，身强力壮的中年男人。

　　果然，当安德鲁兴致勃勃见到栗秋，而栗秋又把菁喆介绍一番时，安德鲁只好说，OK，欢迎你一起去。事先，栗秋准备了晚饭所需的食物。

　　安德鲁看上去比较老相，但五官还算周正，性格外向，甚至有些好动。

　　安德鲁打量着穿立领半袖织花旗袍的栗秋，情不自禁地连连赞叹："我的女王，你太美了！"

　　栗秋抿嘴笑而不语。她今天穿了件玫瑰粉色调的旗袍，显得格外娇俏与柔情。一件长款黑色呢子大衣，脖颈处搭配一条白色羊绒围巾，脚上是一双尖头的丝绒雕花高跟鞋，头发被梳成双结的，双手自然地搭在收紧的小腹前，更衬托出她的温婉儒雅的气质。

　　上次与安德鲁见面时，她把头发高高盘在头顶，穿着一件无袖的图案清晰的素雅旗袍，搭配珍珠耳坠，以及一件藏蓝色风衣，显得落落大方，无论站着还是坐着，她的双臂都紧贴着身体，当安德鲁递给她矿泉水时，她也只是文雅地用肘前面的小臂去接，安德鲁长到40多岁，还是第一次近距离接触这么文雅高贵的东方女性，他本能地开口闭口称"我的女王"。

　　安德鲁开了一辆铮亮的暗红色工具车，与栗秋俏丽的旗袍十分不相配。安德鲁一个跨步冲到车门前，拉开车门，对栗秋做了个请的姿势，然后扶着她入座。

　　栗秋不紧不慢地，把呢子大衣搭在手边，落座时先理一理后裙摆，给自己的身体弯曲以足够的空间。她穿的这件连体旗袍非常紧身，如果换了菁喆穿这种衣服，一定想不到需要腾出空间，那将很容易引起面料的轻微撕扯。

　　菁喆看到栗秋这个做派，心里直想喊她夫人或娘娘什么的，反正像是从皇宫里走出来的美女。她再斜眼看安德鲁，眼前这个男人应该配不上栗秋。但栗秋与他怎么发展，栗秋心里自然有数，轮不到菁喆操心，她只需配合好栗秋就行。

栗秋从大学时代就喜欢旗袍。她姥爷的家族，也算是前清的遗老遗少，因此姥姥箱子底下压着的那堆旗袍，是栗秋小时候最喜爱的衣服。姥姥一生都爱旗袍，她当小学生时，国民政府出版了一个条例，把旗袍定为国服，在重要的庆典、节庆、礼仪性场合，女性必须穿旗袍。栗秋很羡慕姥姥那代人，可以一直穿旗袍，可惜"文革"始，不再让女人们穿了。所以，栗秋是穿牛仔裤长大的一代。但她一直记得，上中学时，每每放学回家，她总是偷穿姥姥那宽大、缀了许多装饰、拖至脚面的旗袍，对着镜子左看右看，那时，姥姥已经去世了。

虽然以北京为中心的"京派"旗袍才是中国的正宗旗袍，但以上海为中心的"海派"旗袍更讨栗秋喜欢。它在改良领子、袖口、腰身时，吸收了许多外来元素，裁剪更加衬身适体，把成熟后的栗秋的身体曲线衬托得婀娜多姿。这些年，旗袍在女性中开始流行，但不知怎的，现在的女孩就是穿不出"海派"旗袍的味道。栗秋仿照30年代老上海旗袍的样子，美滋滋地给自己订做了十几条心仪的旗袍，有绸的，有缎的，有纱的，有丝的，有布的；有长袖的，有短袖的，有无袖的；有的开衩低，有的开衩高。

栗秋的体形特别适合穿旗袍，削肩、微耸的胸、细腰、圆臀，无论哪款旗袍穿到她身上，从正面看是 X 形，从侧面看是 S 形。栗秋特有的曲线魅力，不知迷倒多少男人。其中就有跟她有过一段真感情的老桑。可惜，有情人注定不能收获婚姻。既然从那段情里走出来了，就轻易不再去触碰它了。

现在，栗秋坐在中间，菁喆坐在靠车门的地方，安德鲁一边开车，右手臂毫不掩饰地时时伸过来搂一下栗秋的肩膀。栗秋不迎合也不拒绝，表情肃穆，毕竟她有些紧张。安德鲁的家与菲利普的家都住在波士顿南部的加美可社区，从地图上看，两个住处离得特近，万一碰到一起怎么办？那不穿帮了吗？

菁喆为了活跃气氛，提议晚饭大家都喝点酒。她看到安德鲁身强力壮，而且在她看过的美国电影里，这个年龄的男人都喜欢喝啤酒什么的。没想到安德鲁却一口回绝，说自己戒酒已经十几年。然后就不再继续这个话题。

栗秋以为安德鲁是不满意她带来了菁喆，又不想让女友失面子，便转脸温和地问菁喆平时喜欢喝哪类酒，因为她也不清楚菁喆是否真的喜欢喝酒。

菁喆知道栗秋的用意，大方地问安德鲁有啤酒吗？她觉得，像安德鲁这样的人，既然没有家庭，平时怎么也得有几个朋友，朋友相聚时，怎能没有酒呢？然而安德鲁却平静地回复她，家里没有酒，但菁喆如果想喝的话，他可以到超市去买。栗秋也平静地建议，那就去买吧。

安德鲁听话地把车开到一家"大减价超市"门前，栗秋看了看店名，没说什么。三个人进了超市。安德鲁轻而易举地找到一捆比利时"蓝月亮"，3美元一瓶，一打6瓶。栗秋以为安德鲁能结账，不就18美元嘛，何况我们还带着菜来了。但安德鲁却远远地站在一边。栗秋有点失望，她伸手要付账。菁喆立刻抢着刷卡，理由是谁喝酒谁付账。话虽这么说，两个中国女子的脸上都有些挂不住了，要是在中国的北方，一个大老爷们儿肯定不会让女人花这点钱的。

安德鲁的小房子靠近路边，这是一栋殖民地时期建筑风格的小房子，菁喆注意到，房屋门前还插着美国国旗。

三人进到暖呼呼的屋里，没想到屋里还有女人。一个40岁左右的黄头发、白皮肤、个头不高的女人，正懒洋洋地躺在客厅的沙发上一边看电视，一边涂血红的指甲。她穿着一套很短的睡衣睡裤，能看到大半个乳房，小腹的大部分也露在外面，菁喆很想过去给她往腰上提提睡裤。

安德鲁表情严肃地介绍说："这是朱迪，租住我的房子已经两年。"

栗秋和菁喆客气地跟朱迪打招呼，但她却爱搭不理地，欠了欠身子，仍然躺在那里看电视。

菁喆小声问栗秋，这女人为什么这样？真不懂礼貌。栗秋不动声色地

打量一眼朱迪，暗示菁喆别吱声。

安德鲁兴致勃勃地带着两人参观他的房屋。这是个小型住房，二层就是个尖顶，只放了些杂物，不能住人；一层有两房两厅，大约七八十平米，还有一个地下室，放有安德鲁的健身器材、摩托车、洗衣机、烧烤器械、锄草机、铲雪机以及杂七杂八的零件工具。

栗秋还是第一次到真正的美国人家里，凭直觉，安德鲁应该属于美国的普通工薪阶层。墙上挂着一张士兵们的合影照片，菁喆问安德鲁是否当过兵，他很自豪地点点头，说他 40 岁才去陆军部队服役 4 年，这期间，与他同居 10 年的女友有了另外的男人。栗秋和菁喆对视一下，都觉得纳闷，怎么美国人到 40 岁还能当兵？这家伙该不是吹牛大王吧？但安德鲁却说得有鼻子有眼，他说 2006 年，美国为了扩充兵源，将陆军征兵年龄上限提高到 42 岁，事实上，他是三年前才入伍的。菁喆吃惊地问他，难道你现在还在服役吗？安德鲁没有给她一个清晰的说法，只说，一边工作一边服役是很正常的事。菁喆关心的是，他退伍后，政府能给他什么优惠补贴。他不以为然地说，就是为了只要在军中服务 90 天以上就可以享受退伍军人部发放的退休金、医疗服务、住房补贴、教育补贴和职业培训的福利待遇，他才去服役，结果把女朋友弄丢了。但他反应很快，话声一落，立刻又说，不过，现在又有了一位漂亮的中国女朋友，他很自豪。

栗秋和菁喆用中国话小声说，这家伙嘴巴真甜，看来是哄女人的高手。安德鲁听不懂中国话，用英文问她俩在说什么。栗秋解释说，我们想知道你服役 3 年了，得到了什么具体的好处。安德鲁立刻眉开眼笑，开心地说他得到 6.5 万银行贷款的优惠照顾。否则凭他以前的诚信，他是拿不到银行这个照顾的。说到这里，他指着照片中的一个年龄更大的男子说，就是那个大哥劝他入伍的。当他还是个小混混时，那个大哥一直给他撑腰。这时，栗秋和菁喆迅速交换了一下眼色，她们都同时想到了"黑帮"，脸上是复杂的表情。这个细节当然没有逃过安德鲁的眼睛，他知道说的话太多，可能有什么地方让这两个中国女子不自在了。于是，他过来搂着栗秋的腰说，请她俩参观他的厨房，他要给两位漂亮的女客人做烧烤鱼吃。

安德鲁的厨房干净整洁，栗秋和菁喆又包饺子又炒菜，其间缺少调料，安德鲁又腿脚勤快地跑了一趟超市。

饭做好了。栗秋很周到地让安德鲁请朱迪一起坐到餐桌前，因为她觉得三个人在吃喝，只闪一个人不好。

安德鲁很高兴地邀请了朱迪，朱迪淡淡地接受了邀请。

栗秋又添了一层心事。因为安德鲁在餐桌上表示，明天栗秋白天加班，所以，他准备预订明晚7点音乐会的票，陪栗秋过周末。

栗秋没有马上扫他的兴，心里暗暗叫苦，菲利普已经把明天一天的安排计划告诉她了：中午来接她，午餐后，一家人到波士顿公园游玩和照相，然后，和菲利普一起去波士顿美术馆，再然后去听晚上7点的音乐会。俩男人怎么这样热情呢？都想请她听音乐会，害得她想把时间错一下都没机会。

菁喆心里明白是怎么回事，于是，大声说，自己明晚也想去听音乐会，朱迪一听，也大声说，她也想去。安德鲁得意地笑笑，建议："那好呀，你俩结伴一起去。"这下菁喆哭笑不得了，她根本不喜欢这个叫朱迪的女人。而朱迪一沾酒立刻就变成另一个人，她的话很多，尤其提及美国男人，她的两个大姆指立刻双双朝下，舌头也伸得老长，表示呕吐的意思。菁喆才发现，她的舌尖上钻了个小洞，挂着一只金属环。6瓶啤酒，她自己喝了4瓶。

安德鲁佯装不在乎。他从冰箱里拿出巧克力冰淇淋作为饭后甜点，他大声宣告自己最爱吃这东西，菁喆为了营造轻松氛围，还故意把盘子底舔了一圈。栗秋感激地用眼神向她致谢，菁喆平时才不是把自己当猴耍的人呢。

安德鲁收拾厨房倒是一把好手，利索极了。他说栗秋和菁喆做饭累了，他自己来清理餐桌。两人也没争让，就看着他干活，他一边洗碗，一边跟两人说笑，很开心。

吃过晚饭，菁喆提出早点回去休息，因为第二天还要在实验室忙一天。安德鲁尊重菁喆的想法，说先送她回去。栗秋赶紧说，自己在实验室站了一天，也累了，明天还加班，也得回去。

虽然安德鲁很失望，但也只能如此。他把吃剩下的菜和水饺都打包，给两人带回去。

他恋恋不舍地把两人送回去，途中，还特意带她们到社区附近的公园绕了一圈。

一切都妥妥的。回到房间后，栗秋和菁喆都长舒一口气。

栗秋打开邮箱信件，她被通知下周去取驾照。栗秋开心极了，她大声向菁喆承诺，等寒假儿子过来时，她将邀请菁喆一起去美国南部自驾游。这几天真是好事连连。

09　即兴葬礼

屋里静悄悄的，栗秋和菁喆都以为茹欣媛不在屋里。但是茹欣媛的房间却突然亮了。

茹欣媛穿着长长的睡衣，披了披肩，悄无声息地倚在门边，说："今天我去参加了托尼妈妈的葬礼。不知为什么，回来后有种重新活了一回的感觉，就想跟你们说说话。"

"啊，你又跟托尼好了？"菁喆迷惑地问。

"我跟托尼不睡在一张床上了，但我们还是朋友。"

"他还闹腾着要自杀吗？"栗秋很关注托尼的心理状态。

"就是因为他的情绪不稳，我才放不下，才答应跟他继续做朋友，毕竟我们相处8年，而且他是在我最困难时出现的，我对他有感恩之心。他把我带进美国白人圈子，他又总是甜言蜜语地在他的朋友圈里赞美我，使我意识到自己的价值，对自己更信任了。就凭这些，我还得跟他做朋友。"茹欣媛真诚地说。

"怎么没听你说起过他的家庭？他妈妈怎么突然走了？"栗秋问。

"美国人见面时，通常就是聊聊天气和球赛，彼此也说些赞美的话，很少涉及别人隐私和不快乐的事。我倒觉得这种处理关系的方式挺好的，潜移默化地，嘴巴就收紧了。相处时不惹是非，人际关系也不累。但咱们是中国人，我不介意跟你们说起我和他的关系，以及他妈妈的死。其实我很敬佩他妈妈，老头10年前先走了，但老太太一直生活自理，5年前还开车购物呢。我在莱克星顿见到她时，她正在家里试刚买回来的一双鞋，那鞋精致极了，是那种时尚的细高跟，墨绿色鞋面，窄窄的浅浅的鞋口，特别秀气。当时我就想，天哪，这个年龄，她还这么优雅！但是她亲自给我做饭，给孙儿们编织圣诞小袜子，给亲朋好友寄送她亲手做的圣诞卡。送给我的年卡图案是，一棵树干上有只小鸟在歇脚，但小鸟朝向湛蓝的天空。老太太说，一看见我，就觉得我是个想飞得很高的人，她喜欢这样的女性。她教给我如何做美国人吃的早餐，如何烤牛角包，如何持家，如何伺弄花草，如何鉴赏油画。我只去过她家三次，但每次她都笑眯眯地看着我的眼睛说话。我真觉得她是个很美好的老人。尽管我和托尼分手了，但前几天当我从托尼姐姐那儿听到老太太去世的消息，我还是很难过。于是，我反反复复忆起我们的每次聊天，忆起她说过的生育每个孩子的艰难过程，以及一家人在一起的幸福时光。我很用心地写了一篇追忆文章，发给托尼和他的姐姐，我想通过这种方式来为我和托尼以及他的大家庭做一个完美的收场，也算仁至义尽了吧。没想到姐弟俩看了我的文章后，都哭得不行。他们说，做儿女的都没有我懂他们的妈妈。他们央求我主持老太太的葬礼，并征得我的同意，把这篇文章当作老太太葬礼上的悼词。你们不知道这老太太年轻时有多漂亮，多雅致，我愿意送她最后一程。所以我去了。"茹欣媛有泪盈在眼眶的感觉。她拿出翻拍的老太太年轻时的照片，栗秋和菁喆都惊讶得不行，"太美了，像 30 年代的美国大牌电影明星！"栗秋喊了出来。

"是的。她很美。她承袭了先民的吃苦耐劳、勤俭、助人为乐的美国精神。"茹欣媛说。

"你的文章里都写什么了？"菁喆问。

"我忘了。只记住几个片段，我说您呈现给我的魅力至今让我惊叹，因为等我 80 多岁时，可能老得都走不动了，您却仍然端庄美丽。听说您是在铺着洁白桌布的桌边喝完最后一杯咖啡，一幅未完成的以蔚蓝天空做背景的油彩画就立在您身后，您还披着一条深绿色披肩，您就那么优雅地睡着了。我相信您做了一个梦，梦见自己正走在一条铺满鲜花的小路上，那是一条通往天堂的路，那时微风吹起您银白色的秀发。作为女人，有着怎样的认识，才能到老了还有您这样惊人的风姿呢？对这个世界而言，您来过，很精彩。"茹欣媛摆摆手说，"算了，其他的记不住了，反正葬礼结束后，我突然有了些感悟，灵魂好像顿然开窍，你们想想，一辈子没多长，下辈子不一定能遇上，我们与家人在一起的时光真的太短暂，所以，趁还来得及，我们要懂得珍惜身边的人，尤其是重要的亲人和朋友。如果有幸与一个跟你灵魂相通的男人在一起，就更要珍惜。"茹欣媛大发感慨。

"什么样的才是灵魂相通的人？"菁喆内心的某处被触动了。

"我不知道，我也期待能遇上。但肯定不是托尼这样的。他从来不进教堂，也怕吃苦。他最多算是我生命中一个重要的男人，一个友情很深的男人，但不是能够用灵魂交流的男人。"

"你们还有复合的可能吗？"栗秋小心翼翼地问。

"换了别的中国女人，可能没问题。可我这里有问题。过不去。"茹欣媛拍拍自己的心。

"葬礼结束后，托尼坚持请我去他自己的家吃晚饭。我看他情绪波动比较大，就去了。我们一进门，他抱着我就哭，说他对不起我，说他做错了，希望我给他一个改正的机会。"

"你答应了吗？"菁喆问。

"我劝他别想太多，我们还是朋友。但他拉着我看电脑，说他已删掉那个女人的照片，他的心里只有我，他说没有我，他无法活下去。我听了后，真的很难过，既然清楚这一点，当初为什么会那么轻易地背叛我呢？谁知道这次我原谅了他，下次是否再重复错误？我不确定，也不敢相信。"

"也许他是真心向你悔过。"栗秋替托尼辩护。

"他的确是真心悔过。姐姐把他责骂一顿，说他其实从离开我那一刻，灵魂就潦倒了。她不喜欢弟弟用这种低级错误来毁掉一种原本很高级的生活状态。"茹欣媛叹气道。

"你离开他，灵魂也潦倒吗？"菁喆问。

"不。我只是很难过。就像一个很亲爱的亲人突然离世了般难过。但哭过后，就轻松多了。没有男人我可以活下去，但我无法再相信他。我对他有了防备之心。这就是我对栗秋说的，为什么我们不能再复合。我不相信破镜重圆这句老话，你想想，镜子破了，就算把它对接上，还是有裂痕呀！我不想等复合后，总舔着伤口过日子，也不想让自己变成提心吊胆的人，没必要那样小心翼翼，人的生命就那么一次，要抓紧时间活出精彩，过去就过去了，再捡回来也没什么意思。我眼里真的容不下沙子。"茹欣媛坚定地咬着嘴唇。

"但他现在心中只有你，可见他真的回头了。"栗秋提醒说。

"那是他的态度，不是我的。他已不再是我心里的唯一。"茹欣媛执意地坚持。

"也好。你大踏步往前走吧。你有绿卡，在感情方面有选择的优势。"栗秋说。

"就算我没有绿卡，对感情的事也不想分神太多。我想把时间多花在家人身上，多爱他们，看着他们一个个幸福地生活，才是我的幸福。甚至这个阶段，我不想让男人来分享我的奋斗成果。对不起，我想让步伐慢下来，等一等自己的心情，在这个等待过程中，期许那个能与我灵魂相通的人出现。如果出现了，那是上天的旨意；如果不出现，也是上天的安排。在这方面，我不再花时间。"

茹欣嫒淡定地说着她的打算。

菁喆弄清楚了，原来茹欣嫒的匆匆忙忙，主要是赚钱和照顾家人，她不想让男人再插手她的生活了。

10 救场

救场，《辞海》里的解释是，演出中突然出现了失误，这时同台的人员赶紧采取相应措施，补台，以便演出能正常进行。栗秋坚信，能出面救场的人，一定是铁杆朋友。

因为三个男人同时出现，栗秋要想有效地甄别出理想的那个人，必须有挑选的时间，为了不鸡飞蛋打，这场戏就得让菁喆配合演完。

第二天一早，栗秋在厨房里低声告急："快，帮我救场！安德鲁凌晨4点就发来短信，说晚上要听音乐会的事。"

菁喆惊讶："他咋那么早呢？"

"他挺辛苦的。每早4点半起来做饭，5点就在路上了，他在鳕鱼岛工作，怎么也得开车一个半小时才到地方。"

"呀，那么辛苦！这倒让我挺尊重他呢！"

"美国男人奉行劳动光荣，这点我觉得比咱中国男人强。"

"所以你舍不得放下他？"菁喆越来越善解人意了。

"对。现在的问题是怎么办呢？昨晚你也看到了，他的确是个过日子的男人，这样的美国男人，以后恐怕难碰到了。"

"对，感觉上，他挺靠谱的。"

"快想办法呀！要不，再牺牲一把？你跟他去听音乐会，把今晚对付过去，明天就能做决定了。"

"但他会不会反感呢？人家是想跟你一起去。"

"我跟他说，让他给你打电话，我想他能听我的。"

"这样，合适吗？"

"有什么不合适？快，帮帮忙！"

"那，好吧。"菁喆再次接下栗秋给的任务。

栗秋和菁喆都觉得，先不能放掉这条鱼，所以想了这么个不是办法的办法，只当是权宜之计吧。

下午，安德鲁一回到家，就高高兴兴地给栗秋打电话，问起晚上听音乐会的事。栗秋按事先想好的话说了一遍。安德鲁也感觉到什么了，他建议："如果菁喆想去听音乐会，可以跟朱迪一起去嘛。"栗秋只好豁出去了，说："菁喆喜欢你，你给菁喆发短信吧。"说完这句话，栗秋赶紧挂了电话。

安德鲁迟疑了一个多小时，又给栗秋打电话，但栗秋的手机设置了留言，安德鲁就给栗秋发短信，说："我现在有一种不妙的感觉，你好像要退出去。"

那时栗秋已到菲利普家里，正跟他的家人们说话呢，她借故去了趟卫生间，给安德鲁回复短信说："我不介意你跟菁喆交往，她是个好女孩，快去找她吧。"

安德鲁毕竟是个社会经验丰富的中年男人，他心里顿时明白，栗秋把他推给了菁喆。安德鲁是怎么想的，两个中国女子并不了然，但她们猜到，他不会轻易放弃她俩，他又不是傻子，他面前的两个中国女子是什么质地的他能不知道吗？

菁喆接到安德鲁的短信时，已吃过晚饭，正在湖边散步呢。安德鲁没有多说，只问她在哪儿，要过来接她。菁喆说在湖边，安德鲁说20分钟以内赶到。其实，他只用了15分钟就见到了菁喆。菁喆有些尴尬，安德鲁却像什么事没发生似的，又是给菁喆拿水喝，又是问她今天的工作累不累，还放西部乡村音乐给她听。菁喆也就放松多了。来到音乐厅门前，安德鲁让菁喆在门口等一会儿，他进到旁边的一个小超市，不一会儿就举着两个巧克力冰淇淋出来。他对菁喆说："昨天晚饭后，你不是喜欢吃冰淇淋吗？"菁喆接过来，既感动又暗自叫苦，身上正来月经呢，不敢吃凉东西，何况这已是初冬了。

听音乐会时，安德鲁很自然地把他的一只手臂伸过来，像是放松，又像是随意地搂了一下菁喆，就像菁喆见过的他搂栗秋一样。菁喆心里发笑，觉得这男人心理素质真好，当喜欢的女人离去时，没像个愣头青似的恼羞成怒，既能扛事又务实，这不，马上就调整好心态，不放过到手的机会。但菁喆借故去了趟卫生间，回来时，刻意跟他保持距离。

音乐会结束后，在人群往外涌时，安德鲁以人多为借口，夸张地伸出手臂呵护菁喆，有一两个瞬间，他有意无意地贴着菁喆的身体，但菁喆有意识地挪开了。

送菁喆回家的路上，安德鲁特意到一家鲜花店买了一枝玫瑰，毕恭毕敬地双手送给菁喆说："祝我亲爱的女王，周末快乐！"

菁喆扑哧笑了，真的开心。这也是她收到的第一枝玫瑰。她暗想，也不知栗秋那边怎样了，刚才在散场时，她紧张地盯着人群，生怕和栗秋碰到，那就穿帮了。还好，世界到底很大，人到底是多呀！

把菁喆送到 33 号公寓楼下时，安德鲁心情很好地说，他过了一个愉快的晚上，希望明天还能见到菁喆。

菁喆笑而不答，只说："今天很开心，晚安。"

晚上 11 点，栗秋回来了。她说："在菲利普家里很开心，一切都比想象的要好。他的家人都到齐了，对我非常友好，大家不仅一起吃午饭，还一起散步，照相。晚上，菲利普带着我去听了音乐会。"

菁喆赶紧问："第几排？"两人一对，吓了一跳，竟然是同一排，但一个在南区，一个在西区，真悬！

　　栗秋已经不在乎这些，她兴奋地说：“菲利普一大早来电话，晚上过来接我，我们一起吃晚饭，然后带我到他自己的房子里，谈有关两人的未来。”

　　“我真为你高兴，想不到菲利普竟然是个认真的男人。那安德鲁怎么办？他昨晚约我明天下午还见面呢。”

　　“答应他了吗？”

　　“没有。”

　　“你得见。”栗秋平静地说。

　　“啥意思？”菁喆问。

　　“虽然菲利普看起来不错，但我们还没实际接触，到目前为止，他还没碰过我的手。你说，他会不会那方面有问题？”

　　“明晚不是到他自己的房子里吗？也许到了那儿，他会跟你亲热，一切不就明了啦？”菁喆老道地支招。

　　“我也这么想。时间太短，还无法判断他是什么人，所以，安德鲁那边你再抻抻，怎样，跟他在一起还有安全感吗？”

　　“嗯，还行。”菁喆仔细回想一下，“他对我还是很尊重的。”

　　“那你明晚有事吗？”栗秋问。

　　“没什么事。”

　　“那就跟他见见呗，帮我了解一下，这人行不行。”

　　“好吧。那就再见一次。”

11　拖

　　周日下午，晚霞挂在天空，安德鲁骑着他那辆崭新的大摩托来了。33号公寓楼两边的枫树早就没了树叶。安德鲁见到穿着厚外套的菁喆从楼道里出来，高兴地向她招手。菁喆见状，吐了吐舌头，想不到他是骑摩托来的。

安德鲁体贴地从车箱一侧取出一件更厚的大外套给她披上，又给她戴上一个头盔。他问菁喆敢坐吗？菁喆摇摇头，又点点头。他高兴地一把抱起菁喆放到后座上，然后他自己骑上去。

菁喆被安德鲁猛然抱了一下，很是惊慌，这可是头一次有个男人把她抱起来。她也是第一次坐这种大摩托，她想，这安德鲁可真贼，两人贴这么近，自己能不搂着他的后腰吗？

"去哪儿？"菁喆问。

"带你去个农场，那天在我家吃饭，我看你很喜欢吃水果。"

"远吗？"

"很近。"

菁喆心里小有些温热，这个男人竟然很细心。

菁喆请求安德鲁骑慢些，她怕吹冷风。他答应了。于是，他把速度只控制在三四十迈。菁喆搂着他的后腰时，也不那么生疏了。

两人在一个小农场买了几种时鲜水果。

"愿意再去我家吗？我可以给你做烧烤。"

"可以吧。"

一个男人愿意给女人做饭，这个女人应该挺享福的。菁喆替栗秋想着以后的情景。

"但是，那个朱迪也在家对吗？"菁喆又犹豫了。她想起那个黄头发，虽是白皮肤但肤色并不红润的女人，心里就不舒服。

"你不喜欢她？这样吧，我给她发短信，看她在不在。"安德鲁立刻发短信告诉朱迪，他要带菁喆回去吃烧烤。对方立刻回复："住口！"

"她这是什么意思？"菁喆不解地问。

安德鲁无所谓地说："她在开玩笑，没什么。"

过了一会儿，朱迪又追了一条短信，说她正在家里看电视。

"你告诉她是我去？可那天你跟她说，栗秋是你的女朋友。"

"我昨晚已告诉朱迪，我跟栗秋拜拜了。"

菁喆在乎的是，这个朱迪该怎么看这两个中国女子，怎么昨天是她跟安德鲁，仅隔两天又换成另一个。

安德鲁说："天快黑了，咱们回去吧。我做的烤肉可好吃了。"他的眼神闪着亮，让人感到天真而热情。菁喆不再犹豫，是啊，在这孤独而又寒冷的周末，能到一个温馨的小屋里，吃一顿热呼呼的饭也是一种幸福啊！

朱迪懒洋洋地斜眼看了看安德鲁身后的菁喆，这次她在为自己的脚指甲涂红油，肥大的胸和深深的乳沟都清晰可见，她额头上的几道皱纹也清晰可见。菁喆跟她打招呼，她没回应。菁喆不知道她是高兴还是不高兴，心想，这样极性感的中年女人，跟一个身强力壮的中年男人朝夕相处，两人之间能没事吗？

安德鲁把菁喆让到他的卧室，菁喆才发现，他和朱迪的房间是隔壁，朱迪的房门半开着，菁喆下意识地扫了一眼，她从未见过这么乱的卧室，床上地板上都堆满衣物和乱七八糟的东西，根本没有下脚的地方，她想，美国女人怎么是这样的？

但菁喆还是快乐的。安德鲁努力地展现他的厨艺，同时不无对她的关照，一会儿给她冲热茶喝，他竟然知道中国人喜欢喝茶；一会儿给她拿饼干，仿佛她是个需要人照顾的小女孩；一会儿问她要不要听音乐。菁喆想帮他干点什么，他都不让，他说菁喆只需要待在这儿舒服就行。

晚饭很简单，就是烤肉和面包。两人在后院的阳光玻璃房里边吃边聊。美国人在住宅方面不像中国人那样讲究坐北朝南，他们不在乎是南北向或是东西向，怎么舒服怎么盖房子。像安德鲁这套小房子，就是斜着盖的，顺着公路的方向，面朝西北，背靠东南。菁喆坐在简易玻璃阳光房里，感觉很是明亮。安德鲁告诉菁喆，这间简易房门前的阳台，是他动手做的，院子周围的栅栏，也是他亲手做的。平时汽车坏了，一般也是他自己修理。看着眼前这位朴素的美国男人，菁喆不由生出几分敬意，觉得他挺成熟的，如果栗秋跟了他，应该不用太操心。可是在菁喆问了他两个关键问题后，心里开始敲小鼓。第一，问他的收入。开始他只笑不说，菁喆解释说，中国人之间相互都问这个问题，没什么。他才说，月收入6000美元。那么，这个数字对一个美国人来说，意味着什么呢？菁喆没啥概念。又问第二个问题，如果栗秋想结婚，明年他会跟她结吗？他摇头道，太快了。菁喆逗他说，如果五年后，你俩都没结婚，你会跟她结吗？他摇头道，太遥远。每年都有变化，每天都有变化，谁知道明天是什么样？

说来说去，看上去很乐观的安德鲁，原来骨子里是悲观的，他只愿活在当下。他说自己跟女友同居十年，几近要结婚，但她又有了别的男友，他很伤心。

"那么，你们分手时，你赔偿她什么了吗？"菁喆关心的问题比较实际。

"没有啊！我们以前都是租房住，各花各的钱，所以分手时，就分手了，没有财产纠纷。"

"但在中国，一般男的会给女的很多补偿。"菁喆这样说道。

安德鲁表示不理解，他问："为什么？"菁喆说不清，就没往下说了。

菁喆提出天黑透了，应该回去，明天还要工作。虽然安德鲁有些不舍，但他还是尊重菁喆，用他的红色卡车送菁喆回去。在车上，安德鲁要求菁喆离他近些，菁喆笑笑，没言语。安德鲁便把菁喆往身边拉，菁喆也就离他近了些。安德鲁的一只手握住她的一只手不松开，菁喆知道，这个男人很寂寞，也可能有些喜欢她。

在33号公寓楼下，安德鲁提出："我能送你到房间吗？"

"不！因为还有其他室友，不方便。"菁喆坚定地说。

安德鲁激情满怀地拥抱了一下菁喆，她挣脱开来，向楼梯口跑去。安德鲁站在她身后，微笑着看她进了楼道，才追了句："晚安，我的女王。"

菁喆没回头，但能听见他发动汽车的声音。

菁喆等到半夜，栗秋才回来。菁喆便一五一十地把见面情况告诉栗秋。

"如果安德鲁再约你，你还得坚持几天。今晚跟菲利普聊了几个钟头，他仍是很理性，仅在临走前，吻了我的额头一下。所以，我仍然无法确定这个男人是否正常。假设他正常，那么他对我就是一种绅士风度。这个男人我要！"栗秋判断道。

菁喆却认为，安德鲁可能不会再约自己了，哪有见面这么频的。但第二天，安德鲁还是约她见面，菁喆以实验室加班为由拒绝了。但从这天开始，每天下午4点左右，安德鲁只要一下班，就给菁喆发短信问候，只要菁喆说正忙着，他就让菁喆忙完之后再回复他。每晚睡前，他一定要跟她聊一会儿。

三天后的晚上，栗秋跟菲利普约会，一夜未归。第二天早晨，栗秋在电话里高兴地告诉菁喆，"他留我在家过夜了，其实他是个极其温柔体贴的好男人。他还跟我说，等儿子寒假来时，他要去机场接他，还要请年假，陪我和儿子到南部去自驾游。"菁喆能听得出栗秋很开心。

"太好了！真为你高兴。"菁喆很受鼓舞。

栗秋狂喜地说："真没想到会遇到这么好的一个男人，他竟然连手机都没有，平时有事，都是往他家里和上班的地方打电话，而且他几乎不上网，也很少看电视，他喜欢做家务，喜欢运动健身，不抽烟也不喝酒，简直就是个宅男，你觉得我是不是特幸运？"

"那安德鲁怎么办？"菁喆关注地问。

"可以撤了。"栗秋下了命令。

"好的。"菁喆听清楚了。

"不过，如果你觉得这个人还可靠的话，应该跟他发展成好朋友。虽然你来几年了，但你从未与真正的美国人交往过，这可是结识美国人的最直接的机会呀。如果你暂时还没找到合适的，我看这人陪你一段时间也行。"栗秋的建议很实际。

菁喆犹豫了。交往的这几天，她发现了安德鲁身上有许多优点。但也觉得缺点什么，那究竟是什么，她还说不清。

"是不是因为我先认识了他，你觉得再跟他交往就别扭了？"栗秋善解人意地问。

"嗯。是挺别扭的。"菁喆承认。

"那有啥，我遇到了更适合我的人。又没让你非得跟他怎样。你就别小肚鸡肠，大气点嘛。这样吧，我看这人给你当教练挺合适，你呢，还继续在网上寻找，发现更合适的人，该干啥还干啥呗。这个世界不是非黑即白两种色彩，还有中间色。"栗秋以过来人口吻引导菁喆。

12 纽伯里街

菁喆虽然觉得别扭，但等安德鲁这个周末再约她时，她却没有一口回绝。

安德鲁提出接菁喆去纽伯里街吃饭。这也是他第一次请菁喆正式吃饭。菁喆一听纽伯里街就答应了。因为栗秋经常跟菁喆提到这条街如何值得女人们一逛，说这条街在 19 世纪之前，是波士顿最佳居住的街道，又被称为最时尚的背湾街，还说街上最有年头的建筑建于 1860 年。但菁喆从未去那里开眼，现在既然安德鲁有车，还陪着吃饭，为何不去逛逛呢？也不枉到波士顿来一趟，省得别人问起纽伯里街，自己都不知道在哪儿。

菁喆刻意换了件"朱迪"牌红蓝相间的天鹅绒套装，脚上是"优歌"牌澳洲雪地靴。这一身行头是感恩节那天，栗秋帮她从"奥莱特"买的，打五折后，总共才 80 多美元，但在中国的商场，合计得四五千人民币。

安德鲁见到菁喆，直赞漂亮，然后用力地拥抱了她一下。他为菁喆开车门，扶她到座位上，然后关门，然后回到驾驶室座位，笑眯眯地看了菁喆一会儿，才驶向纽伯里街。

在菁喆眼里，纽伯里街最迷人之处，就是随处可见的欧美建筑，以及这些建筑里的各种餐馆和店铺。许多餐馆的桌子摆放到人行道上，尽管是冬天，美国人似乎不怕冷，坐在餐桌前照样喝冰啤酒眉头也不皱一下。安德鲁选了一家小门脸的披萨馆，两人钻进去。因为是安德鲁请客，菁喆没发表任何意见。安德鲁把菜单推到菁喆面前，问她想点什么。菁喆回答说，什么都行，让安德鲁自己点单。

一顿饭下来，结账时，加上税钱，不到 30 美元。安德鲁吃得特别满意，拍着胃口说，真好，美味又实惠。他那一副吃了美食满足的样子，挺感染菁喆的，心中暗想，这美国男人其实挺单纯的。

饭后，菁喆提出要回去。安德鲁很诧异，说这是周末，菁喆应该跟他回家去看电视。菁喆说朱迪在，她不想去。安德鲁说，两人可以在他的卧室看小电视，菁喆一想到卧室这个词，就知道可能发生什么事。所以，她极力牵制着他说，那咱们还是在纽伯里街再逛会儿吧。安德鲁说，会把你冻感冒的。但菁喆坚持说，自己喜欢逛街，看晚霞。其实，早就没有晚霞了，顶多听听历史的潮声罢了。安德鲁高兴地把左臂一弯，对菁喆说："请吧，我的女王。"

菁喆象征性地把手臂伸进安德鲁的臂弯，但很快又自然垂落下来。她觉得很别扭，重要的是，觉得眼前这个美国男人很陌生，不是自己想要亲近的那种人。安德鲁虽有点失落，但也无所谓。他还是很忠实地守着菁喆，生怕有人碰着她一下。

纽伯里街名来源于 1643 年英国的一场内战，纽伯里战役。它位于波士顿公共花园附近。这条街有号称世界上最昂贵的精品店，高端商品有拉尔夫劳伦、香奈儿、阿玛尼、巴宝莉、卡地亚、华伦天奴、杰尼亚等。这些大牌都是栗秋津津乐道的，但菁喆永远也搞不懂，也不想搞明白。这个冬夜，她穿梭在这些昂贵的精品店里，只为了感觉这些昂贵的气息而已。安德鲁跟在菁喆身后，不远也不近，大多时间两手抄在口袋，从未主动问过菁喆喜欢什么，或想买什么，菁喆料想他也知道这是个昂贵街道，不开口说话是最明智的选择。菁喆本身也没有让他买名牌的欲望，菁喆不是那种让男人为难的女孩。其实，安德鲁也不懂名牌，他永远穿工作服，回到家里一身套头运动装，所以，当推销员向他介绍唐纳卡兰和本谢尔曼时，他连忙摇头摆手，退到门口，然后若无其事地等着菁喆跟过来。当然，纽伯里街上也有低端些的商品店，在靠近马萨诸塞大街那边，那多是些波西米亚风格的店铺，茹欣媛更喜欢这种风格的衣裙，便宜而浪漫。

菁喆还感兴趣这条街上五颜六色的古民居，与中国的房屋很不相同。即使很晚了，这条街还是很热闹，自行车、摩托车、私家车、公交汽车，都在这里穿梭；美人、美食、美发把这里塞挤得满满当当。也有一些人在发小广告，安德鲁总是左躲右闪地像个顽皮的大男孩。

大约逛了两个小时，菁喆才收了脚步。两人愉快地上车。回途中，菁喆问安德鲁："喜欢孩子吗？"

"喜欢，但不想要。"安德鲁坦白地说。

"为什么？"

"有孩子生活压力大，我的许多朋友都羡慕我可以自由自在地生活，而他们却要照顾家庭和孩子，很累。所以，我现在最想要的是自由。"菁喆暗想，可自己是想要孩子的。

很快就到了 33 号公寓楼下，安德鲁赖着不想马上离开，他找了个话题说："对了，给你看我的工作环境。"他高兴地拿出一个小相机，给菁喆看自己的工作业绩。

菁喆一看，原来，他是专门安装高档门窗的。

"这个冬天我就在罗德岛为这个新校区安装门窗。"安德鲁自豪地介绍。

"你不是搞工程设计的？"栗秋明明告诉菁喆，安德鲁是个工程师。

"不是。我就是装门窗的，这是个有难度的活儿，不好干。"安德鲁朴实地回答。

"我看你坐在高高的吊车上，很危险吧？"菁喆指着其中一张照片。

"是的，有危险。因为有些楼层很高，吊车把我吊上去才能干活，往下一看，晕。"安德鲁吐了一下舌头。

"你受过伤吗？"菁喆关切地问。

安德鲁拍拍他的脑门，说："这里还有个大鼓包呢。"

菁喆张眼一看，果然有个硬邦邦的包："怎么回事？"

"今天中午我在屋里装门窗，又累又闷，我就把安全帽拿下来想休息一会儿，正好一块天花板掉下来，砸到我头上。"安德鲁笑呵呵地说。

"现在还疼吗？"菁喆问的同时，也仔细看了那个包，发现上面有几道血痕。她的心仿佛被什么揪紧了。她联想起自己当钻井工人的父亲，永远让家人揪着心。

"没事。当时晕了一下。现在好多了。"安德鲁淡然地说。

"下次一定要戴安全帽，要当心。"菁喆叮嘱道。

"谢谢你。我会没事的。"

"你一直都做这种苦力活吗？"菁喆问。

"是啊。我开了8年长途运输车；又干了10年装修工，安装门窗。"安德鲁自报简历。

"那你在哪里读的大学？什么专业？"这是菁喆最关心的问题。

"不好意思。我不喜欢读书。我读了一年的社区大学，学计算机。但我坐不住，上课的时候，我就跑到校外去玩，老师总是抓我回来。"安德鲁做了一个滑稽的表情。

"噢，那时你是个调皮的学生呀。"

"我是老大，下面有三个弟弟两个妹妹，两个妹妹都读了大学，都有很好的工作，但弟弟们和我一样，不喜欢读书，就都做苦力呗。"安德鲁一点没有惭愧的意思。

"你喜欢安装门窗？"菁喆问。

"当然。第一天我带你去的那个音乐厅的门窗，翻修的部分，都是我装上去的；还有波士顿美术馆的门窗，也是我装的。我妹妹读的是波士顿学院，那里一半的门窗都是我装上去的。"菁喆发现安德鲁很有职业自豪感，不禁被他乐观的情绪感染。

"你真了不起！"菁喆由衷地赞扬他，同时也觉得他真的很单纯。如果是中国男人，一定会觉得这个职业低下。他其实就相当于中国的建筑工人呀。

"对了，明年春天，我的工作地点就改到布鲁克林了，那里有个建筑将完工，我的公司老板已签订了装修合同，我负责装门窗，那样我又会挣很多钱了。"安德鲁喜滋滋地说。

"你不是每月6000美元吗？已经很多了吧？"

"是呀。但扣掉2000美元税，就剩4000了。"

"噢，这么多税呀？"

"还要扣掉2500美元的房贷。"

"天哪，那你岂不是只剩下1500美元？"

"对呀，我还得生活，养汽车和摩托车，所有的费用加起来就这么多，所以我得把房子出租。朱迪帮了我，我感谢她。"安德鲁认真地说。

"她每月房租多少？"

"700美元。"

"她住多长时间了？"

"两年多了。"

"她打算租多长时间？"

"我不知道。"

"她是单身？"

"是。"

"你俩有那种关系吗？"

"不。"

"为什么不？"

"她租我的房子，所以不能有那种关系。明天你有什么安排？"安德鲁转了话题。

"暂时没有安排，只是写论文。"

"明天上午我带你到乡下转转，下午我给你做披萨吃好不好？朱迪交了新的男朋友，她不在。"

"这样吧，明天上午你带我去乡下转转，中午我请客。"菁喆客气道，她已打定主意，过了明天，就结束跟安德鲁的关系，但她必须给他留个好印象，不能像网上那些美国男人一样，说消失就消失，连个招呼都没有。

"真的？在哪儿？"安德鲁高兴得像个孩子。

"你选地方吧。"

安德鲁打了个响指，说："这很容易。"

13　扫兴

第二天，安德鲁载着菁喆去了市中心一个比较有名的海鲜店。那家店的生意真兴隆，许多人排队等候。菁喆认为，尽管他是个好男人，但他们之间的文化差异太大，他就是个生活型的男人，基本不读书，对其他事情也没兴趣，或也没条件有兴趣，如果两人硬凑在一起，将来没有共同语言。那么，这顿午饭，在菁喆的潜意识里也是还他的人情。菁喆内心很清楚，安德鲁不是她要的那种男人。

菁喆让安德鲁点菜，自己随意。这顿饭安德鲁吃得很开心也很饱，等结账时，菁喆吓了一跳，70多美元。连安德鲁自己都不好意思了，他坚持要付小费部分。菁喆暗想，这美国男人是不是以为碰到富婆了，能蹭就蹭。

吃过海鲜，安德鲁坚持要带菁喆去他读书的学校看看，又把父母的房子指给她看。然后说，既然已经下午了，一定要请菁喆吃他一周前从海上

钓来的金枪鱼。安德鲁喜形于色地告诉菁喆，朱迪刚才发来短信，说她晚上不回来了。

菁喆答应到家里去吃晚饭，安德鲁狂喜不已。

回到安德鲁的家，他很娴熟地把冻在冰箱里的鱼拿出来，先解冻，然后洗净，切成块，用些酱料腌制好，再架上烧烤炉，颇有耐心地烧烤起来。

饭毕，菁喆有点不好意思地说："好了，也出去玩了，也吃饱喝好了，到此为止吧，我要回去写论文了。"

安德鲁依依不舍地说："再坐会儿，你看会儿电视再走吧，我的车里有点油漆味，怕你不喜欢，我洗下车就送你回去。"

安德鲁果然去洗车了，菁喆只好选了个"二战"片看起来。

约半小时后，安德鲁洗完车了。他出了一身汗，又到卫生间冲了个澡。然后到客厅的沙发上坐下。菁喆正坐在长沙发的另一头看电视，安德鲁走过来，给菁喆的后背放了个枕头，问："这姿势是否舒服？"

菁喆点头。

电视里正演某个战场上，德军和苏军拉锯战时，一个苏联女间谍深入德军弄情报的事，挺紧张的情节，菁喆看得很投入。她想把这个情节看完就走。可是安德鲁却一会儿都闲不住，一会儿动动身体，一会儿咳嗽几下，一会儿起身喝水。安静片刻，他突然坐在菁喆的脚边，一把握住菁喆的脚，捧到手里。

"你要干什么？"菁喆立刻尖叫起来，同时把脚往后缩。

安德鲁笑着宽慰菁喆："别紧张，我觉得你在实验室站了一天，肯定很累，我帮你按摩一下好吗？"

菁喆也笑了，说："不，我脚心怕痒。"

安德鲁仍坚持："你会感觉很舒服的。来，让我试试。我妈妈是公交车售票员，以前她下班回来，就经常让我帮她按摩。"

菁喆有些感动。但她真的怕痒。

安德鲁再次把菁喆的脚捧在手里，说："来，我帮你把袜子脱了。"

菁喆坚决地说："不！"

安德鲁笑笑说："好，我尊重你。那你闭上眼睛，只想着蓝天绿草，你会感觉很放松。放心吧，我不会做你不喜欢的事情。"

经安德鲁这么解释，菁喆防备的心理有些松动了，安德鲁见机，开始用手捏菁喆的脚背，看到菁喆没有反对，他又开始搓她的脚心。菁喆心里也纳闷，奇怪，怎么不痒了？是心理作用，还是这人的按摩技术好？菁喆长这么大，还是第一次被男人按脚。

脚心按了，也没什么。安德鲁开始按菁喆的脚脖子，然后是小腿肚子……

安德鲁的手机突然尖利地响起来，他没去理，继续按菁喆的小腿肚子，但手机坚持响个不停，好似不达目的不罢休似的。菁喆也如梦初醒，把自己的脚收回，并问："为什么不接电话？"

安德鲁看了一眼电话号码，接了，并且没好气地冲着电话说："爸爸，什么事？"

"我要给你讲个故事。"电话那头出现一个苍老的声音。

"什—么？"安德鲁伸长脖子大喊道，"爸爸，你要干什么？"

"我想告诉你，你爷爷的爷爷，也就是我爸爸的爷爷是怎么从爱尔兰逃荒到美国来的，是坐哪只船过来的。我觉得自己快要死了，怕今天不讲，以后没机会了。"老人很认真地要跟儿子长谈一次。

安德鲁哭笑不得地说："爸爸，这是什么时间啦？你要给我讲家族史？全美国人民在这时候都要睡觉了，你却要给我讲爱尔兰人的逃荒故事，爸爸你脑子没毛病吧？你要是正常的话，就赶紧睡觉，明天再讲吧！"

安德鲁挂了电话。对菁喆说："真奇怪了，爸爸一个月都不给我打一个电话，今晚却要给我讲家族史。"

"你爸爸多大年龄了？"菁喆问。

"90 岁。"

"退休前他是做什么的？"

"公交车司机。"

"他身体好吗？"

"不如妈妈身体好，脾气也不如妈妈好。"

正说着，手机又响了。安德鲁坚持不接。菁喆说："老人家的电话还是应该接的，不然太不礼貌。"

安德鲁不耐烦地再次接电话："爸爸，你快说吧，你爸爸的爷爷是坐哪只船过来的？"

安德鲁的爸爸说："哎呀，我刚才打了个盹，醒来想起来了，所以赶紧给你打电话，可是你怎么能把我的电话挂了呢？唉呀，你看你这一挂，我现在又忘了，等我想起来时再告诉你吧。你从小不好好学习，就像我小时候，结果跟我一样，一辈子都得干体力活，你看你的两个妹妹……"

"爸爸，你这不是给我讲爱尔兰迁移史，你又要对我训话，爸爸我已经是 40 岁的人了，你别打扰我的生活好吗？你赶紧睡觉去，我明天还要工作，现在我要睡觉了。挂了。"安德鲁很不高兴地挂了电话。

趁这个空当，菁喆早就站起身，穿好鞋，拎起包，紧张地等在门口了。

安德鲁过来一把抱住菁喆："亲爱的，我喜欢你，今晚别走了好吗？"

菁喆挣脱道："我不想只跟一个人同居或交个朋友，我想认真地结婚。但我还没考虑好，请让我走好吗？"

"我尊重你。但你能不能陪我待会儿，我想跟你再聊聊天，我保证不动你行不行？"

菁喆推开安德鲁，坚定地说："我要回去。"安德鲁立刻拉下脸来，什么话都没说。两人拉开门，向那辆工具车走去。

一直驶到菁喆楼下，安德鲁才开口扔出一句："晚安！"那声音如此苍老和沮丧，菁喆也觉得挺对不住他似的，但没办法，她不愿意。菁喆头都不回地径直上楼了。

栗秋也刚进门，脸上还挂着幸福的笑容。她问菁喆："怎么样？处得还好？"

"到此为止了。我不想跟他变成男女关系，但他好像控制不住，我觉得再下去挺危险的，只能打住。"

"还让你破费请他吃了顿饭。哪有你那么傻的？你在实验室挣的那俩小钱，都花差不多了吧？"栗秋说着，从包里取出一百美元，递给菁喆："拿着，谢谢你为我受委屈。"

菁喆把钱又塞回栗秋手中，说："不带这样贬低我的。我有能力挣更多的钱。要说帮忙，最初的确是想帮你圆场，可后来这两次，是我起了私心，想跟他发展点友谊，可我发现我没这种能力，人家就是想跟我那个，所以，索性拉倒。要说谢谢，我还应该谢你呢，你给我提供的这次机会挺宝贵的，让我也见识了美国工薪阶层怎么生活。"

"那你也不用花那么多钱请他呀？记住，在男女关系中，谁主动花钱，就意味着谁失去了主动权，听见没有？"栗秋叮嘱菁喆。

"嗨，主要我觉得他挺穷的，不好意思花他的钱。"菁喆朴实地说。

"但他也真抠门，他请你，花30，你请他，花70。唉，人穷志短呀！不过，我还是觉得他贼精贼精的，嘴巴甜，干活也行，就是不舍得花钱，但女人的钱他却舍得用，这个习惯不好。"栗秋客观地评价道。

"菲利普怎样？经济上好些吧？"菁喆问。

"到现在，他还没让我掏一分钱，我心里挺舒坦的，觉得做女人真好。想想跟安德鲁见的那两次面，就是喝过两瓶矿泉水，连顿饭都没舍得请，真不给力。其实，跟一个男人过日子，不在乎他有多少钱，而是看他肯不肯花在你身上。只要他全心全意，哪怕他给你买个发卡，也是幸福的，对不？"

14 招聘会

下午，栗秋的男友菲利普驾车，载着栗秋和菁喆赶到位于市中心的玛瑞奥达酒店一层大厅，那里已挤满了求职者。栗秋和菁喆对此并未抱什么希望，只是观望一下就业市场前景而已。

正对着酒店大门的会议室里，组织这场招聘会的两名培训公司负责人，像演双簧戏似的，正一唱一和地向台下的百余位求职者介绍求职经验，比如，你如何向招聘公司介绍自己的才干，怎么推销自己的优势，找工作的一些技巧。他们拍着胸脯说，今天在座的求职者中，将有十分之一的人有机会获得工作，而那些找不到工作的人，可以咨询他俩，他们可以让求职者找到工作。他们说的话很满，引发台下众求职者的哄笑。招聘公司的十几名人事主管，坐在台下的前两排，他们一一上台介绍自己公司的情况，菁喆很认真地记在本子上，保险公司、金融公司、投资公司、服装公司、家具公司，甚至连木匠、电工、水管工都要招聘人，但千篇一律的，都是需要广告或推销员。就是没有医药公司，菁喆摇摇头。

求职者中年轻人占多数，但也不乏中老年人。有几位头发和胡子都是白的，看上去70岁左右。当然求职者中有各种肤色和各种身份层次，需求也是不同的。菁喆带着一沓简历来，出门前，栗秋帮她化了淡妆，还把刘海用电热梳卷了卷，让她穿上白衬衫、西装裙和尖头的黑色高跟鞋，再配一件呢子大衣。菁喆自己照镜子，说像大堂经理。但栗秋认为，不管有没有被录用的可能，参加这种招聘会，就得是职业装扮，这样做既是对招聘方的尊重，也给招聘方留个好印象。两人之前也上网浏览了招聘会的资料，明知没有合适的对口专业，但栗秋劝菁喆，还是应该去碰碰运气，如果能从求职者们那儿获得些求职经验也不错。

栗秋看到这个场面，心中暗自决定：无论如何，国内的工作绝不能丢，至少收入还挺稳定。所以，她的任务就是搜集资料，也跟一些求职者聊天。

但菁喆就没有那么轻松，她心里沉甸甸的，这个月，她已参加了三次这样的招骋会，都没有对口的职位。当她看到一个木匠信心满满地被那家土木公司热烈拥抱时，她想，其实，只要有一个独到的技能，就能找到工作，而且薪水也差不到哪儿，早知这样，读博士干啥？真没用！

菁喆在招骋室转了几圈，也问了几家公司，对方都是笑脸相迎，首先问她有绿卡吗？菁喆说没有。接下来的谈话就没必要了。菁喆索性退回到门口，那里正有十几个人排队，跟她一样，就是想问问那两个负责人怎样才能找到工作。

"我该怎样获得工作？"菁喆问。

肚子圆圆的中年人回答说："你是在校博士，一定能找到工作。"

"何时？怎么找？"菁喆的眼里腾起一缕小火苗。

"来参加我们四个月的培训，你自然就明白了。"负责人信心满满地说。

"我没有绿卡，培训有用吗？"菁喆一针见血地问。

"你交 200 美元，我们帮你改写简历。一般求职者我们收 240 美元，但我可以给你打折。"负责人忽悠道。

菁喆笑笑，文气地索回自己的简历，站起身，离开。

回程中，栗秋和菁喆都闷着。倒是菲利普善解人意，把收音机调到一个幽默笑话栏目，他自己动不动就大声笑起来。

回到房间，菁喆才发现安德鲁发来好几条短信，也打过她的电话。给他回还是不回呢？正想着时，手机又响了，是安德鲁。菁喆有点不忍，还是接了。

"你在跟我生气？"

"没有。"

"我有什么地方做得不对吗？"

"你很好。我只是很忙。"

"好吧。"

"什么时间你忙完了，我跟你聊天好吗？"

"对不起，我真的很忙。"

菁喆索性关了手机。记得茹欣媛说过，美国人之间分手干脆利落，说到此为止，就再也不来往了。为啥这个安德鲁不是美国人的风格呢？

15 A女和D男

栗秋又是一夜未归。

第二天中午，栗秋带着菲利普来了。两人高高兴兴地收拾东西。

"我已经跟茹欣媛说了，我搬出去，她可以找新客户住进来，我预交的下个月房租也不要了。"栗秋乐呵呵地告诉菁喆。

"打算正式同居？"菁喆问。

"菲利普说我这儿住的人多，环境不太好，让我住过去，他也可以经常给我做点好吃的。"

"你真幸运，遇上一个好男人。"

"我也没想到会这样。他对我儿子的事也挺上心，主动问，如果让儿子过来上学，孩子爸爸那边会不会同意？他家社区附近就有个很不错的高中，他希望孩子能喜欢那个学校。"

"挺周到呀！"

"是啊，他现在既是司机，又是保镖，还兼导游，还做饭，还陪练口语，还陪聊天。"栗秋话里话外都洋溢着幸福感。

菁喆把栗秋送到楼下，两人站在那里，又聊上了，"从昨晚到现在，安德鲁一直在发短信，咋办？"菁喆没主意了。

"没想到咱俩这出假戏，人家那边当真了。"栗秋笑道。

"我以为不理他，他能识趣呢，可他还是一如既往地嘘寒问暖。"

"那就直接告诉他，别发短信了。"

"我怕伤着他，他对我挺上心的。"

"干脆点，我觉得这人心理素质还行，别怕伤他，没准人家一转身又去找别的女人了，没事。他应该不会叽叽歪歪地整事。从现在开始，他来短信也别理他，过几天他就明白了。"

"不知怎的，就是有点不忍心。"菁喆同情地说。

"贫贱夫妻百事哀，别因为贫穷限制了你以后的发展，咱穷过，知道那是啥滋味，还是算了吧。如果没猜错的话，这人年轻时是个浪子。不然怎么40岁靠着兵役政策才开始买房，以前干啥去了？身上没攒一分钱！"栗秋完全是替菁喆考虑。看到菁喆不吭气，栗秋又振振有词地劝道："光这房贷都压得他喘不过气来。咱有病啊，跑这么大老远来为世界上头号强大富有的美国人还房贷？咱图啥？坚决不干。再说，咱跟他也不是一个阶层，咱是知识分子，如果你在中国，能跟一个建筑工结婚吗？绝对不可能的事，咱不受这个委屈！"

菁喆感激地说："你的考虑是现实的，也是贴心的。谢谢你。"

"浪漫是需要资本的。"栗秋说。

"栗秋姐，你觉得像我这个年龄的女孩多了，对社会秩序是一个扰乱吗？"菁喆考虑的却是另一个角度的问题。

"至少婚配性别比失调，造成心理失调呗，心理失调的人多了，社会不就不稳定了吗？比如你吧，无论在中国社会或美国社会，你都是优秀分子，专科知识顶级了，以 A、B、C、D 来排序的话，你是 A 女。但当你选择家庭伴侣时，却没有可匹配的 A 男，只能顺着往下找，发现 B 男和 C 男也没有了，只剩下像安德鲁这样的 D 男，你说你找不找吧？而男人和女人的择偶标准是反着来的，A 男，希望找个 B 女，既体面又好驾驭；B 男，愿意找 C 女；C 男，找个 D 女，他可以接受。一般而言，男人是往下看，女人是往上看。菲利普和安德鲁这种美国男人，似乎不太在乎女人比他们强，这倒是有意思的事。反正，以这种排序推论，A 女和 D 男一般是没人要的，北大清华的女博士和农村的光棍们被剩下了，怎么办？这个人群数量越多，潜在的不安定因素就越多吧。我也说不清。"栗秋说起这些事来，一套一套的，但还真有理。

"如果换了你，只剩 D 男的情况下，你会接受或选择吗？"菁喆一根筋地追问。

"但前提不是中国农村的光棍，而是指美国公民里的工薪阶层。你别弄混这两个群体，虽然都是 D 男，但差远了。如果美国这个 D 男，人品好，内心干净，对我一心一意，就算他学历低点，收入少点，社会地位不高，我也能接受。比如菲利普，也不是富有的人，但我就能接受他。毕竟我已过 40，又有个儿子，我又想给儿子创造一个好的教育环境，我没有更多选择了。那么你呢，你会不会接受 D 男？"

"不！绝不！"菁喆脱口而出。

"口气这么强硬？当然你年轻，又没孩子拖累，有资本说不。我得实际点。"栗秋说。

正聊着呢，菲利普扛着栗秋的箱子下来。栗秋刚想上前搭把手，菲利普马上制止："不，不，你不需要做任何事，这些事让我来。"

他说这话时，一脸男子气，菁喆真是挺羡慕的。她想，如果自己愿意跟安德鲁在一起生活，他也会这么心疼自己的。可惜，自己不可能选择他。就算有这个倾向，母亲这一关也绝对过不去。

菲利普和栗秋要走了。菁喆对菲利普说："你把我的好朋友带走了，你很幸运呀！"

菲利普指着栗秋说："我们彼此幸运！"

16 忧

这晚 8 点多，安德鲁又发来短信，问菁喆工作忙完了吗？

菁喆没有回应。过了两个小时，他给菁喆发了个短信说："我知道你今天忙。那么你忙完后，想跟我聊聊吗？我做了什么不好的事吗？你不想跟我说话吗？"

"我认为咱俩不合适。"发出这个短信，菁喆顿时觉得轻松了许多。

"是那样吗？我不相信你会发个短信就跟我分手。"这次，轮到安德鲁沉默了，他的短信和声音消失了两整天。

菁喆给栗秋打了个电话，问栗秋自己应该怎么办？

栗秋分析说："他还会跟你联系的，因为他不甘心。一方面他的确对你很上心，另一方面，他好容易抓住一条大鱼，未来的女教授，心地又善良，怎会轻易松手呢？"

果然，两天后，安德鲁又给菁喆发来短信，要跟菁喆当面谈谈。

菁喆也觉得就这样说到此为止就无声无息了，很不好。至少应该让人家在情绪上有个缓冲，而且当面说清楚分手的理由，这才是自己的风格。

"好吧，这周日中午我请你吃中国餐。"

"太好了。"安德鲁在电话里又高兴起来。

"我会把餐馆地址发给你。"

"需要我去接你吗？"

"不。谢谢。"

菁喆不想把两人的见面放到晚上，这样不利于分手。既然快刀斩乱麻，那就得考虑周全，尤其是细节决定成败。

菁喆再次请客，是想为心底那份淡淡的内疚买单，原来只是帮栗秋圆个场，结果人家真的用心了。虽然相处只有一周时间，但是冬夜里他大汗淋漓地举着冰淇淋向她走来；他骑大摩托带她到乡下兜风；他带她到农场买新鲜水果；他为她做烧烤；他为她斟满啤酒，自己却只喝白水；他为她放倒折叠椅，让她躺在上面享受玻璃房里的阳光……他还是给菁喆留下许多美好回忆，她从心底真的感谢他。

菁喆提前半小时，就坐在中国城的"南北和"餐馆里等安德鲁。

安德鲁进来了，还是像往常一样，穿着一身干净却朴素的工作服。但这次他一脸凝重，不像前两次见到菁喆脸上就笑开了花。他意识到这将是最后的午餐。

"你好吗？"他问。

"很好。"菁喆一歪头，一副无所谓的样子。

"我不好。我一直想你。"

"赶紧吃饭吧。尝尝，辣椒炒茄子拌米饭，为你多要了一盘。"在菁喆的催促下，安德鲁不得不低头吃饭。转瞬，他脸上有笑容了，直夸这饭好吃，味道真好。

"那就好好享受吧！"菁喆让话题一直围绕着吃。餐馆人多起来，大多是中国人，也有几对美国人。菁喆想，如果自己说英语，美国人能听懂，中国人也能听懂。所以，她不想多说，至少不想让无关的人听到这张桌子上一对男女的谈话内容。

安德鲁吃饭的速度很快，到底是当过兵的。菁喆眼疾，迅速叫来服务生结账。安德鲁自觉地从口袋里掏出20块钱要付账，被菁喆坚决阻止。他大概想起菁喆曾经提醒过他的，中国男女外出吃饭，都是男人付账的风俗。

"我说过我请你。"菁喆暗地里嘀咕，你那点钱也不够啊。

安德鲁想折中，他放在桌上10元钱，那意思是各付各。菁喆把它扔回去。她不想给他这个机会，一顿饭钱就能赎回内疚感，这已经很廉价了。

菁喆平静地说："走吧。"

安德鲁起身，跟她来到门口，并认真地对菁喆说："谢谢你请我吃午餐。"

"不客气。你的车呢？"

安德鲁指指不远处他的大摩托，并说摩托好停放。

"我可以送你回家吗？"

"不用了。谢谢。我还有事。我希望你能理解，我们两人不合适。"菁喆咬着嘴唇说出这句话。

安德鲁只是无语地目不转睛地看着她，目光里充满了深情和依恋。

"对不起，我们利用了你。"菁喆小声地道歉。

安德鲁摇摇头，还是没说话。

"另外，我也不喜欢你那个室友。而这种现状是不可改变的，对吗？"菁喆故意捅到安德鲁的软肋。

安德鲁叹口气，没说话。

"所以，我们必须得分手。因为我们从未开始。"菁喆的目光始终望着别处。

安德鲁终于开口说话了："我很伤心。我舍不得你。"

菁喆安慰他："你很快会在网上找到新的女朋友。"

"你看见了，我每天都是工作，工作，工作。"安德鲁失望地说。

"你将来会生活得很好！"菁喆还是一嘴道别的话。

"那么，你保重自己。"安德鲁只有叹气的份。

"你也是。"菁喆又紧跟了一句，"那就走吧。"

在菁喆的再三催促下，安德鲁骑着他的大摩托走了。看着他那孤独的背影，菁喆很是怜悯，挺好一个人，怎么混得那么穷呢？怎么每天都干苦力活呢？她真心祝福他能找到一个适合的女朋友。

菁喆难受一下午，干活心不在焉。她给栗秋电话，说："散了。"栗秋说："别难过，他心理素质好。"

果然，晚上菁喆到交友网上扫了一眼，看到安德鲁在上面晃呢。而且，他在栗秋给菁喆新注册的"莫琳"的照片上留言："喂，你好。我对你很感兴趣，你愿跟我联系吗？"

菁喆扑哧笑了，内心的沉重感也消散了。这老美果然痛快，不拖泥带水的。但他怎么也想不到，那个他感兴趣的中国女孩"莫琳"就是菁喆本人。看来，这安德鲁就盯上了中国女孩。也许下一次，他真能逮到一个中国女孩，但愿那女孩别再骗他或甩了他。

栗秋也笑着说："许多中国女孩还以为，所有的老美都有钱呢，狗屁，安德鲁就是个穷光蛋。美国法律规定，男女离婚后，男人要养孩子，如果妻子不再嫁，男人还得负担一部分生活费。所以，很多美国离了婚的男人藏起来了，或跑到国外，没有能力负担。在美国，结了婚的男人没有地位，所以男人都不愿结婚。"

"怎么会没地位呢？"菁喆很好奇。

"菲利普告诉我的，说他的一个同事在家排位第四，第一是老婆，第二是孩子，第三是狗，第四才是他。"

"哈哈哈！咱们以前在国内看的美国电影里，怎么从来没演过这种家庭戏呢？真是长见识了，相比之下，中国男人还是地位高呀！"菁喆也乐了。

菁喆果断地了结与安德鲁的关系，她的情感生活又陷回绝地，她的灵魂仍然在看不见摸不着的时间隧道里漂移，她仍然没有自己的精神家园。自己期待的人到底在哪里？正因为还有期待，她才不敢轻易迈入哪道门槛，怕有更大的失望等着她。经历了这么多，菁喆还是心硬不起来，还是对万物万事有着惧怕心理，还是不想伤害别人，却给自己加上一道道沉重的枷锁。难道她天生就是来吃苦受罪的吗？谁知道呢。

17 刨根问底

又到了跟母亲在 QQ 上聊天的时间，每周对话时，母亲都追问找男朋友的事，菁喆躲闪着不说，有时逼急了，就扔下一句："你又不知道美国啥样子，你哪知道找个合适的人有多难。"今晚母亲又问："去找了没有？"

"找了。"

"啊，太好了！快说说，怎么样？家住哪儿？父母是干什么的？家里有几个兄弟姐妹？他在哪里工作？一月工资多少？对你大方吗？"

"妈，我是说，我的室友帮我介绍了一个，见了两次面，就拉倒了。"菁喆连忙更正。

"为什么？你咋不跟我商量商量呢？让我先看看照片，再决定也不晚呀！"母亲抱怨道。

"我是按您的标准，跟他散了。他长得还行，个子也高。但工资太低，手里没积蓄。另外，工作单位也一般。"菁喆淡淡地说。

"工资多少呀？"

"一个月6000。"

"不少呀。合咱人民币快4万了，跟你爸一年挣的钱差不多。"妈妈在电脑那头，掰着手指头算。

"我爸那是实际收入，美国这边的各种税很高，七扣八扣的，加上房子还贷，每月也就剩下一千多。就值到咱家走个来回的机票钱。我估计您不会同意的。"菁喆导引着母亲往坏的方面去想。

"那是太少。不行！他这是干什么工作呀，怎么拿这么少的工资？"

"既然都拉倒了，干什么工作也没关系了。反正我开始找男朋友了，这需要时间，需要运气。您别老催我，您就照顾好哥姐和老爸，别老操心我的事了。有些事得随缘，急也没用。"菁喆暗示母亲转移注意力。

"那就让你的室友再帮着介绍一个。你不是还有另一个室友吗？让她们都帮帮忙给你介绍，人多力量大。"母亲倒是豪气。

"妈，这不是干体力活，人多力量大。人再多，没有合适的人，也没用。再说，她们自己还找不到合适的人呢，哪有合适的介绍给我？您就别老提这个事了，行不行？"

"看你这个样子，我真着急。不行我去一趟吧。"菁喆感觉到，妈妈在电话那边急得跺脚。

"妈，您就是来了，也帮不上忙，还得花路费钱。妈，都是我不好，您再给我一年时间，我争取给您一个满意的答卷。"

"行行。你就驴拉磨一样地慢慢挪着脚走路吧。我够不到你，管不了你，但你记住，家里老的小的，都睁大眼睛盼着你荣耀的那一天。"

"妈妈，其实现在的美国博士跟过去的不一样了。并非在美国读博士的人就一定很厉害。"

"美国的博士比咱北大清华的都牛，这个我知道。"母亲以为女儿是在谦虚。

"可是，在美国，就算哈佛大学也有照顾性指标，就是说也有学习一般的人可以申请到哈佛大学。比如，奥巴马读高中时成绩一般，但他可以申请到哈佛大学，因为越是尖端大学越要照顾黑人；再比如我的室友，她是麻州大学的访问学者，其实她并没有什么学术成就，但指导老师只要同意，就可以给她发邀请信，她就能来。现在国内好多官员都能来哈佛大学培训，因为中国政府有钱，愿意到美国来镀金。其实你说他们到哪个大学不能培训，为什么非花高价到这儿来？就是显摆和虚荣呗，跟国内的人吹牛时，有资本。其实他们中的大多数连课都听不懂，美其名也说自己是哈佛大学的。"菁喆撇着嘴，一脸的清高。

"别跟我啰嗦那么多。我只关心你以后的前程。你还是赶紧找工作，找男朋友吧！"母亲永远能抓住主题。

菁喆默默地下了线。她只觉得冤枉，从未说过自己厉害，可为什么妈妈总觉得自己很厉害呢？一旦被套上"厉害"的标签，心里怎能轻松呢？自己现在就像被蒙上眼拉磨的驴，只能吭哧吭哧地往前走。

18 放任脚下

栗秋搬走后，33 号公寓冷清了几天。但一周后，茹欣媛通知菁喆好好搞卫生，一个台湾女博士即将入住栗秋的房间。女孩已从网上预交了房租，她的租期是半年。

茹欣媛的月子中心运营一段时间了。9个孕妇陆续入住。茹欣媛忙得披星戴月，每天的睡眠不足5个小时。

"还单着呢？找到没有？"茹欣媛知道菁喆明白她问的什么。

菁喆面露难色："没有。"

茹欣媛以过来人的口吻说："到'伊甸园'交友网站试试吧。我妹妹跟她老公就是在'伊甸园'认识的。"茹欣媛认为菁喆之所以没找到靠谱的，可能是没找对网站。

"真的？"

"确定。"

菁喆决定试试。

没想到在"伊甸园"网站创建自己的个人档案那么耗时间。网站给用户设计了系列问题，菁喆填完这些资料，差不多用了两个钟头。据说这是一个心理学家创办的网站，用户的资料提交之后，网站的软件会分析出一个人的性格，以及对生活、金钱、事业和家庭等的态度。网站还要求菁喆填写许多选择题，例如哪种类型的人对她是重要的，她希望对方是什么教育背景，年龄以及婚史等，然后网站数据库就会根据菁喆设定的规则，把符合她条件的会员推荐过来。最郑重其事的是，菁喆还得琢磨出个人宣言，要告诉别人，自己是个什么样的人，有哪些爱好，最忌讳什么，最喜欢什么，自己的优缺点是什么，想找什么样的人共度一生等等。

网站有自己的邮件系统和电话系统，等双方到了用邮件或电话沟通阶段时，便可选择网站的服务功能，以保护自己的隐私。但这个网站只能试用3天，第4天，就得交钱。一年240美元，这对菁喆也是个不小的数目，虽然手头紧，但茹欣媛鼓励她应该做这个投资，至少表明她对此事持认真态度。

栗秋反对，她认为："没必要浪费这个钱，这类网站多的是，都不必花钱。女人应该用最小的投入获最大的利益，最好是不投入就获利。我不就没花钱，也找到菲利普了吗？"

茹欣媛激励菁喆说："你这样做是对的，还有什么比建立一个好的家庭更重要的工程？就当是前期投资。投资嘛，就有风险。可能血本无还，也可能一本万利，谁知道呢？当年我找老汤姆也是一种风险，但豁出去赌了一把，结果成功了。虽然后来婚姻失败了，但毕竟通过这种管道，把自己输送到了美帝，才有了今天的发展。"

权衡了两位室友的建议，菁喆认为还是花点钱心里踏实，而且看到她俩在这条路上，都有不同的收获，菁喆内心再次燃起希望的火苗。

"伊甸园"网站的特点是，不能主动在网上搜索其他人的资料，主要是保护会员的隐私。菁喆决定还是使用假名，照片和其他资料都是真实的。

交钱后，网站开始正常运营，平均每两天给菁喆发送一批相匹配的会员资料，每次都是 3 至 7 位，令菁喆目不暇给。但是横着看，竖着看，没有称心的。

一周后，菁喆从大堆的会员中筛选出一名叫理查德的人。他是个拥有双国籍的环境工程审计师。照片上的他，戴着金丝边眼镜，消瘦的脸庞，神态有点忧伤，有点傲气，这是个散发着浓浓书卷气的男人，菁喆的目光下意识地停留在他的身上。理查德对菁喆的照片和资料也很感兴趣，他们互相打过招呼，他直接越过做选择题的环节，给菁喆发来邮件。这正合菁喆的心意，她也不喜欢这些选择题，有些问题很怪异，回答起来浪费她的大量时间，不如直接通邮件更容易了解对方。这次菁喆用"莫琳"注册，这个男人的第一封邮件是这样表述的：

您好莫琳，你今天好吗？我想说说关于我自己……瘦高个，1.87 米，相貌英俊，智慧，有很好的口才。我在英国出生，5 年前我成为美国公民。因为英国对拥有双国籍这件事比较宽容，所以我拥有两个国籍。我是个成功的职业男性，我的研究生学位是在美国维吉尼亚大学获得，我的学士学位是在英国剑桥大学获得。我在两个国家之间飞来飞去。在美国，我住在詹姆斯镇；在英国，我住在伦敦。我是环境与国际工程咨询公司的顾问，我的工作使我有机会广泛旅行世界，虽然我的办公室在市区，但我喜欢用笔记本电脑在本地的咖啡厅工作，那里有我放置的伯爵茶。或在一个英国人开设的酒吧，那里有我喜欢的好啤酒，可以与许多人一起观看英国足球。

互联网的优势就在于，我可以在这里认识世界各地的女性。我在寻找一个有吸引力的，智慧的女性，我愿意花很多时间，与她一起寻求共同利益和活动，并希望我们的关系持续发展。我的兴趣多种多样，比如看英格兰足球和阅读科幻小说。如果我能激起你的兴趣，请与我联系，我的邮箱地址如下……

理查德

这个人的资料有三点吸引菁喆的目光。一是他拥有双国籍；二是他个子高；三是他拥有研究生学历。菁喆方方面面被局限惯了，在家妈妈管着，在学校老师和校规管着，虽然人到了美国，却一直以学校为中心打转转，从未走得更远。现在猛然看到一个拥有双国籍的人，还是眼前一亮，仿佛她获得了某种从未有过的感觉。

菁喆约栗秋下班后，在实验室附近的咖啡厅聊一会儿。栗秋的脸色很润，显然与菲利普相处得不错。

"哎，我碰到一个条件不错的，他曾经在亚洲交友网站给我写过信，当时没理会他，这次他又到了这个网站，仍然对我表示好感。这双国籍是什么概念呀？"菁喆开始对这个在两家网站都碰到的英国佬感兴趣了。

"那有什么，我也遇到过拥有瑞典和美国双国籍的男人。当时我是图对方有俩国籍出入欧美国家更自由，才跟他联系的。但那人以此为荣骄傲得不得了，言谈里透着瞧不起我们这些从社会主义国家来的有色人种。"栗秋气哼哼地说。

"凭什么？他不就生在资本主义国家，托他爹妈的运气才在那种制度下落地的吗？如果咱也生在欧洲哪个国家啥的，说不定比他们还牛气呢！"

菁喆也自感不平地说。

"可咱就是没生在那块土地上嘛。这个世界，除了你的父母是谁无法选择，其他的事，都可以改变。既然人类有自由迁徙的权利，那么，我们为什么不能想到哪个国家生活就到哪个国家生活？想到哪工作就到哪儿工作呢？"栗秋对着空气发问。

"我赞同。还得加一条，想不做什么就不做什么。"菁喆狠狠地说了这句，她的意思是，想不读博士，就可以停止下来。

"我看出来了，别看你整天闷不吱声的，但你骨子里却向往自由自在的生活。要不然，你也不会对这种身份的人感兴趣。"栗秋一眼望穿菁喆的心思。

菁喆急切地说："对，我就是渴望自由自在，我一直被学习和前途问题拉扯着，其他的事想都不敢想。跟你们比，还真有点白活的感觉。"

"其他事？"栗秋狐疑地问。

"我内心有冲动，我想走遍全世界。"菁喆的理想里带着几分野性，"但是每天早晨一醒来，我知道梦永远都是梦，现实与梦想差着十万八千里，还是从解决吃饭和就业问题着手吧。如果靠自己的努力，可能到60多岁，才能实现到世界各地自由游走的梦想。但如果嫁给一个拥有双国籍的男人，那不就能提前帮助我接近内心的梦想吗？"菁喆的眼里充满了虚幻。

"你也懂得整合资源！成熟了，好呀！对于我们这些外国女性来说，天真就意味着无知。没人同情你的心理困境，还是自己强大起来，找一条适合自己走的路子比较踏实。既然有想法，那就试试吧，为什么不跟这个男人进一步发展呢？也许能走到一起呢。"栗秋鼓励道。

"一想着今天可以在美国，明天可以去英国，后天可以回中国的情景，我昨晚兴奋得都没睡好，想入非非。如果真能跟这种身份的人结婚，就像躺到一张蹦蹦床上，我只需轻轻用力，就能借力发力地被弹起，那该是多么快乐呀！"菁喆的想象力无限扩张起来。

"这种兴奋一直持续到现在？"栗秋笑问。

"其实今早就破灭了。坐在地铁里我就想，我是不是太功利了？这不是利用人家吗？这与感情是两回事。想到这些我又泄气、自卑了。当然也有困惑。为什么欧美人就可以不受时间和空间的限制，不受细节和条框的限制，可以随意在许多国家行走，但中国人就不可以？比如美国公民持一本护照就可以去世界上的大多数国家，而不必办理签证；连台湾和香港地区的公民，都可以任意进入一百多个国家，但中国政府为什么不帮着自己的公民争取这样的自由呢？"菁喆问。

"咱不是闭关锁国 30 年吗？别小看这 30 年，台湾、日本、新加坡和韩国都冲出了亚洲，所以，人家的老百姓也就享受到了国际人的权益。不过，咱中国人持普通护照可以落地免签的国家也有三四十个，就是档次差点，嘻嘻。"

"你说，咱的政府也能给中国老百姓争取一百个国家落地免签的权益吗？"菁喆用期待的眼神看着栗秋。

栗秋扑哧一下笑了："看我干吗？我又不是政府。我当然希望咱拔脚就能周游全世界。但遗憾的是，咱能去的国家，要么特别小，像东帝汶、科摩罗、文莱这些国家；要么特别穷，像越南、老挝、坦桑尼亚、加纳这些国家；要么特别乱，像伊朗、埃及、泰国、缅甸这些国家。唉，真希望这种免签国家能扩展到欧美地区。"

"希望能盼到那一天。我的要求不高，只要在美国和中国之间能让我自由行就可以了。"菁喆用手比划着。

"这个要求不高呀，应该能实现吧。"栗秋淡然地笑着。

"你说美国到底什么地方好，这么多中国人都想来？"菁喆问。

"这里还是有优势的。中小学免学费。而对于年长的人来说累计交税十年可终身领取退休金。转绿卡后若找不到工作，政府可帮你免费找工作，如失业可领取失业金，以及提供老年公寓等等。这些福利，中国的老百姓目前还享受不到，人往高处走，所以就都涌过来了呗。可是希腊、西班牙、葡萄牙、加拿大、澳大利亚、新西兰、马来西亚这些国家的福利待遇也不错，我也不知道为什么中国人都喜欢到美国来。"栗秋比较了一番，最终也没理清思路。她突然转了话题，问："这英国佬挺高的，跟你的悬殊可是挺大的，你也敢找？"

"这纯属个人偏好。可能跟我是矮个子有关吧，我总是希望能小鸟依人地傍在一个健壮男人的肩头，安然又温暖。如果走在我身边的男人势单力薄，会让我产生不安全感。最重要的是，如果我有后代的话，他的也能是高个子。"其实菁喆心里也明白，一个男人内在的品质更重要。一个男人真正的力量不在于他的个头高矮，而在于他的精神世界是否强大，内心是否有东西。这就要求有真才实学来填充和支撑。在没有什么标准来衡量的时候，他的学历也能说明问题，菁喆想，这个理查德本科在英国完成，硕士在美国获得，应该是有含金量的。中国人在婚姻问题上讲究门当户对，通常是指男女双方在经济条件和社会地位上的相当，但菁喆却意识到，门当户对更应体现在受教育程度的匹配，如果知识背景差异太大的话，两人关在同一屋里，说什么呢？总不能每天都满足于吃饭和睡觉这点事吧。

19　英国佬

"伊甸园"上的理查德，干脆地把手机号码、家和办公室地址都给了菁喆。菁喆没有犹豫，试着跟他接触。在菁喆看来，短信方式聊天，更直接。

"嗨，理查德，我是波士顿的莫琳。"

"嗨，莫琳，你今天好吗？"

"很好，谢谢。你好吗？"

"谢谢你，我也很好。典型的星期六看英国足球时间。"

"我不看足球，我总是分不清场上有几个人。"

"你的意思是踢球的人太多？"

"是的。但我知道是 11 个人，对吗？"

"对。"

"我弄不清他们谁是谁。"

"要想了解这事得花时间。但我和我这里的英国朋友都知道每支球队是怎么回事，之前，也花了许多时间才搞清每支球队的情况。"

"你能再发张照片给我吗？"

"可以。但照片在我的手提电脑里，晚些时候我发给你，那么，你也给我发几张行吗？"

"好的。"

"我很好奇你的博士学习方向是什么？"

"几句话说不清，就是生物科学方面的一些实验。"

"噢，我的领域是环境工程。"

"那么通常你都怎么工作呢？"

"到工业客户那儿去审计他们的环境问题。"

"然后……"

"帮他们解决那些环境问题。"

"你是为政府工作还是为某个公司？"

"我是一个国际环境工程顾问，主要服务一些公司，不是为政府工作。"

"噢，谢谢。抱歉打扰你看球。"

"不，不是问题。你觉得波士顿怎样？"

"我喜欢。"

"你以前来过美国吗？"

"没有。"

"你会考虑留下来生活吗？"

"如果遇到合适的人，我会想办法留下来。"

"谢谢你的坦言。有时我想搬回伦敦生活，但我在这儿又有一些很好的英国朋友，我也喜欢我的工作。"

"能说说你的家庭吗？"

"我的家人都在英国。一个弟弟，一个妹妹，我还有侄子和侄女。你呢？"

"我的家人都在中国。父母都很好。我有一对双胞胎的哥姐。他们都在父母身边生活。"

"是吗？很好。"

"我不知道你说的情况是否属实？我宁愿相信人们不喜欢撒谎。你能告诉我，你是个真实的人吗？"

"我从不撒谎。你在交友网站看到的我的资料都是真的。我会发我的个人简历给你。"

"你打算什么时候回房间？我想看到你的其他照片。"

"我暂时不回家，因为还有三场比赛。你那儿下雪吗？我这里总是飘雪。"

"波士顿的冬天经常下雪，但今天阳光很好。"

这是菁喆与理查德的第一次短信聊天，对方聊的主要内容是足球和他的英国情结，以及他有一帮在美国的英国朋友。菁喆虽然不懂足球，也不知此人是真是假，但能聊下去，而且还比较平实自然，没有过分夸张。

接下来几天的聊天，仍然很平实，仍然聊足球。菁喆不知道这位英国佬就是这种生活方式呢还是这个时期才这样，她无法知道。但她想，以自己目前的生活状况和心态，绝对没有时间悠闲，这大概是外国人与美国公民的差别？有工作和没工作的差别？还是男人与女人的差别？

"嗨，詹姆斯镇正在下大雪……"

"波士顿也冷。"

"我猜明天可能有暴风雪，真是疯了！"

"是疯了！"

"唉，你怎么半天没回应？干什么呢？"他问。

"对不起，我在洗衣服。"菁喆说。

"噢，好的。我还担心你离开了呢。"

"你今天好吗？"

"还不错。我正在等着我的球队比赛，半小时后开始。"

"多长时间呢？"

"90 分钟。"

"今天你要看几场比赛？"

"三场。"

"天哪，你每天都看足球赛？这是你的生活方式？"

"是的。你今天好吗？"

"波士顿下雪。"

"詹姆斯镇超级暴雪。"

"那你看球吧。"

……

这天是周一，菁喆决定给理查德打个电话，进一步探实真假。

"你在干什么？"

"我在去一个宾馆的路上，我正开车。"

"做什么呢？"

"为一个摩托车制造厂进行环境和健康安全的审计。我要在这里停留两周。"

"今天干什么了？"

"一整天都在走路，明天也是。很累。对了，你看了我的照片，是否觉得我的样子还挺英俊。"

"挺好的。什么时候拍的？"

"三个月前。照片的背景是我在一个橘子基地为他们做审计时的现场照片，那里不允许拍照，所以我只是匆匆拍了这张照片。"

"那么你看了我的照片是什么感觉？"

"非常年轻，也非常美丽。"

"谢谢。噢，你吃晚饭了吗？"

"吃了。我在外面跟几个一起做审计的同事吃的。我希望周末我能回去。"

"通常情况下，你什么时候睡觉呢？"

"比较晚。对不起，我不能跟你多说，我正在开车。"

"好的。"

"晚安。"

现在，菁喆基本知道了他的工作内容，她竟然有点喜欢他的工作，多有趣呀，走到野外，步行，记录，审定，给出结论，总是与环境而不是与人打交道。

重要的是，此人的音质雄浑，像个中年男人的声音。虽然他说话比较快，但菁喆听得出来，他说一口标准的英式英语。

周五傍晚，菁喆与理查德又有一次短信交流，这次他们的谈话内容有了新的进展。

……

"另一个全天都在走路的日子，累死了。"

"具体做了什么？"

"就是在限定的范围内测量，同时做大量的笔记。"

"我喜欢树木和长时间走路。"

"看到你以波士顿公园为背景的照片，我认为你找到了一个很好的视角。"

"你的城市离波士顿多远？我可能有去詹姆斯镇的机会。"

"从你那里开车过来需一天时间。"

“你的城市很有特色吗？”

“我很想见到你……你有兴趣到詹姆斯镇来吗？”

“那儿的树多吗？我喜欢树。”

“比波士顿多。”

“你希望我去那儿？”

“我真心希望你能来。事实上，我住在海边，而且我认为你会喜欢……我可以带你到海边捡龙虾。”

“但你似乎很忙。你有时间陪我到镇上看些历史景点吗？”

“如果你告诉我具体日期，我能调整我的工作时间，然后……”

从第一次发短信到现在，仅三周时间，菁喆已迫不及待想见理查德。他的短信总是那样言简意赅，却每次都说中要害。他们每天都发几十条短信，虽然这期间，菁喆在实验室忙得晕头转向，理查德也到一个远离城区的野外做工业环境审计，但菁喆能感觉到他们有了心心相印的默契，这让她很是欣喜。渐渐的，她似乎陷入一种情绪里，就是那种每天都惦记，每天都想听到他的声音，每天都想跟他说点什么的状态，她对他有了淡淡的喜欢，淡淡的依恋。

茹欣媛说，菁喆恋爱了。这就是男女之间才应有的感觉。因此，茹欣媛鼓励菁喆去见理查德，她说，只有抓在手里的才是真的，只凭手机短信那是不行的。再说，只有去了，才能知道他是什么样的男人，看看他的工作和生活的环境，看是否喜欢和适应，这都很重要。别考虑面子不面子的，谁到谁那儿去都一样，这里是美国，没人在意这个次序。于是，菁喆决定出远门。

菁喆也的确有事要去詹姆斯镇，一年前，她向一个有行业影响力的学术杂志投了论文，杂志地址就在西维吉尼亚的詹姆斯镇。令她开心的是，责编约她面谈一次。导师知道这事后，很高兴，催促菁喆尽快过去。菁喆觉得这真是天赐良机，她想，何不顺便去看看这个理查德，万一他是个靠谱的人呢？自己的终身大事更重要！刚才，她只是试探一下理查德的口气。还好，他挺热情的。一晃又是一周，这天清晨，菁喆给理查德发短信：

"早晨好！理查德，今天你在干什么？"

"跟昨天一样，审计。"

"你打算什么时候回詹姆斯镇？"

"大约两天后。"

"你的意思是，本周五你就能回去？"

"我要在本周六早晨及时赶回詹姆斯镇看我的球队在上午的比赛。"

"哈哈，你像个大男孩。"

"当然……"

"你只是看球，不踢球吗？"

"我读大学时踢过。你什么时候到詹姆斯镇？"

"你仍然希望我去？"

"当然。我一直在想着这件事。"

"那么，你能帮我找一个安全的住处吗？而且那地方能离你近些，我想住几天，好好休息一下，这半年太累。"

"我能。那么，从什么时候开始？"

"下周怎样？你有时间陪我吗？"

"请稍等，我来看一下我的工作时间表。确定！整个下周我都有空。只有一些小工作，都在詹姆斯镇周边，很容易。好的，这几天我会想出来，你应该住在哪里。"

"谢谢。"

"你想哪天来呢？"

"下周一或周二吧。"

"我觉得周一来比较好，因为周二有场很重要的球赛，你可以跟我一起看。"

"好吧。那就周一。"

"你开车来？"

"不，我坐巴士。"

"噢，那将是一个很有意思的过程。我会到城市中心的巴士车站去接你。"

"那么，我现在就看一下时刻表，然后告诉你。"

"请你一定这样做。"

"好的。我打算乘周一的巴士过去，顺利的话下午3点能到。"

"真的？太好了。我去车站接你。"

"我可能待得久些，一周，或更多。"

"太好了。但第二周我会到另一个地方工作，出去4天。"

"没关系。你去吧，我自己待着。"

"什么意思？"

"我是说，我要修改论文，我自己有事做。"

"噢……有意思。我期待能早点见到你。"

"周一见。"

"我很感动。好了，我现在要起床，又要开始忙累的一天。"

"昨天睡得很晚吗？"

"是的。昨晚我们疯狂地工作。"

"如果你周一能及时赶到，我们一起看一场伟大的比赛：曼联与曼城队！"

"好的。"

"之前，我一直沉睡，现在，一股清新的空气吹醒了我，谢谢你。"

"我很高兴你心情好。"

"期待着见到你。你一定会觉得很有趣。你将到一个新地方，认识一些很酷的新朋友，当然，你必然要忍受跟我在一起……"

"那么，我住在哪儿？"

"第一晚可能先住我那儿，然后第二天我帮你选择一个你喜欢的住处。除非你想住在宾馆里，随便你。"

"好吧……也许你是对的，我信任你！"

"我认为我俩都是高品质的人，我很愿意了解你，继而保持一个好的发展关系。"

"我也希望如此。"

20　家规

晚上，菁喆跟妈妈又在 QQ 上聊了一会儿，还是车轱辘话，还是原地打转。母亲说："为了供你读书，咱家可是倾家荡产了，就盼着你在美国有个好发展，我们也能在列祖列宗面前扬起头来。"

"可我在不在美国，读不读博，列祖列宗怎么知道呢？妈，说来说去是您自己不想让我回去。我想爷爷，我要回去照顾他。"

"别提你爷爷行吗？就是因为他，害得你奶奶，你伯伯姑姑和你爸爸，半辈子背着黑崽子的包袱，没有学上，没有好工作，全家人，就你一人稀罕他。"母亲没好气地说。

菁喆沉默了。母亲又说："再说了，你现在回来算什么呢？回来也找不到好工作，就算你当了大学老师，那也是聘用的，公家又不分房，你工作到哪年哪月，才能买得起一套房呢？你都 30 多的人了，回来跟谁结婚呢？现在乌鲁木齐到处是剩女，长得漂亮的都嫁不出去呢——"

妈妈的话刺痛了菁喆，她的小脾气上来了："这怪谁呢？我长得不好看，那也不是我的错啊，是你和我爸没给我一个好看的模样！"菁喆也自知失礼，可不知为何，妈妈只要一唠叨，自己就烦躁。

　　母女俩的聊天不欢而散。

　　茹欣媛刚洗了热水澡，裹着浴袍出来，她问气呼呼喝水的菁喆："干吗跟你妈说话声音那么大？你这样子让我想到我女儿，她不懂事，你也不懂事吗？"

　　"我长得不漂亮已经够难过了，我是我妈生的，她也说我不漂亮，我很气。"菁喆还撅着嘴。

　　"那也至于跟妈妈发脾气？什么漂亮不漂亮的，美国男人和中国男人的审美观不一样，中国男人觉得漂亮的，美国男人也觉得漂亮；中国男人觉得不漂亮的，美国男人仍然觉得漂亮。其实美国男人搞不懂中国女人哪类是美女，哪类是丑女，他们分不清。所以，你到大街上看看，许多看上去挺帅的美国男人，却娶了一些又黑又黄又瘦的亚洲女人，自己还觉得美滋滋的。据说，美国男人也很钟爱广东女人那种高颧骨的脸型，不知为何。你又那么健康，没准在理查德的眼里，你是大美女呢！你妈说你不漂亮，那是以中国人的标准来要求的，别管她。情人眼里出西施！"菁喆被茹欣媛说得心里美了，脸上的肌肉才松弛下来。

　　"以后别动不动跟妈妈偏，做女儿的没这个资格。我也是这几年才体悟到做母亲的不易，尽管我跟妈妈在一起也很多烦恼，但一想想，她苦了一辈子，还能活几年？当女儿的不对她好，谁对她好？"茹欣媛苦口婆心地训导菁喆。

　　菁喆点点头，表示自己不好意思。

　　栗秋听到菁喆要去詹姆斯镇见理查德，特意跑过来，那个环卫工程师比尔就来自詹姆斯镇，想起那个人，栗秋心里还是不爽，因此，她极力反对菁喆去见理查德。她撇嘴说："第一，你那双国籍的理查德在詹姆斯镇，离波士顿太远。坐巴士得一天，怎么了解他呢？能不能别整这么远？还是在波士顿范围内寻找吧；第二，越是这种有双国籍的人越有优越感，清高傲慢是英国人的恶习，不好搞定，既费时费力，最后搞不好还是一头雾水，整不明白；第三，个头高不能当饭吃，他学历再硬气，不娶你也跟你没关系。"

茹欣媛也提醒："我感到你对美国男人的选择上，还是太主观情绪化。我可提醒你，时间紧迫，要提高效率和成活的概率。你明年毕业后，也只有一年的时间，当然你是理工生，可能会多给你一年五个月的时间，如果再拿不到工作签证，就得打道回国。所以，玩不起爱情，更玩不起火，还不能伤心，要让自己保持良好的心态。这是一场战斗，要像战士一样全副武装，而不能是少女怀春的浪漫。"茹欣媛握紧拳头，好像要去跟什么人打架，把菁喆逗笑了。

栗秋对茹欣媛的"战斗"一词有异议，她对菁喆说："如果能遇到一场爱情，也是很好的体验。这个要撞运气，但不能撞破头；要务实，别务虚；要婚姻要绿卡，不要企图爱情。通常情况下，鱼和熊掌可以兼得，特殊时期，鱼和熊掌只能取其一。"

栗秋的忠告极其严肃，又句句在理。茹欣媛反驳道："你说话很周全，但等于没说。她连个美国男人都没经历过，你让她怎么又要婚姻又要绿卡？还是得去一趟，见见，感觉感觉，最理想的是跟他生活在一起，只有这样，才知道他是人是妖，是否适合建立家庭。"

栗秋说："确实两难。又想要爱情，又想要绿卡。这两件事搅到一起很难理清。既然你已拿定主意，那就听从自己内心的召唤吧。但别怪我没提醒你，执意孤行，有可能是飞蛾扑火的下场！"

茹欣媛鼓励说："先留下来再说。尽管你渴望爱情，但那是奢侈品，可遇不可求。"

菁喆笑着说："俩妈，你们把我脑子搞乱了。"

"还有，我就想叮嘱你一句话，把自己的钱袋捂紧了，别老是充大头。"茹欣媛告诫菁喆。

21 气息

一大早就坐在长途巴士上的菁喆，不敢设想失败，又分分秒秒想着失败了怎么办，脑子里很乱。

　　巴士行驶在途中，突然出了点故障，菁喆赶紧给理查德发短信，告诉他至少延迟 1 个小时到目的地。理查德回复说，下午 4 点有一场对他来说很重要的球赛，他希望菁喆能与他一同观看这场激动人心的比赛。因此，他盼望菁喆能在 4 点前到达，这样，他们将直接从车站飞奔到他看球的那个俱乐部。

　　菁喆既不懂足球，又不知道俱乐部是什么概念，尽管她与理查德并未见过面，用不着为他考虑太多，她还是不忍心影响他的看球兴致，于是主动提出一个方案，到站后，自己打车到俱乐部找他。菁喆看不到理查德是什么表情，但对方立刻就不客气地接受了这个建议，作为补偿，他提出打车费由他支付。

　　但事实上，大巴士到终点站的时间仅延误 20 分钟。这让菁喆心里叫苦不迭。菁喆知道在自己跟理查德的关系上，先输了一步棋。为什么还没见面，就替他着想？怎能做出这种跌份的事，自己坐近一天的大巴，就为了奔向一个在交友网站上认识的美国男人？

　　菁喆隐隐觉得此行的目的性太强，但究竟是焦虑的成分多还是好奇心多，或是那模模糊糊的爱情作怪？她还分不清，她完全不知自己内心的底细，更不知以后的底细，反正她开始向一个遥远的城市，一个完全陌生的男人靠拢。走之前，她做好心理准备，如果失败而归，绝不后悔。栗秋追了一句，说："也不能哭，更不能伤心。"

　　菁喆最终的企图是向这个男人要婚姻。现在，她已经知道，理查德研究生毕业后，留在詹姆斯镇工作，那里有许多英国人。他曾与当地一个美国女人结婚，但几年后，又离婚了。两人没孩子。之后，他与一个中国女孩同居过两年，但那女孩也走了，原因是受不了他天马行空的工作。因为，每个月他都要飞往全美各地，一走就是十天半月，回来休息几天，又走了。不知为何，菁喆却喜欢他的这种工作感觉，尽管自己不喜欢太累的工作。

她觉得这种工作很有趣。现在她一心想去见理查德。这个男人身上具有的某种气质开始吸引她。

菁喆深一脚浅一脚地踩着厚厚的雪，上了辆出租车，朝着那个陌生的男人奔去。

栗秋给菁喆打来电话，说："既然你已经到那里，那就争取有所收获。对理查德可以主动些。大多美国男人不在乎中国女人是否结过婚，是否有过许多男朋友，是否有孩子，他们更在乎你是否能带给他生理上的愉悦。"

这方面，茹欣媛和栗秋的说法是一致的。

"可我不知道怎么主动啊！"

茹欣媛感叹："噢，这很糟，会让美国人误以为你没男人喜欢，会觉得你没趣。反正你总得变成真正的女人，既然你喜欢他，不如就从他这儿开始你的女人生涯吧。"

"可是，如果我跟他有了那种关系，他不跟我结婚怎么办？"菁喆担心地问。

"你呀，什么都能改变，就是改变不了中国式思维。"茹欣媛不客气地说。

"什么是中国式思维？"

"你想结婚，想找个有责任感，又有经济能力的人当靠山，想靠人家一辈子，在你看来，你有两个资本：一是处女，二是高学历；这两样东西在中国那些爱慕虚荣的男人眼里是有用的，但在美国人眼里，这两样东西可以被忽略，或者说，在他们面前被粉碎了。他们看重的是，你是否给他性的享受，是否能在经济上自立，哪怕你去给人家当保姆，他都认为劳动光荣，依靠别人生活的人是可耻的。美国男人更喜欢自由、轻松，而不像中国人那样脑子很累，想得很多，背着很多意识和概念生活。"

菁喆不置可否，一时也转不过弯来。她有点不高兴："你说的意思，就是让我追他呗！"

"女追男怎么了？"茹欣媛反问。

"该不会让我也迎合男人吧？"

"迎合男人又怎么了？"

"我不喜欢那么做。"

"先别说喜欢不喜欢的事，先做做试试。"

"男人应该主动。"

茹欣媛气得挂了电话。栗秋得知后，又拨通菁喆的手机，开导说："你是中国教育体制下培养起来的人才，说好听点是好学生，好女儿，好同事，说难听点，是高分低能儿。你都30多了，还与别的女生合租房间，一天10个小时泡在实验室，下了班既不听音乐会，也不跳健身操，只会煮面条就咸菜，无从谈起美食，也无从谈起美体，站在任何一个正常的美国男人角度来说，你都很怪异。"

菁喆不语。栗秋赶紧说："但愿我没有触动你的自卑临界点。喂，我送你的那件低胸睡裙带上没有？"

"嗯。"

"一定要穿上它。跟理查德在一起时，迷死他不犯法。"

菁喆一上出租车，理查德便不断地给她发短信，告知他所在的确切位置。从巴士站出来，出租车径直开往市中心，理查德在一个足球俱乐部等她。半小时后，出租车停在最热闹的那条街上。

菁喆从出租车钻出来，看到马路对面有个瘦高个儿男人向她招手，那是理查德，他们彼此都很容易认出了对方，之前他们已熟悉对方照片上的面孔。他走过来，热情地弯下腰来拥抱了菁喆片刻，看到菁喆真的来了，他很高兴，直夸赞她年轻漂亮，很好。理查德付了出租车费，然后帮菁喆拎着简易行李包，进了酒吧。

原来是个幽静的空间不大的泰国人开的酒吧。里面只有三个人，理查德、另一名客人及服务生。菁喆以为他是在露天球场看球，很热闹的场面，到这会儿才知道，原来是通过酒吧里的电视看球赛。他在短信里一口一个

"我的球队"，原来也是与他毫不相干的某支球队，只不过他喜欢人家而已。对于不懂体育的菁喆来说，这次才知道什么叫球迷。

理查德解释，他原本应去一个很热闹、球迷很多的酒吧，因为要迎接她，所以选择了这个人少的安静的地方。菁喆点头表示领情。

理查德礼貌地帮菁喆脱去羽绒外套，挂起来。菁喆穿一件宝石蓝毛衣，衬出她上身丰满的曲线。理查德由衷赞叹，你真美！又说旅途疲劳了吧？说这些话时，他温存地用手在她脖颈和后背轻轻抚摸。菁喆先是不自在，很快就觉得是一种享受。

理查德喝一种名贵的白葡萄酒，他问菁喆要不要也来一杯？菁喆点头。服务生就先让菁喆尝了一口，看到她感觉还不错，就倒满一杯，理查德跟菁喆碰了一杯，说很高兴看到她。

每碰一次杯，理查德都高兴地在菁喆后背抚摸一会儿，这让菁喆有暖和的感觉。

两人在酒吧里看完这场球赛，菁喆以为理查德要带她去住的地方，但他结账后，带着她去了另一个酒吧。

当菁喆随着理查德来到街上时，理查德绅士地把他的左手伸出来，菁喆会意，把自己的手交到他的手掌里，他就那样骄傲地牵着菁喆的手。过马路时，他呵护有加地揽着她的腰，菁喆真还从未享受过这个待遇。原来跟一个有点感觉的男人在一起如此美好，她想就算此行失败，也不后悔。

理查德驾驶他的车从一个酒吧到另一个酒吧，中间都只需几分钟，在菁喆看来根本不用开车，但理查德似乎不厌烦地，一遍遍为她打开车门，一次次找停车位，一次次付停车费。菁喆还注意到，理查德每离开一个酒吧时，都要慷慨地给服务生留小费。

从下午见面到夜里 10 点，理查德带着菁喆转了 8 个酒吧，每到一处，他都点两杯最好的白葡萄酒或特色啤酒，在那儿喝一会儿，从电视里看完一场或只看半场球赛，随便跟什么人说几句话，付账，然后再牵着菁喆的手赶下一场。菁喆都快喝晕了，她担心理查德这样喝下去会醉的，但理查德却微笑着说，只喝一点点，不会醉的。

这里的酒吧真多，起码得 20 家，菁喆梳理了一下，发现主要是泰国人、菲律宾人、越南人以及台湾人开的，而泰国人的酒吧装饰更神秘，色彩更艳丽。酒吧里的人似乎都认识理查德，都知道他来后要点什么酒，都很客气，当他走到街上时，也不断有人跟他打招呼。理查德说他在这里住了 10年，所以很多人都认识他。菁喆倒也放心，这个人不是假的了。

菁喆太累了。从第一个酒吧出来时，她就表示过这个意思，但理查德似乎并没太在意这点，只是兴致勃勃地带她去不同的酒吧见不同的人，在菁喆眼里，却没有不同，她认为反正都是酒吧里的人呗，反正都是喜欢在酒吧里看球赛的男人。

晚上 11 点多，理查德才兴致勃勃地带菁喆去吃中国餐。那是一家四川小餐馆，饭菜都比较辣。菁喆只吃点青菜，真的没胃口。以往这个时间，她已躺在床上了。

回去的路上，理查德拧开车厢里的音乐，一个男人低沉的沙哑却忧伤的声音飘了出来，同时，理查德也随着歌手一起低唱起来：

我在航行，乘风破浪／跨越重洋又回到了家乡／我迎着狂风暴雨，正在远航／向你靠近，向着自由／我在飞翔，展翅高飞／像只小鸟自由翱翔／朝着天际，穿越云霄／与你同行，获得自由。

菁喆看着眼前这个陌生的略带书卷气的男人，内心不由地抽紧，瞬间，她莫名地热泪滚滚。

理查德赶紧关掉音乐，问："怎么了？"菁喆哽咽地说："这首歌钻进了我的心里，有悲伤有痛苦有向往有呐喊，我很怕听到这种音乐，一下子勾走了我的灵魂。"

理查德意味深长地看了她一眼，伸出手来帮她拭去眼泪，并在她的额上轻轻吻了一下。

22　结束处女生涯

菁喆没想到理查德的生活如此简易和粗糙，在她看来太不像样。

一幢二层楼的房子，一楼是另一家人，理查德买断了二层，共有三房两厅，有厨房有卫生间，也就 80 平米的规模。问题是，他把其中两间租给了两个外国女学生，一个来自摩洛哥，一个来自尼泊尔，她们与男朋友在这里同居，理查德只住其中一间，屋里只有一张摊在地上的床垫，一个衣柜，连张桌子甚至一把椅子都没有。地上堆着他穿脏的乱七八糟的衣服，简直连男生宿舍不如。菁喆的心都凉了，这个男人的日常生活原来如此粗糙，比自己也好不到哪里去呀！

理查德鞋都未脱，一下子倒进凌乱的大床垫上，并得意地对皱眉头的菁喆说，他很舒适。

"你每天就是这样生活？被子也不叠？"

"这张床就是回来睡个觉。"理查德辩解。

"那么我睡哪儿？不是说好，你帮我找个住处吗？"

"是的，我能做到，但得明天。"

"那我今晚睡哪儿？"

"就睡这儿。"

"你睡哪儿？"

"隔壁。那个摩洛哥女孩到另一个城市度周末去了。屋里是空的。"

"我累了，想早点休息。"菁喆看看手机，已 12 点半。

理查德吃惊地问："这么早？"

"是的。我习惯早睡早起。"

"那么，晚安。"理查德绅士地退到门口。

菁喆突然想知道隔壁的房间是怎样的摆设，她跟着理查德推开隔壁卧室的门。

"怎么是空的？"

一个不足十平米的房间，除了地上有个看不出色彩的地毯，什么家具都没有。菁喆没想到理查德另一个卧室如此狭小而简陋。

"你怎么睡？"

"躺在地上。"

天呀！一个堂堂的审计师，一个戴着金丝边眼镜温文尔雅的英美双国籍的绅士，真实的生活是这样的！如果不是菁喆亲眼所见，她永远都不敢想象或相信这是真的。那些远在大洋彼岸的中国女人，当她们看到理查德在交友网站的资料和他那抬高了下巴并带着几分书卷气的照片时，一定以为他住在一个宽敞的大房间里，围坐在火炉墙边，嘴里叼着雪茄烟斗，一只手里拿着一本书而另一只手有节奏地敲打着大腿，是享受美好音乐的悠闲的上等阶层的绅士呢！

想象和现实的落差实在太大。

但此时此刻菁喆的眼神里，流露出来的是一种怜悯和不忍，怎么能因为自己，而让一个一米八七的英国男人住地板呢？菁喆注意到，房间的窗户坏了，根本关不上，夜风一阵阵吹来，动静很大。

"别，别睡地上。"菁喆摇摇头，让已经坐到地上的理查德起来。

菁喆的意思是，地上很凉。她好心地想，索性跟理查德坐在他的大床垫上聊天，反正两人都不脱衣服，聊一会儿也就天亮了。到时她一定找家旅馆去住。

菁喆只觉得身子越来越沉，越来越倦，每次来月经之前，她都格外想睡觉，格外地烦躁。这会儿她想立刻躺下，舒展身体，沉沉地闭上眼。

她示意理查德跟她回到他的房间，他有些不解，但还是跟进屋了。

菁喆说："我们坐一会儿，聊聊天吧。"

但是屋里连张椅子都没有。只能坐在床垫上。

菁喆先坐到床垫上，床垫太低，坐着腰难受，只能躺下。

理查德也坐下来，在她身边躺下。

两人别别扭扭又水到渠成地平躺在摊在地板上的大床垫上，菁喆要求理查德把灯关掉，这样两人可以好好说话。但是，等灯一关，理查德的胳膊自然而然地摊开，让菁喆枕上去，菁喆倒也没拒绝，她实在是累了倦了还有些冷，就想靠着这个人，身体会温暖些。

黑暗中，理查德轻轻唱起了那首《远航》，原来他的声音也是那么有磁性，那么低沉，甚至也带着那特有的忧伤，菁喆听着听着，眼泪又下来了。她想把泪脸藏起来，但是当她的头一挨到理查德的臂膀，他顺势侧脸吻了菁喆的额头，然后，就是她的脸，她的嘴，环节紧凑地令菁喆来不及说是或不是。尴尬的是，两人都戴着眼镜，碰到一起时，都哎呀一声，然后下意识地都摘了下去。

菁喆的嘴被一股热浪封住了，那是一种她从未品尝过的热气腾腾又带着些葡萄酒味的热浪，那股热浪忽而柔软忽而坚硬忽而在浅处逗留忽而又向深处探究，那热气腾腾的东西是理查德的舌头。此前菁喆还像一条游刃有余的鱼，无论思绪还是身体都可以到处游走，但此刻，她仿佛被什么东西粘住或钩住了，她在片刻失去了自己。

理查德的身体向菁喆靠拢着，菁喆也本能地贴紧他的身体，那时，理查德的手，已经开始从她的脸部往下滑，到脖颈，到胸，到腰，到臀，到大腿，到小腿，到脚，然后又回到臀、腰和胸，并在这个范围内游移，而菁喆不知自己的手该往哪儿放，只是像打架般，死死地扳着他的手臂，他的手臂游走到哪儿，她就用反力扳开他，可是又不像是真的打架，又不像是真的想要扳开他，最后反倒死死地搂住了他的脖颈，像是要紧紧地钳制他，怕他跑了似的，并把他的头往自己的怀里贴，一场稀里糊涂，不知干啥却又一直在撕扯的动作。一种全新的体验。

这时，理查德开始呻吟起来，嘴里不停感叹着，太好了，太美了，他脱去了自己的衬衫，然后是内衣。

黑暗中，菁喆看着他那瘦长瘦长的白条条的身体，恍如梦境般，不知身在何处。她的意识像是清醒又像是半醒，半梦半醒中，听到理查德用催促的口吻问她为什么不脱衣服？她没动。然后理查德低下头来，再次吻她，深深地吻，他的手摸索到她的敏感部位，她啊地叫了一声。把他也吓了一跳，问发生什么事了？她摇摇头。理查德的舌头又伸进她嘴里，堵住了她想说的一切，然后，不知不觉中，理查德帮她脱去 T 恤，只剩下内衣时，菁喆才意识到他们正在做什么或即将做什么了，她知道某个重要的从未经历过的时刻即将到来。

"你有避孕套吗？"菁喆突然冒出这句话。

"我有。"

菁喆怕得病。印象中，美国人很多都有艾滋病，可究竟谁有呢？那病又没写在脸上，是无法判断的。既然该发生的事情就要发生，她也愿意尝试。但本能的保护意识在关键时刻还是存在的，也许他是个健康的男人，也许不是呢？她完全不了解他。

理查德爬起来，从衣柜内侧摸出避孕套，给自己套上。他没有婚姻，却有性生活。

理查德没有急于进入菁喆的身体。他温存地抚摸菁喆身体的每一处，甚至亲吻她的身体，这让她时时全身颤栗，又似是被某种力量融化了般的异样。她紧闭双眼，不敢看眼前这个高额头但几近秃顶的异国男人。男人的手从她的胸移至她的小腹，又滑向底处，那里早已湿了一大片，菁喆自己感觉到了，男人的手也试到了，他会心一笑，笑出了声，他说很好，好极了，很美妙。然后他开始进入菁喆身体，菁喆疼痛得啊啊啊大喊起来，他立刻停下来，问发生了什么？菁喆说很疼。她本能地缩起身体，并躲避着理查德。黑暗中理查德看不清菁喆的表情，他以为自己的动作粗鲁让菁喆不适了。但这个中国女孩的反应，让他有些迷惑，同时也刺激着他继续尝试，他以为菁喆很长时间没有性生活了，所以，他更加地温存，并试图不让她感到有某种压力。他小心翼翼地做到了。在他营造的温存的氛围里，菁喆彻底放松，理查德终于突破了菁喆的防线，在菁喆痛苦的呜咽声中，进入了她的身体。他一边动作一边赞叹，太好了，实在是妙极了。他忍不住一遍遍亲吻菁喆，他大概真的是很舒服。菁喆只有异样的剧烈的疼痛感，或者说她痛得说不出话。理查德没有支撑多久，就突然一阵急促的抽动，然后迅速疲软下来。菁喆只觉得自己被撕裂了，她痛得大脑一片空白，仿佛什么都不存在了，她被融化在云端或是虚无缥缈的哪里，反正她没在人间。

理查德的身体斜侧在她身边，仿佛累极了的一只猫，虽然嘴里仍然喃喃地说着甜言蜜语，但音量已经弱了，没一丝力气。他顺手把避孕套扯下来，丢到床垫边上的垃圾桶里，然后，他再次亲吻菁喆的额头和脸，说他想睡了，并祝菁喆好梦。

菁喆回应说，也祝你好梦。没几分钟，理查德打起轻鼾。

黑夜中，菁喆睁着眼睛。私处的疼痛仍在撕裂着她。她想，这就是栗秋赞不绝口的性爱吗？为什么到自己这里却是一味的疼痛？她使劲回想晚上发生的一切，暗自惊叹，自己竟然跟一个并不了解的美国男人有了肌肤之亲，这是多么奇妙的事啊！从今天起，自己是一个真正的女人了。真没想到，完成这个过程，竟然要等到32岁这年，在美国，与一个从未见过面但有心灵感应的男人之间发生了。她不知该庆祝还是该失落，不知有了这个开始之后，今后自己的内心会产生怎样的变化。以后就要跟这个人在一起生活了吗？自己把身体都给了他呀！

于静默中冥想很久，菁喆才起身去卫生间洗浴。她和理查德在进行那事之前，竟然没有洗浴，她觉得以后不能这样，至少不卫生。她看到自己的私处有血迹，她知道那意味着什么。她让温热的水冲洗着身体，那血迹也跟着消失了。

菁喆回到床上，理查德姿势很难看地佝着腰，侧睡着。菁喆没有惊动他，悄悄在他身边躺下，不一会儿便沉沉睡去。

　　腹部疼得厉害，天微微亮菁喆醒来。当她睁开眼睛那一瞬，猛地吓了一跳。我这是在哪里？她问自己。身边躺着的这个人，黄头发，蓝眼睛，黄白掺半的胸毛，高高的头发稀疏的头颅，笔直的鼻梁，紧闭的嘴唇，看上去像个怪物，又像一个古代猿人。菁喆腾地一下坐起来，仔细盯着他，回想着夜里发生的事情，回不过神来。

　　这时理查德也醒了，睁眼看看菁喆，没有吃惊，像是跟她生活了很久似的，他咧咧嘴微笑着说："早晨好，亲爱的。"然后，他伸出长长的手臂把菁喆拉到怀里，让菁喆的头枕在他的肩膀上，一只手抚摸着她的后背，一边问："昨夜睡得还好吗？是否饿了？想吃什么？"

　　菁喆也不言语，只是把头更深地埋在这个男人的臂弯里。理查德把她的脸捧起来，发现上面挂满了泪水，他被吓着了，忙问："怎么了？"菁喆不语。他又问："我做错了什么？"菁喆还是不言语，只任泪水漫流。因为到现在，她才被一种说不清道不明的委屈左右着。

　　理查德起身去卫生间，发现他身下的床单上有血迹，连他屁股上也沾了些。他有些不解。他回来后，菁喆也去了卫生间，却发现不知何时月经来了。她到包里取卫生巾，又匆匆回到卫生间。一切弄停当后，她回到床上。她看了一眼床单上的血迹，已分不清是昨晚留下的还是今早的月经。她让理查德起身，把床单抽下来，说要放到洗衣机里去洗。

　　"没有洗衣机，只有洗衣房。"

　　"那你平时不在家洗衣服？"

　　"一个月去洗衣房一次。"

　　"那好，上午去洗床单吧。"

　　"好的。"

　　菁喆捂着肚子又躺下，理查德关切地问："很痛吗？"

　　"有红糖吗？"菁喆问。

理查德摇摇头："要不要吃药？美国妇女痛经时，一般会吃药片。"

"有没有开水？"菁喆脸色苍白，感觉小肚子发凉。

"美国人从不喝开水。"理查德强调一个事实。

菁喆气恼地说："中国女人痛经时，一般用热水冲红糖。"

理查德便光着上身到厨房烧了一杯开水，端给菁喆。

这时，理查德的手机响起来，响了几声，他没接。过了一会儿，有条短信飞进来。

"谁呀，天不亮就给你电话？"

"一个朋友而已。"

"是女的吧？"

"……是的。"

"前女友？"

"前任的前任女友，现在早已是朋友，她离这儿很远，她有男朋友。那么，美丽的莫琳，你想跟我一起去咖啡店吗？"理查德转移话题。

菁喆开始没反应过来，过一会儿才想起来，那是她的网名。于是笑着告诉理查德："以后叫我菁喆。这才是我的真名。"

理查德说："好的，那么，菁喆你想喝咖啡还是红茶呢？由你自己决定。"

菁喆说："我想喝热水。"

理查德就笑了："好吧，到那里，我会帮你取热水。但是，美国人都喝冰水。"

理查德又说："从咖啡店出来，我带你去酒吧坐坐，认识一些我的英国朋友，他们都是英式足球迷。"说这些话时，他更加温存地抚摸她的后背，他似乎很善解人意地知道，她喜欢这种感觉。终于，菁喆觉得自己的气血被理顺了，才吐了一口长气，把脸仰起来，理查德自然地在她脸上又亲了几下，菁喆高兴了，起身穿衣。

23　傲

出门前，菁喆俨然一副女主人的面孔，让理查德把地上扔的所有的脏衣服都装起来，拎到洗衣房清洗。理查德虽然有些不情愿，但还是照办了。菁喆打定主意想在这儿住几天，一想到这张床单不知是什么女人睡过，这床被子是什么女人盖过，她心里就不舒服，借着床单脏了的缘故，她提出，买个新床单，新被罩。理查德不解地问："为什么？"菁喆说："这床单很脏。"理查德却反对："床单很干净，是新的。"

菁喆经过厨房时，看到冰箱上贴着理查德与某个女人亲热的一组照片。她以为是他的前妻。

"是一般的女朋友。她有男朋友。"

"为什么跟你这样亲密？"

"因为她在洛杉矶生活，是个电影场记。"

"噢，就是早晨给你来电话的那个？"

"是的。"

"这么远，怎么认识的呢？"

"她到这里来拍电影，也喜欢看足球，在酒吧里认识的。"

"好了多长时间？"

"半年。"

一转身，菁喆看到墙上的两幅摄影作品，菁喆猜也是那个女场记留下的。理查德说是的。菁喆隐隐地感到不舒服，既然知道自己要来，为什么不把冰箱上的照片摘下来？至少不尊重自己，或者说，那个女场记对于这个房子及男主人的影响是深远的。

第二天，理查德履行了他的部分诺言，带着菁喆游玩詹姆斯镇。他们相互挽着手臂散步，虽然是冬季，但菁喆仍感觉有一种旷世的美感。然后他们去理查德读硕士的大学转了一圈，然后他们进入这个城市的图书馆、博物馆，看书、聊天、喝茶，不无亲密，令菁喆幸福地晕眩着。一个城市对于她来说，不在于有多美，而在于有没有她喜欢的人。她是在那一瞬，悟出这句话的。那一瞬，她偎在理查德的身边，他那头发稀少的头颅，看上去也不那么别扭了。他着一件黑色圆领毛衣，一条洗得发白的牛仔裤，脚蹬一双特大号旅游鞋，一边向她介绍詹姆斯镇的历史，一边将手放在她的颈部和腰部，温存地给她按摩，因为她在经期，有只大手捂在那里很是温暖。那天下午，他还带她去了一个教堂。她以为他要做祷告什么的，但一进去，她惊讶地发现，那空旷的大厅里排满了木制酒缸，每个缸里都是新酿好的啤酒，偌大的空间里，只有他们两个客人。他俩坐在高高的酒吧台上，直喝到醉眼蒙眬。那个下午，他们借着酒劲说了好多好多的贴心话，甚至说了彼此的感情经历，菁喆甚至说，不想走了，要留下来给他煮中国饭吃。理查德兴奋地不停地抚摸她的后背，并不时地亲吻她的脸颊和嘴唇。那个下午他们似乎产生了爱情。但是菁喆也有点扫兴或者吃醋，那个女场记又给理查德发过两条短信，他仍然说只是普通朋友而已。不仅如此，理查德还接了一个更遥远的电话，那是来自苏格兰的一个女人。理查德得意地告诉菁喆，自己是个疯狂的男人，他让菁喆看他手上的一个已经模糊的刀疤，那是他年轻时留下的。他曾与这位苏格兰女人相爱，但她的苏格兰前夫却认为前妻与英格兰男人在一起是他的耻辱，于是拿着刀子找到正在喝酒的他们打架，于是，流血事件不可避免地发生了。

"为什么没有结婚？"菁喆的意思是，"既然都为人家流血了，爱得够深，怎么没在一起生活。"

理查德说："不可能在一起生活了，就是这样。"他只想表达，他是个爱得疯狂的男人。菁喆当然也可以理解成，他是个很有激情的男人。他又说到与美国女人的婚姻，从特别特别相爱，到最后丈母娘出来大打出手，抢走他的房子，现在他住的这半套房子是这几年刚买的。

理查德说这些时是得意的，但菁喆心里却起了变化。她告诫自己，不适合跟这个男人在一起生活，因为她更喜欢平稳的生活，她可经不起折腾。

这天，绷到晚上 10 点钟，理查德还没有回家的意思，还在酒吧里泡着。这是一家台湾人开的酒吧，老板娘看上去也就 30 出头，菁喆跟她说国语，两人有一搭没一搭地聊着，菁喆问："理查德经常到这里来吗？"

"是的。常常一个人来，坐一会儿喝杯酒就走。"

"也带女的来吗？"

"有时候。前段时间带来一个日本女人。"

"这个城市有很多英国人对吗？"

"是的，他们特别爱逛酒吧，好像英国人就这个习惯，没事就钻酒吧。"

"那这个样子怎么过日子呢？"

"结了婚可能就好了吧？要不然，他一个人待在屋里又有啥意思？"

女老板问："有没可能跟理查德过日子？"

菁喆脱口而出："不，没有可能。"她自己也不知道怎么是这个答案，下午还跟人家说，想留下来不走了，怎么这会儿就是另一种回答呢？菁喆想，可能自己的潜意识里已经觉得两人的生活方式太不相同，这将产生许多无法调和的矛盾。与其这样，不如散伙。但是，自己的第一次已经给了他，怎能说散就散呢？她有些纠结。

菁喆实在是疲惫了，她觉得理查德不体贴她。既然他不提，她只好说实话："我想先回去休息。我肚子痛，胃也不舒服。"

理查德说："好吧。"他开车把菁喆送回房间，"你休息吧。"

"那你呢？"菁喆不解地问。

"我不习惯这么早休息，再说我还有事跟朋友要聊。"

"你不会太晚吧？"

"不会。"

理查德吻了菁喆，走了。一种不被重视的难过从菁喆心头掠过。他是有意忽略我呢，还是无意为之？看他的态度，不像是故意的，更像是对女人傲慢惯了，如果这就是他的一种常态，真接受不了。菁喆有些心乱。

菁喆在厨房烧了点开水喝下去，感觉好些了。但厨房里的咖喱味道熏得她难受。摩洛哥女孩和尼泊尔女孩以及她们的男朋友都在。显然他们刚刚做过饭，有一对把电视声音开得很大，有一对在大声聊天，而且他们不是抱着就是亲着，弄得菁喆经过时像做贼。

胃疼一阵紧似一阵，菁喆的额头开始冒汗。这两天胃里光灌凉水和凉气了，几乎没怎么吃热食。莫名其妙的委屈涌上来，对于很少生病的菁喆，这时候反倒有点想撒娇，于是，她给理查德发了短信：

"你什么时候回来？"

"很快。"

"我的胃不舒服，吃不下任何东西。"

"你没事吧？安迪和我一起欠账，我们试图找到解决的办法。我回去跟你在一起也没事做。而且安迪很惊讶我竟然这么早回去见你。你要知道，我的个人生活与我的生意是联系在一起的。"

"你能早点回来吗？我的胃真的很难受。我需要你的照顾。"

"出了什么事？"

……

菁喆生气地把手机关了。没想到，就这么一件生活中的小事，两人竟然有分歧，在各自表述的过程中，他的口气非常强硬。这是怎么回事？他一向就这样呢？还是这会儿就不耐烦了？他怎么像变了个人似的？他怎么把朋友的建议看得那么重？说来说去，他还是不在意自己。看来这个男人过日子不靠谱啊。菁喆吃下自备的胃药，黑暗中悄悄叹着气。菁喆决定，如果他一会儿回来了，就原谅他；如果他仍然很晚才回来，就离开他。

夜里快3点时，理查德回来了。他悄悄摸到床垫上，脱衣睡觉。菁喆根本没睡着，她闻到了他身上的酒气。两人背靠背，一直到天亮。

早晨8点，理查德的手机叫醒铃响起来。但理查德半天没反应。菁喆只好伸手碰碰他的后背，佝偻着腰睡成长条虾米状的理查德才醒了，伸手按下响个不停的铃声。然后，他转过身来问菁喆："还好吗？"菁喆不理他。他伸出长臂搂过菁喆说："昨晚又给你打过电话，但关机了。我想可能没什么事，就没有马上回来。"

他虽有些歉意，却并没有郑重其事地向菁喆道歉。他就这么骄傲吗？他有什么了不起？如果以后真的跟这个人在一起生活，肯定少不了生气，菁喆有规律地生活惯了，而这个英国男人喜欢泡酒吧。

就在菁喆胡思乱想时，理查德翻身，开始亲吻菁喆的脸，然后是嘴，然后是身体。他知道菁喆来月经了，并没想进入她的身体，却拉着她的手，去动他那个地方。菁喆并不配合，他就自己抚摸，不一会儿，他憋着劲射精了。然后身体和精神头都垮塌下来，喘着粗气。

菁喆斜眼看了看他，说："上午我要去个杂志社，下午回波士顿。"理查德愣了一下，说可以帮忙网购车票，但脸色铁青。菁喆起床，说要为他做一碗阳春面。

菁喆端着阳春面回到卧室，理查德也已起床。他建议菁喆第二天再走。菁喆说："今天就想走。"理查德看着她的眼睛问："确定？"菁喆点头。理查德问："你的账号是多少？"菁喆明白了，他不肯出车票钱。她想，这就是文化背景差异吧？如果在中国，如果她去看望男朋友，机票钱是不会让自己出的。这个抠门的英国佬！菁喆心里暗暗骂了一句。

菁喆预定了下午 1 点的巴士票。

理查德正要吃阳春面，短信又来了，还是女场记。菁喆便嘲讽道："这普通朋友的短信来得够密实，几乎是早晚都问好啊！"

理查德放下碗不吃了，闷了好一会儿，说："我还是想去咖啡店喝红茶。你去不去？"菁喆说："我的胃不舒服，就不去了。"理查德断然走了。

菁喆打出租车去了杂志社，责任编辑提了几处修改意见，让菁喆改好后，再寄来。菁喆感觉到了，这个编辑对她的论文是欣赏的，主要是想证实，这些实验数据的确是菁喆本人做出来的。

菁喆回到理查德的住处时，他还没回来。菁喆就坐在楼梯口，一边看书一边等他。大约半个小时后，理查德回来了，说是一起出去吃午饭。菁喆还是说，想吃碗中国面，因为胃里还是不舒服。理查德冷冷地说："那么，随便。"他自己又走了。

菁喆弄了点热呼呼的面吃下去。然后把理查德的房间清理一新，窗台摆了一盆新买的花，墙上挂了一幅画。这么一收拾，还真有点家的味道了。菁喆原打算给理查德留个字条，然后打车到巴士车站。刚收拾好背包，理查德回来了。他一进房间，眼前一亮，便立刻走过来拥抱菁喆，说："谢谢你为我做这么多事。"菁喆也说："谢谢你陪我游览詹姆斯镇，还请我喝了那么多啤酒。"

"你愿意让我去波士顿看望你吗？"理查德温柔地问。

菁喆客气地说："当然欢迎。"

理查德郑重其事地说："下个月，我要去波士顿看望你，也许几天，但我一定会去拜访你。"

菁喆的心暖呼呼的。她暗想，也许他是个好男人，但需要时间来磨合。谁知，这只是理查德的客套话。接下来他说："公司里还有事，你自己打车到巴士汽车站吧。"撂下这话时，他面无表情。

菁喆生气了，心想这个英国佬的脸，怎么说变就变，一点都不懂礼貌，还耍上脾气了。在这个城市，自己只认识他，也只能依靠他，英国人不是很绅士吗？我还就偏让你绅士到底。

菁喆强硬地要求道："不行。我不认路，你必须把我送到车站。"

"去车站很容易的。"

"那也不行。我找不到地方。"

"好吧。"理查德两手一摊，耸了耸肩。

有许多人在等车。理查德告诉菁喆，就守在那个站牌下，一会儿巴士就会来。他说："这里停车不方便，我就不陪着你等了。"说着，他帮菁喆把行李提到站牌下，然后弯下腰来，吻了一下菁喆，仍然说："下个月我要去拜访你。"菁喆笑笑没说什么，心中暗说："去你妈的吧。"

菁喆眼睁睁地看着这个男人以及他的汽车从眼前消失了。很快，詹姆斯镇这个美国最早的殖民小镇，也消失在菁喆身后。

24　伤

菁喆原打算下车后到中国城吃碗暖胃的扯面，然后再坐地铁回公寓。可是，当她双脚刚落地，栗秋的电话就来了："到站了吧？我们已经在等你。你直接到中国城的南北和，过来一起吃点东西，再送你回去。"

真是善解人意呀，亲人！上车前，菁喆给栗秋发了短信，告诉她自己回波士顿的准确时间，这样做，只是为了让她放心。

栗秋说的"我们"，是指她和菲利普，自从他们见面直到现在，两人感情一直稳定。菲利普很听栗秋的话，让他干啥就干啥，而且主动做好所有周边的琐事。不仅栗秋受用，菁喆也跟着受用。

虽然晚上10点多了，但小餐馆里仍坐满食客。栗秋选了靠窗边的座位，她和菲利普并排。菁喆从窗外一眼看到他们以及餐桌上的一笼热气腾腾的灌汤包子，饥肠辘辘的胃立刻张开了。

"吃吧。几天没吃面食，胃难受了吧？"栗秋笑眯眯地把包子推到菁喆面前，菁喆不客气地拿起一个就往嘴里送，但不知为什么，瞬间眼泪流了出来，弄湿了眼镜，她不得不把头垂得很低。

"发生什么事了？"菲利普看到菁喆不对劲。

"瞧你这点出息！有什么委屈回去再说，先吃饱。"栗秋温柔地说。

"包子太好吃了。谢谢你栗秋。"菁喆强咽一口包子，抬起泪脸冲栗秋笑笑，然后说，"对不起我得去趟洗手间。"

菲利普第一次到中国城吃饭，不解为什么人们都大声说话，像吵架似的。他站起身对栗秋说："我去跟服务台说一声，叫他们说话声音小点。"栗秋拉拉他的手，让他坐下，说："别管闲事。中国人喜欢大声说话，那样痛快。"

"可这是公众场所，应该安静点。"菲利普认真地说。

栗秋努努嘴说："你看那几个美国人不也大声说话吗？这叫入乡随俗，你也学着点。将来你到中国就能适应了。"

说起可能去中国，菲利普特兴奋："啊？你什么时候可以带我去看你的家人，我很想去！"

"等我的访学结束后吧。"栗秋承诺。

"如果我去了，你让我住在哪里？"菲利普温情脉脉地望着女友的眼睛问。

"住旅馆呗。"栗秋故意逗他。

"不对，你应该说让我住在咱家里。"菲利普郑重地要求道。

这时菁喆回来了。她洗了一把脸，平静多了。她用中国话悄悄问栗秋："你为什么不让他住家里？"

栗秋假装若无其事地盯着菲利普的脸说："他有洁癖，特别干净，每天把马桶擦得锃亮，我家地方小，东西多，卫生间哪像这边干净呀，我怕他不习惯。他根本不知道我这种小知识分子的家境。"

"明白了。你怕他觉得咱们埋汰，丢咱的人。"

"你们俩在说什么？"菲利普好奇地问。

"她说你到中国，应该去爬北京香山，波士顿有土丘，没有大山。"

菲利普一听高兴了，立刻把他从网上查到的一些有关北京的景点，一一讲出来。

菲利普对中国景点的熟知程度，让菁喆汗颜。

"你喜欢中国？"菁喆问。

"特别喜欢。特别向往。"菲利普毫不掩饰地说。

栗秋说："他对中国的了解，都是从书本上和影视作品里获得的，等他真的到中国生活一段，可能就从诗人变成现实主义批评家了。"

"就像我没来美国之前，对这里也充满了向往一样。我现在总算弄明白了，作家和导演是什么东西。他们就是把局部放大，把芝麻变成西瓜，等你看到芝麻不是西瓜时，他们不负责任了，说，情人眼里出西施，是你自己看走了眼。真是的，气死人！"菁喆乱七八糟地形容着。

"你在说什么？"菲利普好奇地问。

"一边待着去，没你什么事。"栗秋用中文说着，同时对菲利普挤了个媚眼。

"一边待着去是什么意思？"菲利普模仿栗秋刚才说的话。

"就是说，我在考虑一些事情，请勿打扰。"栗秋用英文给菲利普解释。菲利普想了半天，还是不明白什么意思。然后他笑笑，栗秋和菁喆也会意地笑笑。

栗秋和菲利普把菁喆送到 33 号公寓楼下时，已是夜里 12 点。栗秋让菲利普在车里等着，她和菁喆继续绕着林荫小道散了会儿步。

"我不再是出门之前的那个我了。"菁喆终于说出来。

"遗憾吗？"栗秋关切地问。

"不知道。说不清楚。"菁喆摇摇头。

"这个时代正在轰轰地往前走，没人会在意你是不是昨天失去了贞操。有贞操和没有贞操之间怎么辨别呢？一切都可以造假，处女膜也可以造假。真的是假的，假的是真的，所以你为此蒙羞也不算什么。谁让你碰上这个时代呢？"栗秋开释道。

"本来今晚都憋着想哭的，这会儿却突然平静下来。"菁喆仰起脖子望着夜空，那里什么都没有，是黑的。只有路灯是亮的，正刺探着在菁喆身上所发生的一切。

"如果你经历过沦为弃妇的痛苦，再经历过做母亲的操劳，又目睹了中年丧夫晚年丧子种种的撕心裂肺，你将平静得没一点声音，只剩下默默地活着，喘气，承重。还好，普通女人经历的这些磨难，在你这里还只是一个开始，你够幸运的了。"栗秋宽慰道。

"普通女人都要经历这些吗？"菁喆问。

"差不多吧。"

"我可以不是这种活法吗？"菁喆不甘心地问。

"可以呀。你可以变性；可以提起头发，脚尖离开地球；也可以出家当尼姑；还可以不结婚但生孩子，或结婚不生孩子，或不结婚也不生孩子。但我所说的这些情形，都不是常规意义上的女人的一生。"栗秋的小道理流水般，源源不断地流出来。流经菁喆这块干涸的土地时，菁喆便有了滋润感。

"栗秋姐，我现在脑子很乱。"菁喆还在想着这几天发生过的事情。

"你喜欢他？"栗秋有点冷了，双手搓着掌心。

"部分地喜欢。"菁喆还是沉浸在纠结当中。

"你恨他？"栗秋的手心搓热了。

"部分地恨他。"菁喆冻得牙齿也哆嗦。

"你跟他分手了，又忘不了他？"栗秋开始活动脚关节。

"像是。"菁喆开始缩脖子。

"你不跟他分手，又忍受不了他？"栗秋弯下腰用手按摩两只小腿。

"像是。"菁喆把手放到羽绒衣口袋里暖着。

"你觉得他傲慢？"栗秋按摩腰部。

"我觉得他另有其人。"菁喆僵在原地。

"就算是有，也很正常。毕竟人家多年单身。你才出现几天？"栗秋向左向右活动着腰部。

"他凭什么那么傲慢？他父亲只是个铁匠，他却跑到我面前装大瓣蒜。"菁喆的鼻腔里哼出的气是凉的。

"你确定真的放弃？"栗秋活动两个肩膀。

"确定。"菁喆把羽绒帽扣到头上。

"我认为你有点武断。你别总想着你还是中国的天之骄子，现在你到了美国，你什么都不是，你只是一个想通过婚姻解决绿卡的剩女。"栗秋拉着菁喆往回走。

"不，我不是这样的。"菁喆挣脱栗秋的拉扯。

"那你是哪样的？你能说你是为了爱情才去见他？"栗秋在路灯下瞪着菁喆。

"我就是。"菁喆再次僵在原地。不动。

"你确定你不是在粉饰自己？明明目的明确，却还认为自己崇高什么的。"栗秋又扯着菁喆往回走。

菁喆含着泪对栗秋说："我心里的许多想法真的跟你不一样，我说我寻找的是爱情，其次才是绿卡，你不会相信的，但我就是这样的，我心里明白我是怎样的人，我要什么。"菁喆极力为自己辩解。

"那你告诉我，他并不是高富帅，也无法给你带来安全稳定感，你爱他什么？"栗秋很现实地问。

"他身上有股书卷气。而且，他是我的第一个真正的男人。"菁喆语无伦次地分辩。

"可电话里你不是告诉我了吗？受不了他的英国酒吧文化，受不了他的生活方式。"栗秋加快脚下的步伐。

"这就是我极其痛苦的原因。"菁喆跟在后面争辩。

"这么说，你还放不下他？"栗秋头都不回。

"有点。"菁喆咕哝道。

"那就再争取回来。"栗秋干脆地说。

"怕以后更痛苦。"菁喆纠结地说。

栗秋站住，转过身："你那都是假设。也许你真的和他在一起，就习惯了。

从你描述的情形看，他这人还是不错的。再说，他有几处房子出租，证明他在经济上没问题。没孩子，又有双国籍，来去自由，这样的生活不正是你渴望的吗？顶多你搬到他那儿住，他的城市也有医院，你找个工作很容易。要不，你再往回把他拽拽，也许你俩合适呢。"

"算了吧。"菁喆自言自语。

"可他不是还说要到波士顿看你吗？"栗秋转过身，继续走路。

"那是客套话。"菁喆委屈地说。

"你也客套呀！出于礼貌，你该告诉人家，你到波士顿了。因为人家也花时间陪你玩，陪你吃，还调情了一把。你顺便问问他何时来看你，这线头不就又接上了吗？"栗秋支招。

菁喆心头郁积了很多气恼，她说："我想说的不是这个问题。我觉得这个英国佬非常不礼貌，说过的话跟放屁似的，不仅不兑现诺言，而且说变就变。中国古话里说的，男子汉大丈夫一言九鼎，或一言既出驷马难追之类的话，跟这个英国佬真的一点不沾边。"

"还心理不平衡呢？还想知道他这样做的理由到底是什么？别跟自己较劲了好不好，在男女问题上，没有为什么。发生所有的事情都是正常的，就算不正常，你也得正常去理解。如果我像你一样天天想十万个为什么，那我跟前夫的事，到老都想不通怎么发生的，我也到不了美国，也没有今天的幸福了。我当时之所以没有深究，就是因为我没能力深究，而且我还得过日子。行了，不跟你啰嗦，我都冻成棍儿了，我这年龄的女人，就忌讳寒气入体，太晚啦，不奉陪了。"栗秋钻进菲利普的车，并摆手让菁喆赶紧上楼。看着菁喆消失在楼道里，菲利普的车才离开。

25　文化差异

菁喆回到房间后，没有马上入睡。她给理查德发了一条短信，谢谢他的招待。

理查德马上回复了。菁喆情绪好点了，她拨过去电话，说："我已发过誓不再理你。但我需要核实一件事。"

"请说。"

"你是否喜欢过我？"

"喜欢。"

"你是第一个跟我有性关系的男人，因此我很在意你。但你看上去似乎很冷。也许你们英国人就这样？"

理查德在那边愣了一下，但马上回复道："鉴于你说的，我是你的第一个有性关系的男人……那么我想不通，为什么你能这么快就到我的床上？"

他竟然怀疑菁喆跟他不是第一次。菁喆气得浑身哆嗦，直想开口骂人，但她不知下一句该怎么说。

"我想知道，在我之前，你最后一次跟男人在一起是什么时间？"

"我再说一遍，我跟你是第一次。"菁喆愤怒不已。

"但你留在我床单上的是月经血不对吗？如果你是处女的话，作为一个亚洲女人，怎么可能如此快就到我床上？而且，我听说许多中国女孩在结婚之前，都去找医生修补处女膜。"

菁喆呆了。莫大的耻辱令她全身发抖。她也看到过这种报道，但把这事与她联系到一起，她几乎要晕过去了。"我，我有什么必要这样做？你侮辱我！！！"

"你都这个年龄了，怎么可能没有过男人？我真的喜欢你，但我心里有很多疑团。"理查德振振有词地说。

"你就是个混蛋。你可以跟我分手，但你不能侮辱我！"菁喆几乎咆哮起来。

"嗯？！我从不做这种事情。"电话那边的理查德也惊呆了，他不知为什么菁喆会大怒。她有什么理由大怒呢？

"你也不是一个完美的男人，你有许多缺点，而且难以改变。"菁喆报复地说。

"确实，我不完美。有许多缺点。你是个洞察力极强的女孩。而且，你走之前，我很在意你。"理查德依然绅士地说。

菁喆意识到有些失礼，便缓和语气："今天我跟你说了太多的话，只想让你知道，我曾经对你付出过真情，并且也感谢你曾经关照过我。是你让我从一个女孩变成女人，这个过程已经深深地印在我的记忆里。我希望你有美好的未来，欢迎你到中国！"

"你是个曾经深深打动过我的智慧的女孩！如果你同意，我仍然想去波士顿探望你。"理查德其实有继续跟菁喆发展的意思。

"各走各的独木桥吧。不见了！"菁喆反而不再动心。把要说的话说完，就到此为止了。菁喆挂了电话。

栗秋刚躺到床上，菁喆就打来电话，告诉栗秋，这次真真切切地与理查德拉倒了。栗秋安慰说："也只能拉倒。他连你是不是处女这事都计较，真出乎我意料。这是中国男人的看家本事啊，没想到这英国佬还有这怪癖，去他的吧。变来变去没个定性，找他是低就他了呢，让他后悔去吧！"

菁喆哭笑不得地说："只是这个过程进行得有点稀里糊涂，跌跌撞撞，半梦半醒。"

"别再以貌取人了，实际点，以波士顿为圆心，半径不超过20公里，见面了解方便。"

"你的意思是，我还继续找？"菁喆这会儿啥心思都没有。

"当然。万里长征才迈出第一步呢，必须找下去。"栗秋给菁喆打气。

菁喆洗了个热水澡，正要熄灯睡觉，茹欣媛从月子中心打来电话，说："栗秋刚才给我发了短信，我已经知道你赴约的情况。因为是我支持你去的，所以总觉得有点责任在里面。"

"我，我捂紧了钱袋子，但失去了其他的。"菁喆嚅嗫着。

茹欣媛无所谓地说：“谁曾想这个英国男人内心那么阴暗。这个哑巴亏吃大了，但又能怎样呢？人家没有触犯法律，顶多心理上欺侮了你，你能拿他怎么办呢？这仍然是个男权社会，男人有权验查女人是不是处女，那么谁来查验男人是不是处男呢？怎么查呢？他性交一次跟一百次一样，看不出来的；他在哪个年龄开始性交的，哪个年龄阳萎的，你也看不出来。所以，没必要把初夜权看得那么重要。我算看明白了，这年头没什么男人值得我们为他付出，既然没什么人对我们来说是重要的，跟谁睡第一夜也不重要，反正这一关总是要过的。也未必是坏事，你总得成为女人对吧？”

“你觉得我作为女孩主动自投罗网是不是有点蠢？”菁喆不自信地说。

“有啥蠢不蠢的？通常女人在你这个年龄孩子都上小学了，床上经验已经丰富得一塌糊涂，正是 30 如狼 40 如虎的骚情期，你却读书读傻了！我就不要求女儿读硕士博士什么的，一句话，放羊管理。只要不犯法，她想干什么就干什么。”茹欣媛从菁喆的经历扯到自己女儿身上。

“又不是我自己愿意这样的，我也想像其他女孩那样，到识字年龄上学，该恋爱时恋爱，该结婚时结婚，该生孩子时生孩子，到退休年龄安享晚年。可我跟别的女孩就不是一个节奏，我这 32 年，就干一件事：上学。”菁喆越来越愿意总结自己的前半生，好像以后不过了，或以后是另一种新开始，反正不喜欢前半生的生活状态。

“有点怨恨你妈？”茹欣媛敏感地问。

“有点。就为了让我妈满意，我失去了一个做正常女孩的自由，所以不属于正常发育的那种女孩。”菁喆怨气十足地将自己的不顺指向母亲。

“那也不是她的错。受过那个时代洗礼的女人们，都希望自己的后代扬眉吐气。你接上她这口气，她就舒心；你跟她拧着，她这口气就堵在心窝，郁滞一辈子。中国的家长，更愿意把子女当成私有财产支配，不许你这样不许你那样，对他们来说是极平常的理念。她们整天想着解放自己，却不想解放子女。大多数家长既不解放自己，也绑着儿女，大家就这样相互扯拉，相互折磨，谁都不痛快地活着。你妈没能脱离那个环境，她这样随大流教育你何错之有？何况她把你教育成留洋博士，那是她的荣耀，何错之有？以后不许你再迁怒你妈，听到没有？是你自己把自己变成了另类。"茹欣媛让菁喆从自身反思。

"既然我是个另类，那就另类地活着呗。"菁喆很无奈。

你心理上把自己当成正常人不就行了，管别人怎么说呢。"茹欣媛让菁喆拿出阿Q的精神自慰。

"我难道成了这个时代的社会问题？"

"顶多是社会现象。但能折射出背后的社会问题。"

"那我接下来该怎么办？"

"继续呀！就一个混蛋英国佬就把你吓住了？他越是傲慢，你才越要找个更好的，咱不缺鼻子不缺眼，凭啥不能活得滋润？"茹欣媛的声音很大。

本来菁喆都平静了，跟茹欣媛通完电话后，她又难过起来。她趴在床上哽咽了很久，以此祭奠刚刚逝去的处女生涯。

26 走低

菁喆顾不上伤心，周六又去了老人院。她不悦的心情，在老人们的一句句感谢声中，消散了。

为什么每每与老人们在一起时，总让自己心情快乐呢？既然这里需要自己，既然自己喜欢这里的老人，既然这里是个快乐的场所，为什么不在这里待得更久些呢？为什么还要回到冷冰冰的实验室，对着一大堆数据发愁，为什么不马上改变这个现状？

令菁喆欣慰的是，老年病学专业的硕导已经同意她转专业。只是她还在纠结，要不要先说服母亲？但今天，她突然淡定了，自己的人生自己做主。母亲已经把自己扶上马送一程了，不能再牵着马，让自己骑在马背上前行。

对，要学栗秋的务实，学茹欣媛的干脆利落，没什么可纠结的。不就是放弃博士学位吗？不就是让母亲失望吗？不就是重新学习一门生存技能吗？只要自己喜欢，就算将来当护工又怎样呢？何况自己会一级级往上做。

菁喆终于壮胆给博导写了邮件，说有重要的事情要跟他谈。导师约菁喆周二上午在学校办公室见面。

"你想结束实验室的工作？你想做什么？可我正需要你的实验数据。"导师听了菁喆的陈述，面无表情。

"抱歉教授，我不喜欢每天拿小白鼠做实验，我想跟人交流。"菁喆感性地说。

"你的想法太令我惊异，但你想怎样？"

"我想读一个老年病学的硕士学位，学制两年。我希望您能支持我的改变，这样有助于我找到工作。我在网上搜索过，美国已有两万家养老院，约200万老人入住，大量的养老机构都需要老年病学的专业人员，请导师理解我的选择，我继续读博，心理压力太大。"菁喆希望看到导师的笑脸。

"我知道你对我有点失望，我没有承诺给你工作签证，不是没有希望，而是这是件很麻烦的事。但你却突然360度急转弯，让我没有心理准备。而且你的再度专业选择，跟学术太不沾边，你不再做学术了？你的论文很有独特见地呀！"导师还是想留住菁喆，继续为他打工。

"谢谢您，我从心底不喜欢生物专业，我想趁着年轻，做我认为有意义的事。"菁喆坦言。

"老人院的工作是很有意义。但是它会让你陷入琐碎的事物中，没完没了的麻烦。"导师还想拉菁喆回心转意。

"我不怕麻烦。现在全球有3亿老人，中国就占了2亿，我想，学习这个专业会让我有自信，将来我回到中国，可以为老人们做许多事。或许这才是我感兴趣的事业。"

"噢，你让我对你充满敬意，但你能告诉我，为什么突然转到这个领域吗？"

"我爷爷很爱我，我也爱他，但他生病后，我却没有陪伴在他身边，为了弥补内心的遗憾，我想去照顾别的老人。"

"好的，我明白了。你很善良，既然这是你的心愿，我尽力成全你。"

与导师的谈判起了作用。接下来转专业的手续办得也很顺利。菁喆的心情也因此锃光发亮。过去的不愉快，也都一并丢到脑后。

俗话说，人走高，水走低。菁喆偏偏喜欢像水一样往低处流，她认为现在这种选择才让她放松，才让她的生命真实。为老人服务让她感觉到生命的真正活力。她就是这么一种人，这么一种心态，可是过去，母亲总是揪着她的头发，让她的脚离开地面，她明白自己并不是真的那么想往高处走，就算一不小心走高了，也是虚高。

春

虽生存艰难
却灵魂体面

要么把美国想象成仇敌

要么把美国当成肩膀

这是多么可笑的智商

其实这里是天堂 也是地狱

你不必对这里太向往

也不必对这里恨得手脚发痒

这里就是人类迁徙过程中形成的一个集居地

你还可以去其他地方

但无论人类涌向哪里

必然有的在天堂 有的在地狱

01　新室友

　　新室友宛芸年届 30，远看也就 25。茹欣媛说因为她身材娇小玲珑的缘故，浓缩像未开放的花蕾。栗秋见到她，说两人的皮肤有一拼，宛芸的细白像牛奶，天生细腻；栗秋的白皙像瓷碗，中间多了些打磨的功夫。菁喆与宛芸银铃般的细润嗓子没有可比性，一个铿锵有力，一个娇滴滴；一个是从胸腔发声，一个是从声带挤送出来。茹欣媛还说，宛芸弯眉红唇像古画上的美女；栗秋则点评宛芸一双燕子眼，包含无尽的善意；菁喆则羡慕宛芸左腮的酒窝，笑起来真甜。对于 3 位大陆女子的好评，宛芸只是微笑，最多说谢谢，其他就没什么可说了。茹欣媛试图从女性主义立场，或从家常里短的角度引发话题，然而聊天的氛围，总因着宛芸的静默和客气而冷场，茹欣媛也说不清这种不亲近，是因着缺少共同语言，还是宛芸的戒备心理在作祟？总之，很难聊天。更别说亲密沟通。于是，茹欣媛知难而退，就此扬手作罢，一心做她的房东。但私底下，茹欣媛对栗秋说："大陆人和台湾人有 60 年没在一起生活了，相互认生。但奇怪的是，为什么我到美国才十多年，就能与白人们打成一片，难不成与外星人的沟通要比地球人之间的沟通还容易？"栗秋说茹欣媛缺少沟通的耐心："我看没那么悬吧？交流这事，主要还是因人而异。性格和信仰什么的也挺重要。我在康州的远亲，今年 90 了，人家在香港、台湾都生活过，到美国来也 30 多年了，但见到我，仍然亲切，不存在沟通难问题。"茹欣媛还说："这宛芸最好别说话，一开口那个嗲呀，柔呀，哎呀妈，受不了受不了，但凡一个男人听

321

了就得弄化了！"

　　无论是夸赞还是微词，宛芸都不多言多语。她在初冬搬进33号公寓，现在3个月过去，菁喆跟她的关系，还像陌路人。当公寓里只剩下菁喆和宛芸时，菁喆也的确不知该如何与宛芸交流和相处。菁喆本来不是个多话的女子，现在遇到一个也喜欢安静的，气场骤然与以往不同了。两个同龄女子见面只是笑笑，你不问，我也不主动说；你做饭时，我在房间；你在卫生间时，我在厨房。彼此谦和有余，礼貌为先，相安无事。昔日拥挤的公寓，如今显得清静空旷。菁喆也分不清自己喜欢哪种气场，跟栗秋和茹欣媛在一起时热闹，亲切，凑在一起什么都说，像一家人；跟宛芸始终有距离感，但这种情形，却给自己留出很大的隐私空间，更自在些。虽然菁喆与宛芸相处愉悦，但没事时还好，心里别扭想找人倾诉时，宛芸显然不是好的交流对象。因此，菁喆也纳闷，这小小的台湾女子，难道就没有心事吗？难道就不想跟人交流吗？难道跟任何人都客客气气一辈子吗？

　　其实宛芸既没有那么神秘，也没有那么冷漠，她正在全力以赴做一件超俗的事。

　　宛芸来自台湾宜兰县罗东市，去年在台北医学院读完博士二年级，今年以交换生身份，到麻州大学波士顿分校学习半年的物理理疗。宛芸半年后是要回台北的，因为她男友在台北文化养生老人村工作，宛芸已经向养生老人村的理疗部提交了工作申请，如果顺利的话，半年后她将与男友结婚，然后双双服务于老人村工作。

　　这几个月，宛芸每天上课回来，洗漱一番后，总是静静地待在屋里，少与他人闲聊，她在用心做一件事：每天都要手抄10页《地藏经》，为远在宜兰县的奶奶祈求菩萨保佑。

　　宛芸是奶奶唯一的孙女，也是奶奶最疼爱的。但3个月前奶奶摔断股骨头后，一直卧床。可是宛芸赴美留学的机票都买好了，她真想留下来陪伴奶奶，奶奶执意不肯影响孙女的前程，于是宛芸含泪远离。

　　宛芸到美国后，一直牵挂卧床不起的奶奶。宛芸的爸爸说，既然你那么爱奶奶，就为她抄写 3 本《地藏经》，祈福奶奶增寿吧。奶奶的奶奶信佛，奶奶的爸爸信佛，奶奶自己信佛，也影响到宛芸的爸爸信佛，现在，爸爸又用这种方式，影响宛芸信佛。爸爸劝宛芸，有个信仰总是好的，不然，一个人在这个世界上就是孤魂野鬼，灵魂没有靠泊的去处。爸爸还说，宛芸奶奶这一生经历了抗战、内战，经历了战火中的恋爱和失恋，经历了在台湾白手起家、艰苦度日、中年患癌症、晚年丧夫一系列劫难，活到 90 岁了，白发竟然又变回青丝，皆因为信佛的缘故。所以，作为奶奶最亲近的孙女，能为她手抄《地藏经》，她的生命就会再次出现奇迹。

　　听奉了爸爸的劝导，宛芸每日必虔诚地手抄经书，宛芸的心越来越安静，仿佛世俗的一切杂音都被切断，人也变得清澈透明。

　　奶奶的身子骨果然硬朗许多，脸色也渐渐红润。奶奶的状况良好，宛芸的心情也随之灿烂。

　　这天早晨，宛芸和菁喆同时出现在厨房里。她主动问候菁喆："早晨好！"

　　菁喆愣了一下，忙回应："你好。"

　　"你是不是把自己弄丢了？"宛芸突然问。

　　"啊？"菁喆有点傻。

　　"我是说，你凌晨时做梦了吧？说梦话声音很大，你好像一直在重复，我把自己弄丢了，我把自己弄丢了。"宛芸凌晨 5 点起床抄《地藏经》时，听到菁喆在梦里大喊大叫。

　　"呀，惊到你了吧？真不好意思。我每晚都做梦，最近总是梦到我到了一个什么地方，回不来了。急得我要死，也不知为何总做这种梦。"菁喆不好意思地说。

　　"你们中国不是有很多庙吗？你去庙里问问老和尚，也许可以帮你解答困惑。"宛芸善意地建议。

　　"谢谢你的建议。可是我人在这里。我没丢。但你为什么说你们中国，

难道你不是中国人吗？"菁喆好奇地问。

"我是台湾人。我拿台湾护照。"宛芸回答。

"可你的父母是中国人呀！"菁喆强调。

"我妈妈是台湾人，但我爷爷奶奶爸爸出生在中国。"宛芸透露自己的家底。

"那你还是中国人呀！顶多我们生活在大陆，你们生活在台湾。"菁喆想把这个事说清楚。

宛芸浅浅一笑，说："好吧。那我不说你们中国了，我说你们大陆，可以吗？"

"可以。我们是大陆，你们是台湾，咱们是一家人，是历史原因造成你们生活在海岛，我们生活在陆地。"菁喆郑重其事地说。她能看出来，宛芸也没什么敌意，只是一种习惯说法而已。"你去过大陆吗？"菁喆问。

"还没有。我爸爸本来想带我去的，但这些年我一直在读书，时间不够用。还好，这些年很多大陆人到台湾旅游，时常能见到他们。"宛芸说。

"你怎么看大陆人？"菁喆问。

"台湾人觉得你们大陆人干什么事都着急。总是匆匆忙忙地要去什么地方。"宛芸道。

"我听说台北与北京差不多，在这些地方生活的人，都是匆匆忙忙，包括波士顿的人，不也是急急忙忙地为了生存拼搏吗？"菁喆毫无来由地为大陆人争辩。

"您别误解，我没有说大陆人不好的意思。你可知此身不能久在，何苦急急赶路？"宛芸突然若有所思地对菁喆说出一句深奥的话。

"你刚才这话是什么意思？是说我吗？"菁喆问。

宛芸微微一笑，说："我这是信口胡诌，说给自己听的。原来我不明白这句话的意思，最近这几个月才悟出来的，但原话不是这样说的。"

"噢，还有出处呢？能说给我听听吗？"菁喆讨教。

"我奶奶总念叨，'你可知此身不能久在，何苦急急忙忙干些歹事？我却晓前生皆已注定，只得清清白白做个好人。'以前我不知何意，最近读了一些佛经类的书才知道，其实这也不是她说的话，而是重庆缙云山温泉寺精舍门前的一副对联。我也不知道她年轻时是否去过重庆，为什么会对这句对联念念不忘。但我看到你们大陆人那么着急地往前赶，把自己弄得很累，我就受了点启发，把它改动一下，作为对自己的一个提醒，挂在嘴边。"宛芸详细解释了这句话的来由。

菁喆感兴趣地问："你奶奶吃素吗？"

"是的。她是虔诚的佛教徒，吃素几十年了。但身体还挺好的，现在每天还写日记，晒太阳。只是前几个月摔了一跤。"宛芸心疼地说。

"哇，这样呀！我爷爷也90了，本来他身体也挺好的，但半年前也摔了一跤，大腿骨摔断了。"菁喆也心疼地皱着眉头。

宛芸提醒道："这个年龄的老人就怕摔跤。你叮嘱家人，给你爷爷做些物理理疗吧，那会有助于他的康复。我男友定期替我去看望奶奶，帮她做理疗，她恢复得可好呢！"

菁喆黯然神伤地说："我们家没有做理疗的条件，爷爷最痛苦时，他的身边没有人伺候。只可惜我待在这里回不去，就像坐监牢，我真内疚呀！"

02　*抗战女兵*

5月初，栗秋决定带着菁喆去康州温莎镇老人村庄，看望姥爷的堂兄的嫂子，也就是冷杉老人。因为再过一个月，栗秋的访学项目将结束，这期间，她不仅要珍惜与菲利普相处的时光，还要迎接儿子的到来。寒假时，儿子连续感冒发烧咳嗽，出不了门，未能到波士顿与母亲一聚。现在，只能等到儿子6月初期末考试一结束，赶紧飞过来，然后，母子俩再一同回北京。因此，栗秋来看望冷杉老人，也算是给老人道个别。

栗秋邀请菁喆一同到老人村庄，一是菁喆已改了专业，对老人村庄的自治模式感兴趣，另外，以后冷杉老人想叙叙乡情什么的，可以找菁喆。虽然冷杉老人儿孙满堂，但大多在世界各地生活，不在身边。所以，栗秋想了个两全其美的策略，让菁喆和冷杉老人认识，相互也有个照应。

这天早晨9点，栗秋和菁喆乘坐从波士顿直达康州哈特福德的大巴，两小时后，她们来到温莎镇西侧的老人村庄。栗秋在电话里已征得冷杉老人同意，带着好友一起来家里包饺子。老人很高兴。

菁喆还是第一次来到这种真正的美国中产阶级聚集的老人村庄。40多户连排独栋房有序地环绕成一个圆形，这个圆的外围是一圈高约20米左右的不同品种的枫树，既挡风，又美观，还有安全感。枫树已经翠绿，透着这一年最初的生机。许多住户门前挂着漂亮的花环，还有些住户门前的台子上，摆着花草，有的门前停着一两辆车，偶有小孩子进进出出。栗秋说："美国人其实很看重亲情，周末时，儿女们会带着孩子来看望老人。也很孝敬呢！"

冷杉老太太家住在村庄的中部，栗秋远远就看见了她门前的那对撒尿的小顽童，一顶随风摇摆却飘不走的风筝，以及两盆绿莹莹的兰花草。"哇，老太太很热爱生活吧，门前又是花草又是顽童的！"菁喆叹道。

"因为她心里有大爱。"栗秋含蓄地说。

跟冷杉老人约定的时间是上午11：30分，提前了15分钟，栗秋提议："咱绕着村庄散散步吧。"

菁喆点头，两人围着被绿树环绕的村庄走了一圈，春风拂面，格外清爽舒适。

"人老了还有爱情吗？"菁喆问。

"从生理上说，荷尔蒙没了，异性跟同性没什么区别了，就不会发生化学反应，相互之间的吸引力就减弱。你说，当生理特征又回归到孩提时那种无性化时期，男女不分，还能产生爱情吗？你不觉得，许多老男人走路说话都像老太太，而老太太们，说话声音越来越粗，听上去像老头？"栗秋很专业地说。

"是有这种现象。但我爷爷，还是挺男人的，改不了。你的意思是，只要能维持荷尔蒙基数，老人见了异性还能产生爱情对吗？"菁喆又扯到爷爷，不知为何，最近总想起爷爷，爷爷长爷爷短地挂在嘴上。

"就算有，也激不起大波澜。但不排除一些非同寻常的老人，他们一生都保持着激情，心理始终年轻而鲜活，像诗人歌德，80岁了，还恋上一个16岁少女。杨振宁80岁了，不也娶了一个20多岁的女学生吗？"栗秋想举例时，张口就来，好像每天都有大量的信息录入她的大脑数据库似的。

"他们应该是真爱。"菁喆肯定地说。

"纠正你一下，男人与女人之间因为需要而走到一起，因为不需要就分开，与爱情无关，你追求的真爱，那是童话故事里瞎扯的。丹麦爱情故事大王安徒生，一生穷困潦倒，就因为他没见过爱情，渴望爱情，所以一辈子都写爱情故事，你说，从未接触过女人身体的男人，却自称情圣，这不是童话是什么？"栗秋理性分析道。

"我追求的爱情就是个童话。"菁喆充满向往地说。

"现实生活中没有爱情。"栗秋毫无表情地说。

"你骨子里很悲观。"菁喆斜眼看着栗秋。

栗秋反驳说："不，我恰恰是乐观的，只不过不再把童话和现实混为一谈。爱情是什么？那是一个枉费心机的企图。虽然爱情是美好的，但它不会永恒。你自己不愿承认这个事实罢了。你可以指责在网站上遇到的那些男人不道德，但道德又是什么？是为了谁的需要才出现道德这个限制？你不也打着爱情的幌子，去交友网站找一个符合你条件的美国男人结婚？现在的爱情都走了味儿，都不是你从童话故事里读到的爱情了，人们在交友网站上，只需打个招呼，就可以说一见钟情，然后进入一夜情，就算见不了面，不也可以裸聊吗？"

菁喆叹气："生命本身的意义真的如此不堪一击？爱情真的不能永恒？"

"爱情这东西是一种灵性，也带着一丝神性，它一闪即逝，谁都不能永远握住它，如果它那么容易就被世人握住，那它也就俗气了。有幸的人，握住它的时间长些；而大多数人的爱情，犹如手中捧起的沙子，从捧起的那一刻，就在流失，最后掌心里是空的。所以，就像一个女作家说过的，爱情很多时候是双刃剑，两败俱伤。"栗秋谈到爱情总有话说。

冷杉老太太的房子坐北朝南，是老人村庄里地势较高的位置。10年前，这个村庄刚开发时，冷杉夫妇卖掉宽大的老房子，搬到这个连排独栋房，他们刻意选择了这种小户型房，夫妇俩相互照应起来方便，而且能节省不少钱。但去年冬天老伴走后，老太太决定搬到老人院去安度晚年。那里有很多与她年龄相仿的老人，会得到护理人员的很好照顾。更重要的是，她不想给孩子们添麻烦，在美国，孩子没有赡养老人的义务，每个月只需探视一两次，或每周视频一次就可以了。所以现在，冷杉老人家门前的草地里，正竖着一块"此房出售"的牌子。

老太太正坐在朝南的阳光房里慢悠悠地喝红茶暖胃，宽大的书桌上，铺着一张宣纸，上面是老人不知何时写的几首诗词。冷杉还是女孩子时，就在母亲的指导下，学写隶书，主要练习的是曹全碑体。母亲总说，隶书比较接近女孩子的性格，比较柔和，还有古朴的气息，在书写上，以静、慢、轻柔为主线。到美国后，冷杉也练过瘦长清秀的纤体和小巧秀丽的楷体，但每每有在宣纸上创作的冲动时，下笔还是以隶书为主。

虽然门虚掩着，栗秋还是礼貌地按响门铃。栗秋悄声说："她在等咱，就凭这个细节，老太太一点都不糊涂。"

见到冷杉老人，菁喆愣住了。老太太穿戴得体而精致，一派的中国元素。室温调到微暖，冷杉老人穿着丝绸面料的刺绣上装，牡丹图案，分别用了酒红和明黄色点缀，精致的盘扣，也是丝绸面料，裤角做了暗红的滚边处理。这位老人，身上散发着贤淑婉约，宁静致远，含蓄内敛，柔中有刚的民族特性。老人一米六五左右的身高；白皙的面孔，清瘦中有润色；虽然眼角皱纹颇多，但白齿红唇是整个面部的亮点；一头银发挽成结固定在脑后，额前的流海自然地内卷着花样儿，金丝框眼镜架在笔直的鼻梁上。猛然一看，她也就70岁上下，菁喆暗自嘀咕，是老人本身就长得年轻呢？还是她长期在国外生活保养得好？或是她化妆后显得年轻？如果拿她跟自己的姥姥和奶奶比，简直像两辈人！真不可思议。

冷杉老人家客厅的正墙上，挂着一幅隶书体的刺绣，是一组词："那些年华，恍然如梦。亦如，流水，一去不返。不泣别离，不诉终殇。"一张雕龙大椅，椅子后面摆着雕龙屏风。客厅的左侧墙上挂着一幅中国仿古画，赵左的水墨长卷《溪山高隐图》。右侧墙上挂着张大千仿明清古画《石涛山水》。书架上不仅有线装古书，还有玛瑙、翡翠、白玉、宝石、瓷器、骨料、象牙和金属制成的鼻烟壶，菁喆眼界大开，顺手拿起其中一个放到鼻下吸闻，栗秋赶紧制止："别动，这是古董，只看就行了。"菁喆尴尬地把东西放回原位。

老太太都看在眼里，却笑眯眯地抿着红茶，听翻录的20世纪30年代的上海老歌《蔓莉》《惜别》和《天涯歌女》。当栗秋和着曲子跟唱《天涯歌女》时，冷杉老人也声情并茂地唱起来，她是那样悠然随性，使原本还很紧张的菁喆顿时松弛下来。看到这个年纪的老人唱歌，菁喆特别高兴，因为爷爷也从不在乎别人说什么，总是想唱就唱，尽管声音是颤抖的。

栗秋聊了几句，就到厨房罩上围裙，动手和面，然后弄饺子馅。来之前，她已从中国城买来现成的饺子皮。老人喜欢吃芹菜馅的，这也是她的老伴生前最爱吃的。

"奶奶，这是您年轻时的照片吗？好清纯哟！"菁喆顾不上喝茶，眼球早被墙上的十几幅黑白老照片吸引，不禁赞道。

"70年前，我在护士学校学习时留下的。一晃一生过去了。"老太太淡淡地回答。

"您先生年轻时真帅，尤其穿着军装。"菁喆由衷赞美。

"那当然。抗战那年，我们医疗队的 6 个护士都暗恋他，私底下都说他比美国电影里的男影星还帅。有的女护士向他表白，有的女护士托人从中介绍，还有的给他送吃的送手织的围巾，但他都拒绝了，谁知他喜欢的竟是我。而我那时虽然也喜欢他，但我想，如果他不来找我，我永远都不会开口。因为那时我一心想去修道院当修女。我真幸运！承蒙主的旨意，抗战一胜利，我们的医疗队解散了，我回到家乡，谁知，他也来到我家乡附近工作，我们又遇到了，然后相爱，结婚，一口气养育了一大群孩子。"冷杉老人捧着热茶，浅浅地呷了一口，身子板仍然很直。

"我爷爷也抗战过呢！他说，他的许多兄弟都战死在湖南了，他经常做梦能梦到他们。"提到抗战，菁喆也自豪地赞扬自己的爷爷。

"你爷爷也是湖南人？"冷杉老人问。

"不，他祖籍是辽宁丹东。听他说，他 14 岁时，就跟着他的爸爸和叔叔参加了东北抗日联军打日本人，但不知为何他们几万人从东北坐闷罐车到了俄罗斯，又从那里走到新疆，又在新疆打仗。后来抗战爆发了，他又跟着他叔叔跑到河南，在那里报名参军，之后还在黄埔军校学习过两年，毕业后去了湖南。反正他所在的部队在衡阳跟日本人拼过命，他是从死人堆里爬出来的，爷爷总说他命大。"关于爷爷，菁喆只能说些零乱的细节。

"噢，他可能参与了衡阳保卫战，那场战役，我们的勇士拼得很壮烈。那时候，我们都不愿意当亡国奴，响应十万青年十万兵的号召，就想上战场打日本鬼子。"冷杉老人听到菁喆的爷爷参加过东北抗联，眼前一亮，随之便有泪花盈在眼眶，她下意识地哼唱起，"我的家，在东北淞花江上，那里有大豆和高粱，九一八，九一八……"她唱着唱着，眼泪就掉了下来，但是她还是唱，直到把这首歌完整地唱完。小时候，菁喆也常听爷爷唱这首歌，很熟悉。此刻，听到冷杉老人一字不差地把这首 70 年前的老歌唱完，菁喆感动得想拥抱冷杉老人，可是终究只递给冷杉老人一张纸巾，就又坐回椅子上。她太羞于表达感情，过于内向。菁喆暗想，原来爷爷那个时代的有文化有志气的青年，都会唱这首歌，都报名参军上战场打日本鬼子，保卫自己的国家。但如今，与自己年龄相仿的有学历有志愿的人，只要有条件，都忙着考托福考雅思，想尽办法离开自己的国家，去海外求得发展。为什么会变成这样呢？是我们这代人有问题，还是这个国家出了问题？是年轻人的悲哀，还是我们这个民族的悲哀？换位思考，如果把冷杉老人那一代人和自己这一代人调换一下，他们也像我们今天这样纷纷移民海外吗？而我们也会像他们那样到战场上与小日本拼刺刀吗？这几个月，菁喆的脑子装进来的东西越来越多。

"可是，奶奶，既然您那么爱国，为什么又移到美国来生活呢？"菁喆不解地问。

"说来话长。有些事也不便再提。"冷杉老人简约地回答。

栗秋喊菁喆到厨房帮忙包饺子。菁喆到卫生间洗过手，然后进厨房给栗秋打下手。栗秋悄声对她说："有你这么追着问的吗？我从来不敢多问她什么，这里是美国，人家都有隐私意识。我告诉你吧，新中国成立后，有过三次移民潮，一次是建国时，许多资本家，国民党什么的，因为对共产党有疑虑，纷纷跑到台湾、香港和美国；第二次是'文革'期间许多人受不了，跑出国了；第三次是改革开放后，许多人投亲靠友，骨肉团聚什么的，移民到欧美等一些发达国家。"

菁喆也悄声问："噢，那老太太应该是建国初跑过来的那批吧。那如果你要是跟菲利普结婚了，也移民了，那你算第几批？"

"应该还算第三批。不对，从性质上分，与第三批又不相同，那批人知识含量低，手里也没什么钱，主要来赚美国人的钱。但这些年的移民，主要是当官的卷着钱来的，经商的当投资移民来的，还有留学的留下来不走了。我怎么也算个高知群体的吧。细分的话，我应该算第四波。"栗秋分析说。

冷杉老人也系上围裙进了厨房，她拿起一棵小葱，慢慢地切起来，一边切一边说："这百年来，中国有两次大的向外移民潮，一次是清朝，另一次就是蒋介石失去政权后。其实还有一次中国内部的移民潮，你们不知道，就是 1937 年抗战爆发后，山东沦为战场，难民大批涌向东北。太平洋战争爆发后，日本人为增加后方的劳力，连蒙带骗地让华北老百姓移到东北，光 1942 年就有 120 万移民到了东北。我们这一代人，都恨透了日本人。可是你们这一代人，已经淡忘这段悲惨屈辱的历史了，唉，不提也罢！"

菁喆又是张大了嘴巴，这老太太真了不起，耳不聋眼不花的，头脑真清晰，一句错话都没有。表达得太流畅了，这真是中华民族的精英呀！菁喆对冷杉老人简直佩服得五体投地。

这顿饭，三个人吃得简单而隆重。芹菜鸡蛋粉丝馅素饺子，一小碟花生米，一小碟清煮毛豆。三人还浅饮了些墨西哥人喜欢喝的"玛格丽塔"鸡尾酒。饭毕，冷杉老人送给菁喆一件礼物，就是菁喆进门时，拿到手里吸闻的那个鼻烟壶。

"你的手气真好，你看中的可是清代乾隆年间制作的金胎掐丝珐琅仙鹤纹鼻烟壶，我看你吸闻的姿势，知道你懂这个玩意，所以就送给你吧。"冷杉老人平静地说。

菁喆连忙推辞："别，别，我只是看看而已。这东西太贵重了。"

冷杉老人淡淡地说："我这个年龄了，能送出一件，就轻松一点。什么贵重不贵重的，东西到了喜欢的人手中，我就开心。"

听闻此言，菁喆感激地说："那我可收下了。我爷爷有一个嘉庆末年研制的内画鼻烟壶，是骨角材料制成的，图案是个蝈蝈。他说，还有一个图案是白菜，他送给了他最好的朋友。我爷爷说他的鼻烟壶是他的爷爷传给他的，他爷爷那个年代，东北地区的蒙古族人、汉人和朝鲜人，都流行吸闻鼻烟壶。"

"你说的没错。18 世纪初，鼻烟壶是中国的一种象征文明、斗富的工艺品。其实，它起源于美洲的印地安，被到欧洲来的旅行家发现并带回欧洲，流行一时。到明末时，传入中国的东北地区，清朝康熙时，吸纳了一批通晓玻璃烟壶制作和画珐琅的西方人，在紫禁城内专门制作鼻烟壶，使得这种鼻烟壶艺术在乾隆前期达到极盛，于是，玩赏和收藏鼻烟壶也渐成风气。估计你爷爷的爷爷就是在那个时代接触到这种玩意的。"冷杉老人一口气说了这么多，条条是道，思路清晰，但也累了，菁喆赶紧往茶壶里添了些许热水，然后再倒入她的茶杯。做这些事时，菁喆感觉面对的不是冷杉老人，而是自己的爷爷。

03　波士顿中国城

回到波士顿，已是傍晚。栗秋和菁喆刚从长途汽车站出来，就接到茹欣媛电话，约她们 10 分钟后到中国城的牌坊下见面。正对着长途汽车站的牌坊上，是孙中山的题字"天下为公"；牌坊的背面，是"礼仪廉耻"四个大字。

茹欣媛做事从来都是急性子，刚一起风就要落雨，一般人很难跟上她的思维。好在栗秋和菁喆已经适应了她的节奏，正好两人也得吃晚饭，中国城又在长途汽车站对面，步行过去也就 10 分钟。

位于波士顿市中心的中国城，是北美第四大中国城，也是新英格兰地区七个州中唯一的中国城，它的南边是长途汽车站，紧邻 I93 高速公路；西边是塔芙茨医学院。波士顿的中国城有多大呢？其实也就占地 5 英亩，有三条主街，近百家店铺。它是哪年建立起来的？坊间流传两个版本，一种说法是，1864 年到 1869 年间，一群修建太平洋铁路的华工，在完成工程后，从西海岸移居到波士顿，住在那条阴暗破落的"平昂埃里"街，然后他们生存，发展，形成了今天的中国城；另一种说法是，1870 年美国大罢工期间，为了取代罢工的工人，马萨诸塞州的一家制鞋厂，雇佣了 75 名 20 岁左右的青年华工。10 年后，那些华工移居到波士顿，渐渐的中国人越来越多，他们住的地方就成了中国城。2009 年，整个马萨诸塞州有 12 万华人，波士顿占一万余。

栗秋和菁喆来到中国城的牌坊下，许多中国人正围在牌坊下面聚精会神地下象棋。围观者永远比下棋的人多，支招的人永远比动手的人多。原来，地上有个巨大的象棋棋盘，这是创意者当初在设计中国城公园时，精心设计的一个适合中国公园特性的天然巨大棋盘。

菁喆感叹："与这些人一比，冷杉奶奶的高贵典雅就突显了。"

栗秋自豪地说："那当然，这是些什么人？美国社会最底层人群。而冷杉参加抗战前，家境殷实，到了美国，一举手一投足，仍透着明清大国的文化风韵。"

菁喆点头赞同："大凡从战争年代生存下来的这些老人，都不是普通人，都是大浪淘沙淘出来的金子，只可惜所剩无多。在我家乡，像我爷爷那种经历的人已难找到，见到冷杉奶奶，我今天真是饱眼福了。"

茹欣媛急匆匆赶来，直抱怨停车位难找。茹欣媛建议去"大四川"，她的口味重。

落座后，菁喆又把见到冷杉老人的情景向茹欣媛渲染一番，茹欣媛也兴奋了，她说："这老人简直是中国百年史的活化石，太宝贵了！栗秋，哪天你介绍我也去拜访她一下呗？这些人浓缩的可都是精华，哪怕跟她待一会儿，喝杯茶，都受益无穷。他们可是一本历史大书！"

栗秋拍拍菁喆的肩膀说："下次让菁喆带着去就成了，老人家对菁喆比对我还好。她跟菁喆可有话说了。"

"是吗菁喆？你厉害呀，男人缘不行，老人缘还行。不错。这世间，管他什么缘，只要有一个行业，一种人对你感兴趣，跟你有缘，你就有得忙，对不对，菁喆？"茹欣媛胡乱比较一通。

"只可惜，我们没见到她老伴，他年轻时穿军装的照片真帅呀，比美国电影明星罗伯特还棒。而且，他还是中国第一代空军机械师呢！"菁喆念念不忘冷杉夫妇结婚纪念照上的那个帅气军官的形象。

"真的吗？我以为我爱的英雄们，都在二战中牺牲了呢。原来还有一个活到去年冬天。哎呀，我要是早点认识栗秋，就能见到他了，擦肩而过呀，擦肩而过。太遗憾了！还不如不让我知道这条消息呢！"茹欣媛看似调笑又好像很认真地说道。

"怎么，你喜欢二战时的英雄？"栗秋问。

"我有二战英雄情结。这就是为什么，我对当下的男人爱不起来的原因，因为早在少女时代，我的心就被二战片中的那些英雄们征服和拿走了，他们的存在，令当下男人苍白和乏味。我的心，我的爱情，那是曾经沧海难为水，现在你们明白了吧，为什么我的婚姻生活一直不如意，就是因为心里早已有爱，没有后来者的位置了。"茹欣媛理性地说。

"如果你遇到参加过二战的英雄，你会爱上他吗？"菁喆小心翼翼地问。

"我想，我会无来由地扑过去，抱住他痛哭。就像终于找到失散多年的爱人一样。我会对他特别特别好，不让他做任何事情，不再让他受任何委屈，我要好好地疼爱他。可惜我没有这个运气，他们这个年龄的人，差不多死完了。就算活着，筋骨也都被抽掉了，恐怕只剩下两只眼睛还骨碌碌转，证明他还活着。好残忍！"茹欣媛不敢想象，自己钟爱的人变成老态龙钟的样子该令她有多么心碎。

"可是，万一你遇到了呢？而且他们又老又丑又小怎么办，你还会有激情去拥抱他们吗？"菁喆设想一个很现实的画面。

"你这小女孩，想得还挺现实。这的确是个问题。如果他们形象差点，可能会影响我的激情，但我会从内心敬仰他们。"茹欣媛想了想，还是如实回答。

"既然你那么崇敬二战英雄，那冷杉奶奶也应该是女英雄，你会佩服她吗？"菁喆又问。

"那当然。一个知识女性投身抗战，更了不起。如果没有一种勇往直前的闯劲儿，怎么敢上战场？你一说到她，我就想，如果当年我要是赶上抗战，我敢上战场吗？那不只是不怕死的勇气呀！要舍弃的东西很多，我都难说自己能不能做到。"茹欣媛勇敢地剖析自己。

"那你干脆买下她的房子算了，她正在卖房呢，她那个老人村庄环境优美安静。"菁喆直不愣登地建议道。

"你这脑袋瓜瞎想什么呢？茹欣媛敬仰二战英雄，与买下冷杉奶奶的房子有什么关联？再说茹欣媛犯不着跑那么远去买房呀！"栗秋乐呵呵地说。

"我是想让茹欣媛沾点冷杉奶奶和她丈夫的英雄气呀！你想，茹欣媛要是住在一对抗战英雄的屋里，那不得给她带来无穷的力量吗？"菁喆想法独特地解释。

茹欣媛一听，咧嘴笑了，说："从认识菁喆，我就一直把她当女儿看，经营了这么久的感情，才发现，菁喆开始懂我了，知道跟我贴心，这个建议不错，让我考虑考虑。你们还别说，我就是打算忙完这阵子，去郊外空气好安静的地方看几处房子，母亲也活不了多少年，我想尽可能让她的暮年活得舒服些。既然你说冷杉老太太正在卖房，我可以去看看。万一对上眼，既成全了我仰慕英雄的心愿，也能沾沾她的晚清大国贵族气息，也可给自己的晚年找个舒适的环境。"

"那你就抽空去看看呗。"栗秋微笑着，转而又狐疑地问："今天请我们吃饭，喝啤酒，啥由头？"

"不吃饭，主要是喝酒。酒是个好东西，既能解闷，还能壮胆。周一我要上法庭了，想让你俩给我点底气。"茹欣媛直截了当地说。

"你又要打官司？你告别人，还是别人告你？"菁喆问。

"我才不害怕跟任何别人打官司呢，这次，我被政府告了。我有点慌，心里没底。"茹欣媛诚实地说。

"因为月子中心的事？"栗秋猜测。

"你怎么知道？"茹欣媛好奇。

"当你刚有这个想法时，我就觉得迟早得出事。能撑这么久已经不错了。"栗秋坦言。

"今晚只喝酒，不许提月子中心，也不许提法庭俩字。所有的事情我自己会搞定。对我来说，这是一场战斗，不管对错，我都要努力去应对。现在，我只想放松，减压，暂时遗忘，行吗？"茹欣媛的要求并不高。栗秋和菁喆你看看我，我看看你，不知说什么。如果在中国，要是摊上这么大的事，栗秋和菁喆吓都吓死了。光社会舆论都受不了。好在，茹欣媛摊上这事是在小小的波士顿，没几个中国人知道。这种事搁在一个男人身上，也不见得能扛住。但显然，茹欣媛不想让家人掺和，家人也帮不了这个忙。倒是跟两个昔日室友，还能坐坐，聊聊，如此而已。

茹欣媛要求栗秋和菁喆周一参加庭审，她说："别斜着白眼球瞧我，我不是罪人，也没做伤天害理的事，再说，鹿死谁手还不知道呢。我是给你们一个上美国法律公开课的机会，目睹我与政府理论的过程，你们以后在美国遇到官司就不紧张了。我个人认为，经常上法庭并非丢人的事，这是我在奋斗过程中追求生活品质的一个环节体现，至少我追求公平，那么别人或政府也同样以追求公平为借口，与我在法庭上平等理论，这是对我的尊重，我当然有勇气有能力对簿公堂。只是略略有点紧张。没关系，来，陪我喝一杯就好了。"

菁喆真觉得茹欣媛宰相肚里能撑船，都到了这时候啦，她还有心思喝酒。叹！

两年前，律师告诉茹欣媛，华人聚集区洛杉矶和旧金山已经开了20多家月子中心，平均一年能接待3000多孕妇，开办最长的已十多年。这个数据搅得茹欣媛兴奋不已。此前的胆颤是多余的，看来中国的游击战术，在美国的土地上也是所向披靡呀！茹欣媛想，天生我材必有用，哪里都能找到拼搏的战场，就看自己出手不出手，何时出手，从哪个角度出手。

从去年夏天到冬天，茹欣媛的月子中心收入甚是可观。如同低股买进的股票，一路走高，令购股者大为振奋。但一个月前，律师告知茹欣媛，洛杉矶市的一些居民集结起来游行，抗议华人的月子中心对他们正常生活的侵扰。这种怒火可能会烧到美国政府。茹欣媛听闻此消息，立即抢先采取措施，先是叮嘱孕妇们平日别结伴上街，别到居民区散步，以免引起居民们的注意；然后又想出办法，把独栋楼的孕妇们分散到另外几处出租房。但舒适型和豪华型的孕妇们很是反感，当初合同里约定，待产期在环境优美的公园附近，才肯出高价到这里生孩子的，她们坚决不愿意东躲西藏。茹欣媛又想到另一招，想修个围墙，挡住其他居民的视线。未及她做这一切，她的月子中心突然被政府查抄。孕妇们都被吓住了。茹欣媛赶紧安排母亲住到 33 号公寓，同时，给孕妇们订了酒店，缓解危机。

原来，居民们不堪忍受婴儿此起彼伏的吵闹声，向政府举报了此现象。政府派员调查，发现了一个中文网站，专门介绍如何赴美产子，服务项目以及收费标准，经过顺藤摸瓜，找到了位于波士顿的茹欣媛的月子中心，并确定，她是在居民区，非法经营家庭旅馆。于是，政府决定将房主推上法庭，起诉的罪名有两个，一是未经许可，经营孕产妇旅馆的行为；二是非法改建房屋。

04 悲

母亲已经 3 周没有在 QQ 上露面。菁喆还以为母亲想开了，不再操心自己的事情，难得轻松了一段时间。但这个周五晚上，母亲出现在 QQ 上，沉默片刻后，平静地告诉菁喆："你爷爷去世了。"

"啊？什么时候的事？"菁喆以为自己在做梦，她掐了掐手上的肉，有疼痛感。

"3 周前。怕你伤心，也怕影响你读书，没敢告诉你。"母亲解释隐瞒消息的原因。

"为什么不告诉我？不告诉我，我更伤心！妈呀，你以为这样做，我就能集中精力学习吗？难道读书比我对爷爷的感情还重要吗？妈，你根本不知道我在乎的是什么？我宁愿不读书，也要我爷爷，你明白吗？"菁喆立刻失声痛哭，捶胸顿足，万千遗憾齐聚心头。

"你别太伤心，就算告诉你有什么用？你也回不来呀？"母亲极力平复着内心的不安。

"不，如果早点告诉我，我什么都不要了，我要回来看爷爷最后一眼，我要为他守灵。妈，我恨你！我爱爷爷有多深，我的心就有多悲伤！"菁喆哭得上气不接下气。无缘与最爱的人见最后一面，菁喆的心像被刀子挖一样痛。

"爷爷呀，爷爷呀，你为什么不等等我？我一直以为，你会等到我回来的那一天。早知这样，我就不来读这个鬼博士，爷爷呀，我对不起你呀，以后我到哪里去找你呢？"菁喆像一个突然被抛弃的孩子，孤苦地在黑夜里哭泣。

"去把脸洗干净，把鼻涕也擦干，我不想让别人看到你哭成这个鬼样子。你爷爷活到这个年龄，已经够意思了，他这一辈子不仅害你奶奶不安生，害得你伯伯姑姑爸爸都活得没个人样，老不死为贼，他还想怎样？还想把孙女的心也带走？"菁喆的母亲听到女儿哭成这样，很是气愤。

"妈妈，不许你这样说我爷爷！我就是爱他，我就是想他，我就是尊敬他！你说他害了全家，那不是他的错，是时代错了，他还没到我这个年龄时，就从黄埔军校毕业，就上战场打日本鬼子，他怎么就错了？就因为他是国民党吗？妈妈，我永远以爷爷为自豪，不管别人怎么说，谁也替代不了爷爷在我心中的地位！"菁喆坚定地捍卫着爷爷在她心目中的尊严。

"行了，就替你爷爷瞎吹吧！既然他那么能耐，为什么解放后他还坐牢？既然他是个圣人，为什么跟几个女人的关系都扯不清？害得你奶奶苦一辈子？行了，我说不过你，也不跟你说了。你还是好好读博士吧。人死不能复生，你爷爷如果地下有灵的话，一定知道他孙女的孝心。他也应该知足了。"母亲瞒着菁喆，不告诉她爷爷的死讯；菁喆也瞒着母亲，不说出自己已经放弃读博，改学老年病护理学的硕士。

"妈妈，你说，当初我为什么离开最爱的人，跑这么远来读书？在哪里不能读呢？如果连亲爱的人都守不住，我读这些书有什么用呢？如果还有机会，在爷爷和读博之间，我一定会选择守着爷爷。可惜，我连报答爷爷的机会都没有了呀，我真后悔。我做错了，爷爷，我以为我还有机会。"菁喆呜呜地哭着，把电脑关了。今夜，她的感情完全属于爷爷。

菁喆的哭声惊动了宛芸。

第二天清晨，菁喆在卫生间洗脸时，宛芸捧着一块洁白的毛巾，过来对菁喆说："我做了点冰块，你用它敷在眼眶上吧，这样你眼皮就会消肿，这是最基本的物理消肿方法。"

"谢谢你。"菁喆接过包着冰块的毛巾，捂在脸上，回了房间。虽然宛芸没有多问她什么，但她心领了这份关心。

周六上午，菁喆照例去老人院。一进院子，她就看到汉克斯的脸，贴在房间的窗玻璃上，他正举着两只手，又像是投降，又像是伸开双臂要拥抱她。显然，他在等她，他正咧着嘴朝她笑着。看到汉克斯那张满是皱纹的老脸，菁喆的眼泪刷地流出来。她快步走进大厅，在志愿者签名本上签了个到，在工作内容一栏，她填写继续与131房间的汉克斯聊天。

汉克斯终于挺过冬天，又被医护人员接回了老人院。此刻，他正笑眯眯地坐在轮椅上，门已打开。菁喆泪眼蒙蒙地走过来，拉一张椅子，偎在汉克斯身边，眼泪扑嗒扑嗒往下掉。

"发生什么事了，小女孩？"汉克斯一边用他的大手摩挲着菁喆的后背，一边说，"小女孩不哭！"

菁喆点点头，又摇摇头，又点点头，呜咽的声音越来越大。

　　汉克斯安静地，任由菁喆的悲伤发泄出来。直到她心情平复，他才转动轮椅，想离菁喆更近些，但到底是老了，险些失去平衡。菁喆赶紧抹去眼泪，把他的椅子放稳。

　　"我爷爷去世了。"菁喆的声音很沙哑。

　　"噢。他走了。他是带着你对他的思念走的，他很幸福。"汉克斯微笑着说。菁喆很吃惊汉克斯为什么面带微笑，汉克斯又说："他就在天堂里看你呢，所以呀，美丽的小女孩，你要好好地生活，他就快乐了。"

　　只有汉克斯称赞菁喆是美丽的，也只有在汉克斯面前，她才能获得由衷的欣赏。菁喆的悲伤也暂时减轻了。

　　"小女孩，看看，我穿军服怎么样？帅不帅？"汉克斯不再提及菁喆的爷爷，而是让菁喆看他的衣服。他说，下个周末就是老兵纪念日，他现在先提前试穿军装。

　　"哇，简直太帅了！"菁喆才发现，汉克斯戴着一顶船形帽子，上身穿了一件她从未见过的藏青色旧呢子翻领收腰的短上衣，胸前有两个翻盖口袋，口袋上有两个金铜色扣子。床边上，放着叠得整整齐齐的一条黄绿色的军裤，汉克斯指着它说："那是我穿过的，可惜，现在穿不进去了。"

　　汉克斯的衣扣没有系好，他抱歉地笑笑说："费半天劲才把上衣穿进去，是不是像卓别林一样滑稽？"

　　"卓别林哪有你这么帅？而且他胸前也没有奖章呀！"菁喆一边打量他，一边夸赞，还羡慕地摸了摸汉克斯胸前那枚被擦得锃亮的奖章。

　　"这是我此生最大的荣耀。谢谢你的鼓励，中国小姑娘，你是我见过的最美好的女孩。如果有一天我也走了，我会在天堂微笑着看你，我知道你会生活得很幸福。"汉克斯真诚地说。

　　"今天是什么日子，您非得穿这套军服？"菁喆好奇地问。

　　"今天是我回到老人院的日子，也是你来跟我聊天的日子呀！小姑娘，每个周六你来的日子，都是我的节日。我永远忘不了，当年我被炸伤，醒来后，发现自己失去了一条腿，我顿时没有了活下去的勇气。我想结束生命。我还太年轻，只有19岁，却没有了一截腿，以后我怎么工作？怎么跟姑娘恋爱？怎么跳舞？怎么旅行？我要求中队长开枪打死我，中队长当然不肯，我就用拳头打他，医生们都吓坏了，把我摁回床上。那段时间我想毁灭自己。但是有一天……"

菁喆接着汉克斯的话说："你的故事我都快背下来了，我替你说吧。那天，你突然看到院子外面有个3岁的小姑娘，正在阳光下的草地上飞来飞去捕蝴蝶，她的样子可爱极了，你呆呆地看着她。她也看到你，然后笑着跑到你跟前，给你一把花草。我知道，你的心情顿时像过节似的，你不再为自己难过。手术后不久，你就被飞机运回美国，在离开昆明之前，你给那个小姑娘送了一个洋娃娃，她开心地大喊大叫，一会儿亲亲你，一会儿亲亲洋娃娃，你很高兴她那么开心。那是你花了8美元，从一个美国女护士那里买下来的。你至今不知道那个中国小姑娘叫什么，只知道她是一个护士的女儿，你感谢她，让你开始了新生活。"菁喆一口气重复了一遍汉克斯永远的中国记忆。

"是的，是的，就是那样的。"汉克斯不住地点头，沉浸在幸福的回忆之中，他对于年轻时的那段战争经历刻骨铭心，从未忘记过。

菁喆说："那小姑娘如果活着的话，今年也70岁了吧？"

"不管她多少岁，在我心目中她永远都是3岁的样子。她那么可爱，纯洁，她是天使！"汉克斯的精神状态良好。

护士进来为汉克斯量了血压，测了体温，又推着他到卫生间，让他留了尿样，然后，到了汉克斯打台球的时间了。

可是汉克斯不愿意脱掉军装。菁喆笑着问："怎么，今天您准备一直穿着它？"

"不可以吗？"汉克斯问。

菁喆说："当然可以，您想做什么都行，可是今天又不是老兵纪念日，您穿着它，别人总会问这问那的。"

"那又怎样？我今天就要穿上它。谁愿意给我敬礼我会很开心的。"汉克斯像个孩子似的撒娇，菁喆也就作罢。菁喆推着他，把老人院的每个角落都走到，他主动跟每个老人打招呼问候，弄得菁喆还真有点累。一个上午转眼就过去了，菁喆心里那种悲伤的东西也随之散去。

跟汉克斯聊天真好，一个天真又可爱的老顽童。她真心祝愿汉克斯能活一百岁。菁喆越来越觉得，在老人院做义工令她有温暖的感觉。

05　美国法庭

茹欣媛接到法庭传票，只能硬着头皮对簿公堂。仅仅打官司的话，她并不惊慌，她的生命字典里根本就没写着"害怕"这两个字，何况她有过打官司的经验，也找出了美国法律中证明她无罪的解释，她甚至预测自己能击败起诉方。但不知为何，她还是气虚，心理上极其不舒服。就算她最后击败对手，也不觉得是件光荣的事。因为这不是一桩普通的官司，它牵扯到茹欣媛品性中深藏不露的内容，比如伦理道德，比如声誉，比如公众形象，比如底线。几年前闯议员办公室时，自己能够理直气壮地为一个外国妇女初到美国时所受到的不公平对待而据理力争，但这次被政府推上法庭，自己还能拍着胸脯掷地有声地为自己辩护吗？就算给她勇气，她都不敢说自己在做光明正大的生意。对于一个漂亮的、拥有博士学位的、对人生做着思考的、希望在一个全新的土地上有长足发展的知识女性来说，这场官司丢掉的可能不仅是生意，更重要的是，丢掉了最最宝贵的尊严。

一场官司，让茹欣媛陷入对自身的反思。

开庭这天，茹欣媛身着深色西装，配白衬衫，长发拢在身后，肃穆极了。但是她的看不见的内心也难过极了。

法官："你在华文媒体上长期刊登月子中心广告，是吗？"

茹欣媛："是。"

法官："你知道你的月子中心属于非法经营吗？"

茹欣媛："不知道。我只知道我的公司是得到市政府审批的，是合法注册的，而且我依法纳税了，我何错之有？"

法官："虽然你合法注册了公司，却非法经营月子中心，这是不被允许的。"

茹欣媛："请问美国公司法哪条规定，我不能经营月子中心？请以法律条文向我明示。公司法也并没有规定公司一定要经营什么，我为什么不能经营月子中心？"

法官："注册公司可以用住宅作为经营场所，但一般只是用于办公。你若是另有商业用途，比如开餐馆、办幼儿园和食杂店等，需要当地市政府审批。而你违法使用住宅房做商业旅馆，这对居住者，尤其是孕妇和婴儿都将构成严重的人身危险。"

茹欣媛："我首先更正您的夸大说法，租住在我这里的孕妇和婴儿，都在医师的指导下健康活泼。另外，您刚才也说了，开餐馆、办幼儿园和食杂店才需要获得市政府审批，而我的月子中心不在政府规定的商业用途里。我找谁审批？何况我的月子中心相当于租房，在美国是再正常不过的事。"

法官："你的确是钻了美国公司法的空子。美国女人没有坐月子的风俗，所以我们从未对坐月子制定法律条文。美国也允许住户租房，这点，你也没有错。"

茹欣媛："那就等您完善了相关法律条文，再问罪于我吧。"

法官："你是否承认你非法改建房屋？"

茹欣媛："我没有违反改建规定，因为家里人多，我只是多隔了几块木板。因为我买不起更大空间的房屋。"

法官："在美国，一个房子最多住多少人是有规定的。"

茹欣媛："我家里人口多。而且，我做善事，给到美国生小孩的华人提供方便有什么不对？"

法官："你组织多名孕妇以旅游的名义，到美国来生孩子，这样做是违法的。"

茹欣媛："美国政府允许外国人在美国生小孩，这是美国宪法第 14 修正案的主要内容。想必您也清楚，皮尤拉美裔中心的研究报告显示，2003 年，非法移民的子女中，63% 是美国公民；到 2008 年，此数字升至 73%。另有统计显示，每年在美国出生的这种'锚孩子'有 30 万。如此庞大的群体你们不去管理，却花这么大动静，又是关我的门，又把我弄到法庭来，就因为我是中国人？"

法官："但别的族群却没有因为'锚孩子'问题引发居民发起的集体抗议，很遗憾，你的月子中心因为扰民，遭到抗议了。"

茹欣媛："我的房屋只是为孕妇提供暂时租借的住处，婴儿要哭，这是人的本性，我违反哪条规定了？"

法官："你知道私自改建房屋，将导致什么后果吗？这有可能导致你的卫生、护理和饮食条件等无法满足联邦或州政府的标准，电器设施方面也将存在违法和安全方面的隐患。"

茹欣媛："法庭上没有如果。我只需要您拿出我不符合标准的证据。请问目前联邦或州政府已经将月子中心的经营标准纳入条文了吗？如果还只是停留在口头上，那就请制定了条文后再来与我对簿公堂吧。"

法官："由于我们美国人没有'月子'概念，所以对你的月子中心应该怎么经营，还未设定行业标准，这导致了你的不规范经营，这就扰乱了社区居民的正常生活，我们会加快相关规定和制度的建设。在行业标准还未出台之前，希望你们好自为之。"

茹欣媛："人有迁徙的自由，这是美国宪法的基本精神。但遗憾的是，你们起诉我的行为本身，就正在违背美国宪法的基本精神。时机适当时，我还要起诉政府对我的起诉呢。"

……

法庭最终无法给茹欣媛和她的月子中心定罪。在这个回合中，茹欣媛胜出。但与进法庭前一样，茹欣媛没有胜利的快感，反而内心不安。对方的那句"好自为之"深深刺痛了她。对方不仅是针对她，也针对所有做这类生意的华人。

茹欣媛没有让家人出现在法庭里，她想自己扛事。但从内心里，她是渴望女儿能来分享她的经验或者教训，想让她看到自己在美国打拼的过程，因为女儿的人生刚开始，在她前面是漫长的路。然而女儿正独自驾车从波士顿到加州，完成了横贯东西的旅程，此刻正在旧金山与几个留着长发、带点波西米亚风格的走唱人在街头玩耍高脚自行车。茹欣媛在法庭上据理力争，极尽狡辩之能事时，女儿正不修边幅地在一个小咖啡店喝着卡布其诺与一个流浪汉大谈自由、权利和艺术。她给茹欣媛的语音留言是："妈妈，我喜欢旧金山这个前卫、开放、自由的城市。明天我要去恶魔岛遥拜杀人如麻却又天赋异禀，对鸟类极有研究的'鸟人'史特劳德，感受他那永生难忘的痛苦经验。妈妈，怎样，你在法庭上跟法官玩得还开心吗？有没有智力比拼一下呀？"

茹欣媛是在庭审结束后，到卫生间里听的这段留言，她感觉自己像是在听外星人说话。女儿怎会有这样一个怪异的成长经历？如果她大学毕业后再到美国，会是现在这样吗？如果她就出生在美国本土，会是现在这样吗？茹欣媛不得而知，但她知道，女儿是中国文化没学到皮毛，美国文化却只学到些皮毛，整个儿不伦不类非驴非马，却不自知。茹欣媛心理上有种恐惧感，她感到，自己把女儿弄丢了。她不知道自己该到什么地方能找到女儿，或重新捡回来。好在还有时间，好在栗秋和菁喆，已经成为她的精神合伙人和后天亲人。

06　华人老人院设想

栗秋和菁喆硬着头皮来到法庭，菁喆一直低垂着头，她都快哭出来了。

这也是她第一次经历这么严肃的事情。庭审结束后，菁喆赶紧溜出法庭，远远地藏在门外的一棵树后面，等着茹欣媛出来。栗秋倒是很从容，她没有马上离席，就站在原地微笑地看着茹欣媛，任由状告她的美国居民扫来轻蔑的眼神，她根本不在乎。茹欣媛用眼神示意栗秋，她善解人意地走到门外。

栗秋把菁喆从树后面叫出来，说："快拿掉你那块遮羞布，遮遮掩掩的，也不能解决问题呀，还弄得自己难受。有什么丢人的，事情做都做了，自然面对呗。不过还好，没有罚茹欣媛太多的款。"

"可是，这种坏影响是钱能抵消的吗？"菁喆摇头。

栗秋却用欣赏的口吻说："但我还是佩服茹欣媛，明知山有虎，偏向虎山行，而且，她没被老虎咬着，还积累了在虎口求生的经历，我是做不到。"

茹欣媛终于过来了，见到她们，苦笑一下说："怎么，吓着菁喆了？没那么严重吧？"

菁喆央求茹欣媛："虽然没判你输，但我劝你以后能否不做这个生意了？"茹欣媛认真地告诉她："我正在考虑。"栗秋也说："君子爱财，取之有道。虽然这个生意不算犯法，但总觉得不光明磊落，有损咱的人格，对咱华人的影响也不好。"

茹欣媛叹气道："商机都被美国当地人抢先占尽，后来的移民只能在法律的灰色地带做这些低档次的交易，我也唾弃自己。其实上法庭之前我就想好，把孕妇们送走，我就收摊，以后还是做点体面生意，心里才得安宁。"

"你总担心以后没钱花。其实你是个很节俭的人，我觉得你的钱够花了。"菁喆恳切地望着茹欣媛的眼睛说。

"我知道，你是个很容易知足的女孩，我这些钱，如果给你，你可能这辈子就不用再挣了。但我不行。我还得挣，我上有老，下有小，都伸着手问我要钱。再说，我活着也不只为挣钱，也挣面子，挣尊严。我就想靠自己的智慧和双手，让自己和家人，都过上美国中产阶级以上的生活。但是经过这次法庭风波，我想改变挣钱风格。以前是饥不择食，有钱就赚。从现在开始，我要屏蔽那种低级生意，要做就做高端大气上档次的，对吗？"

栗秋忧心地说："可我觉得移民到这里的中国人，距离高大上还很远，大多为了生存而生存。我很排斥这种做法，也很厌恶这样，但就我个人而言，为了留下来，也没法摆脱一些猥琐的事，我从心里想过一种干净的生活。"

"要想过干净生活，就得先经历一段肮脏的沼泽地。这不是你一个人的难堪，我经历过，至今仍在继续。所有美国人也是这么过来的，你不用有良心上的不安。美国在建国之前，不也经历了血腥的原始积累阶段吗？他们都不知耻，你有什么好害羞的呢？但同时，我对美国人还是很有好感的，甚至佩服他们捆绑自己的勇气。他们在移民早期，做过很多坏事，他们因此知道了人之初，性本恶的道理，知道了在欲望面前，以德服人是多么的苍白无力，只有用法律和制度作为一根约束的带子，把人的兽性的那一面捆绑住，不至于一恶再恶，为害整体社会。所以，我对美国早期移民，从血腥杀戮土著，到后期转为自缚的勇敢行为，还是有尊重的。"经历了这场官司，茹欣媛透析历史与社会的能力更强了。

菁喆问："其他的中国移民也会像你这样想吗？"

茹欣媛说："我不知道。我很少往华人圈子里跳。我不喜欢。在西维吉尼亚时，我也曾参加过华人的聚会，但他们一见面，就攀比，谁家孩子上哈佛大学上麻省理工了，谁谁挣多少钱，除此之外，没了。我就纳闷，很多人也都是清华北大毕业的，怎么混到一起就那么俗，还能不能有点高级的东西呢？当然，我自己也高级不起来，但我至少没有完全地沉浸在这些庸俗的琐碎上，至少还想，我喜欢做什么，我要做我喜欢做的事情。"

"那什么是高级呢？"菁喆问。

"好问题。这些年，每到感恩节、圣诞节、复活节什么的，我就看到美国人忙活起来，主动捐钱呀，自愿到老人院做义工呀，帮助老弱病残的人呀，到学校给小孩子搞活动、作讲座、义务演出呀，总之，做些对人对社会有积极意义的善事。在美国，帮助学生做课外辅导是不能收费的，否则被视为违法。我虽然没有宗教信仰，但有几次我跟着托尼的妈妈做这些事时，我是很受感染的，我跟那些信徒们在一起时很开心，那应该是一种奉献的开心。就像你菁喆，坚持到老人院做义工，是不是觉得挺美好的呢？"茹欣媛谈了一番感受后，突然问菁喆。

菁喆肯定地回答："是的。我喜欢做义工时的感觉。"

"可这些年咱中国移民到美国，有多少人像你一样喜欢做义工呢？都怕自己吃亏，更不可能奉献捐款。美国是一堆柴火，大家都往里添柴，火就更旺。但咱中国人在国内时就喜欢往家拿柴，反正是大家的柴堆，不拿白不拿，所以，咱的火势越来越小。说白了，大多中国人移民到美国，是为了来分享人家制度的好处，是来拿美国的，很少有人想过，到了这个国家，应该为它做点什么，因为以后就是这儿的永久居民，在享受了好处的同时应该贡献点什么。"茹欣媛有绿卡，她对这个问题有所思考是可以理解的。但菁喆和栗秋体会不深。栗秋抿着嘴笑说："您这要求也太高了吧？人在解决了温饱后，才能提升到精神需求的层面，您总得让中国移民到美国先解决生存问题，在美国找到主人公的感觉后，才谈得上奉献意识。这需要很漫长的过程。"

"我也只是就事论事，看到什么想到什么。算了算了，不扯了，没空。我还是说说我自己的发展吧。"

"太好了。应该与上法庭之前的想法有不同了，对吗？"栗秋好奇地问。

"是的。菁喆的大转变给了我一个启发。她能放弃读博，放下身段转而学习老年病学，而且认为照管老人很有乐趣，可见有许多老人需要我们去服务，有服务就有商机。我妈快80了，我给她办了绿卡。我也脱不了俗，我就是想让她享受这边的医疗和养老保险。在中国，有多少像我妈这个年纪的老人，根本没条件进到一个像样的老人院，安享晚年。而现在，有两百多万中国人移民到美国，那么这些移民的父母们怎么办？他们肯定都特想留在儿女身边，但儿女们没时间陪老人，而他们语言不通，交通不便，无法融入美国社会。这个情况对我又是一个绝好的商机呀！全美国有两万多家老人院，我为什么不能开第一家华人老人院呢？里面全是中国元素，打太极拳、唱地方戏、下象棋、中国饭菜、画画、气功、二胡，哎呀，想想我都觉得有意思！美国政府也鼓励个体开设私人老人院，我若是开这种充满中国元素的老人院，可以让我妈、我姐都住进去，将来我老了，也住在自己的老人院，还愁晚年没人照顾吗？反正我指不上女儿。"其实，这个思路在茹欣媛心里已有段时间了。

"这个事有意义。"栗秋说。

"真的？太好了！"菁喆一扫刚才的沮丧，重新振奋了。

"我要在康州的地界上，创造一个富有中国元素的老人院！"茹欣媛信誓旦旦地说。

"如果你做这件事，我不仅给你的老人院当义工，还可以指导你的护工如何照顾老人。"菁喆鼓励茹欣媛。

茹欣媛拍拍菁喆的肩膀，说一言为定。她突然对栗秋说："我决定买下冷杉老人的房子。我跟老太太通电话已说好价格，她很满意。这两天我们会在市面上做个公开交易。然后，我打算让姐姐陪老妈住过去，我呢？也过去安静一段时间，等彻底平静下来，再干！"

"那个老人村庄真的很美。"菁喆忍不住说。

"当然，我一眼就喜欢上了。谢谢你的推荐。"茹欣媛温柔地拢了拢菁喆前额的刘海。

茹欣媛真是事不惊人誓不休，一系列动作之神速，令菁喆感叹：简直是女神！

07 "千年破四刀"

一个看上去35岁光景穿紫色毛衣的女子，肩扛手提连磕带碰地进了

33 号公寓。菁喆先是看到一束稀薄的马尾巴，接着是一个宽额头，再看到厚厚的眼镜片下一片汪汪的汗水。

菁喆赶紧帮她接行李。昨天菁喆去老人院做义工时，这个叫卢小苇的，与茹欣媛签了租房合同。

卢小苇嗓门挺大，说："谢谢！"

菁喆知道她就是新室友，但仍然客气地问："不谢。请问您是？"

"千年破四刀。"卢小苇没头没脑地来了这么一句。

"什么？"菁喆没听清，还以为她正在跟什么人用耳麦通话，可也没见她用手机呀。

"我说我叫千年破四刀。"卢小苇没好气地这样称呼自己。

"真逗，这是什么意思？"菁喆好奇地问。

"意思很明了，我做博士后 12 年了，薪水低呗，扣掉乱七八糟的税，每月两千左右，所以我就戏称自己破四刀，说白了，就是美国的高级农民工。"卢小苇咣的一下，把双肩背包重重地放到地板上。

"那您是做什么工作的？"菁喆小心翼翼地问。

"跟你一样做生物的。我博士毕业后找不到工作，只好一轮一轮地做博士后，原以为洋老板是资本家，总想法榨干我们这些博士后的油水，前两年跳到一个中国老板那儿干，谁知，不管洋老板还是土老板，只要是老板，都一个德性。这中国老板是开夫妻店的，你懂我说老板的意思吗？就是能拿到项目的人，就是导师。这个夫妻店呢，男的是导师，师母管理实验室，我们做的实验，都被他俩监控着，比洋老板剥削得还厉害。受不了，受不了，我就又跳出来，这次我到波士顿妇女医院新药研究所了，谁知老板啥样？唉，咱们住一起后多关照呀！"卢小苇连介绍带抱怨又带客气地，把要说的话都说完，就拖着行李进了客厅。

卢小苇来之前，菁喆搬到茹欣媛那个卧室去了，卢小苇就住在菁喆住过的客厅。卢小苇进屋打量一番后，开始抱怨新房间朝向不好："昨天我来看房时，还没觉得这屋阴森森的，这真一住进来，怎么都不舒服。这建筑商，怎能把客厅弄得朝北呢？一年四季阳光都照不进来，他们懂不懂建房呢，破地方！"

被卢小苇这么一嘀咕，菁喆脸红了，是呀，自己图舒服，搬到茹欣媛朝南的房间，宛芸的房间朝西，这新来的可不就住朝北的嘛。啥事都有个先来后到，那也是没办法的事。

菁喆不好意思地接了一杯水，端给卢小苇："来，喝杯水吧。"

"谢谢，我喝这个。"卢小苇从双肩包里取出一个易拉罐，是"蓝月亮"啤酒。她旋开盖子，一仰脖喝了一大口。

菁喆眼球都涨圆了，怪不得她的双肩包放到地板上时，那么沉，里面装了好几罐啤酒！菁喆问："你喝这个，不凉吗？"

"习惯了，液体面包。"卢小苇若无其事地说。

"哇，你海量呀！"菁喆不知说什么好。

"我没酒量。但经常喝，喜欢喝。其实喝一罐就晕晕乎乎了，我就喜欢晕晕乎乎的感觉。"卢小苇莞尔一笑。

"虽然做生物的不好找工作，但做博士后的收入还算稳定对吗？"菁喆关心地问。

"说稳定也算稳定吧，我要是想的话，也可以一辈子待在这个领域。反正这个实验室不行了，就换个实验室继续干呗！总之别想当老板，当二老板的可能性也没有。看人家美国孩子，学生物的目的都为了去医学院，就咱中国人傻瓜，一门心思还想在生物界做出名堂来，扯！"卢小苇从一进屋，说出的话，大多是负能量的。菁喆也不知应该怎么跟她交流，相比之下，自己更喜欢被人鼓励也鼓励别人。

卢小苇问："喂，你喝酒吗？"

菁喆摇摇头，她不喜欢这种喝法。但卢小苇立刻跟上一句说："不会喝酒？生命不完整！"

菁喆一听乐了，这卢小苇还挺有意思。

"喂，想留在这儿？想拿个身份？"卢小苇斜躺在床上，手里举着啤酒问。

"嗯。"菁喆点点头。

"白日做梦！"卢小苇不客气地说。

"你怎么这样说话？你都留在这十多年了，我怎么是做梦？"菁喆说。

"告诉你，我是喝了酒才壮胆点醒梦中人，否则我才不说这些得罪人的话呢！"卢小苇喝了一罐啤酒，果然说话声更大了。

"我刚博士毕业时，啥也不懂。去了导师的实验室时，导师许诺给我办绿卡，但一直拖着不办。像我这种情况生物领域很多，而且形势越来越糟。按说，博士后只要跟实验室签合同，就应该拿工作签证了，但很多老板不愿花这个钱，因为办证也要花钱。前两年，老板根本没给我办工作签证。"

"那你怎么在美国待下去的？"

"美国对理工科博士生，有个优惠政策，允许有两年零5个月时间在美国境内找工作。我那老板精得很。他等我干够两年后，才给我办工作签证，但老板给其他博士后办的是访问学者签证。"

"噢，我懂，我们以前的一个室友就拿这种签证。"菁喆指的是栗秋。

"没错。她能得什么好处呢？就是给老板干活，老板给她点工资，这个钱，她暂时不用交税，但不能办绿卡。而这些拿访问学者签证的博士后们不敢回国，一旦回去，按中美两国政府规定，就必须为母国服务两年，其间不能以任何理由回美国，这对博士后们是很大的麻烦。"

"栗秋告诉我了，这些老板够阴的。"菁喆说。

"其实，这还不是老板私下决定的，像哈佛大学呀，美国卫生部呀，都是这样弄的，大量的中国访问学者或博士生在实验室白干。就像在北京，什么都缺，就不缺人才。全世界学生物的多的是，你不来，有的是人来。所以，你想在这儿弄个身份，难！"卢小苇说完这些话，冲菁喆笑笑说，"酒话不

能当真呀，信不信由你。我困了，想睡觉。"

菁喆悄悄退出客厅，轻轻给卢小苇关上门。她想，这个新室友倒是很有个性，也算得上怪了。她以前也是这么怪呢，还是现在变得怪了？反正手里拎着啤酒瓶到处晃的女生，还是很少见的。

08　莱克星顿小镇

汉克斯走了。5月30日老兵纪念日那天，来了一个义演团队，在管理人员的帮助下，他们把院内所有参加过二战和越战的穿着制服的老兵集中到一起，为他们演出，给他们献花，甚至给他们献吻。有些演员还拉着老兵们一起跳舞。据说汉克斯那天让一位漂亮女演员搀扶着，还跳了半支舞曲。回到房间后，他还要坐在轮椅上抱着枕头自己跳舞。后来累了，40出头的女护工照顾他躺到床上，给他擦洗身体时，他突然兴奋地要求："我想跟你做爱。"女护工笑着说："你能有这个想法，是件很美好的事。可是，你的'工人'不工作了，怎么办？"据说，汉克斯自嘲地说，"那就让我睡一觉，等我睡醒，我的'工人'就能工作了。到时候，你一定要来跟我做爱呀！"女护工笑笑说，祝你做个美梦。

汉克斯第二天早晨没有醒来。身边整齐地叠放着他的挂着奖章的飞虎队制服。他留下来的诗，发表在老人院的墙报上。

如果我走了，

请不要为我难过

我是高高兴兴地去了天堂

我会微笑着在天堂看着你们

好好生活 在充满鲜花、绿树和河流的地方

我的灵魂在昆明上空 在中国的重庆 在一个小女孩的手里

得以重生

我将微笑着在天堂里等你们

汉克斯走了

爷爷也走了。

爸爸在电话里悄悄告诉菁喆，爷爷走的时候，他在跟前陪着。爷爷问他要来一支笔和一张信纸，说是要给杏妹写信。但是他只写了一个开头，"亲爱的杏妹，你好吗？"他的头就重重地磕在桌子上，去世了。菁喆问爸爸，杏妹是谁？爸爸叹口气说，一句话说不清，等菁喆回到新疆，再告诉她关于爷爷的秘密。

爷爷也有秘密？还是跟一个女性有关？杏妹是谁？菁喆好奇的同时，也颇感欣慰，爷爷在临去世之前，念念不忘的是他心中的杏妹，这就说明，他的情感世界是丰富的，他是幸福的。不像自己，到现在还没有一个男人让自己怀念，或者说，到现在还没有刻骨铭心地想念一个男子，与爷爷相比，这算不算苍白呢？

爷爷和汉克斯都是 90 岁，都参加过中国的抗战，都在年轻时热血沸腾过，可他们突然就走了，以后菁喆找谁聊天去呢？她的感情突然断裂，要想到达与另一个什么人亲近，那将是多么遥远的路程呀！眼下，菁喆是孤独的，孤独是因为她同时失去了两位最亲的老人。

汉克斯最后一次跟菁喆聊天时说："经过 150 年的发展，美国最早的开拓者们已在北美建起 13 个殖民地。都归远在大西洋对面的英国政府管理。但是，各种欺压令北美殖民地的人们忿忿不平，凭什么在殖民地种出来的粮食，卖到英国去要交附加税？凭什么在殖民地生产的毛呢，被禁止外销？凭什么英国人跟法国人打仗，殖民地的人民却被增加税收？凭什么殖民地人民出版的报刊、小册子，还有证件、票据和广告，都要给英政府缴纳印花税？人民的自由在哪里？"

"我们中国人形容这种情况，山高皇帝远，有令不执行就完了呗！"菁喆出主意道。

"呵呵，那是你们中国人的对策，美国人不是这样的。知道那次波士顿人为什么用包着石块的雪球袭击英国士兵？那是找碴呢。其实英国政府并没有把他们逼到墙角，也没有对他们进行直接剥削和压榨，但殖民地的人们不耐烦了。你想想，我们祖先为了自由才跑到这荒无人烟的地方，英政府离那么远，凭什么还伸过手来控制我们？把他们轰走！我的祖先们是站在上帝面前，人人平等的角度来对抗英国政府的；而英政府当然很恼火，他们想，我们派人去开辟新大陆的殖民地，怎么刚让你们生活稳定下来，儿子就想对老子造反？于是，英国政府赶紧又派兵，驻扎在波士顿，有枪有炮，看看你们怎么办？"

"哇，那不得打个头破血流？"菁喆可以想象几百年前的紧张对立局势。

"是啊，所以，美国人开始自己造枪。1775 年 4 月，英国驻马萨诸塞州的总督，不知从什么渠道得知，康科德镇成立了一个地下通讯委员会，还私设一个秘密军火仓库。于是，他下令英兵前往搜查和销毁那些军火。4 月 18 日夜，英兵从波士顿出发，前往康科德镇。但是凌晨时分，当英军走到距康科德镇 6 英里时，被莱克星顿村庄手握长枪的村民们拦住了。"

菁喆一惊一乍地说："我知道这两个地方。茹欣媛男友托尼就住在康科德小镇，托尼妈妈家在莱克星顿。唉，他们怎知英军要来讨伐呢？"

原来"通讯委员会"的探子，已连夜骑马把消息送出去。于是，这两个地方的民兵们联合起来，准备阻止英兵的进入。英军率先开火，民兵奋起反抗，打响了美国独立战争的第一枪。由于民兵们人少，被打死 8 人，他们就先撤了。英军在康科德镇没有找到军火，捣毁镇上部分民房后，正要返回波士顿，就在这工夫，附近村镇的三四百名民兵迅速集结起来，伏击英军。后来人们称这些民兵为"一分钟人"，意思是一分钟就能集合起来。这一仗，英军损伤数百人，当地民兵死亡近百人。直到波士顿的援兵赶到，才救出溃败的英兵。这一战役，震动了北美 13 个殖民地。

汉克斯说："呵呵，这一仗厉害吧？民兵们手里都有枪，还挺讲究战术的，把英国政府吓了一跳，同时也气坏了，竟然敢造反？几个月后，英王宣布，波士顿民兵的反抗运动是非法的，必须镇压下去。英国政府气势汹汹地调来5万人的军队，分散到13个殖民地。就在这时，一个年轻的英雄出现了，他就是43岁的维吉尼亚人乔治·华盛顿。他把分散在北美地区的民兵们都集中起来，组建成大陆军，他被推举为总司令，接管英国对殖民地行使的国家行政管理主权，而且自行发纸币。他带着大陆军奋战8年，北美独立战争终于结束，华盛顿本人被选为美国首任总统。"

"哇，美国是这样独立的！儿子为了自由，不服从老爸管理，自立门户。真是血气方刚，敢做敢为！我有个想法，如果现在波士顿突然想脱离美国，成立另外一个国家，那么在美国和波士顿之间会发生什么呢？"菁喆的想法有点奇怪。当时汉克斯愣了一下，继而哈哈大笑，说他已经老了，搞不清楚好多事，像菁喆提出的这个问题，也只有等到事情发生了才能知道会是什么结果。总之，还是那句老话，人类社会发生的许多事情很滑稽。

现在，菁喆的耳边还回荡着汉克斯的笑声，可她只能看到汉克斯留下的诗歌，以及他的照片。就像菁喆只能回忆与爷爷在一起的温暖感觉，却无法再触摸到那种温暖。这晚，带着追忆的心思，菁喆来到莱克星顿，看汉克斯的祖先是如何与英国政府对抗的，虽然是复制的节目。

舞台上还原了1775年春天的那场具有转折意义的战斗场面。穿红制服的英军士兵踏着机械的鼓点从黑暗中慢慢现出身影，滑膛枪声打响。坐在台下的菁喆莫名地跟着一起兴奋。"该死的叛乱者放下武器！"英军少校大声喝令，话音刚落，就呈现了排枪齐射、滑膛枪回击，以及嗖嗖的子弹在头顶上呼啸而过的场景。与此同时，"一分钟人"在舞台上策马疾呼："快动员起来，拿起武器，不自由，毋宁死！"

当年波士顿人的自由与不自由之间，隔着一场流血的战役；而这段历史与菁喆之间，又隔着一场复原演出。这个历史故事与菁喆有何关联？菁喆尚无法厘清。但是，这个夜晚她是振奋的，她的心绪是起伏的，这有别于她在上个冬天经历的那些不悦的事情。历史是一条河流，源头的水凛冽而清纯，但是流经到她眼前时，却早已扭曲而混浊。她在想，如果她是240年前的美国先民，自己也会成为民兵吗？如果那些为了自由而拿起武器的民兵们活在当下，又该怎样争取新的自由？有趣的换位思考，让菁喆沉浸在一个虚无的夜空里。菁喆独自在莱克星顿，感受到这里如今已是烟草种植业和良种马饲养业的贸易中心，这是当代的气息。可这里的枪声，对美国带来的重大意义，却是至今没人能挑战的。菁喆只是个普通的外国女子，她能挑战的只有自己。

波士顿的树木黄了，绿了，但仍然暖一阵寒一阵，寒一阵又暖一阵。菁喆对这里的气候永远在适应当中，并力图摸清它的变化规律。菁喆也意识到，变化多端的世界虽然令人恐慌，但它的魅力也在于此，如果当年，欧洲人一登陆美洲，所有的事情都安排好了，所有状态都与今天无差别，这世界这人类是否也太无趣了？就像5年前登陆波士顿的自己，5年后没有任何变化，那么美国求学之旅是否也太乏味呢？

然而，没有如果。

09　自驾游

栗秋的儿子以探母身份，来到波士顿。近一年没见，祈阳长高了，脸上都是青春痘，声调也变浑厚。最高兴的就是栗秋，自从在机场接到儿子，她的眼神就没从儿子身上挪开过。看得出来，菲利普对栗秋儿子是发自内心的喜欢和关心。接飞机，收拾房间，浏览哈佛校园，看电影，打高尔夫球，看足球，做中国饭菜，他笑呵呵地安排着一切。

"菲利普怎样？"一周后，栗秋问儿子。

"妈，真让你捞着了，这种男人在中国已经绝版。"

"儿子你真会说话，就是想让妈高兴是不？"

"妈，我也是男人了。男人看男人更透彻，这个男人真的在乎你。"

"那你觉得他对你怎样？在妈的眼里，儿子最重要。如果他对儿子不好，妈不要他。"

"别，别，妈您别拿儿子做标准来检验人家，说实话，这男人真不错。如果他跟你结婚的话。"

"到现在他还没提这事呢。美国人都不着急结婚，再说，我们刚处几个月，也提不到结婚的议程呀！"

"那就奔结婚的目标去吧。妈您放心，我会跟菲利普处好关系的，他对你好，我真的很感谢他。"

"哟哟，你还装着挺懂事的，真的假的呀？我怎么觉得你嘴巴像抹了蜜似的，谁教的？"

"妈，咱天生嘴甜，再说，我的遗传基因好啊！有什么样的妈，就有什么样的儿子嘛。嘿嘿，妈是我的榜样！"

栗秋听着儿子的这席话，感受着儿子的懂事，眼眶湿了。这么好的儿子，不为他创造一个好未来，真不配做个好妈妈。

"儿子，做好准备了吗？明天咱就自驾游。"栗秋深情地看着儿子。

"谢谢妈。咱们是开车去吗？"

"当然。菲利普驾车，还有菁喆，她正好放春假，咱们四人的路线是，从北到南，再从东向西，最后回到北部。具体路线是，从波士顿出发，第一天开到南卡，第二天到休斯顿，第三天到新奥尔良，之后咱们到旧金山，到洛杉矶，再到爱荷华，到密苏里，芝加哥，再回到波士顿，全程15天，怎样，够刺激吧？"

菲利普驾驶一辆运动型车SUV，自驾游小分队有说有笑地出发了。祁阳称菲利普"老菲"，而菲利普称他为"足球"。因为，小伙子是波士顿足球队"爱国号"的铁杆粉丝。

菁喆由衷地感谢栗秋给自己提供这样一次远行的机会。来美国这么久，还从未为了玩而远行呢，真过瘾！虽然外出只有 15 天，菁喆还是悄悄在网上的租房信息里把房子挂出去，才几个小时，就有好几个人来租。这样，菁喆轻松地把房子临时出租，她和租客各付一半房租。菁喆感觉轻松了许多。

10 坐牢

一行四人，先从北部到南部，再从东部到西部，沿着边境线，一直开到南加州。第一晚，他们停宿在南卡州；第二晚，他们留宿佛罗里达最南端的西部要塞；第三晚，他们边走边玩，开到了路易斯安那州的新奥尔良市。按原计划，第四天上午，他们将沿着国境线公路，到达亚利桑那州府菲尼克斯市，然后南加州，然后三藩市，然后拉斯维加斯。小小的自驾游队伍，到目前为止都是欢快的。然而，第四天中午，他们在经过边检站时，却出现了意外。菁喆没有带护照，只带了 I20 学生身份证和驾照。而她由于转了专业，原来的 I20 卡到期，正在等待新卡批准。边检人员严肃地告诉菁喆："由于你的 I20 学生身份证已作废，我们在电脑系统查你的档案情况，却发现你这学期多选了两门网课。"

"多选两门网课怎么啦？"菁喆根本没当回事。栗秋也没想太多，她和儿子已经回到车里，等着菁喆。

"多选网课不符合国际学生的要求。请你跟我们走。"安检人员公事公办地命令。

菁喆纳闷："为什么让我跟你们走？"

"上学期你本应上四门课，但你只在教室上了一门课，其余三门是网课。这种情况，一般视为学生不在校上课，而是到外面打工了。而国际学生在读书期间打工是不被允许的。"安检人员揪住这个问题不放。菁喆还是不明白自己有什么错误。

"由于我在上学期，转了新专业，没有太多的课可选，导师就帮我选了一门在校课，三门网课。是导师这样安排我课程的。"菁喆理直气壮地争辩。

安检人员不耐烦说："我们必须带你走，把细节核实清楚，就没事了。"

作为一名美国公民，充当司机的菲利普很不服气，在一旁辩解："她是个好学生，没有违反移民法。"

安检人员斜了他一眼，说："这与你无关。你们先走吧。"他们坚持把菁喆带走，因为他们长年在这个关卡工作，碰到过各种形态的违反移民法的可疑人员，只要他们认为有问题，就把人带走。

栗秋说："那不行。我们得等她出来一起走。"

安检人员说："你们先走吧，得好几天呢。不过你们放心，我们带她去个小宾馆休息，里面可以用自己的手机，有小电脑，还有吃有喝很舒服。"

栗秋也猜不透是怎么个情形，也不便多说，她安慰菁喆别怕，我们就在你身边。栗秋给菁喆塞了 1000 美元。

菁喆颇为感动，她自己觉得没事，满不在乎地说："没事。放心吧。"

栗秋虽然很扫兴也很担心，但一想，菁喆是个遵纪守法的学生，应该不会有问题的。既然儿子来了，大家就到前面的亚利桑那州的图森市去看直升飞机，一边玩，一边等菁喆的消息。

直到凌晨 4 点，菁喆才用监狱里的公用电话给栗秋打手机。菁喆沮丧地说："他们骗人，他们没有送我到一个小宾馆，而是把我关到监狱里了，还收走我的手机，让我换上统一狱服，和一群违反移民法的女人们住在一起。"

"打你没有？"栗秋一听就急了。

"没有。"

"说没说为什么关你？"

"说我违反了移民法。这个监狱很大，分别关押了三种类型的人，最严重的，是杀人犯，毒犯，他们穿红囚衣；第二个区，是关违反刑事法的，他们穿橙色囚衣，我在放风时，偶尔能看到他们。还有就是我们这个区，是关违反移民法的，我们这里有60多人，住在一个像车间样的大房子，70%是拉美人，老墨最多，其次是洪都拉斯。20%关的印度人，10%是其他国家的，像俄罗斯、加纳什么的。里面还有三个中国女人。"

"天哪，这都哪跟哪儿呀？真是瞎扯！你可别着急上火的，天亮后，我就给你找律师，早点把你弄出来！"栗秋自己却着急上火了。

第二天早晨，栗秋在网上查到一个在当地比较有名的墨西哥裔女律师，栗秋向她咨询了有关事项，显然女律师的业务能力较强，也处理过许多同类型的案子，有丰富经验。于是，栗秋一行又从图森市赶到阿尔巴索市，找到女律师的办公室，与她面谈，想把菁喆保释出来。

肤色黝黑，胖成圆桶的女律师当着栗秋的面，给几个法官打了电话，咨询菁喆的事情，法官回答：得等法官出一次庭，知道菁喆的保释金是多少再保释她。先让她出来，再跟学校联系，解释她的事情。

跟律师这样沟通过之后，栗秋略略松了一口气，她跟菲利普商量，决定聘请这个女律师，于是，给了她1500美元。律师答应，上午就去看菁喆。

与律师分手后，栗秋与学校的国际学生中心负责人联系，但负责人却说，让菁喆亲自跟负责人沟通，具体怎么处理再说。栗秋很生气，菁喆现在关在里面，连手机都不能用，怎么跟你沟通呢？而栗秋只是个访问学者，对所在的学院来说，是个外人，怕说多了对菁喆反而不好。

原以为给律师钱后，菁喆很快就能放出来。栗秋从律师楼一出来，就给菁喆打电话，告诉她，女律师上午要见她。但一等没人，再等还没人。菁喆在里面真的着急上火了。栗秋又给律师打电话，她却不接电话了。按照规定，晚上6点到9点，是探视时间，每周探视一次，一次半小时。于是，栗秋在下午6点，来到监狱门卫，她用证件当抵押，得到一个牌子，填写了个人信息，再把牌子交给看管的人，再等着看管人喊菁喆的号。不一会儿，栗秋见到了穿着蓝色囚衣的菁喆。栗秋鼻子一酸，眼泪差点儿掉下来，这么老实巴交的女孩，怎么会跟监狱有联系呢？这美国也太王八蛋了，真是瞎了眼，良莠不分！但栗秋强忍着，让自己放松，保持着微笑。

两人隔着玻璃通话，就像在银行柜台办事。

"我感觉咱的案子不复杂，因为咱是清白的。但咱碰上这事的时间不巧，过了这个周末就是复活节，估计法官律师都得回家，顾不上为你开庭。可能要委屈你在里面多待几天了。当然这是我的猜测。说不定明天就给你放行呢。"栗秋安慰道。

"美国不是公平的国家吗？不是知错就纠的国家吗？不是行动力很强的国家吗？为什么办事这么拖拖拉拉，冤枉起人来不由分说，这是个什么鬼地方？"菁喆生气了。

栗秋劝慰："嗨，别天真了。任何政府都是一个德行，都是嘴上说的好听，我猜里面被冤枉的小人物有的是，只是他们没有申诉的权利和能力。我真的无法分辩，是美国法律愚蠢还是执行法律的人愚蠢，反正你够倒霉的。"

菁喆不安地说："唉，只是给你和菲利普添乱了，本来大家可以美美地玩一圈，想不到，受我的牵累，你们也玩不好，这就是你常说的乐极生悲吧？替我向菲利普和你儿子道歉！"

栗秋既像大姐又像母亲般温柔地说："又不是你的错。但我宁愿你把这次遭遇当作一次人生经历，不要恐慌，不要有恨。"

菁喆忍住泪水说："放心吧。我不害怕，也不恨。只能面对。"

栗秋开玩笑说："看到你的心态放平，我也释然了。就当你中了头彩，不是每个人都有这个运气来体验美国的监狱生活，我料定你的将来很不寻常。可惜你不是法律专业，否则，就从这个案子着手，找出美国法律的漏洞，一个官司打到联邦政府去，抨击得它体无完肤，你在美国社会顿然名声大震，哇！一不留神就火了，呵呵！"

会面的时间快结束了，菁喆对栗秋做了个鬼脸，说："别逗了，我连生物都不想学，还学法律呢，心理就更变态了。不过，我倒赞同你说的，所有经历过的，都是一笔财富。好的坏的我都要经历，以后我的人生就平坦了，对吗？"

栗秋点点头，说："保重自己。我会请律师帮你尽快销案。"

不幸被栗秋言中，不知是律师故意拖呢，还是法官拖着不开庭，直到三天后，女律师才接栗秋电话，坦言法官周末放假去了，要等他回来，才能开庭。

栗秋一行三人不敢走远，干脆就在亚利桑那州和阿尔帕索市做深度游。又过两天，律师才露面，说法官可能会判菁喆1500美元的保释金额，栗秋替菁喆往律师账号上转了1500美元，又借菲利普3000美元，交给女律师，让她尽可能处理好结案部分。

栗秋这边也不能再等了，因为菲利普要回去上班，儿子也准备回国上学。栗秋又探视了一次菁喆，把大致情况向她做了描述。刚进监狱那晚，菁喆急得嘴上起了大泡，但过了第二天，她就平静下来了，急也没用，那些女犯们，有的是长年惯犯，她们告诉菁喆，美国人不可能在节日期间办公，让她耐心等吧。于是，菁喆催着栗秋一行三人赶紧回波士顿。

菁喆被关进去的第6天，被保释出来了。栗秋立刻帮她订机票，当天下午，菁喆就飞回波士顿。晚上，躺在暖融融的被窝里，菁喆感到自己像是从阴阳界上走了一遭。她决定不跟母亲说这些事情，免得家人担心。但怎么还栗秋的钱呢？不能让人家什么都赔进去吧？

"跟学校打官司，不仅把损失的钱要回来，还要学院道歉，以挽回被玷污的名誉！"茹欣媛义愤填膺地站在菁喆的床边，挥舞着拳头，像要跟什么人打架。

"算了吧，你让她去告导师？那她的日子不是更难过？"栗秋坐在菁喆的床边，摇头说这不是个好办法。

"国际交流中心负责人真差劲。哼，如果换了我，是咽不下这口气的！"茹欣媛女汉子般数落着。

"但她是个学生。她上学期的学生签证的确过期了。这也不能全怪学校，作为菁喆你自己应该早点去国际学生中心换证，既然转了专业，好多手续都要跟着转过去的。这次是个深刻教训，以后不能啥事都晕头晕脑的，你自己的生活一定得料理妥当，听到没有？"栗秋叮嘱着菁喆。

"但起码要跟学校交涉一下，别上了移民局的不良记录。"茹欣媛的担心是有道理的。

"这事可再低调些。菁喆可以找从前的博导，请他给你写个证明，证实你上学期刚转了专业；再找现在的硕导，请他也出示证明，是他让你多选了网课，造成这样一个后果，你是无辜的。然后把这些材料的复印件寄给女律师，等案子撤销后，1500 元保释金也退回来了。再拿着 4500 元的费用收据，找学校负责人要说法。那时咱就不怕了，法庭都没判咱有问题。当然，如果咱们再研究研究法律，还可以上法庭。"栗秋有条有理地分析。

菁喆点头称是，她羞赧地说："可是，借你的钱，我一时还不起，可能要等……"

茹欣媛在旁边仗义地说："就你这呆样，等到什么时候还？得了吧，别为几个钱，把个好端端的知识分子逼良为娼，总共 6000 刀对吧？我和栗秋各付一半。别欠菲利普的情，在他没娶你之前，美国鬼子绝不会给你吃免费午餐。"

栗秋说："那好吧。等你有钱了再还给我们。"

"打个借条。这样大家谁都不欠谁的。"茹欣媛催着菁喆去拿纸和笔。

栗秋走后，茹欣媛笑眯眯地问菁喆："哎，我很好奇，你说有 3 个中国女人跟你关在一起，她们有啥事？"

"有个女的是河北人，办旅游签证来的，黑在这儿 5 个多月了，结果，在休斯顿到圣地亚哥的大巴上，被边检人员查出来。"

"她请律师没有？"

"请了。她是以计划生育遭迫害的名义申请绿卡。她说她认识的一些中国人，用这个名义申办绿卡的成功率还挺高。"

"另一个什么情况？"茹欣媛还是笑眯眯的。

"是偷渡过来的，然后申请宗教避难。她在洛杉矶找了个律师，也交了钱，律师跟她说，你已经打了手模，可以随便玩去了。结果，在边防被抓。已经关了半年多。"

"她的律师不救她吗？"

"律师不接她电话。"

"她信什么教？"

"信个屁。她啥都不懂，她说，这些年，偷渡过来的人，大都以遭到计划生育迫害或宗教迫害为由申请绿卡。"

"这美国人也够傻的了，被这些低智商的人玩得团团转，还觉得在帮中国人捍卫人权。像你这样高学历的正规诚实的学生，他们倒是揪住不放。细节决定前景，如果哪天美国塌下来了，一定是毁在这些细节上。"

茹欣媛问："还有一个呢？"

"那个有点神经了。3年前出公差过来的，然后黑在这儿，被边检抓了。开始她很生气，据说她还是个处长什么的，美国怀疑她有神秘的官方背景，她理直气壮地找律师打官司，状告美国政府。律师为了挣钱，骗她说官司能胜，但打了一年官司，钱花没了，请不起律师了。精神垮了，她就赖着不走。但据说，她很快要被放出去，而且有可能拿到绿卡。"

茹欣媛狐疑地："为什么？"

"因为监狱也不想养着她，移民局打算遣送她回中国，可有意思的是，她的单位说，没她这个人。反而弄拙成巧，美国送不出去她，只好自食其果。"

"好玩！好玩！你在里面还有什么好玩的事吗？"茹欣媛像个小孩子似的问。

菁喆笑说："里面有个 50 多岁的妇女，以前是加纳的法律博士，对美国法律政策十分精通。两年前，她专门从加纳坐着飞机过来，她拿着旅游签证，故意滞留几天，然后故意到阿尔帕索边检站晃悠，被边检站抓起来后，关进来了。"

"她想干什么？"

"她想挑美国法律的漏洞。"

"有意思。"

"太有意思了。据说，她出庭时，在与法官辩护环节，把法官驳斥得面红耳赤，令法官无地自容。其实她应该被放走的，但法官报复她，说既然你那么用心地来挑美国的法律漏洞，那我给你机会，你就在这儿待着吧，别出去了，我向你学习法律。"

"她没有罪，为什么继续关她？"栗秋很好奇。

"她好像骂了一句法官。法官判她蔑视法庭罪。她在里面已经 3 年，大家都叫她律师。谁有问题都找她咨询。"菁喆真成了讲故事的人，这几天，她遭遇的阅历可真是太独特了。

"嗬！真是个牛人！她出来后，也不用回去，就在阿尔帕索当律师得了，肯定火。"茹欣媛乐了，说有机会一定要会会这个牛人，大气之人。

"据说，她已经开始写书，计划等一出去，就出版，那时在美国社会肯定引起一场轰动。"菁喆知道的，对茹欣媛来说都是爆炸新闻。

"我很期待看到她的书，太刺激的经历了。人家这才叫为事业而忘我，是真境界。"茹欣媛对这个女律师称赞有加。

"更有趣的是，她还好像正在想办法激怒看守，被虐待什么的。她说，洛杉矶的'恶魔岛'监狱，那里曾经虐待过一个中国人，那人被放出来后，找律师打官司，结果，那儿的监狱赔给中国人 400 万美元。这加纳女人，想让美国政府赔给她更多的钱。"菁喆真长了不少见识。

11　小男人

菁喆被意外关押的这几天，对她身心的影响是深远的，对她以往所受的教育和生活环境，也是一个历史性的颠覆。她最大的收获是，没有乱了阵脚，做到了临大事显静气的境界，这在以前，她想都不敢想。也正因此，她更加珍惜眼前已有的，而以往所经历的那些事，在这个事件当中，显得太微小。栗秋问她还继续找男友吗？她反问：为什么不？

继续寻找。

一个叫约瑟夫的 25 岁的青年，经常光顾菁喆的网页。在婚姻关系中，男人比女人大几岁仿佛是顺理成章的，如果倒过来，人们接受起来就比较困难。菁喆倒不介意别人怎么说闲话，只是她个人的确不喜欢小丈夫。

但这个叫约瑟夫的人，在网上执着地送花追求菁喆，甚至告知他家里的电话。

栗秋建议："何不迅速见一面？别浪费时间，因为此人就在波士顿地区，好了解。说不定年龄越小，越真心呢！"

"如果他真的陷进去了，想离开他恐怕都不容易，这种年龄小的男人还没什么见识，万一钻牛角尖怎么办？"菁喆有她的担心。

"那也得试试啊，不试怎么知道你是不是错过了一个好男人？"听人劝，吃饱饭，菁喆拨通了他的电话：

"你好，约瑟夫！"

"你好，美丽的中国女孩。"

"我不是女孩，我是个女人。"

"噢，在我眼里你真美。"

"我觉得咱俩不合适。"

"为什么？"

"你年龄太小。"

"别这样，年龄不是问题。你能给我见面的机会吗？见到我，你就知道，我很成熟。我有过 5 个女朋友。"

"从什么时候开始的？"

"高中。"

"为什么都离开了？"

"有三个是我离开她们。美国女人太疯狂。"

"中国女人也疯狂。"

"不。我认为亚洲女人很温顺。我喜欢你的黑发，还有你那端正的五官，我从第一次看见你的照片，就爱上了你。"

躺在寝室里的菁喆，起身喝了一口热水，把杯子捧在手上，淡淡地说："我知道。"

约瑟夫深情地问："你爱我吗？"

"面都没见过，扯得太远了吧。"

"那就见见吧，你一定会喜欢我的。"

约瑟夫的本科毕业于美国刑事司法学院，目前在波士顿一个大商场负责安全管理，菁喆选择了一个中午时间与他见面。她没打算跟他有什么，仅是见见而已。所以，她在电话里特意说，午餐她请客。约瑟夫在电话那边很高兴，说一定准时到。

约瑟夫开了一辆吉普车，他提前半个小时到达菁喆指定的停车场，菁喆老远就看到他正四下张望，一见到菁喆出现，他把两个手臂举得高高的。可他的个子不够高，菁喆目测着，这人顶多一米七零。他的皮肤为什么这么黑？像从墨西哥或哥伦比亚过来的，可他在电话里明明说，他的父母是意大利和爱尔兰人的组合。

菁喆不喜欢他的发型，到底是年轻，他那不长不短的头发都竖起来，显然打了发蜡，就这种发型就把他们的年龄隔了十几岁似的。

菁喆引路，他们在附近的一个泰国餐厅吃了饭，菁喆付账时，约瑟夫一副心安理得的样子。菁喆假装不经意地问：

"你月薪多少啊？"

"在美国，问这个问题不礼貌。"约瑟夫严肃地说。

"在中国，聊这个问题像家常便饭，而且你现在面对的是一个中国女人，不是美国人。"

"那么，好吧。税前3000美元。你很有钱吧？"

"没有。我是个穷学生。"

"你有自己的住房吗？"

"没有。与其他几个中国女学生合租一套房。"

"我有自己的住房。欢迎你到我那儿去看看。"

菁喆觉得，总体上这个美国青年还是诚恳的。饭后，菁喆提出到湖边走走，消消饭食。

约瑟夫问："我可以牵着你的手吗？"

"不可以。"

"为什么？"

"我不喜欢。"

其实菁喆心里看不上他，无论身高还是肤色，都不是她喜欢的，特别是他的发型，让她不舒服。

约瑟夫暂时停止了热情，失望地看着菁喆的背影说："中国女人真难以捉摸。"

菁喆并不回头："你没事吧？"

约瑟夫沮丧地说："我感觉不好。"

菁喆一边散步，一边望着碧绿的湖水，阳光正在湖面上摇晃，菁喆无所谓地说："那是你的事。"她暗想，不主动，不负责，不拒绝，不动心，这不是你们美国男人的四不原则吗？怎么你倒不像个美国男人！

约瑟夫在菁喆身后说："不，这关系到咱俩的感觉。我希望你能跟我分享，无论高兴不高兴。"

菁喆冷冷地转过身来说："对不起。"

约瑟夫有些不知所然，刚刚激起的热情刹那间又冷却了。

菁喆问："你想让我当你的女朋友？"

约瑟夫的眼里又闪着亮光，忙回答："想。"

菁喆说："不可能。"

"为什么呀？"

"年龄。"

"年龄不是问题。"约瑟夫天真地认为。

"年龄是个问题。"菁喆一口咬定。

"我不在乎你的年龄。"

"可我在乎。"

"我们自己生活，又不妨碍别人，没事的。"约瑟夫继续天真。

"可我总是要回到中国去，我不想让邻居指三道四。"

"那你可以永远留在美国，没人关心恋人们的年龄。"

"可美国这个样子，能好得起来吗？以后连养老金都要取消了，如果我想要生活得好，还想要孩子，怎么生活？"

"别人怎么生活你就怎么生活。"

"别人的房贷都还清了，但你的房贷还早着呢，这种生活太累了。"

"噢，你在意我没有钱。"

菁喆盯着他的眼睛说："是的,我在意。那种贫穷的日子我再也不想过。"

"可是你也说过，网上认识的那些人，有的很有钱，但他们不会真爱你，但我真爱你。"

"没有钱，怎么爱？"

"说来说去，你还是为了钱。"

"不全是。我真的在意你太年轻。我怕你懂事了就变心了，那时我就惨了。”

"你怎么知道我会变心？"

"我怎么知道你不会变心？"

"至少我目前是真心的。"

"我要的是永久。"

"你要的东西太遥远了，谁也无法保证就一定能坚持。"

"你们美国男人就怕承诺。"

"你喜欢虚拟的东西？我说我给你，你心里也不相信。但我说我会努力，你应该相信。"

见面后的第二天，黑棕色皮肤的约瑟夫迫不及待地打电话问菁喆对他的印象。菁喆只能礼貌地说："挺好的。"

"你没有试过我的拥抱，我的手臂很健壮，我每天都要健身一个小时。"

"噢，是吗？很好。美国人喜欢跑步，骑山地自行车。"

"你喜欢身体健壮的美国男人吗？"约瑟夫很得意自己的粗胳膊。

"那么，你现在的生活中有别的人吗？"菁喆故意说别的话题。

"没有。你呢？"

"没有。"

"太好了。我还想再见你。"

"不行。我很忙，改天再聊吧。"

菁喆匆匆挂了电话。她不想再见这个约瑟夫了，可又觉得这年轻人的感情很火热，也还诚实，如果就此不见面了，会不会留下遗憾呢？可是见了面又能怎样呢？最终是没有结果的。

过了两天，约瑟夫又打来电话，还是约见面的事，菁喆知道，自己的态度但凡有点暧昧，都会导致他的热情。好在，他把约见的时间放到下个周末，菁喆想，既然自己还没想清楚，不妨先答应下来，临近见面日期时，再看感觉。

栗秋说："看来这小子对你有诚意，挺用心的。"

菁喆说："管他呢，再等等看吧。"

这期间，菁喆跟约瑟夫有一搭没一搭地聊天，但都忙，话也少，好像都憋着劲儿，等到见面时再聊。

然而，到了周末，约瑟夫那边没有动静了。

菁喆也并未刻意等他的电话或等他来。她觉得，就算他来了，两人也不会有结果，她反而担心，如果他提出进一步要求怎么办。栗秋分析，他八成是与从前的女朋友又见面了。菁喆说，这样不了了之更好，省得还说分手。本身也没开始呀。

周日晚上10点多，约瑟夫突然打来电话。他刚刚送上一句热情的问候，菁喆跟着就顶了他一句："你骗我！"

"什么意思？你从未给我发短信。我没骗你，我哪方面骗你了？"

"对不起我想睡了。祝好梦。谢谢你的问候。"

"你还想我们再见面吗？"

"我不喜欢玩游戏，我需要安静的生活。"

"我不是在玩游戏，昨天你为何没有给我短信？"

"你是个成熟的男人，你说过昨天会准时到这儿来。我信任你，但你仍像个大男孩。我对你很失望。"

"我以为你会给我短信的。但你没有，我就不确定是不是要过来。下次我会给你短信。我很抱歉，我们之间有误解。但我不是欺骗。那只是个误会。"

"我忙累一天了，现在想睡觉。抱歉我们能换个时间再聊吗？"

"好吧。下周末你能见我吗？"

"我真的想睡了。"

"你似乎生气了。好吧，明天我给你短信。"

"我认为没必要了。"

"你不认为你正在对我无礼吗？"

"……"菁喆关了手机。

"喂！？？"第二天早晨，菁喆打开手机，看到约瑟夫发来无数个大大的问号，似乎菁喆给了他天大的冤枉。菁喆想，还是自己不对，应该给他一个明确的态度，不然，他会气恼的，没必要那样。于是，她郑重其事地给约瑟夫发了一个明确的短信：

"嗨，谢谢你的短信。但是，下周末我不想再见你。请不要再打电话或发短信给我。我们结束了。我认为我们不合适，祝你有个好未来。"

"操你！你是一个斜眼的高丽人。再见。总之我有个女朋友！蠢货！"

……

什么叫气得七窍生烟？菁喆真切体会到了。她目瞪口呆了半天，其间也想回击他，明明是他失约，而且自己很有教养地回复他，他却是这么个玩意儿，真他妈的！她都写好骂他的短信了，但转念一想，如果这么做了，岂不是跟他一般见识？现在，她才觉得栗秋是对的，以多种方式多接触几个美国男人，就知道他们是什么德性，就知道自己要什么以及不要什么。

约瑟夫恼羞成怒时骂菁喆是"斜眼的高丽人"，当时菁喆还没反应过来是什么意思，她查了美国脏话字典才知道，原来是对包括日本人、韩国人、菲律宾人等亚洲人的蔑称。

栗秋哈哈大笑，说："要想知道对方是什么素质的人，只需几个回合交手就清楚了。他还瞧不起亚洲人，他自己是什么东西？看看他那身黑皮，他还以为自己是上等人？不过，这也给咱长了一个教训，以后对待美国男人，在不知底细的情况下，千万不要刺激他，我估计'欺骗'这个词让他不舒服了。因为他的确心里有鬼，说好周末来，但他肯定是跟老情人见面了呗，又还没放下你，所以打电话来试探你的反应，结果你就点了他的死穴,他的自尊心和本地人的骄傲受到伤害。咱是外来的,万一他要是想坏你,那不是很容易的事吗？以后再遇到这种人，咱不理他就是，别得罪他。"

12　小插曲

这股气，把菁喆堵了好几天。直到"伊甸园"网站又跳出另一个令她啼笑皆非的人。现在菁喆已经可以坦然地称这些人为匆匆过客，或在寻找到真爱之前的必然小插曲。

她竟然是个女人。刚开始菁喆以为弄错了，为什么一个女人频频给她写邮件，抛媚眼，微笑。她以为对方填错了地址，所以才表错情，她甚至很好心地给对方回复，告诉对方可能弄错了。但那女人大气地说："没错，我喜欢你。希望我们能相互多了解，并最终导向长期关系以及发展成婚姻。"她自称是普洛文斯镇一间咖啡店的老板，并希望菁喆有空去访问她。如果菁喆愿意，她也可以来波士顿。她愿意为菁喆做一切事情，她会让菁喆在床上很舒服。照片里的女人一头金发，浅蓝色眼球，看上去40出头，身材健美，胳膊和大腿的肌肉强壮。她给菁喆留言时，一口一个小宝贝。

菁喆给栗秋打电话后才知道，对方是同性恋。

"你傻呀！既然她这样介绍自己，那就是同性恋。"

"就像我们实验室的那个教授，跟另一个男人结婚了？"

"对呀！"栗秋说菁喆大惊小怪。

"但我就弄不清楚，同性之间究竟是因为性的吸引走到一起呢？还是因为精神相通的缘故而相爱？可是他们和她们都是怎么爱起来的呢？"对此，菁喆有十万个为什么。

"我也不知道，没体验过。怎么你想体验一把？"栗秋打趣道。

"别逗了。绝不可能。我奇怪的是，既然这是个严肃的以婚姻为目的的交友网站，而且我认认真真地付了费用，网站管理员应该阻止这些乱七八糟的信息进入呀？"

"谁说人家是乱七八糟？马萨诸塞州是美国第一个通过同性恋结婚的州。是合法的。"

"噢，我明白了。只是没想到这事会被我碰上。"

"这女人所在的普洛文斯镇，居住着美国的同性恋者，已经登记结婚的大概400多对呢。现在那个小镇是全世界同性恋者的旅游胜地。"

"这么说，她给我写信和示好都是认真的？不是恶搞？"

"对。你需要告诉人家你愿意还是不愿意，千万别说难听话伤着人家。"栗秋细心地叮嘱菁喆。

菁喆脸上挂着憨厚的笑，她知道自己不会伤害任何人。这是她固有的秉性。何况现在，经历了这么多事，见识了这么多人，还有什么事不能超脱的呢？

13 美籍华人

菁喆还试着跟一个美籍华人交流过。应该说，她跟这个人战线拉得很长了，也算有缘无分。在亚洲交友网站，菁喆初次使用假名假照片时，他就以成功美籍华人苏哲的身份给她写过信。没想到，在伊甸园，他又盯上了她。他倒是挺诚实的，一直还沿用那个头像和那些资料，他显然没认出菁喆，把她当作另一个女子。这次，他还是热烈地给菁喆写信和打招呼。菁喆突然有了想调侃他的欲望，就跟他聊上了。

"请问医生，您为什么想找中国女人呢？"

"美国的和中国的女人都可以呀，我没说非找中国女人。但中国女人可选择的范围大，因为想来美国的年轻而漂亮的中国女人多嘛。"

"那你的具体条件是什么呢？"

"你对我有兴趣？"

"有呀。"

"噢，谢谢。我想，从相貌上，首先得漂亮吧，身高最好在一米七至一米七五之间，不胖不瘦。学历上呢，最好是大学毕业，如果已经读了研究生也没关系，我也凑合，但千万别是博士什么的，那样的女人太难伺候，说实话，男人大多都希望被女人伺候。还有，如果是当地的，最好是单身；如果是国内来的，最好是处女，当然这是我个人的癖好。对语言的要求呢，美国女人不存在语言问题，但中国女人大多又不会讲英语，这样的话，没法找工作，我认为，跟我在一起生活的女人，怎么也得有份工作吧？就算不工作，你也得到超市购物吧，不懂英文，怎么做这些事呢？这也是让我头疼的地方。美国女人太疯狂，不适合做老婆，可以做情人。中国女人适合做老婆的也越来越少，年龄小漂亮的，把我当搬运工，只想过来后，翅膀硬了，就走人；年龄大的，不是拖家带口就是不漂亮，超过 40 的女人，我没有上床的欲望。唉，选择难呀！尤其到了中年，需要选择的事情越来越多，就越难做出判断，比我做一个心脏搭桥手术难度大多了。”

“你是单身？”这种挑肥拣瘦的男人令菁喆生厌。

“我是离婚的。我跟前妻分手时，她没要我更多财产，她住她的房子，我住我的房子，但孩子两边都住，这个条件你能答应吗？我事业上很成功，每次回内地，都有电视台采访我，也被一些院校邀请讲座，讲课费不高，但我无所谓，我不在乎那点钱。在美国，医生是个高收入职业，我想，你也是冲着我的高收入才跟我交往的吧？你怎么样，是像照片中一样漂亮吗？其实女孩子有没有太高的文凭并不重要，关键是有个好脸蛋，你给自己打多少分？我刚才说了，我个人的癖好是喜欢处女，哪怕年龄大点也没关系。”

“你指的年龄是什么限度？”

“28 岁是上限，没有下限。”

“你多大？”

“53 啊，女人眼里的黄金年龄。”

“你不怕老了以后，被甩吗？”

“不会啊。70 岁教授找 30 岁女人的事多的是，都过得挺好的。”

"那我不合适你，我 32 岁，超过你的上限了。而且我也不是处女，超过你的极限了。"

"没关系……"

菁喆不客气地打断他："我觉得在这个网站一刻也待不下去了，祝您好运。再见。"

菁喆不由分说就关闭了这个被称为严肃的以婚姻为目的的交友网站。她想，如果花费这么多时间和精力遇到的都是这种人，还不够心堵呢，算了，有缘就有缘了，没缘就没缘吧，急是不急不来的，求也求不得，还不如没有，倒也心静。

一个个美国男人，从网络走下来，在她的面前现形，他们各具形态、丑陋阴暗的真实面目和心理，一再把她对爱情的期待、幻想，甚至固有的同情心、正义感和善意，都统统粉碎，统统泯灭掉。

看来天下男人都是一样的，与国籍和肤色无关，与阶级和意识无关，与信仰也无关，当他们遇到女性时，表现出来的自私，占有欲，贪婪和无耻都相同。

14　跟妈妈说话

这个周末，菁喆主动上线 QQ，跟妈妈聊天。她想跟妈妈谈个透彻。

不等妈妈追问，菁喆主动说："妈妈，我们屋里又搬来一个新室友，我住茹欣媛的屋，她住客厅。茹欣媛给她妈买了一套房，想让她妈在美国安度晚年。"

"看看人家养的闺女，咋那么有孝心呢？菁喆，你告诉妈，以后你能不能也给妈买个宽敞房子住？"母亲喜滋滋地觉得又有了盼头。

"妈，只要我有了工作，就能贷款买房，这应该不是什么难事。可距离这一步，我还远着呢。妈，我会努力的。"菁喆说这种让妈妈高兴的话，是很艰难的。

"你这新室友是干啥的？"母亲很关心。

"中科院生物硕士。被纽约州立大学生物系录取博士，毕业后没回国，一直当博士后，您知道她做了几年博士后吗？ 12 年啦！"菁喆口气重重地说。

"博士后高级呀！我知道，咱油田也有几个从国外回来的博士后，待遇比博士高。"母亲自以为是地说了一通。

"妈，美国的博士后概念跟中国不一样。这里的博士就是最终学位，上完学就完事了，能找到工作就找工作，找不到工作才去做博士后。也有一种人，确实志向挺大的，博士毕业后，找了工作，觉得级别不够高，想去最顶级的，但暂时条件不合适，于是就想再等几年，捞个资本，所以，就会选择去做博士后。但一般来说，大部分文科生是不做博士后的，如果做，也是为了唬国内不懂的人，听起来好听点，其实是博士毕业后没有马上找到工作，找个地方缓冲一下。但理工科生大都做博士后，尤其是生物专业的。主要是国内的人不懂，一听是美国的博士后，哇，多牛呀！其实这里的博士后不是个正式工作，就是跟导师签个合同，没有任何保障。如果跟的导师好点，可以发点不错的文章，然后能让你一直跟着干。"菁喆以前从未跟母亲谈过这些。

"博士后不是正式工作？怪了。咱这里的博士后都被捧得好高，现在的研究院，设计院什么的，都只要博士和博士后，分经济适用房时，他们还有优惠呢！"妈妈糊涂了。

菁喆耐心地解释说："妈，在美国，实验室只有一个人说了算，那就是导师，我们称他为老板。老板为了留住博士生和博士后，让他们多干活，就变着花样给他们换头衔。比如，头几年让他们做博士后，过个三五年就换成研究员。这个研究员与国内的不是一个概念，国内的是实际职称，这里的研究员，指的是干活的。再熬个三五年，老板就把他们的头衔换成研究专家。再上个台阶的话，就是研究型教授。博士后干到最高级别，就给他们一个研究科学家的名头。这卢小苇混得比较惨，在一个老板那里干了几年，看不到希望，烦了，就跑了；然后又换个老板，再干个几年，还是看不到希望，又换老板，她已经换四个老板了，所以现在连个研究型教授的名头都没混上。"

菁喆母亲不解地问："你的意思是说，就算卢小苇有了研究型教授的名头，她也不像咱这边的教授一样，有正式身份？"

"妈，您真聪明，实验室除了老板是正式教授，其他的博士后们，不管脑袋上顶着什么头衔，都不能评终身制。这些五花八门的头衔，制造出来就是为了蒙人的，老板就是为了让你觉得好看，有的拿这些回国唬人。"

"这，这，这美国的博士后和中国的博士后差别怎么这样大呢？"菁喆妈很是困惑。

"所以呀，妈，您别再逼着我读完博士再读博士后。现在您清楚了吧？博士后不是继续读一个高级学位的意思，是一个找不到工作的博士暂时歇脚的地方。哎，您知道卢小苇给自己起的外号叫什么吗？'千年破四刀'！就是待遇低的意思。"菁喆以前可没有勇气跟母亲讨论转专业的事，自从卢小苇来了后，这个活生生的例子太给力了，无论从哪个角度说服母亲，都说得过去。

"啥意思？"母亲感到云里雾里的。

"做生物的人，因为找不到工作，所以一轮一轮地做博士后，卢小苇已经这样做了12年。"

"那她拿到绿卡了吗？"

"没有。她只有工作签证。像我们这种专业的人办绿卡有两种途径，一种是通过杰出人才的方式，这就需要申请者有大量的论文，有三个以上的名教授帮着写推荐信，吹捧一番，说申请者多么多么好，就可以拿到绿卡。另一种途径更难，是以国家利益豁免的方式来获得身份，但能申请的人凤毛麟角。能得到国家利益豁免，这是最体面的办绿卡的方式。"

"那你可以通过这两种途径拿到绿卡嘛。"菁喆妈又来了精神头儿。

"我说的是幸运的话。在美国，生物专业与文科不一样，文科的经费都是从系里或哪个基金给钱，但生物专业都是老板给钱，导师与学生成了老板与雇佣的关系。所以老板掌握学生命运，如果老板不好的话，你再聪明，学习再好都没有用。老板常拿身份要挟学生，不想好好干，就不给办绿卡，或者是尽量不给早办，因为他知道，一旦办完，博士后就走了。甚至有时，越能干的博士后，他越扣着，不让走。这里面有许多血汗史呀！就拿我们实验室来说，有个师姐博士后 5 年了，研究能力特别强，但老板一直控制着她，不给她写推荐信。所以，她就背着老板偷偷联系了别的大学实验室，老板知道后，给那个实验室的老板打电话，说我师姐如何不好，搅黄了这事。我们都知道，老板和老板们的利益是连在一起的。在美国，别的专业我不知道，生物专业的博士生的命运，是掌握在老板手里的，其实国内现在也是这种情况。"

"啊？你的导师这么坏呀，以前你怎么没说过呢？"菁喆母亲来了气。

"那时我也不太懂嘛，现在才懂。而且就算给您说了，您能做什么呢？我只希望您理解，现在生物专业的就业情形有多难。"

"别说了，你越说，我越后悔，当初咱怎么选择了这个专业？"母亲意识到自己的错误给女儿的前途带来很大障碍。

"妈，这也不是您的错。当年在美国，制药行业就是很火嘛。那个时候，美国正赶上计算机泡沫时期，生物行业发展得特别好，一些生物博士，很容易到一些大的制药公司找到工作，有的一入门年薪就十几万，福利也很好，股票什么的，分红也不少。所以，20 世纪 90 年代毕业的那批生物博士，生活都不错。但现在不景气了，我是个倒霉包，没赶上好时候。"

"菁喆，你今天说了这么多丧气的话，有的我能听懂，有的听不懂，你说这些是什么意思呢？"

"妈,我就是想告诉您,我已经转专业了。"菁喆终于让这句话脱口而出。

"啊?!"

"而且,我不读博士了,转读老年病护理学硕士。"

"你,你,你真是气死我。这么大的事,你不跟我商量,自己就做主了?"

"妈,我以后的路得自己走,所以,我得先选好走哪条路。我这样做,既是为自己负责,也为您负责。因为,您不想让我以后像卢小苇这样吧?她郁闷的时候就喝啤酒,有时一大早就喝,心理都快出问题了。"

"她那不是好好的吗?怎么有问题呀,我看你才脑子进水了呢!全石油城的人都知道你马上就从美国博士毕业了,你倒好,说不读就不读了,还转回去读硕士,还读什么老年病护理学,你让我的脸往哪儿放?"

"妈妈,真的对不起。请您息怒。我也是考虑再三才决定的。卢小苇的经历,对我冲击挺大的,这些年,做生物行业的博士生,大部分都出不了头,看不到希望。而且,不知为什么,自从到实验室实习,我总有一种委屈感。我特别羡慕那些在政府、银行和律师事务所工作的人,尤其是当记者,他们可以每天坐在办公室里工作,或满世界跑。而我的未来,就算回到国内,不管进高校还是科学院,每天在实验室面对着仪器呀,大罐子呀,小老鼠呀,一想到这些,我就觉得特别压抑。我最羡慕就是我们系里的小秘书,她虽然没有级别,但起码是坐在一个干干净净的办公桌前,可以收拾得漂漂亮亮的,每天穿干干净净的衣服,不用穿制服,坐在那里高高兴兴地跟人打交道。可我们呢?一天跟人说不上什么话,就是做实验,我真的受不了这种工作方式。当然这也跟个性有关,像栗秋,即便做实验,每天也弄得花枝招展,但大部分学生物的女生,就是玩命地做实验。当初卢小苇在美国读博士时,也求过她妈妈,说,能不能转成统计或会计,这样好找工作。可她妈不高兴,说,你为什么要转?你学习成绩那么好,从中科院都读完硕士了,你到美国,就是做科研的。你发了那么多文章,干吗要去转?我们可看不起你学个统计和会计什么的。那有什么?学个两年就出来了，那都是到美国陪读的家属才干的事，而你不一样，你是拿美国的奖学金出来的，是尖端人才。"

"哎哟，卢小苇的妈妈怎么这样对女儿？"

"妈妈，我说这些，绝不是冲着您来的，我也知道可怜天下父母心，但卢小苇现在不死不活的样子，就是我的镜子，这就是她妈妈死要面子的结果。可现在呢，想改行都不行了，年龄大了，也回不了国。现在回去一点不值钱，也没地方要啊！"

"照你这么说，生物这行在美国真的不好找工作，到药厂去总是可以的吧？"

"就算当年美国制药行业蓬勃发展时，药厂也不是主要的研发力量，主要集中在高校，药厂更多的是招一些硕士或本科生级别的人，他们做些简单的化学分析。大量的生物博士，其实是做技术研究，他们做出来的成果，才能拿到药厂去，进一步研发，制成药物。但是，您知道多少东西才能提炼出一点点药物，才能有效地在人体实验吗？妈妈，这真的是一个非常漫长的过程，几十年才能出来一种新药就不错了。您想，底下这个分母得有多少？每个人都像我这样，读了很多很多年书，一个项目要做很多很多年，然而，大部分做出来的东西，都没有研发药物的潜力。实际上，我们大部分的贡献用于科学发展上了，就是科学本身，纯科学。这个行业属于劳动密集型，生物实验周期那么漫长，这些活都是谁来干呢？当然是学生，尤其是中国来的学生，便宜呀，像栗秋，实验室能让她来，她都很高兴呢，再给她点奖学金，更高兴。所以现在的老板更愿意雇中国博士，能干呀！一进实验室，直接就是熟练工。"

"可像你这么优秀的毕竟是少数吧？"妈妈还是觉得女儿是独特的。

"谢谢妈妈对女儿的夸耀。打个不恰当的比方，山外有山，天外有天这个道理您是懂的。我也就是个井底之蛙，只在咱那个小地方学习成绩好，但全世界200多个国家的学习最好的学生都到了美国，您说，我算个什么？

妈妈，以后千万别这么想了，我就是比别人更用功，更吃苦，我并没有生物行业的天赋。其实卢小苇比我成绩更好，她还是一个市的高考状元呢！但您知道她这些年是怎么过来的吗？每天早出晚归，经常半夜才回宿舍，就这样，她说还算幸福的呢。过去她常常加班，半夜起来做实验，她经常把实验做上，看着表，等半小时，哪儿都不能去，然后再做下一步，再等。有时，晚上六七点做上，她赶紧出去吃个饭，4个小时后，又得回实验室操作下一步。这个活儿，不像文科生，文章没写完，可以带回宿舍，先睡一觉再写。做生物实验不行，人必须回到实验室。而且越是好学校里的顶尖的实验室，人干活越玩命。卢小苇也在那种实验室待过，几乎是睡在实验室不回宿舍。他们管理学生的方法，就是没完没了地做实验，甚至有时，同样的课题，让不同的人做，谁做出来算谁的。如果你做出来的比别人晚，或你没做出来，你就是白做。"

"哟，听起来是挺辛苦的。不过，年轻人，吃点苦也没什么，想当年，你爸在钻井队时，天天提着命干活。"

"行了，妈，您别再数老皇历了。我现在谈转专业的事。我只是告诉您，我把读博士的钱省出来，去读硕士，而且是个比较容易获得工作的专业，究竟有多大可能性，现在我不跟您讨论。明年就知道了。除了生物行业难找工作，美国好找工作的专业，有吗？也有。比如金融、会计或统计，都比较热门。但这些专业得自己掏学费，不是所有人都能拿得起这个学费。所以，我就决定转个花钱少的专业，如果您还气不过，我也没办法。以后有工作了，等我再想读博士，还可以读个在职的嘛，这又不丢人。"

"你那些学生物的师哥师姐们，就没有做成功的？"

"有。卢小苇的一个师兄，做了14年博士后，最后终于找到一个终生制的教授职位，这是百里挑一，千里挑一出来的一个。其实无论哪个行业，当头的就那么几个，大部分都是给别人干活的。卢小苇一直当博士后，并不等于她的业务就差，作为中国这么多优秀留学生来讲，最理想的结果当然还是读完博士后，找到一个正式的教职位置，然后干个五六年，就可以评终身教授。"菁喆很客观地跟母亲交流。

"你这么说，我能理解些了，但妈妈心里很难过，你成心让我睡不着觉呀！"其实，自从菁喆来美国后，母亲经常睡不着，一是怕女儿太累，二是怕女儿发展不顺利，当然还有一层，母亲不说，女儿也不点透，那就是，母亲想念女儿。但因为之前的母女关系并不亲密，两人从未有过黏黏糊糊的历史，所以，母女俩都忽略了对爱的表达，也不会表达了。母亲在夜里睡不着时，就为这个偷偷哭过。

"虽然，我千里挑一被挑来了，我拿奖学金，那是我的荣誉，也是妈妈您教育女儿有方的荣誉，但是妈妈，在美国，荣誉不能当饭吃，跟现实生活差太远，太脱离现实，以后连生存都是问题。您知道现在，朋友们在一起时，只要一说某某男生小气，马上就有人接话说，是学生物的吧？生物猥琐男就是这样诞生的。慢慢的，现在生物猥琐女也出来了。口碑很差的，而且一些女生心理确实有问题了。生活这么艰难，您想她能没问题吗？"

菁喆试着把转到老年病学硕士的信号释放出去，主要让母亲有个心理准备。母亲没有敏感地立刻激烈反对，这已经很理想了。菁喆想，与母亲的沟通之路还很漫长，慢慢来吧，等跟老人院签工作合同，工作一段时间后，再慢慢告诉母亲自己的理想究竟是什么，估计那时，母亲跟自己的关系就会亲密起来。当然，或许母亲跟自己的利益和想法是一致的，只要看到女儿快快乐乐地生活着，她就高兴呢。而自己也盼着父母快快乐乐地生活，等他们老了时，还能把老年护理经验都运用到他们身上，难道那不是一种最平实的幸福吗？

15　打吊针

茹欣媛初到美国时，体质较弱，尤其跟老汤姆离婚时，心头郁结了太多滞气，伤神伤体。那年冬天又特别冷，茹欣媛感冒了，但她扛着，怕花钱。

385

咳嗽了，她还是扛着。在国内时，每当感冒发烧，她都去医院，医生通常给她几天点滴，输输液就没事了。在国内时，茹欣媛的熟人多，熟门熟路的，开个后门，在医院挂吊瓶，也花不了多少钱。但到美国后，情形就大不一样了。急诊的话，怎么也得 3000 至 5000 美元不等。那时的茹欣媛付不起急诊费，令她失望的是，助理医师给她测过体温，验过尿、抽过血后，医生也只是看看化验单，摸摸她的额头，目视一下她伸出的舌头，告诉她最基本的物理降温方法，叮嘱她回家躺床上睡两三天，多喝水自动就会康复，不必打针吃药。那时茹欣媛怀疑医生是不是歧视她是亚洲人，还憋着一肚子气，若三两天还不退烧的话，就去告医生。

茹欣媛回到家，体温最高峰值达到过 40 度，她按照医生的要求，用物理方法降温，果然体温就慢慢往回降，直至正常。

茹欣媛后来虽然拿到了绿卡，但她一直当个体户，没到公司上班，就没有单位给她买医疗保险。她自己又舍不得买，太贵。平均一年要交 1 万美元左右。她想明白一件事，与其把钱交给医院，不如花点小钱进健身房。

茹欣媛的前男友托尼是美国土生土长的，有医保，有家庭医生。在美国，家庭医生并不是只为某一人服务的，一个家庭医生可能同时为几十个甚至上百人服务。有医保的人，一般是从所在的医疗保险公司提供的一大串备选医生中挑选家庭医生。过去，茹欣媛曾经陪着托尼去看病，他的家庭医生是个温和帅气的瑞典裔美国人。茹欣媛看得出来，男友对那位家庭医生有一种本能的信赖，遇有头疼脑热的事，他会直接给家庭医生打电话，特别难受时，家庭医生一般会建议他去药店买点大众药"泰诺"即可，这种药在美国历史很长了，早过了专利保护期，价格很便宜，是美国家庭常用的万能药。美国的规定是，出现紧急情况时，才叫急救车。

三四年前，茹欣媛开始闹更年期，她原以为自己会有强烈的反应，然而，更年期却风平浪静地过去了，这些年，她明显感到已从刚来时的亚健康调整到现在的健康状态。

正当茹欣媛快要忘记打点滴的记忆时，拿到绿卡的母亲来到了美国。

母亲来时，茹欣媛正忙着经营月子中心，但母亲却天天嚷嚷着让茹欣媛带她去医院，她要打吊针。

"妈妈，你到底哪儿不舒服？"茹欣媛看着母亲一副难受样，真想替她分担疼痛。

"我哪儿都不舒服。"母亲哼哼唧唧。

"您能告诉我，到底哪儿不舒服吗？"茹欣媛耐心地随着母亲的眼球和身体的转动，希望能找到她疼痛的源头。

母亲耍小性子，喊道："你又不是医生，我告诉你哪儿痛管用吗？快点带我去医院，打几瓶吊针就好了。医生知道给我打什么药。"

"可是美国医院里很少打吊针。"茹欣媛猜测母亲无大碍，人老了，心理脆弱，加上刚换了地方，方方面面都不适应。

"不打吊针，怎么治病？美国人不治病吗？你是不是舍不得给妈花钱？妈有钱，妈每月有 2000 块钱退休金呢！"

"妈，您真是越来越糊涂，我是您女儿，您生了病，我能舍不得花钱给您治病吗？以后别再说这些让我寒心的话，我不高兴。跟您说吧，美国跟中国的医院不一样，小病真的不去医院，实在严重时，能吃药也绝不打针，能打肌肉针，绝不打点滴。只有特别需要时，才会打点滴。这是全世界都知道的科学常识，只有中国人倒着来。"

"啊，你咒我死！我还活得好好的呢！我刚到美国，还没享什么福，我还没活够。"母亲呜咽起来，委屈得不行。茹欣媛真是哭笑不得，现在才理解了"老小孩"的意思。唉，老人跟孩子一样天真，一样混账。

"反正你不领我去医院打针，我就浑身不舒服。医院没有药，你就到药店去给我买，不是有社区医院吗？带我到那里去打针！"母亲还是这么固执。

"妈，在美国买抗生素药，比买支枪都难。我看您就别胡思乱想了。您没病，别吓唬自己有病；您有病，我会带您去医院看医生。您既然来了，就好好享受天伦之乐，享受这里的阳光空气和干净的水，好吗？"

16　追悼会

茹欣媛时常得哄着母亲，她才不念叨去医院打吊针的事。母亲学会了玩苹果手机，给中国的老邻居打电话，一打就是半小时一小时，因为女儿告诉她，从美国打电话回中国便宜，平均一分钟一毛钱。

母亲还愿意看康州秋天的变色枫叶，她说空气中一点尘土的味道都没有，所以，这枫叶味也是清新的。她想一直闻下去，闻着闻着，她又伤感起来，说自己亏了，如果再年轻三四十岁多好，她就可以美美地享受这里的生活。茹欣媛说，那你就一直待在这儿吧，抓紧时间赶紧享受。母亲听了这话，又心酸了，说在美国待着一点都不好，就像坐牢，出不了门，出去了听不懂别人说话，自己一句英语也不会，又聋又哑又傻，就像在深圳时，看到那些从边远山区刚到大城市的农民一样傻，最让她难受的还不是这些，而是担心："万一突然死在美国，连个给我开追悼会的人都没有。"

茹欣媛笑弯了腰，说："我的亲妈呀，你脑子里一天到晚在想些什么？到时候，人都死了，还在乎有多少人给你开追悼会？"

"我活在世上平平常常的，死后得风光。"母亲坚持己见。

茹欣媛觉得，母亲对有一个隆重的追悼会似乎很向往。这大概是看多了国产片里英雄们或受人尊敬的人死了之后，活着的人给他们的一种荣誉。可母亲也不是什么人物呀，就是一个普通职工，哪来的这种虚荣呢？也许是母亲这一生，太缺少被社会认可，活得太卑微，才需要在死时用追悼会的光耀作为弥补。说来说去还是自欺欺人的一些泡影，茹欣媛很不屑。她直截了当地跟母亲说，那就探讨一下怎么死的问题吧。"妈妈，您扳着指头算算，如果您在国内死的话，会有多少人来参加您的追悼会？一百，两百人？"

母亲摇头，说："哪有那么多人，能来50人就不错了。"

"其中有几个是您最好的朋友？"

母亲想了半天，兴奋了一会儿，但很快眼里的光又暗淡下去："一个都不在了。就我还活得好好的。"

"好，把这个圈子再扩大一下，跟您关系还可以的有几个？"茹欣媛又问。母亲眼里又亮起一道光，最后还是暗了下去，她说："跟我关系还可以的，大部分都是同事。可我退休都快30年了，谁知道她们都在哪儿？改革开放后，有些人下海经商去了，有些人跟着儿女到其他省了，很少有联系。"

茹欣媛不想再为难母亲，母亲50岁退休，她的时代已成过往，她是个生活在旧时代里的人，揭穿这层纸对她是残忍的，但又不能不指出来："那您心里面拟的这个追悼会名单是想当然呀！最好的以及关系还可以的朋友都不能来参加，那么关系一般的会来为您送行吗？相反，如果您死在这里，至少姐姐，我和小妹都可以为您送行，如果您对菁喆和栗秋够客气的话，她们也会来送您一程。如果您运气够好的话，您外孙女和她的洋男友也可以给您送束花来，您瞧这个追悼会怎么样？至少亲人环绕着您，不让您走得太孤单。妈妈，哪里的土地都埋人，别一天想东想西的，您就过好每一天吧！"

母亲被女儿说得词穷，但还是坚持己见："埋在哪里是不一样的。我在哪里出生，就应该埋回哪里。我的追悼会要回去开，会有很多人来为我送行。你们要是孝敬我呢，就都回去，从此以后，你们再想回去，也看不到我了。"母亲把自己说得哀哀的，弄得茹欣媛也眼眶潮湿。母亲当年离开工作单位时，也就像自己现在的年龄。但母亲不如自己幸运，她直接回家领养老金，当起十足的老人，而自己却能跑出来，梅开三度，开创下半

辈子的事业。同为女人，怎么就那样不同呢？

17 合唱团

茹欣媛把月子中心卖掉后，搬到了康州的老人村庄，陪着母亲过一段琐碎的日子。

短暂的月子中心经营，虽然没赚多少，但也没有赔本。重要的是，无论精神还是心理层面，茹欣媛都有如释重负的轻松。了结这件事后，她前额的皱纹似乎也平展了，小鼻子放着光，脚底下也升腾出轻盈灵活的自如，时不时地还亮几嗓子，有时唱京剧《沙家浜》阿庆嫂唱段《来的都是客》，有时唱歌剧《江姐》里的《红梅赞》，有时还唱舞剧《沂蒙颂》，唱歌让她很有幸福感。她仿佛又回到年轻时那激荡高昂的青春岁月。如果这么一直唱下去，不用操心挣钱，不用没完没了地打拼，不用做些被拷问灵魂的事该多好。咦，这是怎么回事呢？茹欣媛摇晃着脑袋，难道自己年龄大了，不敢担事，也担不起事了？这不可能，就是活到80，自己也不是回避责任与担当的人。那为什么感觉这么好呢？

茹欣媛不肯屈服的性格，早在童年结束时就养成了。换句话说，后来的岁月，无论遇到被男人赶出家门，被诉诸法庭，失业，身无分文，与女儿关系闹僵，前途未卜或是其他什么事情，都没能把她打倒。但是两首歌却把她打倒了，一首是歌手韩红唱的《家乡》，一首是台湾歌手罗大佑词曲的《闪亮的日子》。她随着合唱团刚唱了两句，眼泪就流得稀里哗啦。她也奇怪，母亲已经来到身边了，还有什么乡愁吗？国内也没有让自己心动的男人，还有什么牵挂吗？为什么一听到"我的家乡在日喀则，那里有条美丽的河；阿妈拉说牛羊满山坡，那是因为菩萨保佑的"这样亲切的歌词和旋律，自己泪水的闸门就顿然打开，并迅速融入那条美丽的河一起横流？很快她就明白了，家乡甚或是祖国，对她来说，不仅是有母亲在的地方，还有自己生活过的熟悉的环境，自己接受的母语教育的地域和文化，歌词里的那个母亲，是一个抽象概念，一种隐喻。而当她听到《闪亮的日子》那激扬忧伤的旋律："是否你还记得，过去的梦想，那充满希望灿烂的岁月，你我为了理想历尽了艰苦，我们曾经哭泣也曾共同欢笑，但愿你会记得永远地记着，我们曾经拥有的闪亮的日子"，就一下被打中心底，泪水从她心底的岩石间，小溪般跳荡出来。啊，就是那个词，曾经的理想以及为此付出过的青春岁月！谁没有过理想？谁没有过希望？尤其50年代出生的中国人，哪个不是受到前苏联小说《钢铁是怎样炼成的》主人公保尔·柯察金名言的鼓舞，"一个人的生命应当这样度过：当他回首往事的时候，不会因虚度年华而悔恨，也不会因碌碌无为而羞愧"。正因不愿虚度光阴，这个充满朝气与理想的一代人中的一部分，在中国改革开放后不久，来到美国。

　　茹欣媛刚到康州就遇到的这个合唱团，不仅聚拢了这些曾经为了理想而追梦的教授、工程师、医生们，也凝合了来自香港、澳门、台湾以及东南亚的华人。这些早年来到美国的华人，把理想、遗憾、寂寞、失落、痛苦、艰辛、长存于心间的思念等种种情感与寄托，都聚合到所喜欢的中国经典民族音乐里得以宣泄。这种形式是自发的，早在上世纪80年代，康州就形成了三个小合唱团，几年前，一名合唱指挥家把这三个小合唱团体整合成一个，对合唱团进行了严格训练，并于当年夏季在康州大学隆重首唱，博得满堂喝彩。之后，该团体在康州各地多次巡演，《茉莉花》《美丽的草原我的家》《送我一枝玫瑰花》《大海啊，故乡》《康定情歌》《远方的客人请你留下来》等优美的民歌，被合唱团员一次次演唱，每次唱完后，余音袅袅，绕梁三日而不绝，独特的文化表现方式，逐渐成为这片土地上的一道风景。知道合唱团的美国人越来越多，热爱中国民歌并从中找到乡音乡情感觉的华人也越来越多。合唱团的华人进进出出，走了去了，去了又来了，人数少时仅十几位，多则六七十位，但歌声一直都在，每周末排练一次的习惯雷打不动。每个周末，这里是温馨的，这里是融入的，这里是彼此接纳与滋润的，新老成员没有隔膜，大家分享着自己动手制作的食物，分享着回国探亲的感受，分享着来自家乡的各种信息，分享着难过或快乐，分享着思乡的味道，把乡情乡音浓缩在歌声里，最后，歌声散去，周末的余温却留在体内，像是未燃尽的烛光，下周末再见，再拨拉一下，火苗又旺起来。

冷杉老人上世纪 70 年代到了美国，80 年代初曾是合唱团的成员，茹欣媛与冷杉老人办理房屋买卖手续时，冷杉特别建议茹欣媛有空时感受一下合唱团的美好。于是茹欣媛兴趣浓厚地加入进去了。仅只是唱了几首歌，茹欣媛的某种情感突然迸发，泪眼中，她看不清自己的现在，只看到自己的故乡，自己的青春和理想的幻影，看到了过去，以及过去没有意识到的，某天离开故乡之后可能爆发的一种乡恋。

为什么以前自己不知道这个合唱团的存在，是地域的原因？还是自身性情原因？茹欣媛想不明白。过去她也从未想到自己敢如此奢侈地抛掷时光，一分钟恨不能掰成两半用，还不够。

茹欣媛搬到老人村庄，既为陪伴母亲一段时光，尽尽孝心；也让自己养神静心，通盘思考，规划下一步的发展步伐。遇见合唱团好像开启了她的另一种思绪。

18　掏心窝子

在栗秋回国的前一个周末，菁喆和栗秋在菲利普家的后院，踩着柔软的草地，有一搭没一搭地聊天。

"菲利普真不错，又在屋里干活呢！"

"他们家人都是这样，天天在家干活，美国男人里还真有不错的。我佩服他爸爸，都 80 岁的人了，还经常自己开车过来看儿子。挺独立的一个老头，喜欢说话，挺活泼的，所以既不显老，也不招人烦。"

"真的要跟菲利普过两年牛郎织女的生活？"

"商量好了，今年他到我家过春节。他可高兴了。"至少现在栗秋还是信心满满。

"看来，你留下来的心思是定了？"菁喆明知故问。

"是啊。我的后半生不求大富大贵，只想安安稳稳地过舒心日子，儿子也快快乐乐地做他想做的事，就是我的头等大事。本人见好就收，知足。"

空气里透着清新气息。菁喆祝福道："你未来的日子一定会过得快快乐乐红红火火。"

"托你吉言，我会好好过日子的。都这岁数了，不过日子还想干什么呢？"菲利普的房子在仲夏夜里静谧、安宁，菁喆多么渴望也有这么一个空间能滋润自己呀！但她明白，栗秋的经历对自己而言可遇不可求。

"这段时间又遇到什么人没有？"栗秋问。

"我不想再寻找了，我已关闭所有交友网站。对我来说，这些经历已经足够新奇和丰富了，我需要时间慢慢消化。"菁喆果断地说。

栗秋关切地说："这就意味着你奔向婚姻的速度放慢了。"

"顺其自然吧，如果我命中注定没有婚缘，那也认了。"

"你才多大，就那么宿命。"

"不是真的宿命，是一种说不清的感觉。有心浇花花不开，无心插柳柳成荫。我大概属于后一种运气。"

"那么你到底是留下还是回国呢？"

"不知道。但我想完成硕士学业后，争取到一家养老中心工作几年，积累些经验。全世界三亿老人，中国就占了两亿，你说，将来我回中国，能无用武之地？"

"你喜欢美国吗？"栗秋试探地问。

"至少现阶段，它对我的诱惑比中国大。中国是我永远的故乡，是我的背景，我走到哪儿都带着它的精髓丢不掉的。我现在年轻，想在一个更富有挑战性，发展机会更多的广阔天地闯荡一番，我想有一个更加丰富的生命过程，美国能满足我这个欲望。"

"那么，美国吸引你最大的地方是什么？能一言以蔽之吗？"

"我渴望自由，是因为我从未真正意义上的自由过，我相信，通过我的努力，我将来会获得一些财富。有了财富干什么呢？我想走遍全世界，想知道在这地球上其他国家的人是怎么生活的，我对此保留浓厚的兴趣。而我等不及中国可以免签证自由出入全世界的那一天，还是想借美国的光，早点享受这份对我来说最大的自由。"

"如果绿卡拿到手了，你还会嫁美国人吗？"

"如果遇到可以结婚的人，同等条件下，我还是选择中国人。"

"为什么？你从中国出来，却还是嫁给中国人？"

"对。闭上眼睛想想，在这几个网站，也结识了不少美国人，啥样的咱都碰到过，对理查德印象最深刻，也着着实实试了一把美国男人。但我为什么没有哭着喊着跟他继续下去呢？为什么没有凑合或想办法改善或妥协一下，跟他完成一个婚姻呢？你也知道，我能做到，如果我努力的话。现在我仍然不后悔当时的分手。因为我不想选择一种终生痛苦的生活方式。跟他们在一起的美好我就不说了，但你知道我跟他们在一起的痛苦是什么？是我永远无法理解他们随便嘟哝一句地道方言的真正含义，他们也永远读不懂我灵魂深处的语境。这才是我最深的痛苦。因为我们不是同一种文化，没有相同的背景，相貌和肤色差异我能接受，但文化背景的差异不是补课就能补上的。因为我从小生活在西北石油城，那儿汇聚了五湖四海的人。那时我就想一个问题，为什么相同省份的人容易抱团？为什么人们一见面如果是老乡，就格外亲，格外有默契感？那就是因为文化差异。那还是中国各省之间的差异，而要是与美国人在一起生活，那可是国家与国家之间的文化差异，天壤之别。我真的不想一辈子在猜测中生活，我希望与未来的丈夫，一个眼神一句玩笑一个电影台词对白，就能心领神会，说白了，就算吵架，也知道他愤怒的程度，从而适度调整关系。但要是美国人，骂你什么都不知道，反正不是他白痴就是你白痴，也弄不清谁是真正的白痴。这真是对婚姻生活的一大嘲讽。当然你不一样，你能掌控得了你的菲利普。"经历了一段特别的网络交友经历，菁喆生出许多独到见地。

"你还是很珍惜自己的权益。"

"是的。我宁愿等待和寻找属于自己的爱情。我的生命还漫长，现在不过才走了三分之一，未来的几十年，一定会出现那个与我匹配的人。他要实在是想隐身，我也没法，那就等下去呗。"

"看来我让你到交友网上冲浪，没白费工夫，你收获很大嘛。小道理一套一套的，刚见你时，总低着头，话也不多，一脸焦虑。但一副热心肠和朴实的心眼打动了我。现在再看你，对自己将来很是胸有成竹嘛。"栗秋调侃。

"你对菲利普就那么自信吗？"菁喆小心地反问。

"走着看吧。现在看来还行。至少他对我全心全意，对我的关照和体贴也无微不至，从不给我施加任何压力，就算我不出去工作，他也愿意养着我，嫁给这样的男人已经很难得了。我不像你，还年轻，有的是时间挑选自己中意的人。对我来说，啥理想啊抱负啊都不复存在，因为我选择了一个普通美国公民，就只能过这种朝九晚五的平常生活。再过两年我就是更年期了，身体有个病啊啥的，身边有人帮着照顾就是最大的幸运了。咱中国的好男人，肯娶我这带着孩子的中年妇女吗？我不可能指望他们，但可以指望这个美国男人。菲利普就是个普通的技术员，但那又怎样？没有高学历，也没什么社会地位挺好呀，这是在美国，没人跟他比这个。不像中国，假文凭一堆堆的，相互骗，相互比，有什么用？你说我能控制他，其实我也就是有点亚洲女人的阴柔劲儿，根本没用什么招术。唉，一个女人活在这世界上，不用任何心计，也没使多大力气，就得到一个男人心甘情愿地对你好，愿意半辈子都守着你，这女人也算是成功了，对不对？还想像国家总统那样，控制全世界吗？我可没那个兴趣。我呀，下半辈子就修理和维护他一个人就足够了。当然，如果以后出了什么差错，到该分手时，那就分呗，有啥呀，咱能离一次就能再离，反正这是美国，没人在意你离过几次婚，又结几次婚，没人有时间关注其他人。所以咱反倒是自由的，放心吧，问题不大。"栗秋滔滔不绝地说了一大堆务实的话。

"栗秋姐，你不讨厌我的不切实际的追求吧？"

"怎么会呢？你很朴实也很执着，我就欣赏你这劲头。一场旷日持久的婚姻战，把我的梦想摧毁了不说，也把我磨平了，我现在就想平平淡淡真真实实地过日子。你却不同，你还有梦想对吗？"

"是的。我梦想着能遇到一个彼此相爱的人，哪怕早晨起来，这梦想如同泡沫般消失了，我也不后悔，第二天晚上接着做梦。"菁喆的倔劲又上来了。

"在婚姻和爱情之间，你还是看重爱情？"

"当然如果婚姻和爱情能够统一，那是我最大的幸福，如果不能够，我还是选择爱情。我只有这一点梦想，我可以省吃俭用，我可以不穿漂亮衣服，甚至我可以没有大房子，但我要爱情。如果我不是那种人，我就不会等到现在。我认为曾经一度爱上了理查德，也一度对安德鲁产生恻隐之心，而想着跟他过日子算了。但，都不完美，都不是我要的那种感觉，所以我能走出来，走到我要去的那条路上，继续往前走。"

菁喆说到这儿，把栗秋也说得心潮澎湃了，她鼓励菁喆："你只管往前走吧，我为你祝福！记住你的梦想里也叠合着我对爱情的梦想。或者也有其他女性的追求，只是她们没有你拥有的条件，她们没有机会出国，没有机会接受更多的教育，更没有可能见识世界各地的男人，尤其是美国男人是什么德性，她们的一生只认识自己的丈夫，顶多谈几次恋爱或离几次婚，那就是最大的折腾，再折腾就超过社会道德或伦理的限度了，她们大多望梅止渴，或妥协或认命或心甘情愿地过完她们的一生，而你却过了她们很多人的一生。所以，你是幸运的，今后，你的每一步都是一个新开始，而她们早已结束，包括我，也基本结束了。我现在就能看到自己生命尽头的样子，以后的岁月，跟现在的变化不大，而你却会有许多变化，因为你的追求决定了你将会有许多变化，我对你充满了期待。"

栗秋一口气说了这些，不觉已到深夜。她对菁喆说，咱俩这一年都成话唠了，说了多少有用没用的话呀。菁喆也说，你走了我就没人可以这么随意地聊天了，一想到这儿，我就开始想念你。

栗秋说："现在 QQ 聊天那么方便，距离对咱们这些人是问题吗？"

栗秋站在院子里轻轻唤了一声，菲利普就从屋里出来了，他举着汽车钥匙说，早就在这里等候了。

菁喆再次对菲利普说："你夺走了我最好的朋友，你欠我！"

菲利普吐吐舌头，过来把栗秋宝贝般拥在怀里。

栗秋含情脉脉地看着菲利普，笑着说："你还真不理解我和菁喆的感情，中国特色的姐妹。"

菲利普的车里，竟然放着邓丽君的歌曲，不用问，是栗秋弄来的唱碟。

如果没有遇见你

我将会是在哪里

日子过得怎么样

人生是否要珍惜……

任时光匆匆流去

我只在乎你

心甘情愿感染你的气息

人生几何，能够得到知己

失去生命的力量也不可惜

……

这是菁喆少女时代就哼过的歌曲，那时她远没有这么丰富而沧桑的忧伤，那时她只是母亲生命中的一颗棋子，母亲想让这颗原本是一个小卒子的棋子去将军，充大任。但菁喆不是那块料，所以做不到，到目前，她仍然是芸芸众生中的一个普通士卒。想到母亲，她就很悲伤，她一直不明白母亲为什么那样在乎名利地位？为什么那样在乎面子？现在菁喆想明白了，因为父亲是一名普通的钻井工人，母亲跟他从未享受过优越和高级的生活，一直处于底层人的艰难与挣扎的生活境况，所以菁喆的母亲也想做人上人，也想过高级生活，但自己这一代已经做不到了，只好寄希望于下一代。为此，本属于菁喆的好时光，全让位给书本和考试，结果，在本该收获的季节却颗粒无收。沮丧和绝望也曾一度充斥菁喆的内心，这个世界不是母亲说了算的，不是为她一个人的理想而绽放的，所有人都有遥远的理想和幻想，却未见得都能实现。母亲只是其中比较不走运的一个普通女人而已。但菁喆爱自己的母亲就足够了，她想过，无论怎样，都会尽力照顾好母亲的晚年，这难道不重要吗？

回到 33 号公寓，菁喆关上门，躺在床上，闭着眼睛一直睡不着。

唉，还是唱歌吧，邓丽君的歌，曾让菁喆的少女时代有了某种渺茫的寄托和安慰，那温婉甜美的歌声，从少女时代一直萦绕到现在，成为她永远的背景歌曲，始终抚慰着她漂泊的心灵。跟美国人说邓丽君吗？就像美国人跟她说麦当娜一样，那不是一种文化，没有感同身受的契合点。但有一首歌，菁喆跟理查德却找到了共同的激情，当他第一次给菁喆唱这首歌时，菁喆的心都碎了，因为他模仿歌手那沙沙的声音，温暖而细腻的感情，犹如一只小狗的舌头，一遍又一遍地舔着菁喆内心深处的忧伤。就在那一瞬间，她爱上了理查德。

现在，菁喆的环境变了，心情也变了。现在，身边没有了理查德，没有了安德鲁，甚至也没有了栗秋，但还有英国歌手史都华 1975 年移民美国后唱的《远航》，他那一把如烟的老嗓子，慰藉和鼓励着菁喆继续前行。

我扬帆远航，我扬帆远航

重返故园，跨越大海

我冒着惊涛骇浪航行

驶近你身旁，走向自由

我飞翔，我飞翔，犹如跨越蓝天的飞鸟

我飞翔穿过高高的云层

飞近你的身旁，飞向自由

你能听到我否，你能听到我否

那透过黑色夜幕的遥远呼声

我声嘶力竭呼唤不止

以求回归到你身旁，就是这样

我扬帆远航，我扬帆远航

重返故乡，跨越大海

我们冒着飓风惊涛航行驶近你身旁，走向自由

噢，上帝，以求走近你，以求自由

……

19　回国礼物

在栗秋眼里，波士顿不大也不小，中不溜儿，不用开车，是个靠地铁和走路就可以生活得很舒服的城市。富丽堂皇的三一教堂，藏书超过 1500 万册的公共图书馆，仿哥特式的凭学生证就可免费随时进入的美术馆，永远是汽车等行人的礼貌驾驶，迷人的查尔斯河边夏天音乐会，名人荟萃的老街角书店，热闹的昆西市场，爱尔兰人在独立日时戴绿帽子游行，昂贵而魅惑的纽伯里街，百年老店里的传统糖果，外部是砖砌、内部为纯白色的最古老的旧北教堂，美国大学教育的旗帜哈佛大学，世界理工之最的麻省理工学院，波士顿公园里手挽手游行的 70 岁同性恋人，秋天里美到令

人发呆的层林尽染的枫叶……独特的异国文化气息令栗秋愉快的同时也生出恋恋不舍的情愫，真不知这一别，自己还能不能回到这个地方？她能看见也触摸过的这座城市，有她想要的全部。去年的这时候，当她乘坐美联航的飞机穿越北极时，她就从机窗里久久俯瞰着蓝天白云之下的这片树木繁茂河流遍布的土地，并做着迁徙的白日梦。

时间过得真快呀，转眼又是六月，栗秋仿佛看见自己的迁徙梦就在眼前，一伸手就能抓到似的，但就差那么一点点，就一点点。栗秋揪着心。如果能再多待半年，把菲利普拿下是毫无问题的。因为两人现在形同一对老夫妻，温馨而无波澜。在外人看来，可以结婚了。遗憾的是，尽管栗秋佯装漫不经心地探过几回菲利普的口风，但他至今还未开口。所以栗秋也绝不会主动提出来。既然已经看准了这是个靠谱的男人，让他归顺是早晚的事，那就不能贪一时之急而跌份，她可以慢慢等，用小火炖豆腐的耐心，慢慢地把菲利普煨热，让他自觉自愿地，单膝跪在她面前，把订婚戒指缓缓套到她的无名指上，满含深情地央求她嫁给他。栗秋极力克制内心的焦虑，以优雅的风姿等待着那一天的到来。她相信那一天应该不是梦。

菲利普是有顾虑。栗秋持 J1 签证，按着中美两国政府的规定，她的访学时间一到，就得回国，两年内不得以任何理由回到美国。如果现在匆忙结婚，两人不在一起生活，那还怎么算夫妻呢？

在美国，夫妻关系是一个家庭里最重要最核心的元素，领了结婚证，人没在一起，婚姻的实质就变了。菲利普只陪前妻去过一次法国旅游，他的大部分时间都在波士顿周边走走停停。因此，大波士顿地区以外的美国情况，他并不了解，中国长什么样他更是根本不知道。好在，他喜欢看书，对中国文化熟悉到能够跟栗秋纸上谈兵。现在，他深深爱上了这个风情万种善解人意的中国女人，他当然想立刻就娶她，伺候她，陪伴她。但是他的能力有限。他的身边仅有几个老同事，他们和他一样，哪儿都没去过，除了彼此并无更大的社交圈。而且他们的生活模式都差不多，每天勤勤恳恳地工作，回家后陪伴妻儿，锄草种花，做饭健身，看完喜欢的电视节目，上床做爱，然后一觉睡到凌晨，又开始新的一天。与他们不同的是，菲利普多年来床边没有女人，他培养自己安装各种新式摩托车的兴趣。他年薪8万的收入一部分用来交税，剩下的都买了摩托车零件，拆了装，装了拆，既打发时间，又兴趣盎然。有时，他开着自己拼装的摩托车，周末到大波士顿地区兜风。如此而已，简单地生活着，直到遇见栗秋。

栗秋十分了解菲利普的能力和生存环境。她可以接受这个状况，并未指望菲利普有超人的本事。美国社会不是中国社会，这里没有过于热闹的人际关系圈子，有没有亲戚是一个样，这里办事不用求人，也没法求人，因为几乎没有途径可以结识政府官员，就算找到了，说了也不算，每名官员只是一个体系中的螺钉，没有营私舞弊的空隙，他们不敢受贿，哪怕几十美元，都面临着坐牢的危险。制度就是制度，大家心平气和地等在这里，按规矩办事。栗秋刚来时，还寻思如何托人把身份的事解决，但这种中国式办事念头随着对美国社会的了解，早已消失。倒也图个心安和清静。栗秋想，这种清清爽爽，干干净净，老老实实，简简朴朴的生活方式，不正是自己心仪的吗？也正因此，才没积极推动结婚的事。如果现在结了婚，又跑回中国一待两年，那不是坑人家吗？再说，谁知两年期间有什么变化？也许菲利普爱上别的女人？美国单身男人的机会太多了，各个国家的年轻女人都在这里汇聚，想拒绝那些异国美女的诱惑也是件难事。另一方面，也许这两年里，自己又遇到更合适的。毕竟跟菲利普之间的语言沟通障碍是个很现实的问题。怎么形容呢？两人日常生活交流没问题，但无法进行深入的聊天。让菲利普重新学习中文非常不现实，也没有语言环境。但栗秋的英文水平也就是一瓶子不满半瓶子晃荡，这个情形注定两人在语言上的交流无法达到默契，至少产生不了交流上的快感。幸亏有茹欣媛和菁喆可以经常说知心话，不然会憋出毛病来。目前来看，这只是个小问题，但过几年，可能就变成大问题，栗秋有此担忧。所以，她也暗暗给自己留下退一步的余地。事实上，栗秋跟校方也沟通过，她可以再申请延期一年，可是，远在国内的父母怎么办？儿子怎么办？若暂时成全了自己的婚姻，就照顾不了父母和孩子；若回去，就顾不上菲利普了。而且就算她多留一年，回国后，仍然两年内不能回美国，无论结婚与否。真是两难选择。思来想去，栗秋决定还是以家人为重。先回国。毕竟父母是唯一的，儿子是唯一的，如果在家人最需要自己的时候，不在他们身边，将来再无机会弥补，会更遗憾。而男友失去了还可以再找。栗秋总喜欢把坏事往好处打算，离开这两年，看上去挺漫长的，一不留神就会出现危情，但也正好可以考验一下与菲利普的感情。如果彼此真的相爱，时间和空间就不是问题；如果各自有了新选择，时间就是杀手，双方躺着中枪也算是意料中的结局。

栗秋坚持到最后几天，才办理了访学结束手续。这天下午，栗秋独自穿过市中心的公共公园，然后步行到查尔斯河，最后又走了一遍河南岸的长长的联邦大道。栗秋走在这条被树木掩映的优雅而弯曲的大道上，心情也随着上坡和下坡起伏不平。她注意到，道路两旁的树木浓了密了，渐次从翠绿变成深绿，仿佛所有的心思也被这绿不经意地掩藏起，只留给路人优雅的浓郁。栗秋想，这城市，这季节，这树木就跟自己一样，经历了冬天的干枯，春天的稚嫩，但是绿叶一攀身，过去的所有就都消失了，呈现的就是优雅。

尽管栗秋很照顾自己在心理和精神层面的感觉，但她明白，自己不是在空气中生活，因此她在现实生活中尽显游刃有余的本事。提前3个月，她就悄悄列了一个回国礼物清单，她喜欢凡事周全，所以，3个月里她见缝插针不动声色地照单完成了繁重的购物活动。这些礼物其实在国内各大名店都能买到，但价格却是美国的几倍甚至十几倍，比如 Juicy Couture 天鹅绒女式套装，在美国打七折后的价格是 150 美元一身，但在国内却卖3000 多人民币。比如一块钱一副的老花镜，100 度至 325 度都有，但在国内至少卖到 70 块钱一副。儿子喜欢的冲锋衣，在美国打折后只卖 75 美元，而在国内也卖到 4000 人民币；比如大品牌的纯棉运动袜，男式内裤等，都是中国制造，但在美国卖价值 12 元，国内则卖到 40 元左右。货架上也能看到越南、孟加拉、印尼的产品，有的更便宜，但栗秋还是选择中国制造心里舒服些。再比如小女孩喜欢穿的澳洲雪地靴，在美国只卖 100 美元，但国内一二线城市都卖到三四千人民币。同样的产品，在美国却物美价廉到像大白菜一样便宜，栗秋也懒得去想为什么变成这样，她只能在哪儿说哪儿的话了，现实就是这个样，既然中国人大都有名牌癖，为何不多带点回去呢？

栗秋给父母带的礼物最多，有南美产的瓶装西洋参、心脏保健品、鱼肝油、卵磷脂，也有美国产的坚果类，像杏仁、核桃仁、榛子仁、开心果、腰果。还有护手霜、老人足裂霜、牙线、泰诺感冒药、清洁液、巴西产的邦迪防水创可贴、赌场退役的大字号的扑克牌。这些东西既便宜又实用，老爸老妈都用得上。一想到老爸老妈有生之年能享受到女儿的孝心，栗秋就很欣慰。这次祁阳只要了一件冲锋衣。他正是要酷要名牌的年龄，只要不出大圈，他想做什么就做什么吧，难得儿子开口要礼物。栗秋还给祁阳买了一双耐克运动鞋，以及盒装印度产的写字顺滑流畅的半透明一次性圆珠笔，美国生产的高光笔以及索尼耳机，栗秋想到儿子夸张地大吃一惊的惊喜样子，心里无比甜蜜。其实，这些礼物不过才花 200 美元。

栗秋本能地给老桑也买了电动剃须刀和不锈钢运动水瓶。他是自己的家人吗？当然不是。但他是她前半生最动心的男人，彼此真心欣赏过，虽然有缘无分，可彼此心里有。既然有，在心里，何必强行把他剜去呢？给老桑买礼物真是自觉自愿的，就像老桑也永远想着她一样。买就买吧，道德法庭总不能跑到她心里来审判这种发乎情止于理的藏于深处的情感吧？

栗秋思来想去，还是给前夫祁富贵买了一个 Zippo 打火机，汽车用的小冰铲以及防风防雨的点火器；也给前夫的现任妻子小燕儿买了意大利产太阳镜以及香奈儿香水。一旦想通了，栗秋做这些事时也是高高兴兴的。

夫妻情分不在了，但仁义还在，何况前夫是儿子的爸。贬低前夫，对儿子和自己又有什么好处呢？相反，如果把前夫当成远亲照应着，彼此都挺舒服的。既然能给前夫体面，为何不能连带着也给足他妻子面子呢？栗秋真的不恨她，如果没有她的出现，自己也不会遇到老桑，感受真正的爱情；更不会下决心离开北京，远渡重洋，来到美国，也就不会遇到菲利普，产生这段异国之情。所有这些有价值的经历，竟然都是因为那位"小三"的介入。大多数明媒正娶的女人，恨不能把"小三"千刀万剐，栗秋却是个例外。她已经做到了家庭内外以及亲朋好友诸事和谐。无论走到哪里，她都喜欢营造和享受祥和的氛围，尽管母亲一再批评她无原则无志气，她却我行我素，一派乐天心态。有原则又怎样？有志气又怎样？难道这人世间，仅有非黑即白这两种颜色吗？为什么不能有中间色？栗秋墙头挂着的水彩画，大多是含混不清的暧昧色彩，而这正是那些画的魅力所在。为什么在中国人眼里抹稀泥是个贬义词？离婚后，夫妻非得打个鸡飞狗跳血溅客栈才有意思吗？做给谁看？谁又等着要那样的结果？与其那样，她倒更愿意这样糊里糊涂退一万步求其次的活法，也不失为一条独特的路径。

栗秋当然也给研究所的同事们带了礼物。既有给女同事们准备的美国产的伊丽莎白雅顿化妆品、脱敏牙膏、染发剂、墨西哥产粘毛滚、名牌口香糖、带按扣的无纺布折叠购物袋；也给男同事的孩子们准备了巧克力、儿童鱼油、果味咀嚼药片，高中生用的图形计算器、一元钱室内装饰品、美国原版的同义词字典，以及一些英文的二手故事书。研究室的同事们，大都不是什么富人，虽然也垂涎各类名牌，但比不得当主治医生的油水大，这些小东西也能博得他们的欢心。

栗秋是空着手到波士顿的，现在即将沉甸甸地回北京。不用说，收获满满。如果两年后，她能把菲利普也一并打包带回北京，那才是最大的收获呢。

尾声

人到中年 落手是秋

或许某天

地球将收走人类生存的权利

剩女的故事

连同人类在地球上的所有鸡零狗碎和哼哼唧唧

都不复存在

等风来

彻底吹散

或许某天

人到中年 落手间 秋已然

想东 想西

人到中年 手里还抓着一把土的

是没有流走的财富

是飞鸟捕食的客栈

就还有力气再飞 下一站

或许是新的星球 或许还在原地

01 喝

　　冷杉夫妇搬到这个老人村庄 8 年后就把房子卖给茹欣媛了，茹欣媛根本没有翻修，就搬了进去。因为有洁癖的冷杉老太太，把房子保持得还像新房。到美国 12 年了，茹欣媛还从未享受到如此静谧的生活，燥热的心一下子被熨得平平整整。一向拔腿就走，恨不能每天 24 小时不睡觉，就想着挣钱的茹欣媛，突然壮士一去不复返般地一头扎进老人村庄隐身了。除非波士顿的那几套出租房有事找她，否则她懒得再去。现在，她每天除了陪老妈讨论吃喝的事情，就是偶尔畅想建老人院的事。当然这也不是急事，主要是把老妈陪好。

　　栗秋回国前夕，茹欣媛首次在新家设宴，被邀请者有栗秋、菁喆、宛芸，还有新室友卢小苇。

　　茹欣媛替栗秋着急，怕她一回国，菲利普这边可能会有变化，距离是杀手。她催栗秋走前与菲利普领结婚证，以防鸡飞蛋打。栗秋笑笑解释："人家菲利普不急，我可不想逼宫，一个男人，只有他主动求婚时，才会真心跟女人过日子。既然菲利普是个好男人，好饭不怕晚吃。再说，我父母身体欠佳，儿子刚读高中，正是需要我陪伴身边的重要时候，我不能抛下家人。"

　　菁喆赞成栗秋的选择，她说："恋人还可以再有，但亲人一旦有个闪失，连报答的机会都没有了，后悔是没用的。再说，这两年时间，也正好考验一下菲利普，如果他真的爱你，就可以等你两年，而且，他可以去中国看

你嘛。"

"你倒是对菲利普挺有信心的，反正我是走一步看一步吧。不管是为家人，还是为自己，我已经努力过了，结果有时可能适得其反，但我还是持乐观的态度。谋事在人，成事在天，走到这一步，我反倒不着急了。"栗秋款款落座。

两杯啤酒下肚，栗秋顿时面若桃花。茹欣媛赞赏地说："栗秋你这是东方不败呀！"栗秋自嘲："虽残柳一枝，但在老外眼里，却鲜花正开，这可是中国男人与美国男人在鉴赏女人方面的差别。我运气好，意外地钻了这个空子。"茹欣媛接着她的意思说："哎，事情就成了。菲利普就被你蒙得晕头转向，钻进你这老美人的怀抱里，还觉得赚了便宜。这个美国男人好傻好天真好可爱，恭喜你中彩！"

茹欣媛喝到兴头，妙语连珠。虽然她知道人一出生就朝向死亡，但她只渴望生的灿烂，向死而生是不是更美好呢？反正人生只来过一次，正着走，反着走有什么两样呢？年轻时，茹欣媛就是这么想的，也就这么玩命打拼，积累资本。今晚借着给栗秋送行的机会，茹欣媛敞开喝了几杯，感觉极好。

一直没话的菁喆评价："茹欣媛，我喜欢你现在这个状态，放松，亲切。"温婉有余的宛芸却提醒："喝一点点就可以了，切忌乐极生悲。"茹欣媛反问："怎么，我平时不亲切吗？"菁喆点点头说："有点凶巴巴。"宛芸说："我喜欢你微笑的时候，很和善。"

"你能说说，在老人院与老人相处的感受吗？"茹欣媛讨教。

"我的感受，是感受到他们的感受。他们说，人真是奇怪的动物，一出生，就急着长大，长大了，又痛惜失掉的童年。为了挣钱，牺牲了健康，然后再用钱买回健康，好傻。还有就是，明明活在当下，却总是焦虑未来怎样怎样。所以既不活在当下，也不活在未来。最傻的是，活着以为不会死，使劲折腾，死前才发现，好像从未好好活过。"宛芸由浅入深地形容道。

"人是很奇怪的动物，对吗？"菁喆追问。

"不是吗？"宛芸反问。

"就像我这种剩女一样奇怪吗？"菁喆茫然地。

"好奇怪你犯这种低级的逻辑错误。剩女不是人类的一部分吗？"茹欣嫒笑笑。

"反正我快转正了，摘掉剩女的帽子反而不好玩。"栗秋打趣。

"地球还能活多少年？"茹欣嫒的思维飞速跳跃着。

"有的说一万年，有的说 2012 年就爆炸。"卢小苇流利地回答。

"喂，刚才不是说了吗？明明活在当下，却焦虑未来。"宛芸温和地取笑茹欣嫒。

"我个人感觉对当下的生活很知足。一万年太久，我能把当下活好就是幸福！"栗秋表态。

"我也很知足，父母那辈人，都没出过新疆，我却一下子跑到波士顿，而且还选择了我喜欢做的事，我宣布，眼下我是幸福的！"菁喆说。

卢小苇说：“在国内时，我还是有幸福感的。但是在美国，我感到压力山大，生活中每件事都是乱的，我担心得去看心理医生了。”

栗秋说：“得了，都别想不开心的事了，现在我们来到了一个历史老人的屋檐下，那就感受一下她的心境吧。”栗秋看看茹欣嫒，茹欣嫒会意，起身到卧室取来一个精致的礼品袋，打开，再慢慢摊开，原来里面是一卷冷杉老人自己创作的水彩画，配了文人墨客的诗词，总共 12 张。栗秋说：“这是冷杉老太太送给新房主的礼物，她说她相信，房主会喜欢。”

"我当然喜欢。这么唯美的中国古韵，真让我欣喜若狂。"茹欣嫒说。

"我提个建议，咱每人找出一句喜欢的诗配画，来对应一下自己的心态好吗？"茹欣嫒的提议得到几个女子的响应。

栗秋喜欢的句子是：“那些年华，恍然如梦。亦如，流水，一去不返。不泣离别，不诉终殇。”

菁喆钟情的句子是："天青色等烟雨，而我在等你，炊烟袅袅升起，隔江千万里。"

宛芸偏喜那句："死生契阔，与子偕老。"

卢小苇念念不忘的是："芸芸乃众生，踽踽自独行。"

茹欣媛的选择是："不乱于心，不困于情。不畏将来，不念过往。如此，安好。"茹欣媛说："这几行诗词，简洁，浓缩，都是精华，我个人收藏了，也借此为栗秋送行，为各位置身海外的剩女们祝福！"

02　第四波移民潮

酒过三巡，大家都有些伤感和神散。

东道主茹欣媛首先打破沉闷的气氛，说，给你们念一篇互联网上的文章吧，这跟咱们这群人有点关系。一听有关系，女子们便收起繁乱的心思，专注地听茹欣媛眉飞色舞地念道：

"美国国土安全部公布的数字显示，1980 年至 1989 年，中国人获美国绿卡的人数是 17 万多；1990 年至 1999 年，获美国绿卡的中国人数是 34 万多；2000 年至 2009 年，获美国绿卡的中国人数约 35 万。20 年间，110 余万中国人，获美国绿卡，而来自中国的移民多喜欢居住在加州、纽约州、马萨诸塞州和得州等地。"

卢小苇举手插话道："报告，本姑娘这四个州都滞留过，证实的确有许多华人聚居，尤其旧金山、洛杉矶、纽约一带的华人，一辈子不会讲英文的比比皆是。"

菁喆说："我一来就在波士顿，也从未想到马萨诸塞州以外的州去工作，嘿嘿，阅历的确比较少。"

茹欣媛继续读文："以 2009 年为例，中国人获得美国绿卡主要有四个途径：其中 1 万 1 千余人，是通过家庭直系亲属关系获绿卡，也即家庭团圆型，占总人数的 17.1%；其中 2 万 3 千余，是通过美国公民的非直系亲属关系获绿卡，也即美国公民亲属型，占总人数的 36.1%；其中 1 万 8 千余，是靠申请政治庇护获绿卡，占总人数的 28.7%；其中 1 万 1 千余，是通过雇佣关系获得绿卡，也即技术职业者，占总人数的 17.5%。这部分人是在美国受过高等教育，然后在美国找到雇主，并协助其获得绿卡，这部分人应该是中国移民中的精英人才。"

"哇，菁喆和卢小苇如果拿到绿卡，应该划分到精英人才一类。"宛芸认真地分析。

"茹欣媛和栗秋都被划到美国公民亲属一类移民，有点亏。"菁喆朴实地说。

"哎，我有个问题，菁喆，你说三五年之后，你会是怎样？"茹欣媛问。

"我不知道。也许到那个时候，我不在乎这个身份了。"菁喆咕哝着，依旧一脸茫然。

03　态度

茹欣媛正要收场，一眼望见我，立刻热情地邀请："嗳，那不是作者吗？你进来。也选一句你喜欢的诗词。"

我站在门外，摇摇头，笑笑。

"为什么不进来？"菁喆好奇地问。

我说："我就不进这个门了。等风停了，我就离开。虽然在门外，也能看见你们的挣扎和欢乐，我都有感受。"

栗秋善解人意地问："你从哪儿来，又要到哪儿去？"

我说："我刚刚穿过春夏秋冬，要去五湖四海游荡。"

这时宛芸轻盈地走到门口，一只脚迈出来，一只脚还在门里，她说："就不劝你进来了，我知道你要去哪里。我会珍惜跟你的因缘短聚。"

卢小苇郁郁地晃了晃酒杯，一饮而尽，然后大喊："你们快陪我喝酒呀，我快要闷死了，天呀！我该怎么办？"

那时，我已挪移脚步，缓缓说道："真的不忍心告诉你，这个世界只是一个梦。"这不是我说的，是一个叫噶玛巴尊的法王说的，不知道卢小苇听到没有，但我知道，风能听到。

2012 年 6 ～ 8 月初稿于波士顿东北大学

2014 年 1 ～ 2 月修改于康州温莎镇

后记：女人活得舒畅与否，很重要

首次到纽约州包法罗大学参加学术研讨会时，美国给我的印象是，荒凉、沉闷、简陋。就想，如果一个语言不通、习惯熟食的中国人，到这种地方怎么生活呢？我想象中的繁荣、现代、时尚的美国在哪儿？真正的美国是什么样？因此，那年底，当我拿到赴美签证时，一度迟疑，走还是不走？

我承认，刚到波士顿时的我，惶惑不安。

许久，我才从一团漆黑，到渐渐分辨出美国的来龙去脉。看清了波士顿，就清晰了美国历史和移民文化。

因为是女人，所以接触最多的也是女性。换句话说，我是站在女性立场，关心女性自身的感觉。无论哪个国度，哪种肤色和种族，女人活得舒畅与否，很重要。因为，一个心态平和的女人，她给孩子给男人给家庭甚至社会的多半是正能量。当然，我们也看到，一个不快乐的女人对家庭对社会的负面影响有多么深远。

然而，在波士顿，我却分明看到了一些赴美女留学生的郁结。我看见她们站在一个个昏暗的交叉路口或者某片深不见底的沼泽地，没有安全感，没有幸福指数，没有未来。是的，她们从一种文化陷入对另一种文化无法对接的焦虑中，她们本能地想要挣脱困境，去一个平坦、温暖、明亮的地方，过一种舒坦的日子，这是她们的权利。但她们远未找到那个美好的出口。为什么？

写作的冲动，于某个梦醒时分悄然而至。

2012年夏，我在波士顿地区一个湖边的公寓里，完成了这本小说的初稿，当时的书名为《边找边骂》。之后，它被堆在电脑的某个角落里，蒙尘。

去冬，窗外大雪纷飞，雪深及膝。我开始爱上温暖的火墙，听音乐，品茶，一派神清气定。为什么不写作？于是，翻出旧作，改写。

仍不满意，仍有遗憾。它却是我来到一个陌生国度，完成的首部小说。

感谢家人一路温馨关怀。

感谢众友一路豪迈相助。

去冬至今，新英格兰罕降大雪19次，但我从未感到寒冷。

尤其感谢美国东北大学何霓教授毫不吝啬的鼓与呼，没有他的诚恳提携，就不可能有这本书的呈现。

近代中国出现了几次大的移民潮，潮来潮去，是为了逃避什么还是为了分享另一种制度？进入另一个群体之后，是被它影响了还是反而影响它的文化？

我的下一本女性题材小说已经启动。我希望在那个异国旷世之恋的故事里，能为读者献上一份阅读的欣喜。

作者2014年3月31日于新英格兰地区

剩　女

出版发行：枫香书局(Maple Media Company)

地　　址：6 Wyllys Farm Road, Storrs Mansfield, CT

邮　　编：06268

电话传真：8609428533

网　　址：www.ximaplemedia.com

成品尺寸：152 x 230

字　　数：350千

版　　次：2014年6月第1版

书　　号：978-1-941615-00-3

微　　博：@zhangxi2008

博客地址：http://blog.sina.com.cn/zhangxi2008

个人微信公众平台（请在公共号中搜索“张西”）

二维码：

www.ingramcontent.com/pod-product-compliance
Lightning Source LLC
Chambersburg PA
CBHW072105250626
47159CB00007B/2311